rororo

rororo

Maiken Nielsen wurde 1965 in Hamburg geboren. Einen Teil ihrer Kindheit und Jugend verbrachte sie auf Frachtschiffen und wurde dort von ihren Eltern unterrichtet. Sie absolvierte ihr Abitur in Hamburg und reiste danach ein Jahr lang per Anhalter durch Europa. Im Anschluss an diese Reise studierte sie u. a. Linguistik in Aix-en-Provence. Sie liest und spricht sechs Sprachen. Seit 1996 arbeitet Maiken Nielsen für den NDR. Sie dreht TV-Dokumentationen und schreibt Romane, zuletzt «Space Girls», basierend auf der wahren Geschichte der sogenannten Mercury 13, sowie «Und unter uns die Welt», erschienen bei Wunderlich.

«Maiken Nielsen hat einen Roman geschrieben, den man geradezu verschlingt – und nach dem man schlauer ist.» *Hamburger Morgenpost*

«Space Girls erzählt eindringlich von außergewöhnlichen Frauen.» *ARD Morgenmagazin*

«Lebendig, vielschichtig, mitreißend. Eine Punktlandung!» *Hörzu*

«Ein ganz großartiger Roman, eine spannend erzählte Geschichte, eingebettet in ein tolles Surrounding.» *Radio Bremen*

MAIKEN NIELSEN

SPACE GIRLS

ROMAN

Rowohlt Taschenbuch Verlag

Veröffentlicht im Rowohlt Taschenbuch Verlag,
Hamburg, August 2020

Covergestaltung Hafen Werbeagentur, Hamburg
Coverabbildung Igor Ustynskyy/Getty Images; ullstein bild
Satz aus der Garamond Premier Pro
bei Dörlemann Satz, Lemförde
Druck und Bindung GGP Media GmbH, Pößneck, Germany
ISBN 978-3-499-29167-8

FÜR MEINE TOCHTER

Cape Canaveral,
16. Juli 1969, 09:29 Uhr

Noch drei Minuten. Wernher von Braun spürte es im ganzen Körper. Das Herz trommelte ihm so stark in der Brust, dass er meinte, Mueller oder Rees oder James müssten sich gleich zu ihm umdrehen, aber die Männer im Launch Complex 39A blickten regungslos nach vorn.

«Two minutes, forty-five seconds and counting», kam die Männerstimme über Kopfhörer. Wernhers Finger pulsierten, es pochte in seinen Schläfen, und dann brach alles gleichzeitig über ihn herein, die Angst und die Hoffnung und so ein Glück, dass er es kaum fassen konnte. Vierzig Jahre lang hatte er auf diesen Augenblick gewartet. Und jetzt war es so weit.

«Vater unser im Himmel», flüsterte er.

«Twelve, eleven, ten, nine, ignition sequence start ...» Eine Feuerwolke quoll unter dem Raumschiff in den Himmel. «Three, two, one, zero, all engines running.» Etwas kippte in der Stimme des Mannes, und Wernher betete weiter. «Lift off!»

Das Raumschiff schoss in den Himmel, in seinem Schlepptau ein zitternder Feuerstrahl. Und während die drei Männer, die darin saßen, sich auf den vierhunderttausend Kilometer langen Weg zum Mond machten, flogen Wernher von Brauns Gedanken zurück in die Vergangenheit. Er hatte Großartiges geleistet, das wusste er.

Und er hatte etwas getan, das nie mehr gutzumachen war.

PROLOG

Es war so heiß, dass Martha das Gefühl hatte, Glut zu atmen. Einen Fuß setzte sie vor den anderen auf dem brandheißen Pflaster, aber sosehr sie sich auch mühte, sie kam kaum voran, nicht einmal hier, im Schatten der Marktbuden. Schillernde Fliegen umsirrten die Rinderhälften am Stand der Metzgerin. Später würde sie das alles zeichnen, beschloss sie: die Brummer am schwärenden Fleisch, das Limonadenmädchen, das seine Ware selbst trank, und dort die runde Frau mit den großen Gesten, die behauptete, dass ihre Kühe keine Milch mehr gaben, sondern dass Käse aus ihren Eutern quoll.

Ein Schatten tauchte zwischen den Marktbesuchern auf, und einen Moment lang fürchtete Martha, es könnte Mutti sein, aber dann konnte sie wieder aufatmen. Die Frau trug Muttis Lieblingskleid, rot mit weißen Punkten, das Martha so gut kannte. Sie hatte Mutti darin gezeichnet, vergangenes Jahr, als sie noch zu Hause gewohnt hatte. Bevor das alles passiert war. Bevor Vati seine Arbeit verloren hatte und der Krieg ausgebrochen war. Vor Paul.

Der Rhein flimmerte vor ihr in der Sonne. Sie beschloss, sich ans Ufer zu setzen und diesen Tag zu zeichnen, an dem nichts an Krieg erinnerte, nichts an Westoffensive und Tote. Es gab hier keine bellenden Stimmen und keine Bilder, die sie in ihrem Kopf ausradieren musste, es gab nur diese sengende Sonne und ein Köln, das fast nur noch aus Frauen bestand. Mädchen, kaum älter als sie selbst, lagen in Badeanzügen auf Liegestühlen und reckten ihre Gesichter dem Himmel entgegen. Kinder sprangen jubelnd von den Steinen ins Wasser, und bei jedem Sprung schoss eine Fontäne in den Himmel.

Es geschah, als sie ihren Stift hervorzog. Ein Schmerz schnitt ihr in die Eingeweide, so stark, dass sie vornüberkippte. Der Krampf dauerte nur kurz, sie hörte einen Kinderruf und das Platschen im Wasser, und dann verschwamm das Gefühl wieder, aber sie wusste, dass der Moment gekommen war. So ruhig sie konnte, strich sie ihre Zöpfe zurück und richtete sich auf. Als sie aufblickte, glaubte sie erneut, das gepunktete Kleid ihrer Mutter zu sehen, aber diesmal war es kein Anblick, vor dem sie sich verstecken wollte. Der Schmerz kehrte zurück in ihr Innerstes, und sie schloss die Augen. Das Gefühl zerrte mit einer Macht an ihr, dass sie am liebsten geweint hätte. Sie wünschte sich, Mutti wäre da.

Die alte Frau Bolze in der Loreleystraße wurde nicht müde zu betonen, dass sie sich während ihrer Schwangerschaften immer wie ein Seelöwe gefühlt habe – eine Bemerkung, die Martha und Paul dazu verleitet hatte, in den Kölner Zoo zu gehen und sich die Bolze'sche Inkarnation einmal persönlich anzusehen. Sie hatten so heftig gelacht, dass irgendwann ein Wärter kam und sie vom Seelöwengehege wegjagte. Martha war erst im vierten Monat gewesen und hatte sich nicht vorstellen können, jemals auch ein Seelöwe zu werden.

Frau Bolze führte das Wohnhaus mit strenger Hand, seit ihr Heinz eingezogen worden war, aber sie wusste, wann sie gebraucht wurde. «Boasses, Mädche!», stieß sie hervor, als Martha ihr entgegenwankte. «Ich sach rappzapp der Hanne Bescheid!»

Martha klammerte sich ans Treppengeländer. Sie musste ihre ganze Kraft aufwenden, um zu antworten. «Die Hanne ist übers Wochenende zu ihrer Mutter gefahren.»

Frau Bolze schlug ihren Wischmopp gegen das Geländer.

Aus dem ersten Stock starrten Martha die blassen Gesichter der Mahler-Töchter entgegen. «Verdöllt noch mal, der werd ich aber Vertellekes machen! Jetz türmt die Hebamme? Jetz wo dat Mädche ihr Kleines kritt?» In einer Geschwindigkeit, die Martha ihr nicht zugetraut hätte, war Frau Bolze die Treppe heruntergekommen und hinter sie getreten. Martha spürte zwei kräftige Hände an ihren Flanken, und dann wurde sie von hinten hinaufgeschoben, vorbei an den Mahler-Mädchen, vorbei an der Wohnungstür von Mutter und Tochter Beurich, weiter die Treppe herauf, und dann zerrte die Bolze einen Schlüssel an ihrem mächtigen Bund hervor.

Erneut schoss Martha der Schmerz in den Bauch. Diesmal war die Wehe so stark, dass sie in die Knie ging. Frau Bolze drängte Martha den Flur entlang in das kleine Zimmer, das sie sich mit Paul teilte. Sie strich Martha über die schweißnasse Stirn. «Et hätt noch immer jot jejange.»

Augenblicklich spürte Martha die nächste Wehe heranrollen. Sie kniff die Augen zusammen und versuchte, an etwas Schönes zu denken. Paris, die prächtigen Häuser, das herrlich duftende Brot. Die Eltern. Die Bilder, eine Explosion von Farben. Riesige Wände, Farben, die in den Raum barsten, dass Martha eine Gänsehaut bekam. In dem Raum mit den Bildern hatte sie zum ersten Mal gewusst, was sie werden wollte, später. Wenn sie so groß wie die Eltern war.

Und auf einmal stand es ihr klar vor Augen: Sie musste Mutti suchen, sie musste sich mit ihr aussprechen, ihre Stimme hören und ihre Hände fühlen. Hände, die sie beruhigten, die ihr die Furcht aus der Stirn strichen und das Weh aus ihrem Bauch.

Sie rollte sich auf die Seite, um sich auf den Unterarm zu stützen, so wie es ihr die Hebamme gezeigt hatte. Aber in dem Augenblick, in dem sie sich aufrichten wollte, stürzten die Schmerzen mit neuer Wucht auf sie ein.

Sie hatte nicht gewusst, dass man sich so erschrecken konnte. Ein Schrei gellte durch die Wohnung, und dann spürte sie, dass sie selbst es war, die so schrie, und dass es ihre Angst vor einem Weh war, das man nicht in Worte fassen konnte. Für das es keine Worte gab.

Der Nebel lichtete sich allmählich, und sie erkannte, dass Paul auf dem Fußboden hockte und ihre Hand hielt und dass er vollkommen aufgelöst war. «Wir müssen einen Wagen rufen, der sie ins Krankenhaus fährt, Frau Bolze!», rief er mit seiner schönen Bühnenstimme.

«Häs de Bubbelwasser jedrunke?» Frau Bolze krempelte sich die Ärmel hoch und packte Marthas Beine. «Spar dir der Monologe förn Film!»

«Was machen Sie, Frau Bolze?», fragte Martha panisch.

Frau Bolze stieß statt einer Antwort einen Pfiff aus, während sie mit der Inspektion von Marthas Innerem begann.

«Papperlapapp, nix, wat ich nit allt jesenn hätte.»

Die nächste Wehe brach über Martha zusammen, und diesmal war der Schmerz so stark, dass sie das Bewusstsein verlor.

Als sie wieder erwachte, hatte sich der Raum verändert. Die Helligkeit war fort. Im Fenster erkannte sie das Abendblau und darin eine Mondsichel. Sie versank in Schmerzen. Und jetzt verlor sie die Kontrolle über sie. Keine Ohnmacht half, kein Schreien, kein Fluchen, nicht einmal Luft holen gelang ihr. Frau Bolze und Paul wurden plötzlich lauter, und im Schein der Nachttischlampe sah sie die Angst in Pauls Gesicht. Und dann brach etwas aus ihr, und ein großes Gefühl von Erleichterung durchströmte ihren Körper, und Paul weinte, und Frau Bolze fluchte. Plötzlich waren die Schmerzen verflogen, fast so, als wären sie nie da gewesen, und dann hielt Martha ein kleines Mädchen im Arm.

«A Mädche.» Frau Bolze wischte sich mit dem Unterarm

übers Gesicht und war gleich wieder die Alte. «Han ich ja jesaat!»

Martha blickte zu dem kleinen Wesen hinunter, das in ihrem Arm lag und mit seinem Mund ihre Brust suchte. Wie hilflos und winzig es war! Und woher dieses winzige Wesen wohl wusste, dass es rasch Milch trinken musste, um zu überleben? Die Kehle wurde ihr eng, und wieder kam es ihr vor, als ob sie weinen müsste, aber sie tat es nicht. Alles wird jetzt anders, dachte sie.

Der Morgen war angebrochen, und alles war anders geworden. Gestern war Martha noch ein achtzehnjähriges Mädchen gewesen, ein halbes Kind noch, so hatte es Mutti bis zum Schluss gesagt. Und heute war sie selbst eine Mutter. Von jetzt an, dachte sie und steckte ihre Nase in den Flaum auf dem Kopf des Babys, musste sie sich um einen anderen Menschen kümmern. Sie war dafür verantwortlich, dass dieses kleine Wesen niemals hungern musste, keine Schmerzen litt, nicht fror.

Das Baby öffnete seine Augen und verzog das Gesicht, dass es wie ein Lächeln aussah. Martha spürte ihr Herz klopfen. Bis in die Fingerspitzen pochte ihr die Zärtlichkeit. Sie wollte dieses lächelnde, kleine Wesen beschützen und halten, für immer. Sie beugte sich noch einmal zu seinem Kopf hinunter. Wie süß es roch! Eine Erinnerung leuchtete in ihr auf: wie Mutti auch an ihrem Kopf gerochen hatte, als sie klein war. Muttis Stimme, wenn sie ihr eines ihrer französischen Kinderlieder vorsang, während sie ihr die Zöpfe flocht.

«Du kleine Sonne.» Martha streichelte vorsichtig über ein Grübchen in der Wange des Babys. «Du sonniges kleines Juni-Kind!»

Sie nahm den Teddy, den sie mitgebracht hatte, als sie zu Paul gezogen war. Teddy sah ein bisschen ramponiert aus, so viel hatte er schon mitgemacht. Auf dem Bauch, dort, wo sie ihn als Kind immer festgehalten hatte, war er schon ganz kahl. Ob ihr Baby das Kuscheltier auch so lieben würde? Vorsichtig streckte sie ihm den Teddy entgegen. Das Baby gluckste.

«Ich würde sie gern Charlotte nennen», sagte Paul. «Nach meiner Mutter.»

Martha sah Paul in die Augen. «Du hast gesagt, deine Mutter hieß Louise.» Sie hörte selbst, wie hart ihre Stimme auf einmal klang.

Kein Muskel zuckte in Pauls Schauspielergesicht. «Das war ihr erster Name. Aber mein Vater hat sie immer Charlotte genannt.»

Martha betrachtete Pauls Mund und seine Wangenknochen und die himmelblauen Augen. So, als sähe sie das ganze Schöne an ihm zum letzten Mal. Wie wenig sie über den Mann wusste, mit dem sie sich vor einem halben Jahr verlobt hatte. Seit sie ihre Eltern verlassen hatte, lebten sie in der Wohnung von Pauls Vater, aber sie war dem alten Mann noch nie begegnet. Paul hatte ihr erklärt, dass sein Vater nach dem Tod der Mutter wieder angefangen habe, zur See zu fahren, aber ein anderes Mal hatte er auch gesagt, sein Vater sei Missionar. Paul kam ihr manchmal wie ein Fisch vor, er schillerte in tausend Farben, aber wenn man nach ihm greifen wollte, dann schwamm er einem aus der Hand. Es war aufregend und jeden Tag neu, so einen wie Paul zu haben. Aber manchmal wünschte Martha, sie wüsste ein bisschen mehr über ihn.

«Ich werde sie nach mir selbst nennen», erklärte sie fest.

Sie wollte Mutti das sonnige Juni-Kind zeigen, die neue Martha. Eine, die Mutti nicht das Herz brechen würde und die ihr nicht so einfach davonliefe, nur weil sie einen Mann mit himmelblauen Augen getroffen hatte. Einen Paul mit schöner Stimme.

Paul hörte nicht auf, sie anzusehen. Es war, als müsste auch er sich alles einprägen, die Haare, die sie sich zu Schnecken über ihren Ohren gedreht hatte, und ihren Körper, der noch ganz weich war von der Schwangerschaft.

«Ich muss jetzt zu meiner Englischstunde», sagte er.

«Heute?»

«Heute wie jeden Tag.» Paul erwiderte ihren Blick, ohne zu lächeln. Die Zärtlichkeit, die sie noch eben in seinen Augen gesehen hatte, war fort. «Du weißt doch, wie das Ziel heißt.»

«Hollywood», sagte Martha mechanisch.

«Miss Havensham sagt, dass mein Akzent schon sehr gut sei.»

Miss Havensham, immer wieder Miss Havensham. Martha war Pauls Englischlehrerin nie begegnet, aber er hatte ihr schon so viel über sie erzählt, dass sie es nicht mehr hören konnte. Dass sie eine tolle Figur habe, obwohl sie doch schon auf die dreißig zugehe. Und wie viel Spaß es mache, bei ihr zu lernen.

Paul erhob sich und tätschelte ihren Kopf. «Und wenn der Krieg vorbei ist, dann heißt es: Auf nach Hollywood.»

Er sagte nicht: Dann gehen wir drei nach Hollywood. Martha hörte es, und Paul hörte es wohl auch selbst, denn jetzt strich er ihr über die Wange, wie um sie darüber hinwegzutrösten, dass ihre Liebe immer neue Risse bekam.

Sie wandte den Blick ab. Das Baby bewegte sich in ihrem Arm. Sie beugte sich über seinen Kopf, um seinen Geruch einzuatmen.

Als sie ihren Blick wieder aufrichtete, war Paul fort.

KAPITEL 1

Sie hatte gar keinen Kinderwagen. Aber das machte nichts, sie konnte das Baby ja auch tragen. Auch den Teddy nahm sie mit.

Es war leichter, als sie gedacht hatte. Ein Wind hatte die Hitze vom Vortag weggeblasen, und die Wunde zwischen ihren Beinen tat ihr kaum noch weh. «Du wirst gleich deine Omi und deinen Opi kennenlernen», sagte sie, und das Baby hatte die Augen geöffnet und gab ein kleines Geräusch von sich.

Die Sonne stand schon ziemlich hoch, als sie endlich das Wohnhaus erreichte, in das ihre Eltern gezogen waren, nachdem Vati seine Arbeit verloren hatte. Merkwürdigerweise waren die Fensterläden geschlossen. Sie klingelte, aber nichts regte sich. Sie läutete bei den Nachbarn, doch auch von denen reagierte niemand. Nur der alte Herr Kempfert, den sie nicht eingezogen hatten, weil er im letzten Krieg ein Bein und seine Stimme und den Verstand verloren hatte, öffnete ihr die Tür.

«Guten Tag, Herr Kempfert», sagte Martha laut und deutlich. «Bei meinen Eltern macht niemand auf. Haben Sie sie gesehen?»

Der Mann sah ihr starr in die Augen, dann drehte er sich auf seinen Krücken um und ließ sie vor seiner Wohnungstür stehen.

«Herr Kempfert?», versuchte Martha es noch einmal. Immerhin hatte er die Tür offen gelassen. Das Baby gluckste in ihrem Arm. Der Alte kehrte zurück und überreichte ihr ein Stück Papier.

«Paris?», las sie das Wort auf dem Zettel leise vor.

Der alte Kempfert nickte.

Martha spürte, wie ihr der Boden unter den Füßen wegsackte. Sie stützte sich mit einer Hand gegen den Türrahmen. Eine Ewigkeit lang wusste sie nicht, was sie sagen sollte. Der alte Kempfert stand vor ihr und sah sie aufmerksam an.

«Haben meine Eltern etwas für mich dagelassen?», flüsterte sie schließlich. «Einen Brief vielleicht?» Der alte Kempfert schüttelte den Kopf, dann warf er die Tür vor ihr zu.

Martha ließ sich auf eine der Stufen sinken. Ihre Brüste spannten, und das Baby wendete unruhig seinen Kopf. Während sie die oberen Knöpfe ihres Kleides öffnete, spürte sie, wie ihre Augen nass wurden. Nur einen Moment dauerte die Schwäche, dann hatte sie sich wieder im Griff. Die Eltern waren nach Paris gefahren, zu Muttis Eltern, natürlich. Sie wussten, dass sie bei Paul wohnte, also machten sie sich keine Sorgen um sie.

Schritte klackerten im Hausflur, und so schloss Martha ihr Kleid rasch wieder. Und dann lief sie. Sie rannte den ganzen Weg zurück in die Südstadt, drückte ihr Baby und den Teddy an sich, und sie blieb nur stehen, als sich ihr die Ingeborg in ihrer BDM-Uniform mit der weißen Bluse und dem blauen Rock in den Weg stellte und wissen wollte, ob sie es schon gehört habe: Die Deutschen hätten Frankreich ohne Widerstand eingenommen und ob sie sich noch an ihren Deutsch-Aufsatz erinnern könne: Was berechtigt das deutsche Volk zum Glauben an den Sieg?

«Der heutige Tag», lachte Ingeborg. «So einfach hätte man es schreiben können. Einfach nur: der heutige Tag!» Und dann warf sie einen Blick auf das Baby und wollte wissen, ob Martha nun der NS-Frauenschaft beitreten würde, jetzt, wo sie doch Mutter war.

Den Mann in seinem Ledermantel vor ihrer Haustür sah sie

erst gar nicht. Sie hörte nur die Stimme von Frau Bolze, die den Mann anschnauzte: «Der Herr sonst was kann mer de Büggel bötze! Eine Martha Richter kenn ich nit!»

Vor einem Jahr hatte ein Kollege den Vater denunziert wegen kritischer Äußerungen, die dieser angeblich über die Regierung in Berlin gemacht hatte. Der Rest war nur eine Frage der Zeit gewesen. Sie hätten schon längst nach Paris fahren sollen. Nach dem Tod der Großeltern vor zwei Jahren stand die Wohnung in Montmartre leer. Martha wünschte, sie hätte mit ihren Eltern darüber gesprochen, ihnen zu der Reise geraten. Sie wünschte, sie hätte sich nicht mit ihnen gestritten.

Und in diesem Moment begriff sie, dass auch sie in Köln nicht mehr sicher war.

Martha konnte kaum sprechen, so war ihr die Zunge im Mund geschwollen. Sie hatte keine Ahnung, wann ihr das Wasser ausgegangen war. Am ersten Tag ihrer Reise, als sie noch geglaubt hatte, dass Züge nach Paris fuhren, war ihr das alles noch wie ein Abenteuer erschienen. Zumindest hatte sie sich das eingeredet. Sie hatte hinter einer Ecke gewartet, bis der Ledermantelmann verschwunden war, dann war sie in die Wohnung gerannt, hatte ihren Zeichenblock, eine Rolle mit Leinwänden, ein paar Stifte, Ölfarben, Windeln, einen Strampelanzug und Teddy eingepackt und Leberwurstbrote geschmiert.

Das Geld, das Paul und sie besaßen, würde fürs Erste reichen. Sie hatte vor ein paar Monaten einen Degas gefälscht, und das offenbar so gut, dass die Galerie in Düsseldorf ihr einen sehr ordentlichen Betrag dafür bezahlt hatte. Bei dem Gedanken daran hatte sie immer noch ein schlechtes Gewissen. Es war nicht recht zu fälschen, nicht einmal dann, wenn man dabei einen Düsseldorfer übers Ohr haute, und sie hätte es unter normalen Umständen auch niemals getan. Aber sie war schwanger und mittellos, und die Galerie hatte ihre eigenen Gemälde abgelehnt. Das mit dem Degas war dann Pauls Idee gewesen. Paul, der so ziemlich alles spielen konnte und sich sogar auf die Rolle des Kunsthändlers verstand.

Sechsunddreißig Stunden später war sie am Ende. Ihre Füße schmerzten so sehr, dass sie keinen Schritt mehr gehen konnte. Die Leberwurstbrote waren alle aufgegessen. Sie hatte Durst und Hunger, sie war unendlich müde, und sie spürte, dass die Geburtsnaht aufgerissen war. Vor über zwei Tagen war ihr Zug irgendwo in Luxemburg stehen geblieben. Seitdem hatte sie das Baby und ihr Bündel querfeldein durch die Dörfer geschleppt. Ihre Brüste gaben kaum noch Milch, und Juni saugte, ohne dass irgendetwas geschah. Sie wünschte sich so sehr ihre Eltern herbei.

Obwohl es schon ein paar Jahre her war, dass Martha ihre Großeltern in Montmartre besucht hatte, erkannte sie doch alles wieder: den Schuster an der Ecke, der bei schönem Wetter seine Schuhe draußen auf dem Trottoir flickte, den *Bar Tabac* und hoch über allem den Stein gewordenen Traum aller Zuckerbäcker namens Sacré-Cœur.

«Mutti!» Martha ließ den Messingklopfer auf die Eingangstür fallen. Als keine Antwort kam, hämmerte sie mit den Fäusten darauf. «Vati!» Niemand antwortete. *«Mémé!»* Niemand öffnete die Tür.

Endlich streckte eine Nachbarin den Kopf aus einem Fenster. «Martha?», fragte sie ungläubig. «Bist du es, Kleine? Und was ist das für ein Baby, das du im Arm hast? Was machst du hier?»

«Ah, Madame Boucher! Ich suche meine Eltern. Warum öffnen sie nicht?» Sie presste Juni an sich, die von dem Lärm aufgewacht war und jetzt zu weinen anfing.

«Warte.» Die Nachbarin schlug das Fenster zu. Eine Ewigkeit verging, dann wurde die Eingangstür geöffnet, und Madame

Boucher trat heraus. «Deine Eltern sind nicht hier, Kleines.» Sie küsste Martha auf die linke und die rechte Wange und streichelte der schreienden Juni über den Kopf.

«Aber …» Martha presste Juni noch fester an sich. «Wo sind sie denn? Sie sollten doch hier sein! Das wurde mir doch gesagt!»

Madame Boucher sah sie an und runzelte die Brauen.

«Du weißt, dass viele Menschen in den Süden gegangen sind, oder? Vielleicht sind deine Eltern auch dabei?»

Martha hatte nicht geweint, als die Wehen sie zerrissen. Sie hatte nicht geweint, als sie erfuhr, dass die Eltern Köln verlassen hatten, ohne ihr vorher Bescheid zu geben. Nicht während ihres Fußmarsches und nicht einmal vor Angst hatte sie geweint. Aber jetzt ließ sie sich auf die Türschwelle fallen, beugte sich über ihr Baby, und die Tränen strömten ihr so aus den Augen, dass sie glaubte, nie wieder aufhören zu können.

Manchmal kam es Martha so vor, als hätte Juni mit der Entdeckung ihrer Beine eine Wunderwaffe entdeckt. Das Mädchen begann zu rennen, kaum dass es die Augen aufschlug, und es hörte erst damit auf, wenn die Uhr vom Kirchturm in Bonnieux sieben Uhr abends schlug. Juni rannte, dass der Ocker der südfranzösischen Erde hinter ihr herstaubte. So schnell lief Juni, dass Martha fürchtete, sie würde irgendwann über den Dorfrand kippen, denn Bonnieux lag über den Berg gewürfelt, und die Straßen fielen steil zum Tal hinunter ab.

Wenn sie in ein Dorf gelangten, in dem noch keiner Juni kannte, drehten sich die Leute nach ihr um und fragten: «Wer ist denn dieses winzige, schnelle Mädchen?» Kein Kind im Lubéron-Gebirge hatte so flinke Beine wie Juni, ausgenommen vielleicht der kleine Louis, der Sohn der Frau, die sie auf ihrem Hof aufgenommen hatte.

An alles hatte sie sich gewöhnt in diesen ersten zwei Jahren: daran, dass es morgens anstelle von Kaffee nur eine schwarze Brühe aus gerösteter Gerste gab und dass ihre Hände schwielig wurden und selbst daran, dass sie so oft müde war. Wenn sie mit der Familie, die sie halbtot auf der Straße aufgelesen hatte, das Abendgebet sprach, bedankte sie sich im Stillen dafür, dass sie hier gelandet war, dem vielleicht friedlichsten Teil im kriegsversehrten Europa. Sie bedankte sich dafür, dass sie und Juni noch am Leben waren und dass es ihr auf diesem Hof sogar gefiel. Nur der Hunger war schwierig, aber man konnte sich in eine Traumwelt denken, um ihn nicht zu fühlen.

Sie hatte das Gefühl, als befinde sie sich in einer Blase. Sie fühlte sich gut aufgehoben in dieser fremden Familie. Alles war geordnet und reglementiert.

In den Angstnächten aber stellte sie sich vor, wie die Leute im Dorf Fragen stellten. Und dass nicht alle mit der Antwort zufrieden wären, dass sie und ihre kleine Tochter aus dem Elsass stammten. Sie fürchtete, dass Monsieur und Madame Mercier sie wieder hinauswerfen würden, wenn es weiterhin so wenig für ihre Lebensmittelkarten gab. In diesen Nächten sehnte sie sich nach ihren Eltern. Sie lebte nun schon zwei Jahre im Lubéron, ohne ein Lebenszeichen von ihnen zu haben.

So viel Martha auch fragte, niemand hatte einen August und eine Louise Richter gesehen. Sie versuchte es auch unter dem Namen Moreau, dem Mädchennamen ihrer Mutter. Nichts.

Juni konnte mittlerweile alles allein. Sie spielte mit Louis Fangen auf der Weide, und Martha zeigte Juni Hüpfspiele, die sie als Kind in Köln gespielt hatte. Sie brachte ihr Kirschkern-Weitspucken bei, so wie Vati das auch getan hatte, damals an ihrer Lieblingsstelle am Rhein. Sie spuckten die Kirschkerne über die Weide, und später spuckte Juni die Kerne mit Louis zusammen auf die Hauptstraße, bis sie von der alten Gaubert erwischt wurden, die ihnen eine ordentliche Standpauke hielt.

Es war kalt und trocken am 11. November 1942 im Lubéron-Gebirge. Der Reif malte ein weißes Muster auf die Flaumeiche vor ihrem Fenster. Martha war früh aufgestanden und versuchte, die Kuh zu melken. Sie war immer noch nicht sonderlich gut darin, schon gar nicht an diesem Morgen, an dem ihre Finger vor Kälte so steif waren. An diesem Tag marschierten die Deutschen in den freien Süden ein.

Deutsche Soldaten durchsuchten das Dorf. Es hieß, sie suchten nach Juden. Doch die alte Gaubert, die später vorbeikam, erzählte mit einem merkwürdigen Blick auf Martha, dass sie auch nach Exilanten suchten. Nach Deutschen, die vor den Nazis geflüchtet waren.

Das Beste an Louis war, dass man jeden Tag mit ihm Silbervogel spielen konnte. Wenn sie die Straße hinaufrannten, gelangten Juni und er an einen kaputten Felsen. Die Mütter hatten ihnen verboten, über die Kluft zu springen, die sich zwischen den beiden Felsenhälften auftat, aber es war nun einmal die beste Übung, um fliegen zu lernen. Louis sah lustig aus, seit er seinen Zahn verloren hatte. Juni musste immer lachen, wenn er mit ihr sprach. Seine Zunge rutschte beim Worteformen heraus, und das sah genauso aus wie die Schlange, die sie neulich oben in den Bergen gefunden hatten. Sssss, machte Louis, genau wie die Schlange, und Juni hüpfte vor Freude auf und ab, so lustig klang es.

Lange, lange war es kalt gewesen, aber jetzt wärmte die Sonne wieder, und weiße Blüten hingen über ihnen im Mandelbaum. Juni wusste, dass es ein Mandelbaum war, denn das hatte Louis ihr erzählt. Louis kannte so viele Wörter, wie Ameisen in einem Erdloch wimmeln konnten, denn er konnte lesen.

«Was ist das für eine Geschichte?», fragte sie Louis, der neben ihr unter dem Mandelbaum saß und bei dem Versuch, sich auf das Buch vor ihm zu konzentrieren, seine Zungenspitze durch die Zahnlücke schob. Sie wackelte mit den Zehen, was lustig aussah, weil der Schlamm dabei abbröckelte und ihre nackte Haut zum Vorschein kam.

«Ist eine Geschichte mit einem Vogel», erklärte Louis, wobei er mit den s-Lauten zischte.

«Silbervogel so wie der da?» Juni deutete in den Himmel. Ein Motor dröhnte über ihrem Kopf. Aber sie hatte keine Zeit, auf seine Antwort zu warten. Stillsitzen war doof. «Guck mal, das da!», rief sie und sprang auf.

«Das ist ein Fahrrad und gehört dem Postboten», zischelte Louis, aber dann grinste er. «Gute Idee!»

Sie fuhren die Straße hinab und dann über die Weide, und Louis wich nur ganz knapp einem Zaun aus. Juni saß auf dem Gepäckträger und klammerte sich an ihm fest. «Ich hab überhaupt nicht gebremst!», erklärte Louis stolz und rieb sich das Schienbein.

«Nur Feiglinge bremsen», bemerkte Juni und spuckte aus.

Louis grinste. «Wollen wir noch mal?»

«Na klar.» Juni fühlte mit der Zunge an ihrem Schneidezahn. Er hatte sich gelockert, endlich! Das hieß, dass sie jetzt auch bald groß war und lesen lernen konnte so wie Louis. «Aber diesmal lenke ich das Rad!»

Sie beschlossen, mit dem Fahrrad nur das kleine Stück bis zum Bürgermeisteramt zu fahren. Eine Gruppe von Männern brüllte Befehle in einer Sprache, die Juni nicht verstand, und dann stand da noch die Frau, die früher im Dorf das Brot gebacken hatte. Jetzt trug sie immer diesen hübschen gelben Stern auf der Brust und sah dabei so traurig aus. Madame Gaubert, die neugierige Frau, über die Maman gesagt hatte, sie dürften nicht mit ihr reden, zeigte mit dem Finger auf die Brotfrau. Jetzt trat einer der Männer zu der Frau und packte sie am Arm.

Ein Knall zerschnitt die Luft, dann hörte Juni jemanden schreien. Und dann hörte sie es noch einmal knallen. Louis und sie sahen sich an.

Radfahren war schwieriger, als Juni gedacht hätte. Erst kletterte Louis mit ihrer Hilfe in den Sattel, dann umgekehrt, aber wie auch immer sie es anstellten, ihre Füße reichten nicht bis an die Pedale heran.

Sie sahen sich gleichzeitig an, und ihre Augen strahlten.

«Die Weide!», jubelte Juni.

Die Weide fiel abschüssig zu einer Mauer ab, die das Grundstück der Merciers vom Nachbarhof trennte. Und bis auf das letzte Huhn und die zwei Ziegen konnte Juni keine Hindernisse erkennen. Sie würden die Pedale also nicht brauchen, denn wenn ein Weg steil abfiel, dann rollten Räder von alleine, das machte die Kutsche im Gebirge auch so. Sie kamen überein, dass Louis als der Ältere das Fahrrad vom Sattel aus lenkte, während Juni auf dem Gepäckträger saß. Und schon ging es los. Der Mandelbaum zog an ihnen vorbei und dann eine der Ziegen, die ein erschrecktes Meckern ausstieß. Und dann stieß Juni einen Freudenschrei aus. Sie flogen, ja sie flogen, wie die Silbervögel flogen sie! Schon sauste die zweite Ziege an ihnen vorbei, das Huhn flatterte in die Höhe, etwas rumpelte, und sie wären fast zur Seite gekippt, aber Louis packte das Lenkrad nur noch fester, und das Fahrrad flog weiter über das Gras. Schneller, immer schneller sausten sie, Juni konnte schon gar nicht mehr richtig die Mandelbäume sehen, so brausten sie an denen vorbei, und nun musste sie sich mit ihrer ganzen Kraft an Louis' Bauch festhalten, und dann stürmte auch schon die Mauer auf sie zu. Aber Louis war schlau, er warf das Fahrrad um, bevor sie dagegenprallen konnten, und so flogen sie sogar noch ein Stück durch die Luft.

Louis nickte. Sie liefen die Weide hinauf, so schnell sie konnten. Juni lief barfuß, wie immer. Das Gras kitzelte unter ihren Füßen, und die Erde fühlte sich kalt und hart an, aber das störte sie nicht. Man musste einfach schneller laufen, wenn der Boden schwierig war, das hatte sie herausgefunden, und man konnte dabei spielen, dass man ein Vogel wäre. Juni spielte, dass sie flog.

Auf einmal stand der Postbote vor ihr. «Geht nach Haus, Kinder», sagte er. «Und muckst euch nicht mehr.»

Louis und sie beschlossen, dass ein Spiel, bei dem man sich nicht bewegen durfte, sterbenslangweilig war. Sie sausten ins Haus, sprangen hinten aus dem Fenster und hangelten sich die Leiter hinauf, die zum Scheunendach führte. Von da aus hatten sie einen guten Blick auf die Straße. Die Brotfrau lag vor ihrem Haus und bewegte sich nicht mehr. Etwas strömte aus ihrer Brust und färbte ihren gelben Stern rot.

An diesem Tag weinten die Großen. Juni staunte. Sie hatte noch nie einen Großen weinen gesehen. Sie spürte, dass ihr selbst die Kehle eng wurde, denn sie mochte es nicht, wenn Maman so traurig war.

Es gab einen Zedernbaum am Ende der Weide, und er war so gewaltig, dass seine Wurzeln bis unter das Fundament ihres Hofs reichten – das zumindest hatte Louis' Großmutter, die Madame, einmal erzählt. Am Abend warf er einen so großen Schatten, dass es im Haus dunkel wurde, und Monsieur hatte schon mehrfach davon gesprochen, den Baum zu fällen, zumal sie im Winter das Holz gegen Essen würden tauschen können. Madame, Monsieur sowie beide Mütter hatten ihnen bei Höchststrafe verboten, auf die Zeder hinaufzuklettern. Aber Maman saß jetzt ohnehin immer in einem Zimmer, in das Juni nicht hineindurfte, und die anderen beschäftigten sich mit den Tieren auf dem Hof.

«Wir holen die Leiter aus dem Schuppen», schlug Juni vor. «Damit klettern wir zum untersten Ast hinauf, und von da an höher. So hoch, dass wir anschließend fliegen können!» Die Leiter war schwerer, als sie dachte, und die Sonne stand schon ziemlich hoch, als sie den Baum endlich erreichten.

Sie gaben den Ästen Namen. Der Ast, den man nur von der obersten Leitersprosse erreichte, und auch nur, wenn man sich reckte, nannten sie den Ast des Todes. Von da an musste man sich mit starken Armen auf einen Ast ziehen, den sie Siegesflug tauften, denn von da aus konnte man auf das ganze Dorf und über die Ebene hinunterblicken, die darunterlag. Und während Juni so schaute, wippte sie auf dem Ast, dass sie hinauf in den Himmel flog und wieder hinunter, hinauf und hinab.

Der Blütenfrühling ging in einen Sommer über, der vor Kraft brüllte. Juni stürmte zum duftenden Feld von Bauer Giraud. Sie schoss durch den Geheimgang, den Louis und sie sich gebahnt hatten. Dornen kratzten an ihrer Haut, dass sie aufriss. Dann rannte sie noch schneller die große Straße hinunter, die durch das Dorf führte, dem Auto hinterher. Auf dem Auto saßen Männer, die Wörter in einer fremden Sprache riefen. Juni lief neben dem Auto her, weil sie wissen wollte, ob sie schneller sein konnte als das Auto, und die Männer lachten, aber dann stürzte Maman heraus und schrie, was sie denn da tue, obwohl sie es doch genau sehen konnte: laufen. Nie dürfe sie mit den Männern in den Uniformen reden, erklärte sie ihr am Abend, als Juni sich müde gelaufen hatte und mit Teddy im Arm an Maman gekuschelt dalag.

Am liebsten mochte sie es, wenn Maman aus dem Zimmer, das immer verschlossen war, herauskam und mit ihr Kästchenhüpfen spielte. Dazu malte die Mutter mit einem Stock Vierecke in die Erde, dass es in die Luft staubte, und dann hüpfte sie so hoch, dass ihre langen Zöpfe flogen, und Juni machte die hohen

Sprünge nach. Manchmal, wenn Juni ganz oft bitte sagte, ließ sich Maman mit ihr die Weide hinabrollen, bis an ihrem Kleid überall Gras klebte und sie beide keine Luft mehr vor Lachen bekamen.

Wenn der Mond groß und orange über der Zeder schwebte, erzählte Maman von einem Mädchen, das mit einem Silbervogel zum Mond geflogen war. Das war ihre Lieblingsgeschichte, denn sie wusste, dass die Geschichte von ihr selbst handelte. Die Mutter sagte, es sei das schnellste Mädchen der Welt.

Der Regen kam, und der Wind zerrte die Blätter von den Bäumen. Juni stürmte durch die Pfützen.

«Lass uns in Mamans Zimmer gehen, in das niemand hineindarf», schlug sie Louis vor. Der Regen prasselte durch das Loch im Dach. Maman war in der Scheune, um den anderen Großen beim Käsemachen zu helfen.

«Wir haben keinen Schlüssel», wandte Louis ein.

«Lass uns trotzdem reingehen!» Juni hüpfte auf und ab.

Sie beschlossen, das Zimmerfenster mit einem Stein einzuschlagen, durch das Loch hineinzugreifen und dann den Riegel von innen aufzuziehen. Aber die Fensterläden waren verschlossen, und sie kamen nicht an das Glas heran.

«Da muss etwas wirklich Geheimes drin sein», meinte Louis, und Juni nickte.

Es wurde kälter, und der Wind blies so mächtig durch die Zeder, dass es immer schwieriger wurde hinaufzuklettern. Das geheime Zimmer blieb verschlossen, egal, was sie anstellten. Juni begann, ihre Mutter anzuflehen. «Ich will nur einmal sehen, was du da drin machst», bat sie, während sie abends im Bett lagen und der gewaltige Wind gegen das Haus anbrauste. Sie dachte an eine Geschichte, die Louis ihr neulich vorgelesen hatte, und riss die Augen auf: «Ist eine Ritterburg da drin?»

«Ja, Juni, aber es ist eine geheime Ritterburg, die nur ich sehen darf.»

«Bist du ein Ritter, Maman?» Juni klatschte in die Hände, und die Mutter lächelte. «Ja, das bin ich, kleines Junikind.»

«Ich will auch ein Ritter sein, wenn ich groß bin.»

«Aber du bist doch jetzt schon etwas Besonderes!»

«Wirklich, Maman? Was denn?»

«Das schnellste Mädchen der Welt!»

Es wurde so kalt, dass ihre Füße blau wurden, wenn sie draußen herumrannte. Zweige und Büsche waren weiß gezaubert. Immer mehr Silbervögel dröhnten über ihre Köpfe hinweg.

Und dann geschah das Wunder: Die Ritterburg stand offen. Juni flitzte, um Louis zu holen, und gemeinsam schlichen sie hinein.

Es sah überhaupt nicht so aus, wie Juni sich eine Ritterburg vorstellte, aber es roch nach Maman. Die Fensterläden waren verschlossen, nur eine Lampe erhellte den Tisch. Papiere lagen auf dem Tisch ausgebreitet und Stifte. Maman hatte gezeichnet. Aber es waren nicht die lustigen Bilder, die sie für Juni malte, damit sie still blieb, sondern Zettel, auf denen Buchstaben standen. Fotos von Menschen klebten darauf.

«Ich glaube, wir kriegen richtig Ärger, wenn wir hier erwischt werden», sagte Louis, aber Juni sagte gar nichts, denn sie war so wütend, dass sie eine Schachtel mit Stiften auf den Boden warf, sodass sie zerbrach.

«Du hast mich angelogen!», schrie sie die Mutter an, die in der Stube saß und eine weinende Madame hielt. «Es ist überhaupt keine Ritterburg!»

Sie war sicher, dass sie dafür bestraft werden würde, in das geheime Zimmer gegangen zu sein. Vielleicht würde sie nicht mehr herumlaufen dürfen, oder vielleicht würden Louis und sie einen Abend lang keinen Käse kriegen. Doch zu ihrem Erstaunen sprach niemand mit ihnen darüber. Die Großen weinten, und diesmal weinte sogar Monsieur.

Es war immer noch kalt, als sie den Hof mit der Kutsche des Postboten verließen. So schnell ging es, dass Juni nicht einmal Zeit blieb, um auf Wiedersehen zu sagen. Louis und seine Großeltern waren im Haus geblieben, aber die Zeder winkte ihr zu. Die Mutter weinte immer noch. Immer enger wurden die Wege, auf denen sie rollten. Zweige schlugen ihnen ins Gesicht.

«Ist es, weil ich in das geheime Zimmer gegangen bin?», fragte Juni kleinlaut.

Die Mutter schloss sie so heftig in die Arme, dass die Wollmütze rutschte, die Louis ihr zum Abschied geschenkt hatte. «Nein, Juni. Denk das nicht. Denk das niemals!»

«Aber wohin fahren wir denn jetzt?» Juni umklammerte Teddy.

«Wir fahren in eine große Stadt, die Marseille heißt», sagte Maman. «Und dann suchen wir für uns beide ein Schiff.»

★

Böse Zungen behaupteten, dass die Todesrate unter Raketenenthusiasten besonders hoch war. Es stimmte, dass in den vergangenen Jahrzehnten gleich mehrere Forscher mit dem Reiseziel Mond aus der Kurve geraten waren. Hermann Oberth, der den Regisseur Fritz Lang bei den Dreharbeiten zur «Frau im Mond» wissenschaftlich beraten hatte, war bei seinem Treibstoffexperiment mit Alkohol und Flüssigsauerstoff durch die Werkstatt geflogen – sein Trommelfell und die Sehkraft seines linken Auges hatten es nicht überlebt. Noch schlechter war es Max Valier ergangen. Der Spezialist für Fahrten in Raketenschlitten über Eisflächen musste das Zeitliche bei einer Brennkammerexplosion segnen. Und die Raketenforscher Reinhold Tiling und Angelika Buddenböhmer hatten das Pech, von ihrer eigenen Pulverpresse in die Luft gejagt worden zu sein. Doch der Hingang zu Gott war durchaus nicht nur jenen vorbehalten, die nach den Sternen greifen wollten. Man musste ja nur an die Peenemünder Bombenopfer in der vergangenen Woche denken. Einfache Arbeiter aus dem Häftlingslager, die sie für die Fertigung von Mittelteilen und Hecks eingesetzt hatten. Fast wären sie selbst, die Konstrukteure und Ingenieure, bei der Bombardierung draufgegangen. Ein Glück, dass sie die Raketen jetzt unter Tage bauen durften – die SS hatte endlich zugestimmt, die Produktionsstätte zu verlagern. Das war ja auch in ihrem Sinne. Das Werk konnte jederzeit erneut bombardiert werden. Und dann wäre es mit Hitlers Wunderwaffe vorbei.

Wernher von Braun wandte den Blick nach oben zur Kassettendecke, auf die ein Sternenzelt aufgemalt war. Auch weniger phantasiebegabte Kirchgänger konnten sich in St. Petri in himmlische Gefilde träumen, das gefiel ihm. Wernher schloss die Augen und dachte an früher. Als Oberprimaner hatte er Klavier und Cello gespielt, und eine Zeitlang war er sogar entschlossen gewesen, als Komponist in die Geschichte einzugehen. Er lächelte. Wie seine Eltern ihn in diesem Wunsch bestärkt hatten! Ein musikalisches Talent galt in der aristokratischen Gesellschaft eine ganze Menge – im Gegensatz zu seiner wahren Passion: Raketenreisen ins All.

Mit der Kirche verband ihn eine schöne Erinnerung, und das war sein Konfirmationsgeschenk: ein Teleskop, durch das er den Mond betrachten konnte. Dieser Anblick hatte etwas in ihm freigesetzt, das er erst Jahre später richtig verstand.

Er zündete sich eine Zigarette an und schritt auf seinen Wagen zu. Er war spät dran für seine Fahrt in den Harz, aber das war gut, denn so hatte er einen Grund mehr, über die Autobahn zu rasen. Kohnstein hieß der Berg, der seine Raketen vor Bomben aus der Luft schützen würde. Ein Berg mit einem komplett untertunnelten Gipsmassiv – das hatte ihm der Leiter des Arbeitsausschusses für Zulieferung versichert. Hier hatte die BASF schon während des letzten Krieges Stollen getrieben. Und diese Stollen boten genug Platz für Hunderte von Arbeitern. Und für den Bau von Raketen, *seinen* Raketen, die einzigartig waren auf der Welt.

* * *

Häftling Nr. 1713 hörte die Männer, bevor er sie sah. Er hörte ihre festen Tritte, die von der Stollenwand hallten, und ein Zittern durchlief seinen Körper. Er spürte, dass er husten musste, die Lunge brannte ihm so im Körper. Nicht auszuhalten war der Schmerz. Aber er durfte nicht husten. Der Franzose, der gestern gestorben war, der hatte gebellt, bis sich Brocken aus dem Felsen lösten, und einer dieser Brocken hatte die Maschine beschädigt, die sie in den Tunnel ziehen sollten, und dann war der Aufseher gekommen und hatte den Mann mit Husten totgepeitscht.

Ein Staub wehte durch den Stollen, helle Körnchen, die man in dem Lichtkegel sehen konnte, der auf einmal über die Steinwand tanzte, und die einem bei jedem Atemzug in die Lunge fuhren.

Immer näher kamen die Tritte, und mit ihnen das Tanzlicht. Häftling Nr. 1713 kniff die Augen zusammen. So eine Helligkeit hatte er nicht mehr gesehen, seit sie ins Felsendunkel gebracht worden waren. Seit der Fahrt mit dem Waggon, in dem ein Junge in seinen Armen gestorben war, ein Junge, so alt wie seine Martha, seine Tochter, Wochen war das her oder Jahre. Er hatte jedes Gefühl für Zeit verloren. Eine der Herrenstimmen brüllte etwas, und Häftling Nr. 1713 versuchte, sich aufzurichten und die Hände an die Hosennaht zu legen, so wie er es in Buchenwald gelernt hatte. Die Lunge brannte, dass ihm die Augen tränten. Nicht husten, befahl er sich. Er musste es laut gesagt haben, was merkwürdig war, denn er konnte doch gar nicht mehr sprechen, nicht seitdem er diesen Durst hatte, der nie aufhören wollte, der ihm die Erinnerungen ausgedorrt hatte, denn jetzt schrie einer, vielleicht einer der Herren, vielleicht aber auch der Kapo – das konnte er nicht sehen, die Taschenlampe blendete so.

«Anpacken!», schrie die Stimme.

Und dann fühlte er die Männerkörper um sich, andere Gefangene, er fühlte einen gegen sich wanken, und er versuchte, ihn zu stützen, denn wer fiel, der starb. Der Boden war gefährlich, die anderen konnten auf einen treten, oder man versank in den Fäkalien, die von den aufgeschnittenen Benzinfässern quollen. Latrinen waren das eigentlich, diese Fässer, aber sie waren zu klein für sie alle hier im Stollen, oder es gab nicht genug von ihnen.

Wieder schob sich jemand von hinten gegen ihn, und Häftling Nr. 1713 wurde jetzt mitgeschoben, er war Teil eines riesigen Leibs, der versuchte, eine Maschine in den Tunnel zu ziehen, er war Teil von Schmerzen und Durst.

«Heckfertigung», hörte er eine der Herrenstimmen sagen, und dann noch etwas, das wie «Schweine» klang. Dann wurden die Herrentritte wieder leiser, und der Kegel lichterte fort.

Er musste stehen geblieben sein. Anders konnte er es sich nicht erklären, dass er plötzlich allein war, allein mit einem der Aufseher. Die Kruste in seinem Gesicht juckte, er wollte mit den Händen daran gehen, aber dann dachte er an Buchenwald und behielt die Hände an der Hosennaht.

«Anpacken sollst du!», schrie der Aufseher ihn an.

Oder vielleicht sollte er in die Hände urinieren, um sich das Gesicht zu waschen. Der Pole hatte das getan, und danach war sein Gesicht wieder sauber gewesen. Der Pole, der deutsche Lieder singen konnte. «Der Mond ist aufgegangen» etwa. Oder «Sah ein Knab ein Röslein steh'n».

Dass einem die Lunge so brennen konnte. Und dass man trotzdem immer weitermachte, was für ein Wunderwerk, der Mensch. Häftling Nr. 1713 setzte sich in Bewegung. Nur noch wenige Schritte, dann würde er wieder bei den anderen Männern sein und wieder die Kraft finden, die große Maschine weiterzuziehen. Und plötzlich, ganz plötzlich, er wusste nicht, dass man solchen Mut haben konnte, sagte er, das heißt, er versuchte, es zu sagen, aber die Stimme gehorchte ihm nicht mehr richtig: «Ich habe Durst.»

Der Schlag warf ihn von den Füßen. Er landete auf dem Boden, dort, wo man nicht hinfallen durfte. Flüssigkeit sammelte sich in seinem Mund, ein Wasser, das nach Eisen schmeckte. Er versuchte aufzustehen, aber er rutschte, und dann gehorchten ihm die Beine nicht mehr. Wieder traf ihn ein Schlag, diesmal an der Schulter. Und dann waren mehrere Männer um ihn, Aufseher, er erkannte sie daran, wie sie brüllten. Er stützte sich an der Stollenwand ab, so war es besser, so konnte er aufstehen, Hände an die Hosennaht. Aber es nützte nichts, diesmal traf ihn der Hieb am Ohr. Auf einmal verschwammen die Geräusche, und ihm war, als ob er unterginge, und dann wurde alles schwarz. Wie im Traum flog er durch den Stollen, aber daran, dass er taumelte und dass er in dem Latrinenschlamm rutschte und wieder aufstand und ihm die Lunge brannte, erkannte er, dass er immer noch im Stollen war. Er sah die Gesichter: Augen, die aus schwarzer Kruste starrten. Den Leib, dessen Teil er war. Er hörte, dass jemand einen Befehl brüllte, aber er konnte die Worte nicht verstehen.

Der Raum, in den sie gedrängt wurden, hatte keine Fenster. Ein Licht schien auf, und darin erkannte er einen Balken, der sich hoch über seinem Kopf durch den Raum zog. Schatten bewegten sich an der Wand, Schatten, so dünn wie Striche, und erst als sich seine Augen an das Licht gewöhnten, sah er, dass es Seile waren. Er wollte schreien, aber das ging nicht, er hatte so Durst, dass ihm die Stimme versagte, und dann presste ihm jemand etwas Hartes in den Mund.

Es musste Holz sein, er fühlte es splittern, als er daraufbiss. Sie waren zu sechst, er erkannte den Polen, der so gut singen konnte und dann noch andere. Von den Aufsehern gab es viele, er konnte nicht erkennen, wie viele, und doch versuchte er, sie zu zählen. Es war wichtig, dass er zählte, das hatte er in Buchenwald gelernt. Er musste zählen, wenn sie auf dem Appellplatz standen, und er musste die Männer zählen, die erschossen wurden.

Eins, dachte er, als sie den Polen erhängten.

Zwei. Ein Schmächtiger, fast schon ein Skelett.

Dann war er an der Reihe, und er sah seine Louise vor sich, so wie er sie zum ersten Mal gesehen hatte, und das Entsetzen darüber, dass er sich nicht von ihr verabschieden konnte, war mehr, als er ertrug. Kurz bevor sich seine Füße vom Boden hoben, dachte er an Martha, sein eigensinniges, kleines Mädchen. Er sah sie, wie sie malte.

Drei.

300 Kilometer von der Erde entfernt, 16. Juli 1969,
eine Stunde und 20 Minuten nach dem Start

Erst war es nur ein kleines Licht, das einen Streifen auf die Erde malte. Dann quoll es zu einem großen, gelben Leuchten hinter dem Planeten auf. Immer heller strahlte das Licht jetzt, Kontinente wurden sichtbar, Muster in jedem erdenklichen Blau.

Die drei Männer, die mit ihrem Raumschiff die Erde umkreisten, starrten gebannt aus ihren Fenstern. «Jesus Christ», sagte Michael Collins. «Seht euch mal diesen Horizont an! Verdammt, sieht das schön aus! Das ist unwirklich. Das hatte ich ganz vergessen.»

Er griff nach der Hasselblad, die er sich für diesen Augenblick bereitgelegt hatte, aber die Kamera war nicht mehr an ihrem Platz.

«Hat jemand eine Hasselblad vorbeifliegen gesehen?», fragte Collins seine Kollegen. «Das Ding kann noch nicht weit gekommen sein. Riesengeschoss, nicht zu übersehen.»

Buzz Aldrin ließ sich von seinem Sitz in die Höhe gleiten. «Ein Filzstift fliegt hier.»

«Danke.» Neil Armstrong streckte die Hand aus. «Wird meiner sein.»

Collins blickte auf die Uhr. In einer Stunde und dreißig Minuten würde Apollo die dritte Raketenstufe zünden, um sie auf Mondkurs zu bringen. So stark würden sie das Raumschiff beschleunigen, dass ihnen frei herumfliegende

Objekte die Knochen brechen könnten. Oder den Bordcomputer zerstören.

Bis dahin musste er die Hasselblad gefunden haben. Sonst würden sie alle drei ein Problem haben.

528 Millionen Menschen auf der ganzen Welt saßen vor ihren Fernsehgeräten. Wer kein eigenes Gerät besaß, ging zu Verwandten, in Hotels oder stellte sich vor die Schaufenster von Elektrogeschäften. Eine Million Menschen war nach Cape Kennedy gereist, um sich den Start persönlich anzusehen: Diplomaten, Hippies, Neugierige aus aller Welt.

Ein Athlet hatte den Begriff *space race* wörtlich genommen und war von seiner Heimatstadt zum Cape gerannt. Auf der 1673 Kilometer langen Strecke, die er vom texanischen Houston zur Abschussrampe in Florida joggte, verlor er sechs Kilo und den Willen, je wieder auf eine Laufstrecke zu gehen.

Vor dem Startkomplex 39-A auf dem Banana River drängten sich fünftausend Boote, hauptsächlich Yachten und Vergnügungsdampfer. An Bord servierten Kellner bunte Getränke, die Lift-off-Martinis und Apollo-Cocktails hießen, und tatsächlich katapultierten die Flüssigkeiten im weiteren Verlauf des Tages einige Fahrgäste ins Wasser.

Autofahrer, die das Jahrhundertereignis aus nächster Nähe betrachten wollten, standen in einem fünfzehn Kilometer langen, vierspurigen Stau. So viele Autos mussten es sein, rechnete Wernher von Braun, während er aus dem Flugkontrollzentrum in die Hitze hinaustrat, dass sie aneinandergereiht bis in die Mesosphäre reichen würden.

Er war noch immer unruhig. Sicher, der Start war geglückt, und es gab nun nichts mehr, was er tun konnte. Das Kontrollzentrum in Houston hatte übernommen. Apollo 11 glitt ruhig um die Erde auf einer genau berechneten Umlaufbahn. Und trotzdem: Niemand konnte mit absoluter Sicherheit vorhersagen, was passieren würde, wenn Houston die dritte Raketenstufe zündete. Wenn Apollo 11 sich endlich auf den direkten Weg zum Mond begab.

Er blieb stehen, um sich mit seinem Taschentuch über die Stirn zu tupfen. Die Hitze flirrte. Überall standen Menschen auf dem Rasen, ganze Trauben von Menschen, nicht zum Aushalten war das. Schreie ertönten. Ein paar Meter weiter vor ihm fiel ein Mann um. Sofort eilten Helfer herbei, Sanitäter vielleicht oder Feuerwehrleute, von denen einer wie Elvis Presley aussah und ein stark französisch gefärbtes Amerikanisch sprach.

Wernher von Braun wollte schlafen. Er wollte, dass all die Geräusche untergingen, die die Menschen hier machten, das Gerede von einer Million Menschen, das ihm in den Ohren sirrte wie von einem Hummelschwarm, und dazwischen das Schreien und das Geknatter von Hubschraubern und Autos und Booten. Er wünschte sich in den Himmel, in die Ruhe des Alls.

In der Thermosphäre, 327 Kilometer von der Erde entfernt, führten die Männer letzte Handgriffe aus. Zwei Stunden und 48 Minuten waren seit dem Start vergangen. An Bord der Saturnrakete hatte Michael Collins endlich seine Kamera wiedergefunden. Dunkel war es, als er jetzt aus dem Fenster blickte, und er meinte, ganz in der Nähe die Venus zu sehen, aber dann begann alles, was er sah, zu zittern. Sie hatten die dritte Raketenstufe gezündet. Der Himmel war voller Flammen, die an ihnen vorbeizischten.

Sie waren auf dem Weg zum Mond.

KAPITEL 2

Die Leiter war so nass, dass ihre Füße immer wieder abrutschten, aber Juni wusste, dass sie es schaffen würde. Es war dunkel, aber über ihr leuchtete die blasse Scheibe, über die Maman so viele Geschichten erzählen konnte. Juni wusste nicht, wie viele Sprossen die Leiter hatte, aber sie hoffte, dass sie bis in den Himmel reichen würde. Das Schiff hüpfte in den Wellen, und fast wäre Juni abgerutscht, aber sie hielt sich, schließlich war sie stark.

«Maman!», rief sie stolz, als das Deck mit den Menschen unter ihr schon ganz klein war. «Guck mal, was ich kann! Ich bin hier ganz oben!»

Ein Schrei ertönte unten in der Menge.

«Komm sofort da runter!», hörte Juni die Stimme ihrer Mutter. Warum klang sie nur so ängstlich? Es war doch schön, was sie da tat!

«Später!», rief Juni. «Erst klettere ich zum Mond!»

Die Menschen sammelten sich unter ihr. Juni ließ eine Hand los und winkte ihnen zu. Wieder ertönten Schreie. «Sie wird fallen, die Kleine!», hörte sie jemanden rufen. «Einer muss sie da herunterholen!»

Das Schiff schlingerte, und jetzt rauschte eine Welle über Deck. So hoch spritzte die Welle, dass Juni Tropfen an ihren nackten Füßen spürte. Sie lachte. «Ich bin nass geworden, Maman!»

«Runter, Juni! Auf der Stelle!»

Juni versuchte, einen Fuß auf die nächsttiefere Sprosse zu setzen, aber in diesem Moment legte sich das Schiff auf die Seite, und sie rutschte ab. Der Fall dauerte nur ein paar Herzschläge, und sie rechnete damit, dass sie hart aufschlagen würde, aber stattdessen fiel sie in etwas Weiches, das sie hielt.

«Weh getan?», fragte der Mann, der sie aufgefangen hatte.

Juni strampelte. «Ich tu mir nie weh. Können Sie mich mal absetzen, Monsieur?»

«Nur wenn du mir versprichst, nie wieder auf diese Aufbauten zu klettern.»

«Langweilig», murmelte Juni, doch ihre Worte gingen im Dröhnen eines Silbervogels unter, der über ihre Köpfe sauste.

In diesem Moment stürzte auch schon Maman zu ihr und riss sie in die Arme. «Tu das nie wieder, Juni!», schimpfte sie.

Martha hatte den Mann schon bemerkt, als sie in Marseille abgelegt hatten. Er mochte nur wenig älter als sie selbst sein. Jeden Tag stand er an der Reling und blickte auf den Atlantik – so, als ginge ihn die Menge auf dem Zwischendeck nichts an. Er hatte dunkle Haare, die er nach hinten gekämmt und im Nacken akkurat gestutzt trug. Vielleicht war es dieser Haarschnitt, der Martha misstrauisch machte. Jemand, der genug Zeit hatte, zum Friseur zu gehen, bevor er die Überfahrt nach Amerika antrat, konnte kein normaler Flüchtling sein. Sie presste Juni fester an sich. Die vergangenen Monate in Marseille hatten sie gelehrt, vorsichtig zu sein.

Die Sonne blitzte auf seinen Brillengläsern, sodass sie seinen Gesichtsausdruck nicht erkennen konnte. Seine Wangenknochen traten stark hervor, er sah dünn aus, und sein Jackett war kaputt. «Danke», sagte Martha und wollte sich an ihm vorbeischieben, aber in diesem Moment rauschte das Schiff erneut in ein Wellental. «Es ist mir sehr unangenehm», sagte sie, als sie mit Juni an der Hand gegen den Mann stürzte.

«Keine Ursache», lächelte er.

Ein paar Sekunden lang sahen sie sich in die Augen. «Benjamin Leroy.» Der Mann streckte seine Hand aus. «Es freut mich, Sie kennenzulernen.»

Martha zögerte nur eine Sekunde. Dann nannte sie den Namen, der auf ihren Papieren stand und der der Mädchenname ihrer Mutter war. «Martha Moreau. Und dieser kleine Kobold, der mit Vorliebe auf Schiffsaufbauten klettert, ist meine Tochter Juni.» Sie betonte den Namen französisch.

«Ist Ihr Ehemann …?»

Martha antwortete das, was sie jetzt immer sagte, obwohl es nicht die Wahrheit war. «Mein Ehemann ist tot.»

Sie sah das Mitgefühl in seinen Augen. «Das tut mir sehr leid.»

Die Menge hinter ihnen zerstreute sich allmählich. Martha fragte sich, ob sie auch weitergehen sollte. Aber irgendetwas hielt sie davon ab.

Auf einmal spürte sie, wie sich etwas in ihr regte. Aber es war ein Gefühl, das sie nicht zulassen durfte, wenn sie weiter funktionieren wollte. Sie hob Juni empor, setzte sie sich auf die Hüfte und zog den Mantel enger um sie beide. Der Wind schnitt ihnen ins Gesicht.

«Vielleicht begeben wir uns an die windabgewandte Seite», sagte der Mann. «Verzeihung, Sie möchten vielleicht allein sein?»

«Nein», sagte Martha und hielt seinen Blick fest. Seine Augen waren sehr dunkel, bemerkte sie. «Das möchte ich nicht.»

Lange sprachen sie kein Wort. Martha spürte, dass sie zitterte. Da war eine Kälte in ihr, die nicht mehr vergehen wollte, die nicht mal ihr kleines Juni-Kind vertrieb. Aber lieber stand sie hier an Deck und fror im Fahrtwind, als dass sie wieder nach drinnen ging. Die Luft war abgestanden in dem Mannschaftsraum, den sie sich mit den anderen Exilanten teilte, und manchmal roch es nach Erbrochenem. Und wie laut es immerzu war! Martha musste sich das Kissen auf die Ohren drücken, wenn sie zu schlafen versuchte, aber auch so konnte sie es hören: das Weinen und die geflüsterten Gespräche. Es waren Geschichten, die sie noch im Traum verfolgten: von Familienangehörigen, die verhaftet worden waren. Von toten Freunden, auf immer verlorenen Häusern, vom Krieg.

«Sehen Sie!» Der Mann deutete auf das Meer.

«Oh, sind das etwa ...?» Martha hielt die Luft an.

«Delfine», antwortete der Mann und lächelte.

«Es ist so merkwürdig», sagte er nach einer Weile. «Dass all das in Europa passiert ...» Er stockte. «Und dann spielen da diese Delfine. So ist es, oder? Das Böse existiert neben dem Guten. Das Schwere neben dem Leichten. Alles ist immer eins.»

Martha weinte. Sie wollte nicht, dass der Mann es sah, aber sie konnte nichts mehr dagegen tun. Das Weinen schüttelte sie so, dass Juni sie erschreckt ansah. «Maman?», fragte sie.

«Vielleicht möchten Sie, dass ich Ihre Tochter einmal halte?», fragte der Mann und reichte ihr ein Taschentuch, das zerschlissen, aber sauber aussah.

Martha wischte sich die Nase und schüttelte den Kopf. «Meine Tochter wird nicht ...» Doch im selben Augenblick rutschte ihr Juni schon aus dem Arm. Und schon rannte sie los. Sie wäre vielleicht mit dem Kopf gegen die Reling geknallt, denn das Schiff tauchte in diesem Moment tief in die Wellen ein, aber der Mann hielt Juni geistesgegenwärtig am Arm fest. Martha erwartete, dass Juni laut protestieren würde, aber zu ihrer Überraschung lachte sie den Fremden bloß an.

«Willst du mal mit mir auf einem Bein hüpfen?», fragte sie und nahm seine Hand.

«Du meine Güte», sagte der Mann. «Schafft sie das bei allen?»

Martha nickte. «Meine Tochter ist eine Herzensbrecherin.»

Sie begannen, sich einander zu öffnen, als es Nacht wurde, die zweite auf dem offenen Meer. Benjamin fing als Erster an. Die Geräusche um sie herum waren leiser geworden. Juni war eingeschlafen, den Kopf auf Benjamins Beine gebettet. Im Schlaf hielt sie seine Hand.

«Und warum mussten Sie flüchten?», fragte er. «Sie sagen, Sie seien aus dem Süden, und Ihre Tochter spricht ja auch mit dem Akzent des Midi. Aber in Ihrem Akzent schwingt etwas anderes mit.»

«Ich bin Deutsche», platzte Martha heraus. Im nächsten Augenblick riss sie vor Schreck die Augen auf.

«Erzählen Sie ruhig, wenn es Sie erleichtert. Wir werden uns nach unserer Ankunft vermutlich ohnehin nicht wiedersehen.»

Da war so viel Wärme in seinen braunen Augen, dass es sie verwirrte. Wie konnte jemand, dessen Mutter von den Deutschen ermordet worden war, so freundlich zu einer Deutschen sein?

Benjamin erwiderte ihren Blick. Minutenlang sagten sie kein Wort.

«Das würde ich übrigens sehr bedauern», sagte er schließlich leise.

Martha wagte kaum zu atmen. «Ich auch. Aber ...»

Noch ein langer Blick. «Aber?»

«Sie werden mich hassen!», flüsterte sie. «Ich habe Sie belogen! In allem.»

«Sie werden Ihre Gründe gehabt haben, einem Fremden nicht zu vertrauen», sagte er ruhig.

Martha senkte den Kopf. «Ich war nie verheiratet. Und der Vater meiner kleinen Juni ... er ist auch nicht tot. Ich habe ihn verlassen, weil ich meine Eltern suchen wollte. Sehen Sie ...» Die Worte quollen auf einmal aus ihr heraus, ohne dass sie sie aufhalten konnte. Es tat so gut, endlich alles zu erzählen. Es war wie früher im Beichtstuhl, in der Kirche in Köln. «Meine Mutti stammt ursprünglich aus Paris», sprach sie weiter. «Und Vati war – er ist – Ingenieur. Aber er hat seine Arbeit verloren. Ein Kollege hatte ihn denunziert, weil er nicht auf Linie mit der Partei war. Ich war dumm», sagte sie. «So dumm, dass ich dafür keine Worte finde. Ich habe meine Eltern einfach nicht mehr besucht, nicht mehr mit ihnen gesprochen. Ich bin schwanger geworden, meine Eltern waren nicht einverstanden, wir haben uns entzweit. Und dann, nachdem Juni geboren war ...» Sie strich ihrer Tochter eine Strähne aus der Stirn. «Da wollte ich wieder zu ihnen. Aber sie waren schon fort. Nach Paris, sagte mir eine Nachbarin. Aber als ich in Paris ankam, war die Stadt besetzt, und ich konnte meine Eltern nicht finden.» Sie schlug die Hände vors Gesicht und weinte. «Ich habe alles falsch gemacht!»

Seine Hand lag ganz leicht auf ihrem Rücken. «Das glaube ich nicht», sagte er.

«Wie können Sie so etwas sagen?», schluchzte sie.

«Sie haben all diese Anstrengungen auf sich genommen, um einen Fehler wiedergutzumachen. Sie sind mit Ihrem Baby weit gereist, um Ihre Eltern zu finden. Ganz allein.»

«Eine Familie hat meine Tochter und mich bei sich zu Hause aufgenommen.»

«Aber ich nehme an, dass Sie es trotzdem sehr schwer hatten – so ohne Schutz und ...» Sein Blick streifte ihren zerschlissenen Mantel und das Kleid, dessen Kragen halb abgerissen war. «Und ohne die notwendigen finanziellen Mittel.»

«Oh, ich hatte auch Geld.» Sie lachte bitter. «Ich war Kunststudentin, müssen Sie wissen. Ich male und zeichne.» Sie holte tief Luft. «Ich bin sogar sehr gut darin.»

«Das bezweifle ich in keinster ...»

«Ich habe einen Degas gefälscht.»

«Nun, das ist ...» Sie sah, wie er um Fassung rang. «Beeindruckend.»

«Von dem Erlös konnte ich eine Weile überleben. Und ich habe auch Papiere gefälscht.»

«Ihre? Nun, unter den gegebenen Umständen ...»

«Nicht nur meine.»

Er sah aus, als ob er etwas sagen wollte. Öffnete den Mund. Und schwieg. Ein Strom kribbelte von der Stelle, an der seine Hand lag, über ihren Rücken und in ihr Blut.

«Haben Sie Ihre Eltern wiedergefunden?», fragte er schließlich.

Die Tränen liefen ihr über die Wangen. Sie schüttelte den Kopf.

Wieder schwiegen sie, wieder sahen sie sich in die Augen. Martha wurde bewusst, dass sie nicht zu flüstern gebraucht hätte. Niemand hier an Bord würde sie verraten. Die Nazis und ihre französischen Gehilfen waren weit fort.

«Ihre Tochter», er machte eine Bewegung hin zu Junis schlafendem Köpfchen. «Weiß sie ...?»

«Eines Tages werde ich es ihr erzählen», sagte Martha. «Nicht alles natürlich. Aber dass sie aus Köln stammt und Deutsche ist. Und ihren richtigen Familiennamen. Wenn sie groß genug für die Wahrheit ist.»

«Wie alt ist sie denn jetzt?»

«Sie ist vergangenen Monat vier Jahre alt geworden.»

Benjamin entgegnete nichts, aber sie erkannte an seinem Blick, dass ihn das überraschte. Alle hielten Juni für jünger. Sie war so klein.

In der Nacht fuhr sie hoch, weil ihr Herz raste, und dann bemerkte sie, dass sie vom Tod geträumt hatte. Sie legte ihr Ohr über Junis Mund, um zu horchen, ob ihre Tochter noch atmete.

Doch in der darauffolgenden Nacht schlief sie besser. Nicht einmal mehr die Geräusche hörte sie im Schlaf. Als die Azoren an Steuerbord auftauchten, ließ der Wind nach, und der Himmel klarte auf.

Sie stand mit Benjamin an der Reling, so wie jeden Tag, seit sie sich kennengelernt hatten.

«Es muss merkwürdig für dich sein, mit einer Deutschen zusammen zu sein», bemerkte Martha.

«Oh, ich habe vor dir schon Deutsche kennengelernt», sagte er. «Mit einem habe ich sogar mal musiziert. Vielleicht sagt dir sein Name etwas – Wernher von Braun. Er baut Raketen für die Nazis.»

«Und so einer kann Musik machen?»

«Ja», sagte Benjamin und lächelte. «Und wie.»

«Warst du mit ihm befreundet?»

Sein Lächeln wurde breiter. «So weit ging es dann doch nicht. Nein, ich wusste nur, wer er war. Ich hatte ihn am Morgen am Flugplatz von Le Bourget gesehen. Seine Ankunft sorgte damals für einiges Aufsehen. Die Nazis waren ja gerade in Paris einmarschiert.»

«Du spielst Cello, ist das richtig?» Sie hatte seinen Instrumentenkoffer gesehen.

Benjamin nickte. Die Sonne blitzte auf seinen Brillengläsern, sodass sie seine Augen nicht erkennen konnte.

«Hast du an dem Flughafen ein Konzert gegeben?»

«Ich habe meine Maschine gewartet», sagte er.

«Du bist Pilot?», fragte Martha erstaunt.

«Ich war es zu dem Zeitpunkt noch. Die Nazis haben den Juden dann auch das Fliegen untersagt. Dabei bin ich überhaupt kein Jude. Meine Mutter ist vor der Hochzeit mit meinem Vater zum katholischen Glauben konvertiert.»

«Amerikaner!», schrie jemand und zeigte in den Himmel. «Noch mehr Amerikaner, die nach Europa fliegen! Jetzt ist der Krieg bald aus!»

Benjamin drehte sich zu Martha um, und sie spürte, wie ihr Herz schneller klopfte.

Weder sie noch der Mann, dem sie sich so nah fühlte, ahnte, dass das Bombergeschwader von Frauen geflogen wurde – angeführt von Jacqueline Cochran, einer gelernten Kosmetikerin, die eines Tages entschieden hatte, dass Flugzeuge interessanter als Schminke waren. Die Fliegerinnen überführten die Bomber nach Großbritannien, um sie den dort stationierten Air-Force-Piloten für ihre Kampfeinsätze zu übergeben. Aber selbst, wenn sie es gewusst hätten – es wäre ihnen egal gewesen. Etwas anderes passierte in diesen Stunden und Tagen. Etwas, das ihr Herz schneller schlagen und sie nachts nicht schlafen ließ.

Es war Benjamin, der darauf bestand, Juni untersuchen zu lassen. Der Arzt war ein Jude aus Köln, und Martha sprach Deutsch mit ihm. Es war das erste Mal seit vier Jahren, dass sie in der Sprache ihrer Heimat redete, und nur so war es vielleicht zu erklären, dass sie ihre Gefühle so viel stärker spürte als sonst.

«Aber wird sie wachsen? Wird sie irgendwann so groß sein wie andere Kinder?»

Der Arzt sah sie aus dunklen Augen nachdenklich an. Zwischen seinen Brauen stand eine steile Falte, aber die war dort immer eingekerbt, selbst wenn er lächelte, so wie jetzt. «Natörlich weed dat Mädche waaße. Nit esu jroß wied'r Kölsche Dom, ävver dat Mädche weed waaße.»

«Ich habe ihr Milch zu trinken gegeben», sagte Martha leise. «Wann immer es welche gab.»

Er nahm sein Ohr von Junis Brust. «Maache Se sich kei Sorje», sagte er und betastete Junis Beine, was diese mit einem Fluch und einem Fußtritt quittierte. Dann wechselte er wieder ins Französische und blickte Benjamin an: «Wenn ich Ihnen einen Rat geben dürfte: Lassen Sie Ihre Tochter Sport treiben.»

Martha war zu verblüfft, um ihn in Hinblick auf Bens vermeintliche Vaterschaft zu korrigieren. «Sport?», fragte sie.

«Ja, Sport. Wenn Sie in Amerika angekommen sind und das Leben sich einigermaßen normalisiert hat. Natürlich nichts, was für junge Damen unziemlich wäre.» Dann blickte er auf seine zitternden Hände. «Meine verstorbene Frau hat zum Beispiel immer gern Tennis gespielt.»

Es war an ihrem siebten Tag auf See, dass Juni absolut unleidlich wurde. «Ich will mit Louis spielen!», verlangte sie und rüttelte Martha wach.

«Das kannst du nicht, Liebes. Und sei bitte leise, die anderen schlafen noch.»

«Ich will aber!» Juni sprang vom Bett und stampfte mit den Füßen auf.

Martha nahm sie nach draußen an Deck, wo Juni die Silbervögel fliegen sehen konnte. Ein Geschwader donnerte über ihre Köpfe hinweg. Aber es nützte nichts: Juni flehte und wütete. «Warum kann ich nicht mit Louis spielen?», weinte sie.

«Das wirst du wieder», tröstete Martha sie. «Bald.»

«Wann ist bald?»

«Wenn die Sonne viele Male untergegangen ist und der Mond geschienen hat.»

«Du solltest ihr jetzt schon alles sagen.» Benjamin war leise zu ihr getreten.

Martha sah zu Juni, die den Teddy am ausgestreckten Arm über ihrem Kopf sausen ließ. «Guck mal, Maman!», rief Juni. «Teddy kann fliegen!»

«Ich erzähle einem vierjährigen Mädchen, dass es seinen besten Freund nie wieder sehen wird?», flüsterte sie.

«Ich habe den Eindruck, dass Juni es nicht mag, wenn man sie anlügt.»

«Weil sie mich vorhin gefragt hat, ob ich ihr auch die Wahrheit sage? Sie weiß nicht, was das bedeutet, Ben, sie ist vier. Der Satz *Ist das die Wahrheit?* stammt von ihrem kleinen Freund in Südfrankreich. Der Junge war ein Bücherwurm und hat es geliebt, solche Sätze zu sagen. Ich sage *war*, weil ich nicht weiß, ob er noch lebt.»

«Es tut mir leid», sagte Ben ruhig.

«Wirklich? Was denn?» Auf einmal brach es aus Martha hervor. «Dass meine Tochter das einzige Kind, mit dem sie in ihrem Leben gespielt hat, nie wieder sehen wird? Dass die Mutter dieses Kindes erschossen wurde, weil sie gefälschte Papiere verkauft hat? Papiere die ich gefälscht habe!» Auf einmal zitterte sie am ganzen Körper. «Mit einem Gewehr haben sie der Mutter des kleinen Louis in die Brust geschossen! Mitten auf der Straße!» Sie weinte. «So sieht die Wahrheit aus, die ich meinem Kind erzählen muss!»

Sie hatte nicht bemerkt, dass sie angefangen hatte zu schreien. Menschen eilten herbei, die sie nicht kannten. Ein alter Mann legte eine Wolldecke um sie, eine Frau nahm ihre Hand. Und dann ließ sich Martha auf den Boden fallen und weinte, bis der Arzt aus Köln kam. Er würde ihr ja ein Beruhigungsmittel geben, sagte er zu Ben. Aber er hatte nichts mehr.

Es war Martha entsetzlich peinlich. Sie hätte niemals diesen Ausbruch haben dürfen. Sie war sich nur allzu bewusst, dass Ben ihr helfen wollte, dass alle nur helfen wollten, und dass es Menschen hier an Bord gab, denen es noch schlechter ging als ihr. Menschen, deren Angehörige gestorben waren, zum Beispiel. «Ich bin mir absolut sicher, dass meine Eltern nach Amerika ausgereist sind», sagte sie leise, als sie in dem Gemeinschaftsraum zusammensaßen, in dem sie auch schliefen. Benjamin hatte sein Cello herausgeholt. Das Mondlicht glänzte auf dem Holz. «Je länger ich darüber nachdenke, desto sicherer bin ich mir.»

Benjamin sagte nichts. Er hielt nur sein Cello fest und sah sie an.

«Warum sonst hätte ich sie nicht in Südfrankreich gefunden? Nein, sie sind erst nach Paris geflüchtet, und als dort die Nazis einmarschiert sind, haben sie ein Schiff bestiegen und sind nach Amerika gereist.» Sie blickte zu Juni hinüber, die mit ein paar Jungen Fangen spielte. «Sie konnten mich nicht kontaktieren, weil ich ja selbst schon auf der Flucht war», sagte sie. «Aber es gibt Suchdienste, richtig? Wenn der Krieg vorbei ist, werde ich sie suchen lassen. Und dann finde ich sie.»

Der alte Mann, der ihr die Decke gegeben hatte, hatte jemanden von der Mannschaft sagen hören, dass sie vermutlich am nächsten Tag die Küste erreichen würden, und darum beschlossen sie, diesen letzten Abend zu feiern. Ein Pole, der mit seiner Geige gereist war, gab zusammen mit Benjamin ein kleines Konzert. Martha zeichnete ein Bild von den beiden, wie sie so zusammenstanden und spielten, dunkle Silhouetten in der Dämmerung, das Mondlicht eine weiße Linie auf ihrem Haar. Und dann erzählte sie für alle Kinder die Geschichte von der Frau, die auf einem Silbervogel zum Mond geflogen war, und später schlief Juni mit der Wange auf dem Skizzenheft ein.

Am nächsten Morgen drängten sich alle an Deck, weil jeder als Erstes Amerika sehen wollte. Martha hatte Juni im Arm. Jemand schob sie nach vorne und zur Seite, sodass sie auf einmal neben Benjamin eingequetscht stand.

«Tut mir leid», sagte sie.

«Was denn?», lachte er, und sie sah, dass er ein sehr schönes Lachen hatte, und auch, dass man es nicht oft sah.

«Dass ich dich hier so bedränge. Und ... das von gestern auch.»

«Du bist eine sehr tapfere Frau, Martha», sagte er leise.

«Du auch», sagte sie. «Ein tapferer Mann.»

Es war, als ob sie das Gelärm der Menge plötzlich nicht mehr berührte. Sie sah nur seine Augen hinter den funkelnden Gläsern, so dicht vor ihren, und sie wollte sich nicht bewegen. Alles sollte still bleiben, auch die Zeit.

«Weißt du schon, wohin du reisen wirst, wenn wir Ellis Island durchlaufen haben?», fragte er leise.

«Nein», flüsterte Martha. Die Zukunft dehnte sich vor ihr wie eine düstere Leinwand.

«Komm doch mit mir mit», schlug er vor.

Jubelschreie brandeten auf. Neben ihr riss jemand die Arme in die Höhe. Martha blickte über die Reling und fühlte, wie ihr Herz wieder so heftig klopfte. Vor ihnen ragte die Freiheitsstatue auf.

«Wohin gehst du denn?», fragte sie.

Er legte den Arm um sie, und da ließ er ihn liegen, so als wollte er ihn nie wieder fortnehmen. «New Orleans», antwortete er.

KAPITEL 3

Paul kletterte über einen Berg aus Schutt. Steine schnitten ihm durch seine zerlöcherten Schuhe ins Fleisch. Vorsichtig, einen Schritt nach dem anderen, stieg er über das Haus, in dem er aufgewachsen war.

Das Springseil der Mahler-Mädchen erkannte er an den roten Griffen. Der Lack war abgesplittert, aber das Seil selbst war intakt. Er zog es heraus und stopfte es sich in die Hosentasche. Dann richtete er sich auf.

Die Sonne leuchtete als blasse Scheibe durch den Staubdunst. Es war ein Licht, nicht wie Tag und nicht wie Nacht. Bis zum Horizont lag die Trümmerwüste vor ihm ausgebreitet. Und mittendrin, seltsam nackt, der Dom. So stellte er sich die Landschaft auf dem Mond vor, so hatte es der Bühnenbildner in ihrem letzten Stück gemalt. Paul versuchte, Luft zu holen, doch die Kälte biss ihm in die Lungen, dass es brannte, oder vielleicht waren es auch Ruß und Staub. Er musste jetzt weiterklettern. Wenn es etwas zu essen zu finden gab, dann im zerbombten Köln.

Eine Stimme drang an sein Ohr. Er hatte geglaubt, allein zu sein. «Wenn ich su an ming Heimat denke ...»

«Frau Bolze?» Paul ging in die Knie. Die alte Hausmeisterin saß in einer Mulde zwischen zwei Mauerruinen, hatte die Arme um ihre Knie geschlungen und wippte beim Singen hin und her.

«... un sin d'r Dom su vor mir ston, mööch ich direk op Heim anschwenke ...»

Paul legte vorsichtig eine Hand auf ihre Schulter. «Frau Bolze?», sagte er leise.

Die alte Frau drehte sich zu ihm um. Ihr Gesicht war staubverkrustet. Nur dort, wo die Tränen hinabliefen, war die Haut zu sehen. «... ich mööch zo Foß no Kölle gon.»

«Frau Bolze, Sie dürfen hier nicht so sitzen bleiben!»

Sie wandte sich von ihm ab und sang das Lied von vorn.

Ein Getöse ließ ihn zusammenfahren. Ein paar Herzschläge glaubte er, dass auf sie geschossen würde, aber dann sah er, dass es nur Steine waren, die von dem Schuttberg hinunterrollten. Er wollte die Hand nach Frau Bolze ausstrecken, aber etwas Hartes zwischen seinen Schulterblättern hielt ihn davon ab.

«Nicht bewegen», befahl eine Stimme auf Englisch. «Hände hoch!» Es war ein anderes Englisch als das, was Miss Havensham gesprochen hatte, aber er verstand es ohne Probleme und tat, was der Mann ihm befahl.

«Du auch!», bellte der Soldat Frau Bolze an, aber Frau Bolze sang einfach weiter.

«Sie kann nicht», erklärte Paul in seinem schönsten Miss-Havensham-Akzent. «Ich nehme an, sie ist verletzt.»

«Du bist Brite?», fragte der Soldat verblüfft.

Paul drehte sich um und sah dem Mann ins Gesicht. Er war noch jung, etwa in seinem Alter, aber er schien in seinem Leben schon viel gelacht zu haben. Schmutz hatte sich in die Fältchen um seine Augen gesetzt. Er trug eine amerikanische Uniform.

Sein Verstand raste. Konnte er diese Rolle spielen?

«Meine Eltern sind Briten», erklärte er. «Ich bin in London und Köln aufgewachsen und spreche beide Sprachen. Wenn Sie einen Übersetzer gebrauchen können», er setzte sein gewinnendstes Lächeln auf, «dann bin ich Ihr Mann!»

Er spürte, dass ihm der Schweiß ausbrach. Seine Hände zitterten. Aber er lächelte weiter.

«Ich mööch zo Foß no Kölle gon», sang die Bolze. Der Amerikaner starrte ihm in die Augen. «Ich nehme an, wir können deine Angaben nicht überprüfen. Also gut, kannst du laufen?» Sein Blick streifte Pauls Schuhe.

Paul lachte. «Ob ich laufen kann? Laufen ist eine meiner schönsten Gaben! In London nannte man mich den Marathon-Mann!»

«Okay, aber wenn du unterwegs irgendwelchen Scheiß machst», der Amerikaner machte eine Bewegung mit seinem Gewehr, «dann erschieße ich dich.»

Es war ein Regiment der 104. Infanteriedivision. Die Männer nannten sich selbst die «Timberwolves». Sie waren dazu ausgebildet, vor allem nachts zu kämpfen, und das hatten sie erfolgreich getan. Als sie am 5. März 1945 Köln erreichten, hatten sie die schwierigsten Gefechte bereits hinter sich. Die Orte, durch die sie rollten, dieses zerstörte Stück Deutschland, wurde nach und nach unter amerikanische Militärregierung gestellt. Und hier war Paul gefragt. Er dolmetschte im direkten Gespräch zwischen Amerikanern und Deutschen, er streute auch mal eine freundliche Bemerkung ein und beklagte bei beiden Seiten das Wetter, das für diese Jahreszeit viel zu kalt war. Es war schön, ein bisschen Normalität zu hören, und schließlich nannte man ihn ja auch «Paul-der-zu-viel-Quatscher» oder besser noch: «Schöne-Stimme-Paul». Vor Kellereingängen räumten sie den Schutt beiseite und richteten provisorische Amtsstuben ein. Dort übersetzte Paul Bestimmungen der Amerikaner an die deutsche Bevölkerung. Der Text war immer der gleiche, und je mehr sie in Richtung Osten vorstießen, desto besser wurde Paul in dem, was er tat. Alle Nazi-Organisationen sind verboten, schrieb Paul in den Bekanntmachungen, die ein Gemeindediener vorlas, indem er mit einer großen Glocke auf die Mitte des Dorfplatzes trat. Angehörige der Wehrmacht haben sich in der Dorfmitte in Kriegsgefangenschaft zu begeben, Schuss- und Stichwaffen abgeben am Bauernstein.

Bill Sloan, der Soldat, der ihn in Köln aufgegabelt hatte, gab Paul manchmal ein Kaugummi. Das Zeug schmeckte in den ersten Minuten phantastisch und dann überraschend scheußlich, aber es war gut gegen den Hunger, und es gab Paul das Gefühl, auch ein Timberwolf zu sein.

Als sie Nordhausen erreichten, fand Paul neue Schuhe. Sie standen auf einem Stück Mauer, das heil geblieben war, und sie schienen geradewegs auf ihn gewartet zu haben, denn seine Füße passten genau hinein. Es war der 11. April 1945. Noch immer war die Luft schneidend kalt.

Ein paar Frauen in Sträflingskleidung kamen ihnen über die Ruinen entgegen. Sie winkten. Paul konnte nicht verstehen, was sie sagten. Es musste Polnisch oder Tschechisch sein. Eine der Frauen war noch sehr jung, fast noch ein Mädchen. Das Haar hatte sie sich zu Schnecken über den Ohren gerollt, genauso wie Martha die Haare oft getragen hatte. Irgendwann bemerkte er, dass er das Mädchen anstarrte, aber es sah ihn überhaupt nicht, es machte immer nur eine Handbewegung, die Paul nicht deuten konnte, und sagte etwas, das wie «fabryka» klang.

Bill gab einem Sanitäter Anweisungen, das Mädchen zu versorgen, denn es blutete an den Händen.

Dann marschierten sie weiter Richtung Süden. Keine Kampfeinheit, nicht einmal mehr einzelne deutsche Soldaten stellten sich ihnen in den Weg.

Den Geruch spürten sie am späten Nachmittag. Er war süßlich, und Paul wurde davon schlecht. Er musste ein paarmal ausspucken. Der Geruch legte sich ihm auf die Zunge, die Haare, die Kleidung. Er war überall.

Vor ihnen erstreckten sich Gebäude, die wohl mal zu einer

Kaserne gehört hatten. Ein Teil der Baulichkeiten war zu Schutt zerbombt. So fahl war das Licht, dass alles schwarz und grau wirkte. Nur ihre Schritte konnten sie hören, die über den Schutt knirschten.

In dem ersten Gebäude, das sie betraten, schrak Paul zusammen. Ein Mann in einem gestreiften Anzug saß in einer Ecke und starrte sie an. Seine Augen waren dunkel und riesig. Als ihn einer der Soldaten ansprach, antwortete er nicht. Dann entdeckten sie weitere Männer. Einige lagen auf dem Boden, auf versprengten Steinen, die Köpfe merkwürdig verdreht.

Bill stieß einen Fluch aus. Hinter einer halb eingestürzten Mauer lag eine weitere Gruppe von Männern. Es mussten wohl an die hundert sein. Paul begann zu würgen. Der Geruch wurde so stark, dass er ins Freie stürzte. Und da entdeckte er sie.

Die Leichen lagen übereinander, so als ob jemand sie hätte stapeln wollen. Einige trugen Kleidung, andere waren nackt. Abseits der Hunderte, nein, Tausenden von Leichen hatten sich einige auf die Seite gelegt, um zu sterben. Und alle strömten diesen Geruch aus. Viele Leichen waren schon halb verwest.

Es war die eine Bewegung, die Paul aus seiner Starre weckte. Unter einem Stapel Toter bewegte sich etwas.

«Da lebt noch einer», sagte Paul zu den Soldaten, die neben ihn getreten waren. Er musste es ein paarmal sagen, weil er beim Sprechen so schlucken musste, und trotzdem verstand ihn keiner, und keiner wusste, worauf er zeigte. Die Hand gehorchte ihm nicht mehr.

Später, Wochen später erst, nachdem die Amerikaner Hilfskräfte angefordert und ein Lazarett gebaut hatten, nachdem Hunderte der verletzten Männer während des Transports zum Lazarett gestorben waren und die zweitausend Leichen vom Kasernenhof auf dem Friedhof von Nordhausen bestattet waren, später erfuhr er erst, dass die Toten Zwangsarbeiter waren, die im Kohnstein unter Tage Raketen hatten bauen sollen. Raketen für einen Mann, von dem Paul noch nie etwas gehört hatte, aber dessen Namen er sich mit all seinem Hass merken wollte: Wernher von Braun.

Wochen, Monate, nein, Jahre später, wenn Paul das Wort «Nordhausen» hörte, brach ihm der Schweiß aus, und er musste sich zurückziehen, um zu weinen. Manchmal überfielen ihn die Bilder im Schlaf und manchmal, wenn er vor einer Kamera stand und etwas deklamierte, das fröhlich war, denn in den Jahren nach dem Krieg wollten die Menschen auch wieder lachen, das hatten sie sich doch verdient.

Mit der Zeit wurden die Anfälle weniger, und er lernte, sich besser zu beherrschen. Aber solange er lebte, würde er die übereinandergestapelten Leichen der Raketenarbeiter nicht vergessen. Das konnte er nicht.

★

Als der Radiosprecher meldete, dass Adolf Hitler im Kampf gegen den Bolschewismus gefallen sei, war das Frühlingswetter in den Allgäuer Alpen traumhaft. Das Hotel, in dem Wernher von Braun sich gemeinsam mit Generalmajor Dornberger und einigen seiner fähigsten Raketentechniker abgesetzt hatte, hatte einen gepflegten Weinkeller. Es gab sogar noch alles zu essen, was auf der Speisekarte stand. Die Männer genossen Rehbraten mit Rotkohl und Kartoffelknödeln, und zum Nachtisch servierte ein herziges, blondes Mädel vor Butter triefende Pfannkuchen. Wernher hatte Mühe, den Rehbraten zu zerteilen, weil er sich den linken Arm gebrochen hatte, aber den Pfannkuchen spießte er geschickt mit der Rechten auf. Noch wusste keiner der Männer, dass des Führers Heldentod in Form einer schnöden Selbsttötung erfolgt war, aber was auch immer dahintersteckte, sie beschlossen, sich zu ergeben. Die dritte Armee unter General Patton war aus Frankreich nach Süddeutschland vorgestoßen, und die Verbindungsaufnahme zu den amerikanischen Truppen gelang, indem Wernher von Braun mit erhobener rechter Hand auf sie zutrat. Die Amerikaner schafften die Gruppe zum Verhör in ein Gefangenenlager nach Garmisch-Partenkirchen, wo von Braun eine Abhandlung über seine Raketenforschung schrieb.

Er erzählte alles, ohne zu stocken: wie sie die verbliebenen Arbeiter von Peenemünde nach Nordhausen verbracht hatten, um dort im Stollen, ungestört von Luftangriffen, das Raketenwerk fortzuführen. Wie er bei seinem letzten Werksbesuch einen Autounfall erlitten hatte, weil sein Fahrer am Steuer eingeschlafen war, weshalb er sich die Schulter und den Arm gebrochen hatte und nun einen Gipsverband trug. Er sagte nichts von seiner Angst, nie wieder Klavier spielen zu können, und auch die Albträume, die er nach seinen Werksbesuchen hatte, erwähnte er nicht. Stattdessen schilderte er in allen Einzelheiten den Stand seiner Forschung. Mit Hilfe eines ungläubigen Übersetzers erzählte er, dass die V2 ursprünglich dafür gedacht war, Menschen auf den Mond zu befördern, was der amerikanische Offizier, der ihn verhörte, mit einem verächtlichen Schnauben abtat. Also änderte Wernher seine Taktik und berichtete stattdessen von den militärischen Erfolgen, die seine Raketen erzielen würden – Weiterentwicklung vorausgesetzt. Er listete sämtliche Pläne auf, die sie in Peenemünde entwickelt hatten, vom zweistufigen Interkontinentalgeschoss, das von der französischen Küste aus New York erreichen sollte, bis hin zu kommerziellen Fernflugzeugen und den Fernbombern, die mit ultrahoher Geschwindigkeit Ziele auf der ganzen Welt erreichen würden. Er entwarf die Vision einer erdumkreisenden Beobachtungsstation, die einen Weltraumspiegel ins All halten sollte, um sich das Leben auf anderen Planeten anzusehen. Geduldig beantwortete er alle Fragen nach seiner NSDAP- und SS-Mitgliedschaft, konnte aber bei dem verhörenden Offizier durchblicken lassen, dass er kein eingefleischter Nazi war.

Seinen Trumpf spielte er erst zum Schluss aus: Er verriet das Versteck. In einem stillgelegten Bergwerk zwischen Goslar und Salzgitter hatten zwei Ingenieure seines Vertrauens vierzehn Tonnen technischer Dokumente gelagert und anschließend den Stolleneingang gesprengt. Diese Dokumente stellte Wernher den Amerikanern zu Verfügung, wenn sie ihn im Tausch in die USA ziehen ließen. Er würde ihnen dann für die Weiterentwicklung militärischer Flugkörper voll und ganz zur Verfügung stehen.

«Mein Land hat zwei Weltkriege verloren», erklärte er Jahre später seine Entscheidung, Deutschland zu verlassen. «Diesmal wollte ich auf der richtigen Seite stehen.»

Am 18. September 1945 traf er in den USA ein. Begleitet wurde er von sechs deutschen Raketen-Konstrukteuren, denen ebenfalls bescheinigt wurde, amerikanische Sicherheitsinteressen nicht zu gefährden. Ihr Ziel war Fort Bliss, ein Standort der US-Armee in El Paso, Texas. Hier würde er das tun, wozu er bestimmt war: Raketen bauen, um auf den Mond zu fliegen. Bis es allerdings so weit wäre, hatte er noch einen langen Weg zu gehen.

KAPITEL 4

Juni stürmte in die Menge, die aus lauter bunten Farben bestand. Mit der geballten Kraft ihrer fünf Jahre flog sie in den Karneval. Fliegen war das, was sie von jetzt an immer tun würde, beschloss sie und breitete ihre gefiederten Arme aus. Maman hatte ihr ein Vogelkostüm genäht.

«Nicht zu weit weg fliegen, Juni!», hörte sie die Stimme ihrer Mutter über der Musik und dem Geschrei.

«Sie laufen jetzt zu dritt durch die Stadt», rief Juni in dem Tonfall, den sie dem Sportreporter im Radio abgelauscht hatte. «Maman und Ben und der Vogel. Der Vogel ist viel schneller als die anderen, aber oh, er darf nicht so weit fliegen, hat die Mutter gesagt.»

Sie wirbelte herum und lief zurück zu Maman und Ben. Die beiden hielten sich an den Händen, und sie rannte in ihre Mitte, dass sie sich wieder loslassen mussten, und dann griff sie nach Mamans weicher Hand und schob die andere Hand in Bens, die rau von seiner Arbeit an den Flugzeugen war. Durch ihre Federmaske konnte sie sehen, dass die Mutter lachte. Auch Ben sah glücklich aus.

Vor dem Haus der Andalusier – Juni kannte sie nur unter dieser Bezeichnung – tanzte eine Frau und warf die Arme in die Luft. Andere Frauen feuerten sie an. Rote, schwarze und blonde Locken wirbelten durcheinander. Schwarze, braune und weiße Haut. Dabei wurden die Menschen in Amerika doch nach Farben getrennt – das hatte zumindest Tante Caresse ihr erklärt.

Die Tante war selbst ein Mischmasch, Kreolin, wie sie stolz betonte. Frankreich, Haiti und das Beste, was der amerikanische Kontinent hergab, sagte sie, alles fließe in ihrem Blut. Tante Caresse hatte darauf bestanden, dass Maman ihr ein Vogelkostüm nähen sollte.

«Die Kleine will fliegen», hatte sie gesagt. «Also braucht sie Federn.» Und Federn hatte sie jetzt jede Menge: an den Armen, an den Beinen (obwohl jeder wusste, dass Vögel auf den Beinen nackt waren), am Bauch, am Rücken und mit der Vogelkopfmaske sogar auf dem Kopf und im Gesicht.

Juni wusste nicht, was ein Kriegsende sein sollte, aber so viel verstand sie, dass man es kräftig feiern musste. Sie zerrte an den Händen der Großen, weil es sie ärgerte, wie langsam es ging.

«Willst du fliegen, Juni?», rief Ben über das Singen und Schreien der anderen hinweg. «Dann halt dich gut fest!»

«Juni, eins, zwei, drei!», zählten er und Maman gleichzeitig, und dann taten sie das, was Juni am liebsten mochte: Sie warfen sie in die Luft. Ihre kleinen Beine in dem Vogelkostüm flogen in den Himmel. Juni lachte und juchzte und jubelte vor Glück.

Die Sonne goss orangefarbenes Licht in die Straßen. Juni hatte sich müde geflogen. Beim Gehen fielen ihr fast die Augen zu. So erschöpft war sie, dass sie nicht einmal nach dem gelben Drachenpulver in Onkel Henris Laden verlangte. Ben nahm sie auf den Arm, und sie schmiegte ihren Kopf in der Vogelmaske mit dem langen gelben Pappmaché-Schnabel an seine Schulter. Die Parade löste sich in singende Gruppen auf.

Das Türschild baumelte in der Brise, die vom Mississippi heraufwehte. «Voodoo Candy Paradise» stand darauf. So vertraut war Martha das Schild schon, dass sie sich kaum noch einen anderen Namen für einen Süßwarenladen denken konnte. Bei Benjamins Onkel waren Zucker und Zauber eins.

Ein Jahr. So lange wohnten sie nun schon bei Bens Onkel Henri, der sein normannisches Dorf als Junge verlassen hatte und der nun, zwei Weltkriege und eine Beinamputation vom Knie abwärts später, König der Nascher in New Orleans war.

Ein Jahr, in dem Ben langsam den Weg zurück in eine Normalität gefunden hatte, mit einer Arbeit als Pilot für kleine Frachtmaschinen und dem festen Willen, nach vorn zu schauen.

Ein Jahr, das Martha länger vorkam als ihre gesamte Zeit in der Provence. Ein Jahr, in dem sie sich nichts anderes gewünscht hatte, als dass der verdammte Krieg endlich vorbei wäre. Sie wollte ihre Eltern wiedersehen.

Ben löste einen Arm von der schlafenden Juni, nahm die Fackel aus dem Palmenkübel, der vor dem Geschäft stand, und reichte sie Martha. Dunkel war es auf einmal geworden. Über ihnen leuchtete der halbe Mond. Martha entzündete den Docht, hob die Fackel in die Höhe und leuchtete ihnen den Weg durch den Torbogen in den Patio. Ihre Schatten tanzten über die Steinmauern. Irgendwo spielte Musik.

«Da seid ihr ja wieder!» Caresse schloss sie abwechselnd in die Arme, erst Martha und dann Ben, der immer noch den schlafenden, kleinen Vogel im Arm hielt, und dann wieder Martha. Die Musik hinter ihr wurde laut. Martha ließ sich in die Weichheit der älteren Frau fallen, und einen Augenblick lang glaubte sie, ihre Kindheit zu riechen, bis ihr auffiel, dass Caresse ein Duft von Schokolade umfing.

«Ah, là, là, die Kleine!», lachte Caresse leise und strich Juni über die Federn auf ihrem Kopf. Sie fragte erst gar nicht, ob Martha ihre Tochter ins Bett bringen wollte. Juni blieb immer bei Martha und Martha bei Juni. Es wäre ihr nicht in den Sinn gekommen, ihre Tochter aus den Augen zu lassen – nicht einmal eine Mahlzeit lang.

Erst jetzt bemerkte sie, dass der Salon summte. Englische und französische Wörter schwirrten durch den Raum, Dutzende Menschen waren hier. Und wieder fühlte Martha das kleine Ziehen, das sie während der Parade gespürt hatte. Sie sah das Licht und die Farben. Sie wollte so gern dazugehören. Und sie wünschte sich ihre Staffelei herbei. Sie wollte das Haus malen, das sie aufgenommen hatte und ihr Sicherheit schenkte. Das ihr Raum zum Gesundwerden gab.

Vielleicht hatte der Mensch, der es gebaut hatte, das Bedürfnis gehabt, sich zu verstecken, denn es stand als Hinterhaus in einem Labyrinth von Gängen und Patios. Die Fenster, durch die kaum Licht fiel, reichten bis zum Boden. Jemand hatte die hölzernen Verzierungen darüber vergoldet. Die Wände waren mit Seidentapeten bespannt – das Geschenk eines dankbaren Kunden, den Caresse von seinem Liebespech geheilt hatte. Überall hingen Spiegel, die Caresse verhängte, wenn sie einen Toten heraufbeschwor. Polstermöbel mit vergoldeten Lehnen und Armstützen standen in den Räumen. Kein Stück passte zum anderen – ein bisschen wie die Menschen, die jetzt darin wohnten: Onkel Henri mit seinem Holzbein und Caresse, die Voodoo-Priesterin, Ben und sie, die heimliche Deutsche, die sich eine Flucht ergaunert hatte, und ihr sonniges kleines Juni-Kind. Sie liebte diese Polstermöbel, die nicht zueinanderpassten.

In den ersten Monaten nach ihrer Ankunft hatte sie geglaubt, dass es im Haus spukte. Aber vielleicht lag es auch an Edith, dem Papagei, der sein Leben zwischen Henris Süßwarenladen und dem Haus aufteilte und mit seinem starren gelben Blick Edith Piafs «Je ne regrette rien» nachsang. Vielleicht lag es auch daran, dass es in den Zimmern nie richtig hell wurde und dass überall Dinge herumstanden, die Martha nicht verstand. Puppen etwa, die aber nichts Niedliches hatten, und Fäden, die Caresse von einer Ecke zur anderen spannte. Wenn sie in dem Bett aufwachte, in das sie sich nachts mit Juni legte, blickte sie in das Gesicht einer schwarzen Madonna. Es kam vor, dass sie glaubte, bei den Merciers zu sein. Manchmal meinte sie, Stimmengemurmel zu hören, selbst wenn das Haus verlassen war, und das war es häufig. Das Klopfen, wenn Onkel Henri mit seinem Holzbein durch die Räume wanderte, schreckte sie noch monatelang auf.

Aber Juni füllte das Haus mit Leben. Juni, die von den Möbeln sprang, wenn sie spielte, die tanzte und rannte und dabei alles kommentierte, als wäre sie ein Footballstar.

Noch nie war das Haus so voll und hell gewesen wie an diesem Abend. In den Kandelabern, die von den Wänden hingen, brannten Kerzen. Und darunter wogte eine Menge festlich gekleideter Frauen und Männer. Sie hielten Gläser in den Händen und sahen glücklich aus.

Im Badezimmer lauschte sie dem Stimmengewirr. Der Spiegel zeigte ihr ein fremdes und merkwürdig erwachsenes Gesicht. Sie erkannte Vati in ihren hohen Wangenknochen, den blauen Augen und der hellen Haut. Ein Satz von Ingeborg, dem BDM-Mädel aus ihrer Klasse, kam ihr in den Sinn: «Wir als typische Arierinnen ...» Es stimmte, sie sah so deutsch aus wie ein Weizenfeld, wie die Rapsblüte auf rheinischen Frühlingswiesen, wie die Kartoffelsuppe auf Frau Bolzes Herd. Wie war es ihr nur gelungen, alle in New Orleans zu täuschen? Menschen sahen nur das, was sie sehen wollten. Oder was man ihnen erzählte.

Sie benetzte ihren Zeigefinger mit Wasser, legte ihn in den getrockneten Klecks Farbe auf der Muschel, die Caresse zum Anmischen von Lippenrot benutzte, und betupfte ihre Lippen damit. Noch erwachsener sah sie jetzt aus. Dann löste sie die Schnecken über ihren Ohren, öffnete die geflochtenen Zöpfe und bürstete ihr Haar.

Im Salon hatten die Musiker begonnen, zum Tanz aufzuspielen. Ben hatte ein Glas in der Hand. Noch immer trug er Juni in ihrem Vogelkostüm auf dem Arm. Als er Martha sah, weiteten sich seine Augen. Aber bevor er etwas sagen konnte, drückte sie ihm einen Kuss auf den Mund.

«Wer bist du, Fremde?» Das Kerzenlicht spiegelte sich auf seinen Brillengläsern, aber sie sah auch so, dass seine Augen voller Liebe waren.

«Einer der Geister, die deine Tante zu rufen weiß.»

«Ich fürchte, das entspricht nicht der Wahrheit.» Er fuhr ihr mit seiner freien Hand über die Hüfte, und sie erschauerte unter seiner Berührung. «Du fühlst dich so herrlich menschlich an!»

Henri klopfte mit einem Löffel gegen sein Holzbein. Stille breitete sich aus im Raum. «Sehr verehrte Damen und Herren, hochverehrte Kunden von Voodoo Candy Paradise, Bürger von New Orleans, Menschen der freien Welt! Ihr alle wisst, was ich normalerweise sage, wenn man mich nach meinem Befinden fragt.»

«Gleichbleibend schlecht!», rief jemand. Lachen brandete auf.

Henri schwenkte seine Krücke. «Vollkommen richtig. Aber das ist jetzt Vergangenheit. Wir haben die verdammten Krauts geschlagen – schon wieder! Meine Lieben, der Krieg ist vorbei!»

So laut war der Jubel, dass die geschliffenen Gläser an den Kronleuchtern klirrten. Jemand drückte Martha ein Glas Wein in die Hand, und dann stand Caresse mit einem Tablett voller Konfekt vor ihr.

«Henri ist glücklich», sagte sie. «Fast all seine alten Kameraden, mit denen er anno 1918 in Frankreich gekämpft hat, sind da.»

«Die es überlebt haben, meinen Sie?», fragte jemand.

Caresse nickte freundlich. «Ja, und die anderen auch.»

«Was wollen wir jetzt tun?», flüsterte Ben an ihrer Seite.

Martha spürte ein Kribbeln in ihrem Körper. «Meinst du, in den nächsten Stunden?» Sie hoffte, dass niemand sehen konnte, dass sie errötet war.

«Nein.» Bens Mund war jetzt so nah an ihrem Ohr, dass sie seine Lippen spürte. «Ich meine in den nächsten Jahren. In diesem Leben.»

«In diesem Leben ...» Martha ließ die Worte in sich nachhallen. «Möchtest du es mit mir teilen, dieses Leben?» Ben sah sie ruhig an, während die Geräusche um sie herum erstarben. Einen Moment lang kam es Martha so vor, als wären sie nur noch zu dritt auf der Welt.

«Ja, ich möchte», sagte sie leise. «Aber erst, wenn ich meine Eltern wiedergefunden habe.» Sie sah ihn an, und er sah sie an. Sie spürte, wie ihr Herz klopfte. «Ich möchte, dass sie dabei sind. Diesmal möchte ich es richtig machen.»

«Dann finden wir sie», sagte er.

Jemand hatte den Vogelkäfig geöffnet, und Edith, das Papageienmädchen, umflatterte Juni, wohl in der Annahme, sie hätte eine Rivalin im Haus.

Nicht alle Gäste, die Caresse und Henri eingeladen hatten, konnten Französisch, was die Gespräche hin und wieder ins Absurde trieb. Unter den Männern stellten sich Martha pensionierte Bücherwürmer und Kindserzeuger vor. Sie versuchte, sich ihre Überraschung nicht anmerken zu lassen, bis ihr in den Sinn kam, dass sie sie vermutlich nur falsch verstanden hatte. Es hatte etwas Erfrischendes, sich mit Leuten zu unterhalten, deren Berufe und Persönlichkeiten man sich ausdenken konnte, fand Martha, während sie jetzt schon an ihrem dritten Glas nippte. Einen von ihnen beschloss Martha später zu zeichnen: Augen, die immerzu voll Wasser standen, obwohl er nicht weinte, seerosenweiße Haut und hellblondes Haar.

Ben spielte mit den anderen Musikern zusammen. Als das

Orchester «Till the end of time» spielte, ein Lied, das man gerade in jeder Jukebox hörte, legte Ben sein Instrument beiseite und bat Martha zum Tanz.

Am nächsten Tag beschloss Martha, dass sie genug Zeit in Unkenntnis verbracht hatte. Sie bat Caresse, ihr Englisch beizubringen. Und sie stellte die Suchanträge, die sie jetzt, da der Krieg zu Ende war, endlich stellen konnte: einen für Mutti und einen für Vati. Sie würde herausfinden, wo die beiden den Krieg überstanden hatten. Und dann würden Benjamin und Juni zu ihnen fahren. Egal, was es kostete. Und egal, wie weit es war.

★

Die Chihuahua-Wüste schillerte in tausend Farben, wenn die Sonne aufging. In den Rocky Mountains flossen Gelb und Blau zusammen. Wernher von Braun trat aus seiner Baracke und blinzelte in den Himmel. Es musste geregnet haben nach dem letzten Sommergewitter, denn der Sand blühte.

Deutschland war Vergangenheit, und die Arbeit als Raketenbauer in den Vereinigten Staaten kam noch nicht in Schwung. In der Zwischenzeit versengte die Sonne seine Haut und bleichte seine Haare. Er kam sich vor wie in einer Fata Morgana. Waren sie wirklich Anhänger eines nationalsozialistischen Deutschlands gewesen? Hatten sie an die Überlegenheit einer Rasse – ihrer eigenen – geglaubt? Hitze flirrte vom Sand auf. Konturen wurden weich.

Sie sollten die V2-Rakete weiterentwickeln, größere Höhen erreichen. Aber dafür fehlten ihnen wichtige Leute und ausreichend Geld. Wernher wartete. Schrieb Briefe an seine Familie in Deutschland. Dachte an seine Cousine Maria, die er heimlich liebte. Erfand eine Ring-Atmosphärenstation, an der man auf dem Weg zum Mond einen Zwischenstopp einlegen konnte. Den Armeeposten konnten sie nur unter Aufsicht verlassen. Aber auch so wusste Wernher, dass es ein Leben da draußen gab, das mit dem ihren nichts zu tun hatte. Irgendwo da draußen floss der Rio Grande. Cowboys, Ganoven und Glücksspieler strömten seit der ersten Besiedelung durch Europäer hierher, Priester und Prostituierte. «Es ist so eine romantische Karl-May-Affäre», schrieb er seinen Eltern in einem Brief.

Der Spätsommer 1946 verging mit Nichtstun. Um sich abzulenken, spielten sie hier Jungenspiele. Sie warfen sich in Kissenschlachten und jagten leeren Kanistern hinterher, die der Wind durch die Wüste trieb. Einer der Amerikaner, die in Fort Bliss stationiert waren, fragte Wernher eines Tages, ob er Interesse daran habe, mit ihm zusammen in die Kirche zu gehen. Wernher, der an die Kirche in Peenemünde mit der Kassettendecke dachte, wollte zuerst ablehnen, doch dann siegte seine Neugier. Sie gingen in ein schmales, weißes Gebäude, das in der Sonne gleißte. Der Pastor sammelte die Gemeindemitglieder aus abgelegenen Wüstendörfern in seinem Bus auf. An diesem Sonntag betete Wernher. Er betete mit Soldaten, Cowboys und Ganoven. Und zum ersten Mal in seinem Leben ging ihm der Gottesdienst ans Herz.

Am nächsten Tag geschah etwas, das ihn in seinem frisch gewonnenen Glauben noch bestärkte: Er erhielt die Antwort, auf die er so lange gewartet hatte, den Brief von seiner Cousine Maria. Sie wolle ihn wiedersehen, schrieb sie. Und sie liebe ihn auch.

* * *

Das Kriegsministerium beschloss, das Geheimnis um die Raketeningenieure zu lüften, und lud Reporter in den Armeeposten ein. Im November 1946 gab Wernher von Braun die Interviews, die am 4. Dezember erschienen. Die «El Paso Times» titelte mit der Neuigkeit auf der ersten Seite: «118 deutsche Top-Experten für V2-Raketen in El Paso stationiert». Andere Zeitungsgeschichten berichteten über von Brauns Pläne, eine Zwischenstation für den Weg zum Mond zu bauen. In allen Blättern des Landes erschien sein Porträt. Er stand sehr aufrecht auf den Bildern in der «New York Times», der «Washington Post» und der Magazine «Time» und «Life», das gewellte Haar zurückgestrichen, im Gesicht ein selbstbewusstes Lächeln. Er sah überraschend attraktiv aus, darüber waren sich viele Leser einig.

Bill Sloan gehörte zu denjenigen, die das nicht fanden. Er war als Timberwolf durch Nordhausen gezogen. Er hatte die Tausenden von Leichen gesehen. Und er konnte den Gedanken nicht ertragen, dass die deutschen Raketenbauer jetzt in den Vereinigten Staaten lebten – ohne dass ihnen der Prozess gemacht wurde. Er beschloss, dass er dagegen etwas unternehmen würde. Er wusste nur noch nicht, was.

KAPITEL 5

Juni hüpfte durch das Voodoo Candy Paradise von Onkel Henri und konnte ihr Glück nicht fassen. Drei verschiedene Dinge durfte sie sich aussuchen, und, was noch besser war, sie würde mit Ben zusammen in seinem Flugzeug fliegen. Juni beschloss, gelbes Drachenpulver zu nehmen, das im Mund schäumte und scharf und zitronig schmeckte. Außerdem ein paar grüne Gummi-Madonnen und rote Herzen, aus denen süßer Saft herauslief, wenn man sie zerbiss. Aber dann sah sie die Zuckerperlen in den Setzkästen, die man selber auffädeln durfte, auf Gummifäden aus schwarzer Lakritze. Sie sprang an den Gläsern empor, um auch ja alle Schilder zu lesen.

Onkel Henri verabschiedete seine Kundin mit einer schleifenverzierten Bonbonniere und wandte sich ihr mit einem Lächeln zu.

«Guten Tag, Onkel Henri», grüßte Juni artig. «Wie geht es dir?»

«Gleichbleibend schlecht.»

«Tut dir dein Bein weh?»

«Ja, das Bein schmerzt heute. Irgendetwas steht uns bevor.»

«Etwas Gutes oder etwas Schlechtes?»

«Etwas Gutes, schließlich darfst du heute fliegen. Drei Dinge, hat Ben gesagt?»

Juni nickte eifrig.

«Dann empfehle ich dir eine Gris-Gris-Bag, eine Zauberkugel und ein Eis.»

«Was ist eine Gris-Gris-Bag?» Juni hüpfte auf der Stelle.

Onkel Henri lachte. «Was das tatsächlich bedeutet, musst du deine Tante Caresse fragen. Aber in Henri Leroys Voodoo Candy Paradise ist eine Gris-Gris-Bag eine kleine Stofftasche, in die ich dir deine Lieblingssüßigkeiten lege.»

«Gelbes Drachenpulver, grüne Madonnen und rote Herzen mit süßem Saft», sagte Juni so schnell, dass sie über die Wörter stolperte. Sie bemühte sich, Englisch zu sprechen, weil Onkel Henri das tat und weil es die Sprache der Mädchen in ihrer Klasse war.

Onkel Henri lachte. «Exzellente Wahl.»

Juni beobachtete ihn, wie er zu den Gläsern hinkte. «Ich darf heute richtig fliegen», sprudelte sie. «Nicht wie ...» Sie versuchte, einen Namen für das Spiel zu finden, das Maman und Ben bis vor kurzem noch mit ihr gespielt hatten, scheiterte aber an dem englischen Namen. «Nicht so wie bei Juni, eins, zwei, drei!»

«Und wohin fliegst du richtig?»

«Nach Oklomasitiii.»

Wieder lachte Onkel Henri. Juni sah ihn stirnrunzelnd an. Große lachten manchmal ohne ersichtlichen Grund.

«Oklahoma City», korrigierte Onkel Henri sie.

«Oklahoma City», wiederholte sie brav und beugte sich vor, um den nächsten Satz zu flüstern. «Ben ist gar nicht fröhlich heute.»

«Das liegt daran, dass er seine Arbeit verloren hat.»

«Warum hat Ben seine Arbeit verloren?»

Onkel Henri schnappte mit der Zange nach einem roten Herz. «Weil die Amerikaner vom Krieg heimgekehrt sind und jetzt Arbeit brauchen.»

«Aber Ben braucht doch auch Arbeit.»

«Ja, aber er ist Ausländer.»

«Bin ich auch Ausländer?»

Onkel Henri reichte ihr die Gris-Gris-Bag. «Du bist ein Mädchen, das heute richtig fliegt.»

Draußen auf der Straße hatte Ben seinen Kopf in eine Zeitung vergraben. *Job offers*, entzifferte Juni die Buchstaben am Kopf der Zeitung.

«Hab nur eine Sache genommen und nicht drei», erklärte Juni und hielt ihre Beute in die Höhe. «Weil du doch ein armer, arbeitsloser Ausländer bist.»

«Danke, Juni. Sehr zartfühlend von dir.»

«Ich kann dir was vom gelben Drachenpulver abgeben. Drachen sind stark und fliegen immer.»

Ein Lächeln zuckte in Bens Mundwinkeln. «Ich denke, ich schaffe das heute auch so.»

Sie stiegen schweigend ins Auto. Ben legte ein Kissen für Juni auf den Beifahrersitz, weil ihr der Gurt andernfalls vor das Gesicht rutschen würde. Niemand sagte es laut, aber Juni wusste, dass sie zu klein für ihr Alter war.

Ben schwieg während der gesamten Fahrt zum Lakefront Airport, aber Juni machte sich darüber keine großen Gedanken. Auch Maman war manchmal so. Es kam vor, dass sich die Traurigkeit bei den Großen wie eines von Onkel Henris Süßigkeitengläsern über sie stülpte. Dann konnte man sie zwar noch sehen, aber nicht richtig mit ihnen sprechen.

Von draußen drangen die Rufe eines Obstverkäufers durch die heruntergekurbelten Fenster. Die ersten Funkelschilder leuchteten an den Fassaden. Zigarren, Rum und Stoffe sollte man kaufen, blinkten die Schilder. Den neuen Film mit Cary Grant in der Hauptrolle ansehen.

Der Himmel leuchtete dunkelblau.

«Entschuldigung», sagte Ben laut, um das Motortuckern zu übertönen. «Ich bin heute nicht besonders spaßig, oder?»

«Warum bist du nicht spaßig?»

«Ich bin ein bisschen traurig, weil ich heute zum letzten Mal fliege.» Er lächelte sie an. «Aber mach dir keine Gedanken, das ist nur eine kleine Pause. Irgendwann bekomme ich meinen Job wieder.»

Juni klatschte in die Hände. «Und dann fliege ich wieder mit!», strahlte sie.

Sie musste hinter Ben Platz nehmen, diesmal auf zwei Kissen, und sie bekam eine Schutzkappe, die Ben ihr mit einem Schal fest um den Kopf wickeln musste, weil sie zu groß war. Und eine Flugbrille, denn die Waco hatte keine Fenster.

Sie waren noch keine 200 Meter in der Höhe, da wusste Juni, dass sie im Himmel zu Hause war. Sie fühlte es mit jeder Faser ihres Seins. Sie sah den Fluss, der sich grün und glatt durch die Spielzeugstadt unter ihr hindurchschlängelte, und dann war da nur noch weites Land. Der Wind blies ihr ins Gesicht, und es war, als ob sie rennen würde, nur viel weiter oben. Sie wollte schreien und jubeln, aber sie hatte Angst, Ben zu erschrecken, darum breitete sie ihre Arme aus, spielte Vogel und lachte still in sich hinein.

Die Sonne sank tiefer, und der Himmel färbte sich dunkel. Lichter glitzerten unter ihr, das musste wohl eine andere Spielzeugstadt sein. Ganz kurz dachte sie daran, dass dies die erste Nacht ihres Lebens war, die sie ohne Maman verbringen würde, und dass Maman sie deshalb nicht ziehen lassen wollte, aber Juni hatte so darauf bestanden, und dann hatte Ben etwas von Loslassen gesagt.

Als das Flugzeug aufsetzte, waren Junis Hände blau gefroren. Männer kamen, um das Flugzeug zu entladen. «Und jetzt fährt Juni mit dem Bus in ein Motel», kommentierte Juni das Ereignis mit ihrer Sportreporterstimme und legte den Kopf auf Bens Schulter.

Sie erwachte von den Sonnenstrahlen, die ihr durch die Fenster in die Augen drangen.

«Bist du immer noch traurig?», fragte sie Ben, während sie in den Diner hüpften, der neben ihrem Motel lag. Das heißt, Juni hüpfte und Ben ging.

«Mach dir um mich keine Sorgen.» Ben bestellte Juni einen großen Berg Pfannkuchen. Dann versteckte er seinen Kopf hinter einer Zeitung. «Deutsche Raketenexperten in Texas», stand auf der ersten Seite.

«Was ist eine Rakete?», wollte sie wissen, aber bevor Ben antworten konnte, rief ein Mann vom Nebentisch zu ihr herüber: «Damit fliegt man zum Mond!»

Draußen auf dem Flugfeld mussten sie warten, weil etwas an ihrem Flugzeug kaputt war. «Gutes Wetter für eine Flugprüfung», sagte Ben, der in den Himmel schaute.

«Woher weißt du, dass das eine Flugprüfung ist?», wollte Juni wissen, die seinem Blick folgte. «Und kannst du auch eine Rakete steuern? Und fliegst du damit dann auch zum Mond?»

Ben lachte, wie immer, wenn Juni mehrere Fragen hintereinander stellte. «Ich steige in keine Rakete», sagte er. «Und ich fliege auch nicht zum Mond.» Dann deutete er auf einen Mann, der mitten auf dem Flugfeld stand, die Hand gegen die Sonne abgeschirmt. Über ihm kreiste ein Flugzeug – eine Aeronca, erklärte Ben. Die Aeronca landete, startete wieder und flog im Kreis.

«Für den Mann, der die Aeronca steuert, ist das eine aufregende Stunde», erklärte Ben, während er Junis Hand nahm. «Vermutlich sitzt er sogar zum ersten Mal allein da drin.»

«Dürfen Mädchen eigentlich auch fliegen?» Juni hüpfte auf der Stelle und beobachtete das Flugzeug. Es senkte seine Nase und kam ganz leicht und elegant auf der Landebahn auf.

«Also, es ist nicht verboten, aber ... oh sieh mal, was der Flugschüler jetzt macht!» Die Aeronca war schon wieder in den Himmel geschossen. Jetzt drehte sie sich einmal um sich selbst.

«Muss der Mann, der das Flugzeug steuert, jetzt kopfstehen?»

«So ähnlich. Und dabei darf er nicht die Kontrolle verlieren. Unter dem Mann ist der Himmel, und über ihm das Land.»

Nur, dass es doch kein Mann ist, dachte Juni begeistert, als das Flugzeug endlich gelandet war und ein Mädchen, nicht so viel älter als sie selbst, herausstieg. Sie trug die blonden Haare zu einem Pferdeschwanz zusammengebunden und drückte ihrem Fluglehrer schüchtern die Hand.

«Wer ist das?», wollte Ben von dem Mechaniker wissen, der jetzt auf sie zugetreten war, um zu sagen, dass alles wieder in Ordnung sei mit der Maschine.

«Das ist Jerrie Cobb, unsere Schweigsame», lachte der Mechaniker. «Sieht aus, als hätte sie gerade ihren ersten Solo-Flug bestanden. Wohlverdient.»

«Siehst du, Ben, Mädchen können *sehr wohl* fliegen!» Juni hüpfte wieder und klatschte in die Hände. «Also, ich mache das später auch!»

Ethel Hebert kam schnell zur Sache. «Wir haben uns ja schon vergangenes Jahr bei Mr. und Mrs. Leroy unterhalten», sagte sie. «Und Sie haben hier natürlich schon eingekauft. Ihr Englisch ist mir aber nicht in besonders guter Erinnerung. Ich hoffe, daran haben Sie gearbeitet. Sonst brauche ich Sie hier nämlich nicht.»

Martha hatte in der Tat versucht, ihr Englisch auf einen akzeptablen Stand zu bringen. Nach den ersten paar Stunden mit Caresse, in denen diese ihr vor allem die Namen der Geister mitgeteilt hatte, die sie regelmäßig anrief, hatte Martha jedoch beschlossen, einen richtigen Kurs zu besuchen. Es gab sie, die Klassen von Einwanderern, die von freiwilligen Sprachlehrern unterrichtet wurden, aber bislang waren sie nicht über das Präsens hinausgekommen. Es hatte aber etwas Beruhigendes, fand Martha, in Unterhaltungen mit anderen die Vergangenheitsformen und das Futur auszuklammern.

«Ich arbeite an meinem Englisch», sagte Martha. «Und ich kaufe hier ein.»

Mrs. Hebert musterte Martha: den schmalen Rock, der ihre Knie bedeckte. Die saubere Bluse. Das Haar, das sie seit einem Jahr offen trug. «Das klingt vielversprechend. Denn allein mit Ihrem guten Aussehen werden Sie nicht durchkommen.»

Es war tatsächlich das erste Bewerbungsgespräch ihres Lebens.

«Sie behaupten also, Künstlerin zu sein?», fragte Mrs. Hebert weiter. «Na, dann lassen Sie mal sehen!»

Martha legte ihre Mappe auf dem Tresen des Schreibwarenladens ab. «Hier ist alles.»

Mrs. Hebert kniff die Lippen zusammen. «Auf welcher Schule haben Sie gelernt, Miss Moreau?»

«Kunstschule von Straßburg», antwortete Martha, indem sie erfolgreich das Verb vermied. Auch die Ortsbezeichnung ging ihr schon ganz selbstverständlich von den Lippen. Köln oder Straßburg, das war doch dasselbe. So weit lagen die Städte nicht auseinander. Sie konnte in die Lüge hineinschlüpfen wie in einen Schutzmantel, und der Schutzmantel umhüllte sie wie eine zweite Haut.

Mrs. Hebert hob eine Augenbraue. «Straßburg? Klingt nicht sehr französisch.»

«Es war mal deutsch.»

Hätte Mrs. Heberts Augenbraue die Gabe besessen, noch höher zu rutschen, so hätte sie jetzt den Haaransatz erreicht. «Deutsch, Miss Moreau? Sind Sie etwa Deutsche? Ich dachte, Sie wären Französin! Ich frage das deshalb, weil ich die Deutschen nicht leiden kann!»

«Französin von der deutschen Grenze.» Sie hätte hinzufügen können, dass sie die Deutschen ebenfalls nicht mochte, aber das zu erklären, wäre zu kompliziert gewesen, auch wenn das Präsens hier ausnahmsweise die richtige Zeitform war. Ihre Meinung über die Deutschen war geteilt. Da gab es diesen Volksstamm, der Europa in Schutt und Asche gelegt hatte. Und dann gab es Vati, Juni, Frau Bolze und sie.

«Gut. Und Sie leben also in wilder Ehe?»

Martha wunderte sich, wie diese Frau es schaffte, jede ihrer Fragen wie einen Vorwurf klingen zu lassen, und bemühte sich um eine höfliche Antwort. «Nur so lange, bis ich meine Eltern wiederfinde. Mr. Leroy und ich, wir lernten uns bei unserer Flucht aus Europa kennen.»

Mrs. Hebert hob erneut eine Augenbraue. «Sie haben Ihre Eltern verloren? Während Sie geflüchtet sind? Gut, ich hoffe, Sie gehen weniger nachlässig mit den Materialien in meinem Laden um. Ich verkaufe sehr hochwertiges Papier, wie Sie natürlich wissen – ach nein, wissen Sie nicht, Sie haben ja immer nur das billige genommen.»

Martha versuchte, ruhig zu atmen. Es gab niemand anderen in New Orleans, der ihr eine Stelle anbot. Sie wusste das – hatte schließlich monatelang nach Arbeit jeder Art gesucht. Im Sommer konnte sie vielleicht Pfirsiche pflücken. Kein gut bezahlter Job natürlich, fünf Cents für den Karton, aber sie würde es machen. Ben hatte seine Arbeit verloren. Irgendetwas mussten sie tun.

«Selbst Ihr billiges Papier ist ausgezeichnet», zwang sie sich zu sagen.

Mrs. Hebert nickte zufrieden. «Das sagen alle. Nun, Qualität ist eben Qualität. Und was machen Sie mit Ihrem unehelichen Kind, während Sie arbeiten, Miss Moreau? Ist es in dieser Zeit versorgt?»

«Meine Tochter macht keine Probleme.»

«Gut. Das werden wir ja sehen.» Mrs. Hebert begann, die Zeichnungen hin und her zu schieben. «Also, das sieht ja ganz nett aus. Seltsame Motive allerdings – ich möchte nicht, dass Sie so etwas zeichnen, während Sie in meinem Laden sind.» Sie deutete auf das Bild eines Mannes mit einer Trompete. Martha hatte gar nicht mehr aufhören können, den Musiker zu zeichnen, so versunken war er in sein Spiel gewesen.

«Aber warum nicht?», fragte Martha. «Alle sagen, Mr. Louis Armstrong ist eine Berühmtheit in New Orleans. Mein Verlobter und ich ...»

«Hören Sie, werden Sie oft Widerworte geben bei der Arbeit? Der Mann hier auf der Zeichnung ist ein Neger, und Neger haben in meinem Laden nichts zu suchen. Und wehe, ich erwische Sie dabei, wie Sie welche bedienen! Nein, Neger kommen mir nicht ins Haus.» Sie legte eine Hand auf Marthas. «Sie können das alles noch nicht wissen, weil Sie aus einem anderen Land kommen. Aber Sie werden es noch lernen. In Amerika ist das eben so.»

Und wieder war da der Gedanke. Der Gedanke, einfach wieder zurück zu den Merciers nach Südfrankreich zu gehen. Der Krieg war zu Ende, sie könnte auf dem Hof arbeiten. Dem Rauschen der Zeder zuhören, Thymian unter den Füßen spüren, Juni würde ihren geliebten Louis wiedersehen. Ob sie Ben dazu bringen konnte, mit ihr zu gehen? Sie nickte. Das konnte sie vielleicht.

«Ich sehe, Sie sind verständig.» Mrs. Heberts Stimme klang auf einmal versöhnlich. «Gut. Ich glaube, wir werden uns arrangieren. Also, Sie werden das Schreib- und Zeichengerät vorführen.» Sie hob einen Finger. «Sie werden zeigen, wie einfach es ist, gut zu zeichnen, wenn man Ethel Heberts Schreibgerät kauft. Verstehen wir uns da?»

Martha biss die Zähne zusammen. «Wir verstehen uns.»

«Den Rest erledige ich. Nach einer gewissen Zeit der Einarbeitung dürfen Sie dann auch den Dienst der Kassiererin versehen.»

«Das ist zu freundlich», murmelte Martha.

Die Ironie ging an Mrs. Hebert verloren. «Ich weiß», sagte sie. «Mein Mann sagt das auch immer. Ethel, sagt er, du kümmerst dich immer um diese ganzen schwierigen Fälle. Du hast einfach ein zu gutes Herz.»

Es dämmerte schon, als Martha sich wieder auf den Heimweg machte. Die Ladenglocke bimmelte ihr noch ein paar Schritte hinterher. Auf dem Pflaster zeichneten Kinder mit Kreide Felder für ein Hüpfspiel. Sie griff nach einer tiefhängenden Orange und riss im Gehen mit den Zähnen die Schale ab. Als sie in die Decatur Street bog, hörte sie Gitarrenklänge. Vor dem Haus, in dem die Andalusier lebten, saß eine Gruppe Männer und Frauen und spielte ein Lied in die Dunkelheit. Auf ihr Klingeln öffnete ihr niemand. Im Hinterhof war es vollkommen still. Martha tastete nach den Streichhölzern, die auf dem kleinen Tisch im Flur lagen, und zündete die Petroleumlampe an. Und da sah sie den Brief liegen. Er war an sie adressiert. Sie wollte ihn umdrehen, aber als sie das Rote-Kreuz-Emblem auf dem Umschlag bemerkte, begannen ihre Finger zu zittern. Der Brief rutschte ihr auf den Boden. Sie bückte sich, riss ihn auf und las ihn. Las ihn noch mal, weil ihr die Buchstaben so vor den Augen tanzten. Hielt den Brief näher ans Licht. Etwas schnürte ihr den Hals zu, sodass sie keine Luft mehr holen konnte. Die Beine wurden ihr weich. Wieder versuchte sie zu atmen, aber es ging nicht. Kurz bevor sie auf den Fliesen aufschlug, dachte sie: So fühlt es sich an, wenn man ertrinkt. Sie versuchte zu schreien, aber etwas schlug über ihr zusammen. Die Welt versank in Dunkelheit.

KAPITEL 6

«Aber was hat sie?», fragte Juni immer wieder. «Und warum darf ich nicht in ihr Zimmer?» Drei Tage lang ging das schon so. Drei Tage, in denen Ben ihr verboten hatte, zu ihrer Mutter ans Bett zu treten. Er wollte nicht, dass die Kleine Martha so sah.

«Sie ist krank», sagte er. «Aber mach dir keine Sorgen. Tante Caresse kümmert sich um sie.» Er versuchte, sie abzulenken, indem er sie mit zum Flugplatz nahm, auch wenn er dort nicht mehr arbeitete. Beim Anblick der Maschinen auf dem Rollfeld war alles in Ordnung für Juni, dann vergaß sie, was mit ihrer Mutter war.

Sie alle versuchten, Juni so gut wie möglich abzuschirmen, und bis jetzt war es ihnen auch gelungen. Aber Ben machte sich Sorgen, dass Martha nicht wieder auftauchte. Es war, als hätte sie eine Welle fortgerissen. Sie ging in einem Strudel aus Verzweiflung und Selbstvorwürfen unter. Und nichts, was er tat oder sagte, holte sie heraus.

«Bete, Kind», sagte Caresse zu Martha. «Bete zu deinem Gott.»

Aber Martha hatte keinen Gott mehr. Selbst wenn es noch einen gab – sie wollte ihn nicht haben. Einen Gott, dessen Wille es war, Menschen zu erhängen und zu erschießen, den wollte sie nicht.

Caresse rollte weiße Kerzen in einem Öl, das sie mit Zitronenverbene parfümiert hatte, und stellte sie in Marthas und

Bens Zimmer auf. Die Kerzen flackerten vor dem Fenster, sie erhellten die Schwarze Madonna, sie umstanden das Bett, und sie tropften von Regalen und Stühlen. Immer neue Kerzen brachte Caresse herein. Mit einer verzierten Nadel ritzte sie Wörter ins Wachs, während sie die Orishas anrief. Dann wieder saß sie an Marthas Bett und murmelte.

Ben traute sich nicht zu protestieren, aber er fand, dass das Zimmer einem Totenraum glich. Martha lag bewegungslos im flackernden Schein. Sie aß und trank nicht. Wenn sie sich regte, dann nur, um das Schreiben zu lesen. Sie weinte nicht einmal mehr.

August Richter, Todesursache unbekannt, KZ Mittelbau
Louise Richter, geb. Moreau. Todesursache unbekannt, KZ Ravensbrück

Sie hatte es wohl schon an die hundert Mal in diesen drei Tagen gelesen. Sie hatte darauf geweint, geschrien, sie war darüber eingeschlafen. War im Morgen drauf aufgewacht. Ganz weichgeknittert war das Papier schon, als sie es jetzt wieder in die Hand nahm. Ihr Mund verzog sich. Sie sagte keinen Ton.

Ben strich ihr die Haarsträhnen fort, die verfilzt über ihrem Gesicht lagen, streichelte ihre Hand. «Tu es für Juni», sagte er.

Martha starrte ihn an. Alles verschwamm in den flackernden Lichtern, verzog sich, löste sich auf. Sie drehte sich auf den Bauch und wartete darauf, dass der Schmerz kleiner wurde. Aber das wurde er nicht.

Ethel Hebert fing Ben ab, als er mit Juni an der Hand zum Hafen hinunterging. Sie konnten Packer gebrauchen, das hatte er von den Andalusiern gehört. Juni hüpfte auf einem Bein rückwärts und pfiff ein Lied.

«He, Sie da!», rief Mrs. Hebert. «Sind Sie nicht der Verlobte von der Künstlerin?»

Ben kannte Mrs. Hebert. Jeder im Viertel kannte sie. Und es gab niemanden, der versuchte, sich ihr zu widersetzen. Ihr Mann war Ingenieur und bekleidete obendrein ein Amt im Stadtrat. Die Heberts waren eine Größe im Viertel, was auf Mrs. Hebert nur im übertragenen Sinn zutraf, denn sie war sehr klein und dürr.

«Benjamin Leroy, guten Tag, wie kann ich Ihnen helfen?» Bens sarkastischer Ton verfehlte offenbar seine Wirkung, denn Mrs. Hebert lächelte ihn entwaffnet an. «Na, von Ihrem Benehmen kann sich die Verlobte wohl noch ein Scheibchen abschneiden.» Sie reckte ihr Kinn. «Wir haben ausgemacht, dass sie am Tag nach unserem Gespräch bei mir anfängt. Drei Tage ist das jetzt schon her!»

«Maman ist krank, es darf niemand zu ihr reingehen!», rief Juni.

«Lauf doch mal zum Zeitungsmann», sagte Ben und drückte Juni eine Münze in die Hand.

Niemand musste Juni zweimal bitten zu laufen. Sie schoss wie ein geölter Blitz davon.

«Das Weihnachtsgeschäft ist in vollem Gange», schimpfte Mrs. Hebert weiter. «Glaubt sie, dass sich das von selber macht? Ich habe nicht umsonst nach einer Aushilfe gesucht. Aber ich kann auch eine andere nehmen. Glauben Sie mir, die stehen Schlange bei mir!»

«Es tut mir leid», sagte Ben, dem jetzt erst klarwurde, dass Marthas Bewerbung im Schreibwarenladen Erfolg gehabt hatte. «Aber meine Verlobte ist sehr krank geworden.»

«Na, das fängt ja gut an.» Mrs. Hebert befingerte die Perlenkette über ihrem Twinset. «Und wann genau gedenkt die Verlobte, sich wieder ihren Aufgaben zu stellen?»

«Meine Verlobte ist jederzeit bereit, sich ihren Aufgaben zu stellen», sagte Ben so ruhig wie möglich. «Allerdings wünschen Sie wohl kaum, dass sie Ihre Kunden mit Fieber ansteckt. Aber wenn Sie nicht warten möchten – Sie kann nach ihrer Genesung, die zweifellos in absehbarer Zeit erfolgt, auch in dem Schreibwarenladen von Mr. Durieux in Tremé anfangen. Er war ebenfalls daran interessiert, seine Waren von einer Künstlerin verkaufen zu lassen.»

«Das kommt überhaupt nicht in Frage!» Mrs. Hebert stieg die Röte ins Gesicht. «Ich hatte als Erste die Idee!»

«Dann gedulden Sie sich doch bitte noch ein paar Tage.»

Sie schüttelte langsam den Kopf. «Ich weiß jetzt schon, was mein Mann wieder dazu sagen wird. Ethel, wird er sagen, du bist zu gut für diese Welt! Gut. Ich werde warten.» Sie zwang sich ein Lächeln ins Gesicht, das aber nicht ihre Augen erreichte. «Schließlich wird wohl jeder von uns mal krank.»

Am vierten Tag setzte sich Ben wieder an Marthas Bettrand. Es brannten noch mehr Kerzen im Raum – wenn das überhaupt möglich war. Marthas Zimmer war das hellste im ganzen Hinterhaus.

«Ich werde es jetzt mal so sagen, wie es ist», hob Ben an. «Wir haben Probleme. Junis Schule kostet Geld. Onkel Henris Bein macht wieder Probleme, und außerdem muss er zum Zahnarzt. Aber zu diesem Drachen Ethel Hebert gehst du nicht Das haben wir dann doch nicht nötig. Eher verkaufe ich mein Cello, als dass du dich so demütigen lässt!»

Martha rührte sich unter ihren Laken.

«Ich habe Ethel Hebert gestern auf der Straße getroffen. Meine Güte! Jetzt weiß ich, was Onkel Henri meint, wenn er über sie schimpft!»

Er nahm ihre Hand, die sehr kalt war. «Liebes», sagte er leise.

Sie sah ihn still an.

«Es wird Zeit, dass du es Juni erzählst.»

Nein, machte sie mit ihren Augen.

«Sie muss ihre Geschichte kennen. Die Geschichte ihrer Familie. Sie hat ein Anrecht darauf zu wissen, woher sie kommt.»

Martha schüttelte den Kopf.

«Sie wird damit klarkommen, sie ist erst sechs. Liebes ... mit jedem Jahr, das vergeht, wird es schwieriger sein, ihr die Wahrheit zu sagen.»

Noch immer schwieg Martha.

«Tu es», drängte er leise. «Tu es für sie.»

Ein Windhauch fuhr durch das Zimmer. Die Kerzen flackerten unruhig, Lichtmuster zuckten über Marthas Gesicht.

«Wie kann ich ihr erzählen, was mit meinen Eltern geschehen ist?» Sie biss sich auf die Lippen, die so spröde waren, dass sie zu bluten begannen. «Es gibt keine Worte dafür.»

«Erzähle langsam, ein Kapitel nach dem anderen.» Ben nahm ihre Hand. «Fang damit an, dass sie Deutsche ist.»

«Nein!» Marthas Augen standen voller Tränen. «Ich will damit nichts mehr zu tun haben. Und Juni ... sie ist keine Deutsche. Sie hat Deutschland verlassen, als sie einen Tag alt war.» Sie drehte sich auf die Seite und begann zu weinen. Ben streichelte ihr über den Kopf.

Lange rührten sie sich nicht mehr. Martha blieb auf der Seite liegen. Ben ließ seine Hand auf ihrem Kopf.

«Der Arzt an Bord unseres Schiffes», sagte Ben leise. «Mit dem wir nach Amerika gekommen sind, erinnerst du dich?»

Martha öffnete nicht die Augen. Ein Strom von Tränen quoll unter ihren Lidern hervor.

«Der Arzt hat gesagt, Juni solle Sport treiben. Was hältst du davon, wenn ich sie trainiere? Ich glaube, sie könnte eine gute Läuferin werden!»

«Sie haben noch gelebt, als ich Deutschland verlassen habe», weinte Martha leise. «Warum habe ich sie denn nicht besser gesucht?»

Er streichelte ihr über die Haare. Martha weinte weiter. Kein einziges Trostwort fiel ihm ein.

Am fünften Tag setzte Martha sich im Bett auf. Ihre Augen glänzten im Kerzenlicht. «Neulich habe ich darüber nachgedacht, wie es wäre, wieder nach Frankreich zurückzugehen.»

«Und jetzt?»

«Jetzt ist alles anders. Die haben doch alle mitgemacht. Ich will Europa nie wiedersehen.»

Es war so still, dass Ben das Tropfen der Kerzen hörte.

«Glaubst du, dass man etwas darüber herausfinden kann?», flüsterte Martha, während eine der Kerzen zischend erlosch. «Über die Lager? Darüber, wie meine Eltern gestorben sind?»

Ben nahm vorsichtig ihre Hände. Sie waren so schmal geworden, dass er Angst hatte, sie kaputt zu machen.

«Das kann man bestimmt.»

Am sechsten Tag ließ Martha sich die Haare abschneiden. Caresse blies die Kerzen in ihrem Zimmer aus. Zusammen setzten sie sich in den Patio, wo es heller war. Aus dem Nachbarhaus hörten sie ein streitendes Paar.

«Ganz kurz, bist du sicher?» Caresse ging vor ihr in die Hocke. «In den Haaren sitzt die Seele, Liebes. Weißt du genau, dass du dich davon trennen willst?»

Martha nickte.

Caresse nahm ihre Hände und blickte ihr in die Augen. «Menschen sind nicht tot, solange sie in unseren Gedanken weiterleben», sagte sie. Dann rückte sie einen Schemel heran und begann zu schneiden. Die Haare fielen in langen Strähnen zu

Boden, und weil ein Wind vom Mississippi wehte, flogen sie quer durch den Patio und verfingen sich im Orangenbaum. Nachbarn öffneten ihre Fenster und bestaunten das Spektakel. Die Streithähne hörten auf zu streiten. Noch Wochen später fand man Marthas goldene Haare, die sich am rissigen Holz eines Fensterrahmens verfangen hatten oder an einem Mauerstein hingen.

Juni kam herbeigelaufen und schlug die Hände vor den Mund. «Du siehst ganz neu aus, Maman», sprudelte sie hervor, um rasch hinzuzufügen, dass sie ein Mädchen gesehen hatte, das ein Flugzeug flog. «Allein!», betonte sie. «Das mache ich auch, wenn ich größer bin!»

Martha schüttelte den Kopf, aber nicht, um nein zu sagen. Die Mittagssonne tanzte auf Junis erhitztem Gesicht. Ihre Tochter sah so glücklich aus, wie sie da vor ihr auf und ab hüpfte, mit einem heruntergerutschten Kniestrumpf, in dem Blumenkleid, das Caresse ihr aus einem alten Vorhang genäht hatte. Das Kopfschütteln war so ungewohnt leicht mit der neuen Frisur.

Am siebten Tag ging sie zu Ethel Hebert.

«Oh mein Gott, Miss Moreau, was ist denn mit Ihren Haaren passiert?», rief die Schreibwarenladenbesitzerin bei ihrem Anblick aus. «Sie sehen ja wie eine dieser Sängerinnen aus den Nachtclubs in der Bourbon Street aus! Was kommt als Nächstes – Hosen?»

Martha hob die Schultern.

«Und dann sind Sie auch noch so dünn geworden!» Mrs. Hebert lächelte, aber nur mit dem Mund. «Soll das vielleicht ein Wettbewerb werden? Wer von uns beiden besser auf seine Figur achtgibt?»

Martha schüttelte den Kopf.

«Aber ein bisschen gesprächiger werden Sie schon gleich sein mit den Kunden?»

Martha nickte, und Mrs. Hebert rollte mit den Augen. «Da habe ich mir einen Sozialfall eingefangen», sagte sie. «Wenn ich das meinem Mann erzähle! Ethel, wird er sagen, du bist einfach zu gut für diese Welt!» Sie begann, sämtliche Schubladen zu öffnen, um Martha zu zeigen, wohin sie die Stifte, Federn und Pinsel einsortiert hatte und wo die zusammengerollten Leinwände und das Aquarell- und Zeichenpapier zu finden waren.

Martha verbrachte ihren ersten Arbeitstag ohne Probleme. Sie lächelte, wenn es die Situation erforderte, und sie zeichnete mit Mrs. Heberts Stiften, sodass die Kunden Ah! und Oh! ausriefen und kauften, was ihr Portemonnaie hergab. Und sie hörte Mrs. Heberts Reden zu. «Diese Flüchtlinge aus Europa ... Viele kamen ja in einem Zustand an, schmutzig, oh ja, ich kann Ihnen kaum sagen, wie sehr! Ja, einige von ihnen sind sehr begabt ... Ich sage immer, man muss der Gesellschaft auch zurückgeben ... das macht einen Dollar fünfzig, Sir.»

Am Ende des Tages erstand Martha selbst etwas: einen Bogen Pergamentpapier und einen Luftpostumschlag. Die Ladenkasse klingelte zum letzten Mal.

Auf dem Weg nach Hause versuchte sie, den Brief an die Merciers im Kopf zu schreiben. Aber sie hatte Mühe, sich zu konzentrieren, denn ihre Gedanken trugen sie in eine andere Richtung. Als sie in die Decatur Street einbog, fasste sie einen Entschluss: Sie würde die Mörder ihrer Eltern finden. Sie würde sie vor ein Gericht bringen, und sie würde zusehen, wie sie verurteilt wurden. Und wenn es das Letzte war, was sie in ihrem Leben tat.

71 879 Kilometer von der Erde entfernt,
16. Juli 1969, acht Stunden nach dem Start

Es gab nur eines von beidem: ein Licht, das alles erhellte. Und ein unendliches schwarzes Nichts. Nichts anderes gab es am Himmel, keine fahlen Farben, keine Zwischenwelt. Irgendwo da draußen waren Sterne – andere Sonnen, die auf andere Planeten schienen. Andere Galaxien, in denen vielleicht andere Wesen von einem Gestirn zum nächsten schossen. Aber die drei Männer konnten keine Sterne sehen. So gewaltig flutete der Lichtstrom ihr Raumschiff, dass sich ihre Pupillen zusammenzogen. Neil Armstrong, Buzz Aldrin und Michael Collins waren blind vor Helligkeit.

Tag und Nacht waren eins, seit sie den Schatten der Erde verlassen hatten. Tag und Nacht lagen nebeneinander in diesem unendlichen Raum. Es kam nur darauf an, wohin man blickte. Ob man Licht oder Schatten sah.

Sie verdunkelten alle fünf Fenster mit Metallplatten, damit sich ihre Augen an die Dunkelheit gewöhnen konnten. Erst dann konnten sie die Arbeit mit dem Sextanten und dem Teleskop beginnen. Sollten sie den Funkkontakt zu Houston verlieren, war die Sternennavigation ihre einzige Überlebenschance.

Dort, wo die Sonne auf ihr Raumschiff brannte, war die Hitze so extrem, dass der Druck im Tank anstieg. Auf der Nachtseite hingegen froren ihnen die Geräte ein. Sie mussten die Rakete zum Rotieren bringen, wenn sie eine Mischung aus Hitze und Kälte haben wollten.

Aus Licht und Dunkelheit.

Acht Stunden und 53 Minuten nach dem Raketenstart aktivierten die Männer das Temperaturkontrollsystem – eine Funktion, die die Rakete dazu brachte, sich alle zwanzig Minuten einmal um sich selbst zu drehen.

«Wie ein Hähnchen auf dem Barbecue-Grill», bemerkte Michael Collins, der zuschaute, wie abwechselnd Sonnenlicht und Nachtschwarz vor den Fenstern vorbeizogen.

Die Erde wurde immer kleiner. Aber noch konnten sie alles darauf erkennen: das strahlend blaue Mittelmeer, einen Sonnenuntergang über Madagaskar. Nordafrika war sandfarben, ein helles Beige, das in den Weltraum schimmerte, und ein Stück weiter leuchtete eine große Wolke zwischen Afghanistan und Pakistan. Südamerika war mit Dschungelgrün gefleckt. Das Fenster, aus dem sie der Erde hinterhersahen, war kalt, Wasser kondensierte darauf, sodass das Licht, das von ihrem Planeten reflektierte, etwas Überirdisches bekam.

Sie flogen jetzt mit 9980 Kilometer pro Stunde, aber je weiter sie sich entfernten, desto weniger dachte Michael Collins an die Geschwindigkeit. Er sah die Erde vor seinem kalten Fenster und dachte an sein Zuhause. Aber es war nicht das Haus mit seiner Familie darin, nicht Houston, nicht seine Geburtsstadt, das italienische Rom, nicht Puerto Rico, Baltimore und Washington, wo er aufgewachsen war, nicht einmal die Vereinigten Staaten von Amerika als Ganzes. Sein Zuhause war dieser zerbrechliche Planet, der so blau ins Universum strahlte, auf dem sich Wärme mit Kälte mischte und auf dem das Helle und das Dunkle untrennbar miteinander verbunden waren.

KAPITEL 7

Juni wedelte mit der Hand vor ihrem Gesicht, um den Rauch zu vertreiben, den Ben mit seiner Zigarette machte. So konnte sie ja gar nichts sehen. Und wenn sie nichts sehen konnte, kam ihr die Fahrt zum Lakefront Airport noch länger vor. Sowieso konnte sie es nicht mehr erwarten. Monatelang hatte sie die Tage gezählt. Und jetzt war es endlich so weit.

«Glücklich, Geburtstagskind?» Ben drückte seine Zigarette im Aschenbecher aus, während er den Wagen um die Ecke lenkte, am Haus der Andalusier vorbei. Zwischen den Häusern am Ende der Straße sah er es aufleuchten. Gleich würde die Sonne aufgehen.

Juni schlenkerte mit den Beinen. Stillsitzen war eine Strafe. «Warum können wir eigentlich nicht zum Flughafen laufen?»

«Weil der von der Decatur Street aus über zwölf Kilometer entfernt liegt.»

«Zwölf bloß!» Juni riss die Augen auf. «Das ist doch gar nichts, Ben! Da sause ich einmal bloß so!» Sie ließ ihre Hand einmal durch die Luft schnellen und landete auf der Hupe. Ein Mann, der mit einem Kühlschrank auf dem Rücken vor ihnen die Straße überquerte, erschrak so sehr, dass er den Kühlschrank fallen ließ. «Oh, Verzeihung», machte sie. «Aber nächstes Mal laufen wir, in Ordnung, Ben?»

«In Ordnung.»

«Juhu!» Juni reckte die Faust gen Himmel. In ihrer Brust

schäumte ein Gefühl wie gelbes Drachenpulver. Sie hatte nicht schlafen können, so glücklich war sie.

«Mit dir habe ich mir ja ganz schön was angelacht», brummte Ben.

«Ich hab mir mit dir auch ganz schön was angelacht!» Sie trommelte mit ihren Füßen gegen den Sitz.

Ben lachte. «Schätze, dann sind wir quitt.»

«Ich kann jedes Zeichen, Ben. Jedes!»

«Das glaube ich dir aufs Wort!»

«Jerrie Cobb war auch noch ein Kind, als sie zum ersten Mal allein geflogen ist», erklärte sie.

«Du fliegst nicht alleine, Juni.» Ben zwinkerte. «Ich sitze auch noch mit drin.»

«Ja, ich weiß», sagte Juni. «Bei Jerrie Cobb war das auch so. Jerrie Cobb hat ...»

«Hör mal, ich weiß nicht, ob es so gut ist, wenn du andauernd über diese Jerrie Cobb und die Fliegerei redest. Ich glaube, deine Mutter kann es auch nicht mehr hören.»

«Du redest doch auch immer über Fliegerei!», protestierte Juni.

«Ertappt.» Ben grinste. «Aber hin und wieder fällt mir auch ein zweites Thema ein.»

«Mir fällt auch hin und wieder ein zweites Thema ein», empörte sich Juni. «Sport zum Beispiel!»

«Meinetwegen kannst du gern fürs Fliegen und Laufen leben. Aber deine Lehrerinnen sehen das anders. Und deine Mutter auch. Andere Mädchen in deinem Alter spielen mit Puppen oder mit ihren Mr. Potato Heads ...»

«Wer spielt denn mit acht noch mit einem Stück Plastik, das man in eine Kartoffel steckt?», empörte sich Juni. «Ich will mal später was tun, was noch nie jemand vor mir getan hat», verkündete sie. «Nicht so 'n Mädchenquatsch!»

Es ärgerte sie, dass sie mit ihren acht Jahren noch immer so klein war. Die Klassenlehrerin hatte gesagt, dass das normal sei, französische Kinder seien nun mal kleiner als amerikanische, sie hätten ja im Krieg nicht so viel zu essen bekommen. Aber so viel Juni auch aß, ihr Körper wuchs einfach nicht so wie bei den anderen Mädchen. Mit Ausnahme ihrer Muskeln. Und ihrer Beine.

Der Himmel leuchtete in lauter bunten Farben, als sie das Flughafengebäude endlich erreichten. Juni konnte schon den fliegenden Mann erkennen, der über dem Portal eingemeißelt war. Da musste Ben das Steuer so plötzlich herumreißen, dass Juni mit dem Kopf fast gegen die Scheibe geknallt wäre. Das Vierergespann einer Bierkutsche stürmte auf sie zu. «Verdammt noch mal», fluchte Ben. «Und da sage einer noch, Fliegen sei gefährlich. Wer das sagt, ist noch nie mit einem Auto durch New Orleans gefahren!»

Das Drachenpulvergefühl schäumte wieder in Junis Brust, als sie über das Rollfeld rannte, zwischen den Flugzeugen hindurch. «Ich habe heute Geburtstag und darf selbst fliegen!», rief Juni den Line Boys zu, die mit Wassereimern in der Hand die Scheiben der Beechcrafts und Cessnas putzten.

«Ich darf selbst fliegen!», rief Juni, als sie an zwei Mechanikern vorüberflitzte, die rauchend in der Sonne saßen.

«Ich darf selbst fliegen!», rief Juni einem Mann in einem schicken Anzug zu, der aus dem Diner auf das Flugfeld trat.

Dann wirbelte sie zu Ben herum. Seine Brillengläser funkelten im Morgenlicht. Sie wusste, dass er ebenfalls glücklich war, auch wenn er immer so streng tat. Er konnte nur noch selten fliegen, weil es das Amerika der weißen amerikanischen Männer war, wie Ben immer sagte, und die bekamen eben immer zuerst Arbeit. Aber vor kurzem hatte er einen Job als Mechaniker ergattert, und weil er die Männer am Lakefront Airport gut kannte, ließen sie ihn hin und wieder eine Maschine mieten, und so konnte er ausreichend Stunden in der Luft verbringen, damit er seine Pilotenlizenz nicht verlor.

Im Hangar schimmerte die Waco, die Ben immer noch am liebsten flog. Wilde-Augen-Jack trat ihnen entgegen und schlug Ben auf die Schulter. Juni kannte Wilde-Augen-Jack, er war Mechaniker, genau wie Ben. «Na, Junge, willst du nachsehen, ob die alte Lady noch unter den Lebenden weilt?» Wilde-Augen-Jack runzelte die Stirn.

Ben strich zärtlich über den unteren Tragflügel. «Die Lady mag in die Jahre gekommen sein, aber sie fliegt immer noch wie ein junges Mädchen.»

«Nichts für ungut, Ben.» Der Mechaniker zwinkerte. «Ich mag auch erfahrene Ladies. Oh, wen haben wir denn da? Einen kleinen Fluggast?»

«Ich bin Flug*schülerin*!», erklärte Juni und richtete sich zu ihren vollen ein Meter zwanzig auf. «Und heute habe ich Geburtstag und fliege selbst!»

«Na, dann herzlichen Glückwunsch und viel Spaß!» Der Mechaniker kniff in Bens Richtung eines seiner wilden Augen zu, und gemeinsam schoben die Männer den Doppeldecker zum Rollfeld hinaus.

Ben hielt sein Versprechen und legte ein dickes Kissen auf Junis Platz. Doch bevor sie auf ihren Platz kletterte, zurrte er die Fliegerbrille über ihren Augen zurecht, sodass sie ihr fest am Kopf saß. Sie probierten auch mehrere Schutzkappen, doch selbst die kleinste war ihr noch zu groß. Am Ende drehte sie sich ihre Zöpfe zu Schnecken über dem Ohr, sodass die Kappe besser ausgefüllt war.

Ben hielt kurz inne und befestigte dann die Schlaufe unter ihrem Kinn. «So habe ich deine Mutter kennengelernt», sagte er.

Juni kicherte. «Aber Maman ist doch noch nie geflogen!»

«Nein.» Ben schüttelte den Kopf. «Mit dieser hübschen Frisur.» Er schien noch etwas sagen zu wollen, ließ es dann aber. Stattdessen fühlte sich Juni in die Höhe gehoben, um auf ihrem Platz zu landen, der direkt hinter Bens Platz lag. Sie probierte, mit den Füßen die Pedale zu berühren, und es klappte: Ihre Beine waren lang genug geworden. Juni stieß einen Jubelschrei aus.

Er legte ihr den Sicherheitsgurt an und prüfte, ob er auch richtig eingerastet war. «Alles klar?», fragte er. Juni nickte. Sie konnte seine Augen hinter der Fliegerbrille nicht richtig erkennen, aber sie ahnte, dass es ihm ernst war, als er sagte: «Und du bleibst schön ruhig sitzen, Juni, hast du mich verstanden? Keinen Unsinn mehr jetzt!»

Sie nickte noch einmal. Ihr Herz klopfte schneller. Oh, dass es so viel Glück gab auf der Welt!

Ben startete den Propeller, und sie ging die Handzeichen durch, die sie in den vergangenen Wochen eingeübt hatte. Sie hob ihre kleinen Hände in die Höhe. So für «Steuerknüppel nach vorne schieben». So für «zurück». Und so für «Hände weg, Juni!». Der Propellerwind blies ihr ins Gesicht, als sie hinter Bens breitem Rücken hervorblickte, um den Start zu beobachten. Ben schob den Gashebel nach vorn, und sie sausten schneller und immer schneller über das Flugfeld. Plötzlich gab es einen Ruck, und Juni jauchzte. Sie stiegen in den Himmel auf.

Sie winkte den Männern, die im Kontrolltower saßen, als sie vorbeiflogen. Sie kannte sie alle mit Namen: den dicken Pedro, der beim Englischsprechen so lispelte wie Louis, nachdem er seine ersten Zähne verloren hatte, und Antonio, den Hinkefuß. Und dann drehte sich Ben zu ihr um und machte das Zeichen für Tausend. Das hieß, dass sie jetzt tausend Meter hoch waren.

Er nahm die Hände von seinem Steuerknüppel. Juni reckte sich vor, um ihren eigenen Steuerknüppel in die Hand zu nehmen.

«Runter», sagte Ben mit seinen Händen. Juni schob den Knüppel nach vorne, und die Nase der Waco zeigte nach unten. «Hoch», machte Bens Hand. Juni zog den Knüppel nach hinten, und die Nase bewegte sich wieder hinauf. Sie wusste, dass sie nicht zu viel Platz zwischen der Nasenspitze der Waco und der Horizontlinie lassen durfte, und nach einigen Bewegungen hatte sie den Bogen raus. «Nach links», deutete Ben, und sie ließ die linken Tragflügel nach unten kippen, dass sie sich in eine richtige Kurve legten. Juni stieß einen Glücksschrei aus. Unter ihr war New Orleans ausgebreitet, die ganze Stadt mit ihren Schulen und Süßwarenläden, und sie war hier oben, über allem, schwerelos und frei.

Viel zu schnell kam das Zeichen «Hände weg, Juni!», und nach einer Schleife, die sie über dem Flugfeld drehten, waren sie auf dem Boden zurück.

«War es ein guter Flug, Kleine?», fragte Wilde-Augen-Jack, als sie die alte Waco in den Hangar zurückschoben.

Juni strahlte. «Der beste der Welt!»

«Na, dann musst du wohl einen Logbuch-Eintrag machen. Jeder Flugschüler muss das.» Er fischte in der Tasche seines Overalls nach einem Notizblock. «So, Juni, dann trage ich mal dein erstes Log für dich ein!»

«Ist das ein echtes Logbuch?», wollte Juni wissen, während sie auf und ab sprang. «Kann ich es später benutzen, wenn ich Pilotin bin?»

«Die Wahrheit, Kumpel», sagte Ben. «Die Kleine kann es nicht leiden, wenn man sie belügt!»

Der Mechaniker schien zu zögern. «Ehrlich gesagt ist es kein echtes. Aber wenn du später wirklich ...»

«Will ich!», rief Juni und klatschte in die Hände.

Der Mechaniker wandte sich lächelnd zu Ben um. «Sehr willensstark, die Kleine, oder?»

Ben legte eine Hand auf Junis Schulter. «Sie weiß, was sie will, und das ist gut so.»

«Nun, sollte dieses Heft hier später nicht anerkannt werden», der Mechaniker wedelte damit in der Luft herum, «dann gibt es Ärger mit mir!»

«Ist das die Wahrheit?», freute sich Juni.

«So wahr ich hier stehe.»

Ben scherzte mit Wilde-Augen-Jack herum, und sie zogen Linien in das Notizbuch, um Ort und Zeit von Junis erster Flugstunde zu notieren. Juni wusste, dass sie irgendwann einmal all diese Seiten füllen würde. Die Seiten dieses Buches und vieler weiterer! Sie würde Pilotin werden, und sie würde bis ganz nach oben in den Himmel fliegen, noch höher als heute, vielleicht sogar bis zum Mond. Wenn sie nur Louis erzählen könnte, dass sie ein Flugzeug gesteuert hatte! Maman, das wusste sie, hatte Louis und seiner Familie schon ganz viele Briefe geschrieben. Nur Antworten bekommen hatten sie noch nicht.

«Bist du bereit für deine Geburtstagsfeier, Kleine?», lächelte Ben.

Juni hüpfte in die Höhe und lachte. «Bereit für alles auf der Welt!»

Martha war ein bisschen schwindelig. Sie hatte zwanzig Luftballons aufgeblasen, und nach dem letzten musste sie sich abstützen, um nicht umzufallen. Sie band ihn am Stuhl fest, dann sah sie sich um. Die Geburtstagstafel war geschmückt, Edith, der Papagei, in seinem Käfig eingesperrt, und die Ballons schwebten an den Stühlen. Sie war so froh, dass sie am liebsten gesungen hätte, aber trotz der vielen Jahre, die sie jetzt schon außerhalb von Deutschland verbrachte, fielen ihr noch immer nur deutsche Lieder ein. «Ich bin die fesche Lola» etwa, eines der wenigen deutschen Lieder, die Mutti laut geschmettert hatte. Oder aber ihr Lieblingslied: «Unter einem Regenschirm am Abend». Aber abgesehen davon, dass sie natürlich nicht auf Deutsch singen konnte, passte das ja nicht hierher.

Sie schloss die Augen und spürte ein paar Herzschläge lang den Erinnerungen nach: Mutti und Vati, die mit ihr über die Domplatte bummelten, Vati hatte einen Regenschirm aufgespannt, und gemeinsam sangen sie das Lied von Willi Forst.

Sie öffnete die Augen wieder. In ihrer Schürzentasche knisterten die Briefe, auf die sie so lange gewartet hatte. Juni auf den einen. Auf den anderen sie selbst.

«Martha, Liebes!» Caresses Stimme riss sie aus ihren Gedanken. «Ich glaube, die *Galette des Rois* ist fertig, möchtest du mal schauen?»

«Und jetzt steigt Juni in den großen Sack», hörte sie die Stimme ihrer Tochter, als sie den Kuchen aus dem Backofen holte. «Oh, der kratzt aber an den Knien, komischer Stoff ist das – und dann hüpft sie damit in die Küche. Ja, wer wird schneller sein, Juni oder die Kinder, die sie zum Geburtstag eingeladen hat? Oh hallo, Onkel Henri, ich hoffe, es geht dir nicht gleichbleibend schlecht heute, feierst du mit uns, ich bin die Waco selbst geflogen, hallo, Maman! Ich hab ein Logbuch, es ist ein echtes, Wilde-Augen-Jack hat geschworen, dass er die *Wahrheit* sagt, und da steht drin, dass ich heute *geflogen* bin!» Sie zerrte ein kleines Notizbuch aus ihrem Rockbund und reichte es Martha. Ihre Wangen leuchteten rot.

Sie schloss die Arme um Juni und sog ihren Duft ein. Juni roch wie immer köstlich, aber auch nach einer Mischung aus Diesel und Kartoffelsack. «Warum heißt der Mann Wilde-Augen-Jack?»

«Na, weil er phantastisch schielen kann!» Sie starrte ihre

Nasenspitze an. «Ungefähr so! Wann kommen eigentlich die anderen?»

«In einer halben Stunde. Möchtest du dein Geschenk vorher oder nachher kriegen?»

«Ein Geschenk?» Junis Augen leuchteten auf. «Noch eins? Wo ich doch schon fliegen durfte! Oh, ich möchte es jetzt gern sehen!»

Aber Martha kam nicht dazu, Juni den Brief zu überreichen, den sie schon seit Tagen in ihrer Schürzentasche herumtrug, denn in diesem Moment kam eine der Andalusierinnen herein.

«Juni ist eine kleine Französin, wie sie im Buche steht.» Die Frau breitete lachend die Arme aus und drückte Martha ein paar Küsse auf die Wangen. Martha war sich nie sicher, welche der Andalusierinnen sie vor sich hatte, sie sahen sich alle so ähnlich mit ihren langen schwarzen Haaren und bunten Kleidern, aber Caresse hatte ihr gesagt, sie solle sich darüber nicht den Kopf zerbrechen, niemand könne die Frauen voneinander unterscheiden, das Zusammenleben habe sie ähnlich gemacht.

«Und ich bin froh, dass Sie es so ausdrücken.» Martha erwiderte ihre Wangenküsse. «Die meisten Menschen betrachten meine Tochter als einen Meteoriten. In der Regel können Sie die Häuser nach ihrem Besuch renovieren.» Sie versuchte, Juni eine Locke aus dem Gesicht zu streichen, die sich aus ihren Zöpfen gelöst hatten, was angesichts des Umstands, dass sie immer noch in ihrem Sack auf und ab hüpfte, nicht ganz einfach war.

Die Andalusierin lachte. «Ich weiß, wovon Sie sprechen. Glauben Sie mir, wir in Louisiana kennen uns aus mit Temperament!»

Eine Stimme schrillte vom Wohnzimmer herüber. Marthas Herz sank. Sie hatte ihre Chefin nicht eingeladen. Aber irgendwie hatte es diese Frau dennoch fertiggebracht, von Junis Geburtstagsfeier und ihren Gästen zu erfahren – vermutlich, weil sie sie für potenzielle Kunden hielt, oder auch, weil sie sich schlicht nicht vorstellen konnte, bei irgendjemandem nicht willkommen zu sein.

«Happy Birthday!», rief Ethel Hebert, als Martha gemeinsam mit der Andalusierin aus der Küche trat. Hinter ihnen hüpfte Juni in ihrem Kartoffelsack.

Mrs. Heberts Lächeln erreichte nicht ihre Augen. «Ich nehme an, dass Sie es nicht gewagt haben, auch die höhere Gesellschaft zu Ihrer kleinen Feier einzuladen, Miss Moreau», sagte sie und musterte die Andalusierin. «Aber wir leben schließlich im wundervollen Amerika, da bedeuten uns Standesunterschiede doch nichts!»

Es gab mehrere kleine Zwischenfälle während der Feier. Der erste ereignete sich, als Ethel Hebert Mrs. Johnson bat, ihr einen neuen Kuchenteller zu bringen, weil ihr alter einen Sprung aufwies. Mrs. Johnson war die Mutter von Sammy, einem der Kinder, deren Häuser an den Hinterhof angrenzten und mit dem Juni gern spielte, weil er ebenso gern wie sie um die Wette lief. Die Johnsons waren schwarz, weshalb Ethel Hebert Mrs. Johnson für das Hausmädchen hielt.

«Ich verstehe nicht, wie du diese unmögliche Person zu unserer Feier einladen konntest», hörte Martha Onkel Henri zu Caresse sagen, aber bevor sie Caresse in Schutz nehmen konnte, ereignete sich der zweite Vorfall: Sammy verschluckte die *Fève*.

Die kleine Porzellanfigur, oder *Fève*, wie sie in Frankreich und Louisiana genannt wurde, sollte dasjenige Kind zum König krönen, das sie in seinem Stück Königskuchen fand.

Der kleine Sammy sah aus, als ob ihm die Augen herausfallen würden. Er würgte und griff sich an den Hals. Dann machte er ein paar Schluckbewegungen und lächelte in die Runde. «Problem gelöst», krächzte er.

Juni klatschte in die Hände. «Sammy ist der König!», jubelte sie. «Maman, setz ihm die Krone auf!»

An diesem Punkt schob Ethel Hebert ihren Stuhl zurück, warf vorwurfsvolle Blicke in die Runde und verließ den Raum, um ins Bad zu gehen.

«Was hat Mrs. Hebert?», wollte Juni wissen. «Ist sie neidisch auf Sammy? Wollte *sie* gern der König sein?»

Das verstörte Schweigen am Tisch löste sich in Gelächter auf.

Als Martha in die Küche lief, um die Papierkrone für Sammy zu holen, ging Ben ihr hinterher.

«Ich finde dich heute ganz besonders schön», flüsterte er und legte eine Hand auf ihre Taille. «Du siehst froh aus. Bist du froh?»

«Ja, das bin ich», sagte sie. «Heute habe ich nämlich …»

«Maman, Maman, wir wollen die Krone für Sammy haben!», rief Juni. «Und die anderen Kinder wollen die Krone auch! Was soll ich ihnen sagen? Peggy und Myrtle sind schon ganz schlecht gelaunt!»

«Alle bekommen eine Krone», versicherte Martha. «Ich zeichne ihnen welche. Sei so lieb und gehe wieder zu deinen Gästen zurück!»

«Du weißt, dass ich Paul kontaktiert habe», sagte sie leise zu Ben, als sie wieder allein waren.

Ganz dunkel wurden seine Augen. Sie griff nach seiner Hand. «Und du weißt auch, dass er mir nichts mehr bedeutet!»

Ben drückte ihre Hand. «Wenn du ihn wiedersehen möchtest – ich könnte es verstehen. Oder wenn du möchtest, dass Juni ihn kennenlernt.»

Martha wedelte seine Worte fort. «Er hat nicht nach Juni gefragt, und ich glaube auch nicht, dass es gut wäre, wenn … Wie auch immer, Paul war mit den Amerikanern in Nordhausen!»

«So?»

«Er hat in den letzten Kriegstagen als Dolmetscher gearbeitet, das hat er zumindest geschrieben, aber Paul hat immer viel erzählt, wenn der Tag lang war. Wie auch immer, dass er in Nordhausen war, muss stimmen. Er ist sogar in Kontakt geblieben mit einem amerikanischen Offizier, der sich mit dem Arbeitslager intensiv beschäftigt hat. Ich habe diesem Offizier geschrieben, und er hat mir geantwortet.» Sie nahm den Brief aus ihrer Schürzentasche. «Hier.»

Ben nahm den Brief entgegen, ohne ihn zu öffnen. «Du beschäftigst dich zu viel mit der Vergangenheit, Liebling», sagte er.

Martha riss eine Schublade im Küchenschrank auf. Sie nahm einen weichen Bleistift und Zeichenpapier hervor und begann, Kronen auf ein Blatt Papier zu zeichnen. «Der Offizier kennt den Namen des Mannes, der die Raketen entwickeln ließ. Du weißt schon, die Raketen, die mein Vati und Tausende andere Männer zusammenbauen mussten. Diese Arbeit, an der sie gestorben sind.»

Der Bleistift durchstieß das Papier, jetzt war die Krone durchlöchert. Martha zeichnete Zacken. «Oder vielleicht sind sie nicht an der Arbeit als solche gestorben. Vati haben sie aufgehängt.»

Sie zeichnete einen Zacken nach dem anderen. Wieder riss das Papier.

«Martha ...» Ben versuchte, nach ihrer Hand zu greifen.

«Weißt du, dass der Raketenmann schon wieder etwas Neues entwickelt? Er lebt übrigens gar nicht so weit weg – in Texas. Nur fünf Flugstunden von New Orleans entfernt. Und er lässt jetzt Affen in den Himmel schießen. Mit einer V2. Das V steht für Vergeltung, das ist ein deutsches Wort.»

Sie wischte sich die Tränen von den Wangen. «Sicher ist es nur ein Versehen, dass die amerikanischen Behörden einen ehemaligen Nazi beschäftigen. In Nürnberg, weißt du, da haben sie den Nazis den Prozess gemacht. Sie haben die Mörder schuldig gesprochen und aufgehängt. Wie meinen Vati. Nur dass mein Vati kein Mörder war.»

Jetzt weinte sie ganz offen.

«Martha», sagte Ben wieder und legte den Arm um sie.

«Ich will auch Vergeltung», weinte sie.

Später, als alle Kinder ihre Krone bekommen hatten und Martha wieder ein fröhliches Gesicht machen konnte, spielten die gekrönten Häupter draußen im Hof. Martha sah den Kindern zu, wie sie beim Eierlaufen und Sackhüpfen versuchten, ihre Kronen festzuhalten – der kleine Sammy seine Königswürde aus Goldpapier und alle anderen ihren Bleistiftreif.

«Ist das eigentlich eine Gangart aus Ihrer Heimat?» Mrs. Hebert blickte zu Juni hinüber, die Peggys Beine hielt. Peggy selbst ächzte auf ihren Bleistiftärmchen über den Hof. Die Krone hing ihr über den Augen, ihr Gesicht war puterrot.

«Schubkarre laufen?» Martha nickte ernsthaft. «Ja, sicher. Wir Europäer leben technisch einfach noch in einer anderen Zeit.»

Mrs. Hebert runzelte die Stirn und öffnete den Mund zu einer Antwort, aber in diesem Moment hatte Juni ihre menschliche Schubkarre durchs Ziel geschoben, und Martha riss die Arme hoch und jubelte, und dann gab Caresse die Gris-Gris-Bags mit den Süßigkeiten aus.

«Und Sie sprechen also fließend Französisch?» Der Kindserzeuger war zu ihr getreten. Seine Augen standen voll Wasser, wie immer, ohne dass er zu weinen schien. Martha wusste mittlerweile, dass der Mann irgendetwas Langweiliges in einem Kontor arbeitete.

Sie bejahte und füllte Wein in Gläser. Der Salon hatte sich mit erwachsenen Gästen gefüllt.

«Wie ich die Menschen beneide, die diese wunderbare Sprache sprechen.» Er fuhr sich mit einer blassen Hand durch sein weißblondes Haar. «Mir ist es leider nicht gegeben. Ich finde die Grammatik zu vertrackt.»

Martha wollte einwenden, dass das bloße Beherrschen der Muttersprache nicht als Zeichen für Schlauheit gewertet werden musste, fand aber nicht die passenden englischen Worte dafür. Sie sah zu Ben hinüber, der sein Cello hervorholte. Ben blickte auf und lächelte sie an.

«Obwohl ja eine ganze Menge Menschen hier in New Orleans Französisch sprechen», fuhr der Kindserzeuger fort. «War ja mal Frankreichs Kolonie.»

«Hilfe», machte sie mit ihren Augen zu Ben hinüber, und Ben lachte. Ein geheimer Verständnisfaden spannte sich zwischen ihnen – etwas, das sie mit Paul nicht gekannt hatte. Mit Paul war alles Witz und Abenteuer gewesen, und natürlich auch Aufregung, weil sie nie wusste, was Paul als Nächstes tun würde. Und wer Paul überhaupt war. Aber Paul war nie ihr Komplize gewesen, nicht so wie Ben. Sie bemerkte, dass er sie jetzt ganz ruhig ansah, während er die Saiten seines Cellos zupfte. Wärme strömte in ihren Bauch.

«Ich habe gehört, dass Sie noch besser Deutsch sprechen», sagte der Kindserzeuger leise.

Martha erschrak. Wer verbreitete so etwas? Das war ihr Geheimnis! Niemand kannte es außer Ben. «Da sind Sie wohl falsch informiert», lächelte sie und reichte dem Kindserzeuger ein Glas.

Es war noch immer hell draußen. Die Kinder ließen ihre Ballons in den Himmel steigen, und Martha zeichnete sie dabei.

«Maman, du hast noch ein Geschenk für mich!», rief Juni, während sie auf sie zulief.

«Das stimmt, meine Süße.» Martha griff in ihre Schürzentasche und holte den Brief hervor. «Louis hat dir geschrieben.» Sie sah Juni in die Augen. Im Abendlicht strahlten sie hellgrün.

Ein paar Sekunden lang schien Juni wie erstarrt. «Louis», sagte sie leise.

«Louis», lächelte Martha und drückte Juni den Brief in die Hand. Als sie aufblickte, bemerkte sie, wie der Kindserzeuger sie aufmerksam ansah.

«Der Kindserzeuger ist mir unheimlich», flüsterte Martha. Draußen war es Nacht geworden. Jemand sang leise im Hinterhof.

«Sag nicht immer Kindserzeuger, das ist Mr. Thibodeaux. Er ist Reeder und ein einflussreicher Mann in dieser Stadt.»

«Heißt das, er weiß Dinge über Menschen, die andere nicht wissen?»

Ben zögerte. «Nun, seine Dampfschiffe transportieren Tausende Passagiere jedes Jahr nach Südamerika, und er hat exzellente Verbindungen – also gut möglich, dass er nicht komplett ahnungslos durchs Leben geht. Was ist, Martha, du bist ganz weiß geworden!»

Martha ließ sich auf ihr Bett sinken. «Es ist nur», begann sie leise. «Ich glaube, dass er sich für mich interessiert.»

Ben lächelte. «Alle interessieren sich für dich, Martha, damit musst du dich abfinden. Du bist begabt und wunderschön!»

«Ich glaube, er weiß, dass ich Deutsche bin!»

Ben setzte sich neben sie. «Er kann dir nichts vorwerfen», sagte er ruhig. «Du hast nichts Unrechtes getan.»

Martha blickte ihn an. «Ich habe meine und Junis Papiere gefälscht.»

Erst jetzt bemerkte sie, dass im Schlafzimmer Dutzende Kerzen brannten, wie damals, als sie sterben wollte. Dazwischen hatte jemand Rosenblätter gestreut. Ben lächelte sie an. Er wirkte merkwürdig nackt im Gesicht, so ohne seine Brille. Es schien ihr, als hätte sie ihn noch nie so verletzlich gesehen.

«Ich wollte dich schon den ganzen Tag etwas fragen», sagte er leise.

Martha spürte, wie sich die Härchen auf ihren Armen aufstellten.

Ben griff in seine Hosentasche und förderte eine Schachtel zutage. Ein Ring funkelte darin.

Sie schlang die Arme um seinen Hals und bedeckte sein nacktes Gesicht mit Küssen. «Ja, Ben. Ich will.»

Später, als Ben schon längst schlief, stand sie auf, schlüpfte in ihren Morgenmantel und wanderte durch das dunkle Haus in Junis Zimmer hinüber. Edith scharrte in ihrem Käfig, irgendwo knackte und flüsterte es. Der Mond schimmerte auf der Krone, die Juni noch immer schief in den Locken hing.

Eine Zärtlichkeit überfiel Martha, dass sie es kaum aushalten konnte. «Ich werde dich immer beschützen», flüsterte sie, während sie dem Schlafatem ihrer Tochter lauschte. «Ich möchte, dass du dein Leben lang unbeschwert bleibst.»

Sie dachte daran, dass sie bald wieder ihren Namen ändern würde. Aus der kleinen Martha war ein Fräulein Richter geworden, dann eine Mademoiselle Moreau. Bald schon würde sie Mrs. Leroy heißen. Einen Moment lang war ihr schwindelig. Keiner der Namen schien zu passen. Alle zusammen ergaben ein Bild.

KAPITEL 8

Vielleicht lag es an den Geschichten, die plötzlich überall auftauchten. Der Mond breitete sich in den Träumen der Menschen aus.

Den Anfang machte Collier's Weekly. Am 22. März 1952 prangte auf dem Titel der amerikanischen Zeitschrift die Prophezeiung: «Der Mensch wird den Weltraum erobern.» Und darunter: «Spitzenwissenschaftler erklären wie – auf 15 überraschenden Seiten.» Das Titelbild zierte eine dreistufige Rakete, die über die Erdoberfläche schoss. Die Rakete hatte der deutsche Ingenieur Wernher von Braun entworfen, und er hatte auch den Hauptartikel beigesteuert. NBC lud ihn für ein Fernsehinterview ein, andere Sender folgten, und seine Stimme, diese für einen Mann seiner Statur merkwürdig hohe Stimme mit dem markanten deutschen Akzent, war plötzlich in allen Radiostationen und Fernsehkanälen zu hören. Sein Auftritt bei der Amerikanischen Raketengesellschaft in einem Vorort von Washington D. C. sorgte für ein Verkehrschaos von bis dahin unbekannten Ausmaßen. Wer keinen Platz im Auditorium ergattern konnte, musste von Brauns Rede draußen über Lautsprecher zuhören. Dreitausend Autos wurden wegen Platzmangels weggeschickt, woraufhin sie die Zufahrtswege verstellten, Avenuen und Plätze verstopften und ganz allgemein dafür sorgten, dass Menschen die Idee, sich irgendwo anders im All niederzulassen, ganz attraktiv vorkam.

Auf einmal schien es nicht nur wahrscheinlich, nein, es war

zwingend notwendig, dass der Mensch auf fremden Gestirnen landen würde, denn so war der Mensch nun mal beschaffen, er weitete seinen Lebensraum aus.

Die ersten Piloten durchbrachen die Schallmauer. Es wurde möglich, in einer anderen Sphäre zu fliegen, vollkommen schwerelos zu sein.

Dann kam ein Film in die Lichtspielhäuser, in dem das Leben auf dem Himmelskörper schon genau nachgespielt wurde. Allerdings nur in der Phantasie von Männern, die nicht mit dem Kopf dachten, behauptete Caresse, sondern mit einem Körperteil, der sich ein paar Etagen tiefer befand. «Cat-Women of the Moon» hieß der Film, und die Heldinnen darin waren sexy und jung.

Der Flug zum Mond fand Eingang in die Popmusik. 1954 spielten die Radios einen Song, der mit den Zeilen «Fly me to the moon» begann.

In Europa wurde der Mond für diejenigen, die den Krieg miterlebt hatten, zum Sehnsuchtsort: ein weit entferntes Gestirn, das unberührt von allen menschlichen Verwüstungen am Sternenhimmel leuchtete. Die Lust, das Sehnsuchtsgestirn zu erkunden, ging nach Marthas Empfinden mit einem merkwürdigen Verlangen einher, in die Tiefen der Frau zu sehen. Mond und Frau: zwei Mysterien, die die Forschung in der Vergangenheit vernachlässigt hatte und die in ihrer Fremdheit faszinierend waren. Ein amerikanischer Zoologe führte an Tausenden Amerikanerinnen statistische Erhebungen durch, um ihr Sexualverhalten zu erkunden. Martha kaufte sich eine Kopie dieses Kinsey-Reports, wusste aber nicht so recht, mit wem sie darüber sprechen sollte. Mit ihrem frischgebackenen Ehemann gewiss nicht, Männer und Frauen besprachen diese Dinge nicht miteinander. Die Andalusierinnen und Mrs. Johnson von nebenan kannte sie nicht ausreichend für diese Art von Gesprächen. Und der Gedanke, mit Ethel Hebert, die doch immer behauptete, über alles unter der Sonne Bescheid zu wissen, die Vorzüge von klitoraler Stimulation zu erörtern, war auf wirklich witzige Weise absurd.

«Sie sind wohl heute sehr guter Laune, Mrs. Leroy», bemerkte Mrs. Hebert über ihren Tresen hinweg. «Dürfte ich wohl erfahren, was Sie zu diesem Heiterkeitsausbruch veranlasst?»

Martha schüttelte den Kopf und presste die Lippen zusammen. «Aber sprechen können Sie schon?»

Martha nickte. Ein Geräusch entfuhr ihr, dass sie rasch als Niesen tarnte.

«Nun, ich freue mich, dass meine Arbeit Sie befriedigt.»

Martha presste vor Lachen die Hände auf den Mund.

Aber diese Albernheiten waren nur winzige Fluchten. Es gab keinen Weg, es sich schönzureden: Wer für Ethel Hebert arbeitete, konnte sich genauso gut die Fingernägel mit glühenden Zangen abreißen lassen, so wenig erbaulich war das.

«Ich weiß nicht, wie du für diesen unmöglichen Menschen tätig sein kannst», wiederholte Caresse ein ums andere Mal. «Ich würde dir anbieten, schwarze Magie anzuwenden, aber ich habe dem Dunklen abgeschworen.»

«Ein bisschen Bauchgrimmen könntest du ihr schon zaubern», schlug Ben vor. «Dann könnte der alte Drachen nicht zur Arbeit kommen, und Martha hätte mal einen schönen Tag!»

Immer öfter redete er auf sie ein, sie möge doch endlich kündigen. Er hatte seine Arbeit als Mechaniker, und seitdem die USA in den Koreakrieg verwickelt waren, arbeitete er zunehmend wieder als Pilot. Aber Martha wollte nicht kündigen. Und dafür hatte sie einen guten Grund.

Mrs. Hebert mochte glauben, dass sie einen guten Fang mit ihr gemacht hatte, und tatsächlich ging die Rechnung für sie auf: Nicht nur, dass sich ihr Absatz von Schreibwaren mehr als verdoppelt hatte, seit eine Künstlerin persönlich für deren Qualität zeichnete – im doppelten Wortsinn –, nein, auch ihr Ruf als Unterstützerin armer, europäischer Künstler verbreitete sich über die Stadt.

Doch Martha profitierte von dem Arrangement mehr als die Hebert, denn sie akquirierte im Laden ihre eigenen Kunden. Schon nach wenigen Wochen im Geschäft hatte sie herausgefunden, wer sich gern mal in Öl porträtieren lassen wollte, oder wer sich ein berühmtes Gemälde wünschte, ohne den Preis für das Original zahlen zu müssen. Erstaunlich viele, vornehmlich männliche Kunden konnten sich plötzlich keine dringendere Freizeitbeschäftigung vorstellen, als sich von dem blonden Engel mit dem französischen Akzent malen zu lassen, der bei der dürren alten Schachtel Hebert saß.

Schon bald überstiegen Marthas monatliche Einnahmen die von Mrs. Hebert, und sie überstiegen auch die von Ben. Einen Teil ihres Verdienstes steckte sie in die Haushaltsausgaben in der Decatur Street, den anderen Teil behielt sie für sich selbst. Sie brauchte das Geld für einen Anwalt. Und für ein Verfahren, das sehr teuer zu werden versprach. Denn sie hatte beschlossen, Wernher von Braun vor ein amerikanisches Gericht zu bringen – mit der Hilfe von Bill Sloan, dem ehemaligen Offizier, mit dem sie korrespondierte. Der die Leichenberge entdeckt hatte, als er mit den Timberwolves durch Nordhausen gezogen war.

Sie hatte Sloan geschrieben, nachdem Paul ihr seine Adresse geschickt hatte, und er hatte ihr geantwortet. In einem Brief hatte er ihr geschildert, wie er beim Nordhausen-Hauptprozess als Zeuge aufgetreten war. Seine Fassungslosigkeit, als er begriffen hatte, dass die Raketenbauer, die 20 000 KZ-Häftlinge in den Tod geschickt hatten, nicht verurteilt worden waren.

Es war ein sonniger Märztag 1954, als Martha sich auf den Weg machte, um Sloan endlich persönlich kennenzulernen. Ihre

Korrespondenz war in den letzten Monaten eingeschlafen – umso mehr überraschte es sie, dass er nach New Orleans kommen wollte. Endlich würde sie ihm all die Fragen stellen können, die ihr unter den Nägeln brannten. Und natürlich war sie auch neugierig auf ihn.

Juni stürmte aus dem Schulgebäude und begann zu rennen. Es war Markttag, und sie schoss durch die Arkadengänge, vorbei an aufgehängten Rinderhälften und an Bergen von Käse, Gemüse und Obst. Vor dem Café du Monde sprang sie über einen Mann, der sich die Schuhe zuband, und dann sprang sie gleich noch mal, weil hinter dem Mann eine Kiste mit Langusten stand. Die Sohlen ihrer Ballerinas waren durchgescheuert, weshalb sie beim Springen die Steine auf dem Boden spürte, und der Ledertornister hüpfte auf ihrem Rücken, dass sie wohl blaue Flecken bekommen würde, aber noch spürte sie keine Schmerzen. Dazu war ihre Wut zu groß.

Als sie in die Decatur Street einbog, sah sie das Schild in der Brise baumeln, aber heute blieb sie nicht vor Onkel Henris Süßigkeitenparadies stehen. Sie hatte überhaupt keine Lust mehr stehen zu bleiben, nie wieder. Wenn sie jetzt stehen blieb, konnte es sein, dass sie etwas tat, was sie hinterher bereute. Etwas zertreten zum Beispiel. Aber damit würde sie Peggy und Myrtle nur noch recht geben. Das durfte nicht geschehen.

Plötzlich roch sie Farbe, und dann spürte sie Hände. «Wohin so eilig?», fragte Maman.

Sie sah auf und bemerkte, dass ihre Mutter ungewohnt fein wirkte. Sie trug einen Rock und eine Bluse, und ihre Haare waren gewellt. Und dann sah sie noch etwas, und das war der Gesichtsausdruck, der sie immer zum Einlenken bewog.

«Ich bin wütend», erklärte sie, weil sie ja die Wahrheit sagen musste.

Der Ausdruck in Mamans Augen veränderte sich. «Und warum bist du wütend?», fragte sie.

Juni ballte die Fäuste. «Peggy und Myrtle», stieß sie hervor. «Sie erzählen in der Klasse, dass ich ein Junge bin.»

«Weil du das Fliegen so liebst?», fragte Maman sanft, und das war der Moment, in dem Junis Wut verrauchte. Am liebsten hätte sie sich in die Arme ihrer Mutter geschmiegt.

Martha legte die Hände auf Junis Schultern und zog sie vor ein Schaufenster, in dem sie normalerweise Fernsehgeräte bestaunten. Aber jetzt schob sich vor die Auslage ihr Spiegelbild.

«Sieht so ein Junge aus?», lächelte Maman das Bild an.

Juni betrachtete sich. Sie trug ihre braunen Locken mit Haarspangen zurückgesteckt. Ihre Bluse warf komische Falten, dort, wo die Träger ihres Ledertornisters saßen. Der rosafarbene Rock über dem Petticoat saß schief, ihre Beine waren verschorft, und auf dem rechten Knie klebte ein Pflaster. Sie sah reichlich unordentlich aus, aber nicht wie ein Junge, das stand fest.

«Nein.»

Maman zog sie enger an sich. «Du wirst sie immer und auf der ganzen Welt finden, diese Arschlöcher», bemerkte sie.

«Maman!», kicherte Juni. «Sonst sagst du immer, man soll keine Schimpfwörter benutzen!»

«Manchmal habe ich eben unrecht. Hör zu, Juni.» Sie sprach weiter auf ihr Spiegelbild ein. «Lass dich nie von Leuten herumschubsen, die glauben, dass man die Dinge nur auf die und die Weise tut und keine andere! Mädchen und Frauen können genau das Gleiche tun wie Jungen und Männer, egal, was die Peggys und Myrtles dieser Welt behaupten.»

«Auch Flugzeuge fliegen?»

«Na klar, Flugzeuge fliegen natürlich auch!»

Juni krauste die Stirn. Es gab noch eine Lüge, die Myrtle über sie verbreitet hatte, und die war noch viel schlimmer als die Jungensache. Myrtle hatte es von ihrem Vater, Mr. Thibodeaux, der es angeblich über Maman wusste. Aber darüber konnte sie mit Maman nicht sprechen, denn diese Lüge betraf die Vergangenheit.

«Maman?» Juni versuchte, nicht mehr an das zu denken, was Myrtle ihr gesagt hatte. «Ich möchte später mal etwas tun, das noch nie ein Mensch vor mir getan hat!»

Die Mutter lächelte. «Das ist gut, Juni.»

«Maman?»

«Ja?»

«Kann ich Peggy und Myrtle ohrfeigen, wenn sie wieder schlecht über mich reden?»

Die Mutter warf vor Lachen den Kopf zurück, dass ihre hübsche Frisur durcheinandergeriet. «Nein, Liebes, damit würdest du dich selbst ins Unrecht setzen.»

«Was kann ich denn sonst tun?» Juni fühlte, wie die Wut wieder heranrollte.

«Man muss auf erlaubte Weise kämpfen», sagte Maman leise, und es klang, als sagte sie es zu sich selbst.

«Was ...», begann Juni, aber die Mutter wandte sich zum Gehen. «Wir reden heute Abend», versprach sie und schloss Juni in ihre Arme. «Geh jetzt nach Hause, Liebling. Caresse wartet mit einer schönen Gumbo auf dich.»

Den französischen Markt liebte Martha normalerweise. Sie genoss es, sich durch die lärmende Menge zu wühlen, den Rufen der Marktschreier zu lauschen, und vor allem liebte sie es, das ganze Essen zu sehen. Sie konnte sich an das Gefühl von Hunger erinnern, als wäre es gestern gewesen. Selbst, wenn sie nichts kaufen wollte, ging sie manchmal auf den Markt. Sie hatte nicht gewusst, dass man eine solche Masse an Nahrungsmitteln auf einen so kleinen Ort konzentrieren konnte, aber seit sie in der Decatur

Street lebte, hatte sie den Beweis vor Augen. Sofern ihr nicht irgendein schräger Vogel im Karnevalskostüm oder ausgefallener Kopfbedeckung die Sicht versperrte – denn ein eigenwilliger Kleidungsstil gehörte zum Besuch des französischen Markts offenbar dazu. Das Café du Monde, das mittendrin stand, erschien ihr deshalb als idealer Ort, um das Gespräch zu führen, das sie im Sinn hatte. Es war so laut und bunt, dass niemand auf Sloan und sie achten würde. Sie hatte alles perfekt geplant.

Aber jetzt konnte sie nur an Juni denken. Sie litt, wenn ihre Tochter traurig war. Und sie war wütend auf diese Mädchen. Da war eine Stimme, die ihr sagte, dass auch sie eine Lüge erzählt hatte, eine, die viel schwerer als die Lügen der Mädchen wog. Das beunruhigte sie mehr als an anderen Tagen. Um sich abzulenken, blickte sie umher.

Am Tresen drängten sich die Austernmänner und Fischer, die ihre Tagesmühen mit einem Schluck Wein begossen. Von St. Louis läutete es vier Uhr. Die letzten Händler packten ihre Waren zusammen. Zurück blieb eine ausgelaugte Menge, die, wie nach überstandener Sturmflut, an die Cafétische ebbte, schäumend vor Freude darüber, einander zu begrüßen und Neuigkeiten auszutauschen.

Martha ergatterte einen freien Platz dicht an der Balustrade, von der aus sie das Schauspiel mit gebührendem Respekt bewundern konnte und gleichzeitig die Gäste sah, die das Café betraten.

Bill Sloan erkannte sie mehr an seiner Körperhaltung als an der Beschreibung, die er ihr von sich gegeben hatte. Männer, die im Krieg gekämpft hatten, wirkten auch im Frieden aufrecht – das hatte sie schon oft gesehen. Sie stand auf, um ihn zu begrüßen, und an dem Aufblitzen in seinen Augen bemerkte sie, dass sie ihm gefiel.

Sie bestellte heiße Doughnuts und Kaffee, Sloan hingegen

einen Scotch. Als er nach seinem Glas griff, sah sie den Ehering an seiner Hand glitzern. Er stürzte den Scotch hinunter wie Wasser, dann hob er die Hand und bestellte ein zweites Glas.

Martha tunkte ihren Doughnut in den Kaffee und schloss, als sie hineinbiss, vor Genuss die Augen.

«Ich komme gleich zur Sache. Es wird schwierig», sagte Sloan, während er einen großen Schluck aus seinem zweiten Glas trank. «Von Braun ist mittlerweile ein Mann von tadellosem Ruf.»

«Weil die Leute nichts von seiner Vergangenheit wissen», fiel Martha ein.

Sloan umschloss das Glas mit beiden Händen. «Oh, es gibt Leute, die seine Vergangenheit als SS-Sturmbannführer kennen. Und noch mehr Leute wissen, dass seine V2-Raketen London zerstört haben.»

«Aber?», fragte Martha, die feststellte, dass Sloan unnötig lange Pause in seinen Sätzen machte.

«Aber es interessiert sie nicht mehr.»

«Wie kann es sie nicht mehr interessieren?», rief sie. Die Austernmänner blickten zu ihr herüber.

«Wir wollen leise sprechen», befand Sloan.

«Ja, natürlich.» Martha rief sich zur Vernunft. Sie war dünnhäutig, wegen des Vorfalls mit Juni eben, und das wunderte sie. Juni war groß, ein vierzehnjähriges Mädchen. Und doch waren sie noch immer miteinander verwoben. Junis Gefühle glitten in ihre und umgekehrt. Würden diese unsichtbaren Fäden, die Mutter und Tochter aneinanderbanden, jemals gezogen werden?, fragte sie sich und gab sich die Antwort gleich selbst: Nie. Man konnte sich mit seiner Mutti überwerfen, so wie sie es getan hatte. Und doch kam man nie voneinander los.

«Von Braun ist in Amerika mittlerweile ein nationaler Held geworden», fuhr Sloan fort, und seine Stimme klang eigenartig teilnahmslos. «Er hat den Amerikanern die Idee mit der Reise auf den Mond verkauft. Dafür verzeihen sie ihm alles.»

«Aber …», sagte Martha.

Sloan hob die Hand. «Als er und die 300 anderen Krauts aus der Wüste in Texas nach Huntsville, Alabama, gezogen sind, haben sie die Leute dort schnell von sich begeistert. Die Leute dort mögen keine Nigger, und was sie fast ebenso wenig leiden können, sind Yankees, Leute aus dem Norden. Aber die Krauts – die sind für sie in Ordnung. Vielleicht, weil sie ihnen so ähnlich sind.»

Martha runzelte die Stirn. Was hatten die Sympathien von irgendwelchen Kleinstädtern mit Gerechtigkeit zu tun?

«Zucht und Ordnung, frommer Glauben, Höflichkeit und Disziplin», fuhr Sloan fort, während er in sein leeres Glas schaute. «Alles Eigenschaften, die wir Südstaatler sehr schätzen. Und jetzt kommt noch hinzu, was die Krauts für die Gemeinschaft in Huntsville geleistet haben.» Er nahm die Finger seiner linken Hand und tippte sie nacheinander mit dem rechten Zeigefinger an. «Sie haben eine lutheranische Kirche gegründet, ein Kammerorchester und so etwas wie einen Astronomie-Club. Und dann finanzieren sie noch die Bücherei.»

Diesmal hob er beide Hände, als er Marthas Gesichtsausdruck sah. «Ja, und dann die Artikel im Collier's! Die Auftritte, die von Braun absolviert! Tausende strömen in die Hallen, wenn er auftritt! Haben Sie das denn alles nicht gesehen?»

«Natürlich habe ich das, aber …»

«Klar, von Braun hat auch Gegner. Einige machen sich über seinen Idealismus lustig. Erkennen ihn nicht als richtigen Raketen-Ingenieur an, weil er alle Einwände gegen seine Pläne beiseite wischt, auch die statthaften. Und natürlich zieht man ihn auch wegen seiner Vergangenheit auf, aber glauben Sie mir, es ist ein freundliches Aufziehen.»

«Zum Beispiel?», fragte Martha entnervt.

Sloan lachte. «Oh, da gibt es eine Geschichte, die mir ein befreundeter Journalist erzählt hat. Vor einem Jahr, als von Braun seine zweite Artikelserie über Raumfahrt schrieb, reiste er zu seinem Verleger nach New York, Sie wissen schon, zu diesem Kerl Ryan, der das Collier's Magazine betreibt. Nun, von Braun, Ryan, der deutsche Raumfahrtmediziner Heinz Haber und ein Reporter vom Collier's fahren gemeinsam Fahrstuhl. Der Reporter fasst Heinz Haber an den Ledermantel und sagt: Menschenhaut, natürlich?» Sloan lachte noch lauter, aber sein Lachen ging in einen bellenden Husten über, und er stürzte rasch den Rest seines Scotchs hinterher.

«Das ist nicht witzig.» Martha starrte ihn an. War das tatsächlich der Mann, mit dem sie jahrelang Korrespondenz gepflegt hatte? Der Mann, der als Zeuge beim Dora-Hauptprozess aufgetreten war? Der von der Ermordung ihres Vaters in Mittelbau-Dora wusste? Sie sah, dass seine Finger zitterten, und da begriff sie. Sloan hatte aufgegeben. Gerechtigkeit war ihm egal.

«Die Zeiten haben sich geändert, Sweetheart», sagte er und hob den Finger, um noch einen Scotch zu bestellen. «Wir kämpfen jetzt nicht mehr gegen die Krauts, wir kämpfen gegen die Scheißkommunisten. Wir versuchen, besser, schneller und stärker als die zu sein. Und vor allem müssen wir als Erste das All erobern. Tatsächlich wird vieles hier unten auf der Erde davon abhängen, wer von uns als Erster da oben ist, wir oder die verdammten Roten. Alles andere zählt nicht mehr.»

«Sie wollen also nicht mehr kämpfen», stellte Martha fest.

Sloan brach wieder in sein bellendes Lachen aus. «Mädchen, ich hab mit meinen Jungs Deutschland erobert. Jetzt werd ich 'ne Familie gründen. Zeit für den guten alten Sloan, sich auszuruhen.» Er legte einen Schein auf den Tisch. «Wollte es Ihnen persönlich sagen», lallte er. «Nach all der Zeit, in der wir uns geschrieben haben.»

Martha griff ihn am Ärmel. «Paul – Sie haben Paul getroffen. Was für einen Eindruck hat er auf Sie gemacht?»

Sloan zog seine Brauen so dicht zusammen, dass sich die Haare berührten. «Welcher verdammte Paul?»

«Der Dolmetscher, mit dem Sie unterwegs waren! In Nordhausen!»

Die Erinnerung schien in Sloans betrunkenem Schädel aufzudämmern. «Der Junge mit den britischen Eltern? Marathonläufer? Ganz okay, denke ich.»

«War er verletzt? Sah er verhungert aus?»

Sloan schüttelte langsam den Kopf. «Nix von beidem. Das ist einer von denen, die immer durchkommen. Vater Ihres Kindes, oder? Na, das Mädel hat sicher gute Anlagen geerbt.»

Britische Eltern, Marathonläufer, was für ein Lügner, dachte Martha, während sie zusah, wie Sloan zu seinem Wagen wankte. Aber dann überlegte sie, ob es nicht doch stimmen konnte. Sie wusste ja überhaupt nicht, wer Paul war.

Der Lärm um sie herum schwoll weiter, und Martha kämpfte gegen das Gefühl an, einsam zu sein. Sie wusste, dass sie Ben und Onkel Henri und Caresse hatte und vor allem – am wichtigsten von allem! – ihr sonniges, kleines Juni-Kind. Und doch konnte niemand ermessen, was in ihr wühlte. Sie war allein mit ihrem Schmerz.

Juni schoss zwischen den Autos hindurch. Sie hörte Hupen und Schreien, aber sie lief weiter. Der Weg zum Lakefront Airport war ganz einfach. Nur einmal, seit sie die Strecke lief, hatte sie jemanden nach der Richtung fragen müssen. Hinter ihr dünnte sich die Stadt aus, und die Häuser wurden kleiner. Ein funkelndes Schild leuchtete auf. Braunhäutige Frauen mit viel Farbe im Gesicht und weit geöffneten Blusen staksten auf hohen Schuhen über den Gehweg. Juni winkte ihnen im Vorbeilaufen zu. Die Frauen winkten zurück. Ihr Herz schlug, als sie in den Sandweg einbog. Sie fühlte sich nicht mehr wütend, nur noch lebendig. Peggy und Myrtle schrumpften zu kleinen Figuren, undeutlichen Schatten hinter der Staubwolke, die ihre Füße aufwirbelten, bedeutungslos. Gleich war sie angekommen. Vor ihr stieg eine Cessna auf.

Wie gut man denken konnte, wenn die Welt an einem vorbeiraste! Sie wünschte, sie könnte auch während der Schulstunden laufen, dann würde sie sicher besser lernen. So aber war das Lernen eine verflixte Angelegenheit, bei der ihre Füße zuckten und ihre Hände auf das Pult trommelten. Sie dachte an Louis und seine Briefe, die ganz dünn und blau waren, mit dunkelblauen und roten Streifen am Rand. Luftpostbriefe waren das, hatte Maman ihr erklärt, und Juni liebte diese Briefe, weil sie ja durch die Luft geflogen waren. Sie wollte so gern wieder mit Louis spielen, aber sie mochte nicht schreiben, weil sie dann wieder still sitzen musste. Aber wenn sie rannte, dann fühlte sie sich mit ihm verbunden. Dann konnte sie ihn vor sich sehen. Sie sah duftende Felder, einen lilafarbenen Sommer, Louis' Zähne, kirschsaftrot.

Manchmal empfand sie eine Sehnsucht, die sie nicht in Worte fassen konnte. Vielleicht war es das, was die Erwachsenen Heimweh nannten. Aber sie wusste ja, dass sie nicht aus dem Lubéron stammte, sondern dass sie Nordfranzösin war.

Sie konnte noch endlos weiterlaufen, und sie wollte endlos fliegen – hoch hinauf in den Himmel, so hoch wie noch kein Mensch zuvor.

KAPITEL 9

Die Zeitungsjungen übertönten sich gegenseitig. «Russen bringen Satelliten ins All!», riefen sie.

«Die Welt im Banne des Sputnik!»

«Russen als Erste im All!»

Jerrie Cobb lief an den Jungen vorbei in das Flughafengebäude von Miami. Sie musste die Zeitungen nicht lesen, um zu wissen, dass die größtmögliche Katastrophe eingetreten war: Die Amerikaner hatten den Wettlauf ins All verloren. Eine von den Sowjets abgefeuerte Trägerrakete hatte einen Satelliten auf die Reise um die Erde geschickt. Dabei hatte der Satellit auch amerikanisches Territorium überflogen. Im Radio hatte sie das unerträgliche Piepen dieses Satelliten gehört.

«Haben Sie es gehört, Miss Cobb?», rief der Nachtwächter ihr zu. «Dieser Sputnik ist eine Schande für die Amerikaner! Als Nächstes bombardieren uns die Russen noch!»

«Mhm», machte Jerrie und rannte weiter. Sie wollte alles richtig machen in ihrem neuen Job als Sachbearbeiterin bei einer privaten Airline: überpünktlich da sein und zeigen, dass sie etwas von Flugzeugen verstand. Leider war ihre Schlüsselqualifikation immer noch ihr Aussehen. Kaum einer der Chefs, der sie in den vergangenen Jahren eingestellt hatte, schien sich sonderlich für ihre Pilotenlizenzen zu interessieren. Da sie aber groß und schlank war und schöne blonde Haare besaß, hatte sie bei ihrem letzten Arbeitgeber immerhin eine Weiterbildung als Stewardess bewilligt bekommen. Doch nach ein paar Wochen freundlichen Ausschenkens von Kaffee mit oder ohne Milch und Zucker hatte die Fluglinie ihren Betrieb eingestellt, und da war sie dann wieder gewesen: eine Pilotin mit viel zu großer männlicher Konkurrenz. Den neuen Job musste sie um jeden Preis behalten. Nur wenn sie in der Nähe von Flugzeugen arbeitete, würde sie irgendwann wieder eines fliegen können, glaubte sie.

Vor dem Büro wartete bereits ein Kunde, unrasiert und rot im Gesicht. «Wen muss man hier rumkriegen, damit einem geholfen wird?», bellte er sie an.

«Viel... Vielleicht kann ich Ihnen helfen, Sir», sagte sie und schloss die Tür zum Büro auf. «D... das Problem?»

«Das Problem, wie Sie es so intelligent ausdrücken, ist, dass ich jemanden brauche, der was auf ein Stück Papier kritzelt, damit einer der verdammten Mechaniker was an meinem verdammten Flugzeug repariert, damit ich es nach Südamerika fliegen kann!»

Jerrie schwang sich auf den Stuhl vor ihrem Schreibtisch, öffnete eine Schublade und holte den Block mit den Formularen hervor. «B... bitte sehr», stammelte sie und füllte das Papier rasch aus. Und wieder verfluchte sie sich. Es war nicht so, dass sie ein Stotterproblem hatte. Aber sie sprach nun mal nicht gern. Schon gar nicht mit Menschen, die so unfreundlich waren.

Der Mann riss ihr den Zettel samt Blaupause förmlich aus der Hand und stürmte davon.

Ein paar Stunden später setzte sich Jerries Chef auf ihre Schreibtischkante, eine Angewohnheit, die sie hasste.

«Miss Cobb? Ein Mr. Ford möchte Sie gern auf einen Kaffee einladen, um Ihnen zu danken.»

Sie schüttelte den Kopf und arbeitete weiter.

«Bitte, Miss Cobb.» Ein sauber rasierter, lächelnder Mann stand jetzt vor ihrem Schreibtisch. «Ich möchte mich entschuldigen für mein Auftreten heute Morgen. Diese Sputnik-Sache …» Er ballte die Fäuste. «Warum kriegen die verfluchten Typen von der Luftwaffe das nicht hin? Egal, das können Sie mir natürlich auch nicht sagen.» Er lächelte. «Ich möchte Ihnen danken für das, was Sie getan haben.»

«Gehen Sie nur, Miss Cobb», sagte ihr Chef und erhob sich. «Die Arbeit hier läuft Ihnen ja nicht davon.»

Sie setzten sich an einen Tisch im Flughafen-Diner. Die Sonne funkelte durch die Fenster auf den verchromten Tisch. Um sie herum saßen Geschäftsleute. Eine Kellnerin in türkisfarbener Uniform klackerte auf ihren Absätzen zwischen den Stühlen umher.

Der Mann war nicht wiederzuerkennen. Er bat sie, ihn Jack zu nennen. Und dann erzählte er ihr von seiner Arbeit. Er war Gründer und Präsident eines Unternehmens, das Flugzeuge nach Südamerika lieferte. Und er hatte ein echtes Problem.

«Ich finde keine erfahrenen Piloten, die über den Ozean und das Gebirge nach Südamerika fliegen wollen», erklärte er, als der Kaffee kam.

«W-wie …», stotterte Jerrie. «Wie kann das sein?»

«Ich weiß, was du denkst, Jerrie. So viele Männer, die im Krieg aus der Luft gekämpft haben. Die Sauerkrautfresser …» Er machte eine Bewegung, als wollte er sich die Gurgel durchschneiden «… alle kaltgemacht. Prima Arbeit. Aber jetzt wartet die nächste Herausforderung auf unser Land. Die verdammten Russkis fordern uns heraus. Und niemand in den USA hat mehr Lust zu kämpfen. Alle wollen sie zu Hause bleiben. Fliegen, ja, sicher. Aber abends wieder schön heim zu Frauchen und Kindern und dem Radioapparat. Ich sag dir was, Jerrie. Amerika wird faul.»

«Ich kenne eine Pilotin, die den Job übernehmen würde», sagte Jerrie und versuchte, ihre Überraschung darüber zu verbergen, dass ihr der Satz ohne Stocken herausgerutscht war.

«Oho! Und wer könnte das sein?» Jetzt sah Jack amüsiert aus.

«Äh ... ich.»

«Dann bist du also Pilotin?» Er lachte.

Jerrie lachte nicht mit. «Ja, ich bin Pilotin. Ich arbeite hier nur so lange, bis ich etwas Besseres finde.» Wieder kamen die Worte in einem Rutsch heraus.

«Und du glaubst, dass du mal vom Fliegen leben kannst?»

«Natürlich. Warum denn nicht?»

Er lehnte sich über den Tisch und blickte sie ernsthaft an. «Weil du eine Frau bist. Fliegerei ist Männersache. Ich sage nicht, dass Frauen nicht fliegen *dürfen*. Wenn es ihr Hobby ist und sie das Geld dafür haben – fein. Aber als Karriere, das ist Bullshit. Frauen haben einfach nicht die Ausdauer und das Temperament dafür.»

Langsam, um ja nicht über die Silben zu rutschen, antwortete Jerrie: «Mr. Ford, ich fliege seit über zehn Jahren. Ich habe über 3000 Stunden in der Luft verbracht. Ich habe Lizenzen für den Transport von Waren und Passagieren, Lizenzen als Fluglehrerin, und ich habe es bis hierhin ganz gut geschafft, für mich selbst zu sorgen.»

«Beeindruckend, Jerrie. Wusste ich nicht, dass du das alles kannst. Aber ändert gar nichts.»

«Und w-w-warum nicht?»

«Weil man als Pilot mit seinem Beruf verheiratet sein muss. Ein Pilot kann sich nicht an einen Ort binden. Wenn es losgeht, geht es los, verstehst du, was ich meine, Jerrie? Es ist eben nicht einfach.»

«Mr. Ford.» Jerries Finger krallten sich um ihr Glas. «Ich weiß nicht, w-w-wo ...» Sie holte tief Luft. «Ich weiß nicht, wo ich mit meiner Antwort beginnen soll. Nichts von Wert ist einfach. Glauben Sie, ich habe mir die Fliegerei ausgesucht, weil sie einfach ist? Ich habe sie mir ausgesucht, nicht, weil sie einfach ist, sondern weil ... Wirklich, Mr. Ford, Sie reden, als ob Männer ein Monopol auf die Fliegerei hätten. Ich fliege, weil ich es kann, genau wie Sie! Ich kann aus meiner Tasche leben und mich davon überraschen lassen, wo ich die nächste Nacht verbringen werde. Gütiger Himmel, geben Sie mir doch die Chance!»

«Aber für wie lang? Noch bist du jung, Jerrie. Du möchtest aber vielleicht eines Tages eine Familie haben, Kinder ...»

«Mr. Ford, es wird Sie überraschen, aber es gibt eine ganze Reihe von Frauen, die fliegen *und* die eine Familie haben! Sie kommen damit klar!»

«Aber sind diese Frauen glücklich damit, das Leben eines Mannes zu führen?»

Jerrie stand so abrupt auf, dass ihr Stuhl umfiel. «Danke für den Kaffee, Mr. Ford.»

«Jerrie!»

«Mr. Ford!» Sie streckte ihre Hand aus. «Wenn Sie einen wirklich guten Piloten brauchen sollten – dann wissen Sie, wo Sie mich finden können!»

★

Marathonschichten am Schreibtisch hatten ihren Tribut von Wernher von Brauns Taille gefordert, und von Braun hatte ihn gezollt. Sein Körper war eindeutig schwerer geworden, das spürte er, als er sich auf den Fahrersitz seines Alfa Romeo schwang, dabei konnte man ihm bei Gott keine Trägheit vorwerfen. Seine Ausdauer beim Arbeiten war legendär. Nach einem 12-Stunden-Tag in der Raketen-Agentur wechselte er an den heimischen Schreibtisch, wo er bei einem Schallplattenkonzert weiter an seinen Entwürfen arbeitete, bis Maria, schlaftrunken und im Negligé, ihn daran erinnerte, dass er in zwei Stunden schon wieder im Büro zu sein hätte. Und als er mit Walt Disney an den Filmen über den Mond gearbeitet hatte, war er sogar tagelang ganz ohne Schlaf ausgekommen. Es war so aufregend gewesen, zwischen den Stunden im Filmstudio tauchen zu lernen und dann wieder nächtelang mit Disneys Zeichnern die Form von gestapelten Raketen, Triebwerken und abwerfbaren Außentanks zu diskutieren. Was für eine Erleichterung, wenn er um Mitternacht feststellte, dass er bis sieben Uhr früh keine Termine hatte und diese Zeit mit Plänen für seine Orbitalrakete verbringen konnte oder einfach damit, sich ans Klavier zu setzen und Bach-Fugen zu spielen!

Wie konnte es dann aber sein, dass noch immer die Luftwaffe für das Weltraumprogramm zuständig war, obwohl deren Raketensystem dem seinen eindeutig unterlegen war!

Jetzt war das eingetreten, was er vorhergesagt hatte: Die Sowjets, die ebenfalls mit einigen ehemaligen Peenemündern zusammenarbeiteten, hatten es als Erste geschafft, einen Satelliten ins Weltall zu schießen!

Er beschleunigte, und eine Schar Vögel flatterte in den dämmerblauen Himmel. Als er um eine Kurve raste, blitzten ihm Scheinwerfer entgegen. Er schloss die Augen, um nicht geblendet zu werden, und so lenkte er sekundenlang blind weiter. Seine Kurvenberechnung erwies sich als richtig: Er landete nicht im Straßengraben. Vor Freude darüber erhöhte er das Tempo. Das Ziel seiner Reise erkannte er an den Lichtern in den Fenstern. Seine Scheinwerfer erhellten einen ganzen Fuhrpark an Karosserien. Jemand riss eine Tür auf, und Männer liefen ihm entgegen, ein Fotolicht blitzte ihm ins Gesicht.

«Das ist er!», schrie einer.

«Was sagen Sie zum Sputnik, Dr. von Braun?»

Er lief an den Journalisten vorbei, ins Innere des Offiziersclubs. Auch Frauen waren an diesem Abend eingeladen, er nahm tief ausgeschnittene Rückendekolletés wahr, perfekt geschminkte Gesichter, viel weibliche, duftende Haut. Neil McElroy, der frisch nominierte US-Verteidigungsminister, wandte sich ihm zu, aber von Braun ließ ihn seine Begrüßung nicht zu Ende sprechen. «Wenn Sie morgen nach Washington zurückkehren, *Mr. Secretary*», rief er ihm entgegen, «und dort feststellen, dass die Hölle ausgebrochen ist, dann erinnern Sie sich daran: Unser Team kann innerhalb von sechzig Tagen einen Satelliten abschießen, der es mit Sputnik aufnehmen kann! Wir wussten, dass die Russen mit ihrer Entwicklung schon so weit waren! Die Vanguard-Raketen der US-Luftwaffe werden niemals in der Lage dazu sein! Wir haben die Hardware für eine erfolgreiche Rakete in unseren

Regalen! *For God's sake*, geben Sie uns endlich grünes Licht! In sechzig Tagen haben wir unseren Satelliten oben!»

Plötzlich war alles still. Selbst das Gläserklirren war verstummt. Durch den dichten Zigarettennebel bemerkte Wernher von Braun, dass dem Verteidigungsminister der Mund offen stand. Er wollte wohl etwas sagen, aber jemand anderer fand seine Sprache schneller wieder.

«Neunzig Tage, Wernher», korrigierte sein Chef. Wie aus dem Nichts war er neben ihm aufgetaucht. «*Mr. Secretary*, neunzig Tage bräuchten wir dafür.»

KAPITEL 10

Juni zitterte in ihrer dünnen Wolljacke und dem Baumwollrock über dem Petticoat. Über die Karibikinseln fegte ein Hurrikan hinweg, und die Ausläufer waren bis nach New Orleans zu spüren. Wenn sie aus dem Autofenster blickte, konnte sie die Luftmassen förmlich sehen, die über die Stadt wirbelten. Es krachte, toste und sauste draußen, dass sie sich am liebsten die Finger in die Ohren gesteckt hätte. Aber es waren nicht nur der Krach und die Kälte, die ihr einen Schauer über die Haut jagte. Sie fürchtete sich.

«Alles in Ordnung?», lispelte der dicke Pedro aus dem Tower, der sie und die Mutter zum Flughafen fuhr.

Juni versuchte zu lächeln. «Na, klar.» Sie atmete einfach weiter, während hinter dem Diner, an dem Ben und sie sich manchmal Hot Dogs holten, ein Baum in die Höhe flog. Sekundenlang sah sie das Wurzelwerk von unten, dann verschwand der Baum aus ihrem Sichtfeld. Sie hatten fast den Lakefront Airport erreicht, da krachte es.

Es war ein schlechtes Zeichen, dass sie ausgerechnet an diesem stürmischen Tag ihre Prüfung zur Privatpilotin ablegen sollte. Das Rollfeld war wie leer gefegt. Die Cessna, in der Ben sie in den vergangenen Monaten unterrichtet hatte und in der sie in wenigen Minuten sitzen würde, wirkte auf einmal bedrohlich, wie ein riesiges und böse schillerndes Insekt. Ben würde ihr jetzt die Angst vor der Prüfung nehmen. Aber Ben hatte die Grippe bekommen und lag zu Hause, ausgerechnet jetzt, wo er endlich wieder als Pilot arbeiten konnte. Ein Grund mehr, die Prüfung zu bestehen. Sie dachte an das Versprechen, das sie Ben gegeben hatte, und daran, dass sie Maman noch nichts davon erzählt hatte. Maman, die zum ersten Mal in ihrem Leben mit auf den Flugplatz gekommen war.

Wochenlang war es Ben so schlecht gegangen, dass sie schreckliche Angst um ihn gehabt hatten. Die Asiatische Grippe hatte weltweit schon fast eine Million Menschen getötet, auch in der Stadt waren Hunderte erkrankt. Caresse hatte im Haus ein Pulver verbrannt, das fürchterlich stank, und dazu die Orishas angerufen. Die Mädchen in der Schule hatten noch hässlichere Dinge über sie gesagt als sonst schon, und ausnahmsweise konnte Juni es nachvollziehen: Sie roch nach einer Mischung aus Ziege und Schwarzpulver, aber wenigstens schien das Zeug zu helfen, denn Ben ging es allmählich besser, und Maman, Caresse, Onkel Henri und sie blieben gesund.

Sie schloss die Augen und ballte die Fäuste. Beschwor ihre Glücksbilder herauf: sie im Cockpit sitzend, wie sie die Cessna höher und höher steuerte, das Gefühl von Leichtigkeit. Und doch wollte sie jetzt am liebsten umdrehen. Tränen schossen ihr in die Augen. Vor Wut, sagte sie sich.

«Alles in Ordnung, Juni?» Mamans Stimme brachte sie zurück aufs Flugfeld. Juni wandte sich ihr zu. Sie biss sich auf die Unterlippe, um ihr Zittern zu verbergen. «Warum muss Ben nur noch immer krank sein?», fragte sie.

Der Wind zerrte an den Haaren ihrer Mutter, aber ihr Blick war ganz ruhig. «Hast du Angst vor dem Fliegen, Schatz?»

Juni schüttelte den Kopf. «Nicht vor dem Fliegen. Vor der Prüfung. Heute ...» Sie blickte nach oben. «Ist kein guter Tag.»

Die Mutter nahm ihre Hand. Weich war sie und erstaunlich warm, und an der Stelle, an der sie ihre Pinsel und Stifte hielt, auch schwielig. Kraft floss von der weichen Mutterhand in ihre. Das Zittern hörte auf.

«Ich mochte Prüfungen auch nie», sagte Maman. «Hab sie als Beleidigung gesehen. So, als würde man mir nicht glauben, dass ich etwas gut kann.»

Ein Zeitungsjunge lief vor ihnen durch den Sturm. Er musste seine Schiebermütze auf dem Kopf und gleichzeitig den dicken Packen Zeitungen unter seinem Arm festhalten. «Russischer Satellit späht Amerika aus!», rief er. «Alles über Sputnik, den russischen Satelliten!»

Juni sah ihre Mutter an. Sie musste noch immer ein bisschen zu ihr aufsehen. Zwar war sie in den vergangenen Jahren gewachsen, aber die Größe ihrer Mutter hatte sie nicht erreicht. Ihr kam in den Sinn, dass sie sehr wenig über die Kindheit der Mutter in Straßburg wusste. «Hast du die Prüfung an der Kunstschule?», fragte sie stockend. «Hast du sie am Ende abgelegt?»

Die Mutter schüttelte den Kopf. Sie wirkte, als wolle sie noch etwas hinzufügen, aber in diesem Moment sahen sie einen älteren Herrn, der über das Rollfeld auf sie zulief.

«Juni Leroy!», brüllte er gegen den Wind an. «Haben Sie einen Mister Juni Leroy gesehen?»

Juni winkte. Der Wind fuhr ihr unter den Petticoat, sodass sie den aufbauschenden Rock rasch herunterdrücken musste. «Das bin ich!»

Der Mann fuhr zu ihr herum. «Soll das ein Witz sein?», bellte er.

«Sind Sie …» Juni ließ den Arm sinken. «Der Flugprüfer?»

«Verdammt noch mal, ja, das bin ich! Und Sie der Witzbold, der sich verkleidet hat?»

Juni fühlte, wie ein irres Kichern in ihr aufstieg. Das war es also. Jetzt drehte sie durch.

«Die Verspätung ist meine Schuld, Mister ...?», sagte die Mutter.

«Williams», schrie der Mann.

«Meine Schuld, Mister Williams. Ihre Flugschülerin hatte die Güte, mir zu helfen. Mich hatte ...» Juni sah, wie sie sich auf die Lippen biss. «Ein Missgeschick ereilt.»

Der Mann war jetzt hochrot im Gesicht. «Wollen Sie mich zum Narren halten, Sie beide?», keuchte er.

«Ganz und gar nicht», beeilte sich Juni zu sagen. Jetzt hatte sie gar nicht mehr das Gefühl, lachen zu müssen, im Gegenteil.

«Sie werden jetzt auf der Stelle mitkommen, Fräuleinchen.» Der Flugprüfer griff nach ihrem Arm.

«Einen Moment noch, Mister Williams.» Die Mutter lächelte ihn an. Dann machte sie Juni ein Zeichen, ihr durch die Tür ins Flughafengebäude zu folgen. «Wenn es nur die Prüfung ist, vor der du Angst hast», wisperte sie drinnen, «dann wird alles gut werden. Dann ist es nämlich nur die Prüfung und nicht das, was du tust!»

Junis Mund war so trocken geworden, dass sie nicht einmal schlucken konnte. «Der Mann ist furchtbar», brachte sie hervor.

«Der Mann kann dir egal sein. Gleich tust du das, was du liebst.»

Ein paar Sekunden lang verhakten sich ihre Blicke. Ruhe strömte in Juni zurück.

Fliegen, das hatte sie in all den Jahren erfahren, hing nicht nur davon ab, ob die Geräte funktionierten, ob sie den richtigen Kurs ansteuerte, die Höhe hielt oder mit unvorhergesehenen Ereignissen zurechtkam. Sondern auch von ihren Gedanken, während sie zwischen Himmel und Erde schwang.

Aber es war schwierig, Ruhe zu finden, wenn man von der Seite angebrüllt wurde. Sie wusste nicht, was ihren Prüfer mehr erboste: dass dieser russische Satellit über Amerika geflogen war, ein Ärgernis, das er gleich in den ersten Minuten nach dem Start ausführlich kommentierte, oder die starken Winde, die an den Tragflügeln zerrten. Oder dass sie ein Mädchen war.

«Was ist die Funktion der Ausgleichsflächen am Höhenruder, Mädchen?», hörte sie ihn über Kopfhörer schreien, während sie die Cessna höher steuerte.

«Die Ausgleichsflächen sollen den Ruderdruck minimieren.»

Weiter und weiter ließ er seine Fragen auf sie niederhageln. Er nannte sie demonstrativ *Mädchen* oder *little Miss*, Fräuleinchen. «Wie können Sie denn in dieser Kurve sinken, Mädchen?», bellte er. «Haben Sie denn überhaupt kein fliegerisches Gefühl? Verdammt noch mal, Fräuleinchen, jetzt schalten Sie die Frequenz endlich um!»

Juni spürte, wie Wut in ihr aufwallte. Noch nie in ihrem Leben hatte jemand so mit ihr gesprochen. Sicher, wenn Ben sie trainierte, feuerte er sie mit lauten Rufen an, doch dieser Prüfer, den die Bundesluftfahrtbehörde zweifellos aus dem alleinigen Grund entsandt hatte, weil es niemand mit ihm im selben Raum aushielt, schrie sie aus reiner Bosheit an.

Aber ihre Panik war verschwunden. Etwas anderes war an ihre Stelle getreten, ein Gefühl, das sie aus den Worten ihrer Mutter schöpfte: Sie tat das, was sie liebte, sie steuerte ein Flugzeug. Um sie herum war nichts als Freiheit und Luft.

Wie von ferne nahm sie wahr, dass er sie weiter beschimpfte. Alles machte sie falsch, kam sein Brüllen durch die Kopfhörer. Noch nie habe er einen so dummen, einen so inkompetenten Menschen, eine solche Niete im Cockpit gesehen. Sie flog die Loopings, die er anwies, landete, startete erneut. Der Himmel war sturmgrau, und der Regen prasselte auf die Tragflügel, dass sie von all dem Wasser zitterten. Eine Bö blies ihr entgegen. Ein paar Herzschläge lang schien die Cessna in der Luft zu hängen. Juni beschleunigte, doch sie kam nicht voran. Noch lauter brüllte ihr jetzt der Prüfer in die Ohren. Sie steuerte höher. Die Bö blieb unter ihr.

Natürlich würde er ihr die Lizenz nicht geben. Aber sie gab trotzdem ihr Bestes, schon allein, weil sie sich nicht in Gefahr bringen wollte. Nachdem sie eine letzte Schleife über den Golf von Mexiko geflogen war, befahl er ihr zurückzukehren.

Kaum hatte sie den Motor ausgestellt, riss sie sich die Kopfhörer von den Ohren, öffnete die Tür und sprang hinaus.

«He, wo wollen Sie denn hin, Fräuleinchen?», brüllte ihr der Prüfer hinterher.

Juni fühlte die Wut so heftig in sich lodern, dass sie nicht aufhören konnte zu rennen. Sie ballte die Fäuste und rief ihm über den pfeifenden Wind zu: «Du Idiot, du gibst mir die Lizenz ja eh nicht!»

Und der Prüfer brüllte zurück: «Ich hatte gehofft, dass der Tag niemals kommen würde, an dem ich einem Weibsstück die Lizenz zum Fliegen erteile!» Er musste noch lauter schreien, weil Juni immer schneller fortlief. «Aber verdammt noch mal, jetzt ist der Tag da!»

Martha und Juni klammerten sich aneinander fest vor Lachen. «Das Gesicht, das er gemacht hat, als er seine Unterschrift auf die Lizenz setzen musste!», japste Juni. «Ich glaube, er hat überlegt, ob er sich vorher die Pulsadern aufschneiden soll!»

Martha strahlte. «Ich bin froh, dass er seine Selbstmordabsichten verschieben konnte!»

«Jetzt habe ich eine Pilotenlizenz!», lachte Juni und hüpfte so sehr, dass sich der Petticoat um ihre Taille bauschte. Sie rüttelte mit ihren Zeigefingern in den Ohren. «Aber vermutlich auch keine Trommelfelle mehr. Der Mann hat mich während des gesamten Flugs angebrüllt!»

«Wir sollten ihn mit Ethel Hebert bekannt machen», fand Martha. «Die beiden gäben ein tolles Paar ab!»

«Oh ja, und sie könnten eine Schule eröffnen: Wie kriege ich es hin, dass sich alle um mich herum schlecht fühlen?»

«Und so können sie durch schlechte und immer schlechtere Zeiten gehen. Bis dass das Allerschlechteste sie scheidet.»

Juni kicherte. «Ende schlecht, alles schlecht.»

«Apropos Ende schlecht», fragte Martha. «Wie kommen wir denn jetzt wieder in die Stadt zurück?»

Sie sahen sich an und mussten wieder lachen. Noch immer stürmte es vom Himmel, der Regen peitschte ihnen nasse Strähnen ins Gesicht, aber Martha fühlte sich so glücklich wie noch nie.

«Ist schon absurd, oder?», lachte Juni. «Da habe ich jetzt einen Pilotenschein, aber einfach mal in die Stadt fahren – das ist nicht möglich.»

«Du kannst ja als Nächstes deinen Führerschein machen», schlug Martha vor.

«Och nö, Autofahren ist so langweilig, mach du doch deinen Führerschein, Maman! Im Übrigen nimmt uns Pedro wieder zurück in die Stadt, ich hab ihn schon gefragt!»

Es dämmerte im French Quarter, überall im Viertel sprangen die Neonlichter an. Rosa, gelb und grün schimmerten die Leuchtreklamen in den Pfützen. Aber es hatte aufgehört zu regnen. Die Wärme kehrte zurück.

«Jetzt will ich alles andere auch», sagte Juni neben ihr. Ihr Pferdeschwanz wippte, als sie die St. Louis Street hinuntergingen, das heißt, Martha ging, und Juni hüpfte. «Berufsflugzeugführererlaubnis und vielleicht auch die Lizenz zum Unterrichten, so wie Ben.»

Martha betrachtete ihre Tochter, die vor Glück glühte. Sie

hatte also eine Pilotin hervorgebracht. Stolz erfüllte sie, Stolz auf diese wunderbare Tochter, dieses Wesen, das durchs Leben stürmte, als gäbe es kein Hindernis.

«Weißt du übrigens, welchen Namen ich meiner eigenen Cessna später mal geben werde?»

«Ich wusste noch nicht mal, dass man Flugzeuge taufen kann!»

«Voodoo Jazz!», strahlte Juni. «Voodoo für Caresse und Onkel Henri und Jazz für dich, weil du den doch so gerne hörst!»

«Das ist ein sehr schöner Name!»

«Oh, und ich werde arbeiten, in jeder freien Stunde, damit ich mir bald mein eigenes Flugzeug kaufen kann!»

«Aber vorher machst du die Schule zu Ende», sagte Martha und bemerkte zu ihrer Überraschung, dass sie genau wie Mutti klang.

Juni rollte mit den Augen. «Ja, ja, vorher beende ich den Scheiß!»

«Juni!»

«Ach, mir macht die Highschool einfach keinen Spaß, aber Louis schreibt das auch immer: Ich soll mir Mühe in der Schule geben, Schulbildung ist wichtig und bla, bla!»

Martha lachte. «Louis hat einen sehr guten Einfluss auf dich, ich werde ihm eine Schachtel Pralinen schicken!»

«Du willst ihm Pralinen ins Pralinenland schicken? Warum nicht gleich ein Rad Ziegenkäse oder einen Kirschbaum?»

«Das wird mir mit Luftpost zu schwer.»

«Maman, sieh mal, diese Schlange vor dem Antoine's!»

Martha blieb stehen. «Oh nein!»

Es war ihre Idee gewesen, den Tag, an dem Juni ihre Flugprüfung bestand, im ältesten und berühmtesten Restaurant der Stadt zu feiern. Seit ihrer Ankunft in New Orleans hatte sie davon geträumt, in den Tempel der französischen Kochgötter einzutreten und dort zu essen – so, als wäre sie ein ganz normaler Mensch. Keine, die sich ihren Weg von Deutschland quer durch Europa nach Amerika ermogelt hatte, keine, die Nacht für Nacht davon träumte, die Mörder ihrer Eltern hängen zu sehen.

«Jetzt siehst du traurig aus, Maman», sagte Juni leise und hakte sich unter. «Das macht doch gar nichts, wir stellen uns eben an.»

Hinter den Scheiben des Restaurants konnte Martha eine Reihe von weiß gedeckten Tischen erkennen. Männer in Smokings und Frauen in Abendkleidern saßen an den Tischen, vor ihnen dampfende Silberterrinen. Vom Mississippi her tutete ein Dampfschiff. Einen halben Block weiter, in der Bourbon Street, öffnete wohl gerade ein Nachtclub, denn jetzt wehten ein paar Bläsersätze zu ihnen herüber und vermischten sich mit den Geräuschen der Straße, dem Hupen und Tuten und dem Stimmengewirr.

«Oh, Mrs. Leroy, guten Abend!» Ein Mann, den Martha aus dem Schreibwarenladen kannte, stand vor ihr in der Schlange. «Haben Sie schon die neueste Neuigkeit gehört?»

«Sie meinen sicher den Sputnik?» Martha bemühte sich, höflich zu klingen. «Ja, ich habe darüber gelesen.»

«Ja, aber jetzt kommt es noch schlimmer!» Der Mann hob einen Zeigefinger. «Diese Satelliten, die die Russen über unser Land fliegen lassen, sind vermutlich mit Atomsprengköpfen bestückt!»

«Das höre ich mit Bedauern», erwiderte Martha in ihrem schönsten Verkäuferinnen-Englisch.

Die Glastür zum Restaurant öffnete sich, Gläserklirren und Lachen drangen heraus. Ein Paar trat heraus, eine hellblonde Frau mit einer Pelzstola über ihrer Seidenrobe, der Mann in langem Mantel mit Hut.

«Myrtle!», winkte Juni. «Hallo, Myrtle! Stell dir vor – ich habe heute meine Pilotenlizenz erhalten!»

Die junge Frau zog eine sorgfältig gezeichnete Braue hoch. Martha erkannte sie kaum wieder. War das nicht das kleine Mädchen, das früher wahlweise geheult hatte oder beleidigt gewesen war?

«Und wen willst du damit beeindrucken?», fragte Myrtle. «Deinen zukünftigen Mann etwa? Oh, Verzeihung – den wird es wohl kaum geben. Bitte, Rupert, lass uns gehen.»

«Nicht so hastig.» Martha stellte sich dem Mädchen in den Weg. «Erst einmal könntest du den Gruß deiner Klassenkameradin erwidern. Oh, Verzeihung – dazu wird es bei deiner schlechten Erziehung wohl kaum kommen. Bitte, Rupert, geh schnell fort mit ihr.»

«Oh, der haben Sie es aber gezeigt», sagte der Mann vor ihr in der Schlange, als er sah, wie Myrtle empört abrauschte. «Richtig so, die jungen Leute heutzutage haben einfach keine Manieren mehr! Also, zurück zum Sputnik ...»

Juni stellte sich auf die Zehenspitzen und küsste Martha auf die Wange. «Danke, Maman!», lachte sie.

An diesem Abend trank Juni den ersten Champagner ihres Lebens. Sie musste ihn heimlich trinken, weil sie ja erst siebzehn war. Aber Martha schüttete etwas von ihrem in Junis Glas, als niemand hinsah. Das Gaslicht der Kandelaber tauchte ihren Tisch in einen gelben Schein.

«Und wie der Prüfer über das Rollfeld gerannt ist!», lachte Juni. Sie imitierte seine Stimme. «Mister Juni Leroy! Ist hier ein Mister Juni Leroy?»

«Du hast ihm seinen Mister Juni Leroy aber gegeben!» Martha biss vorsichtig von ihrem Toast ab, der mit *pâté de foie gras* bestrichen war und sie vage an die Leberwurstbrote ihrer Kindheit erinnerte.

Juni lachte weiter. «Ob er ihn haben wollte oder nicht!»

Plötzlich erloschen die Lichter. Eine kleine blaue Flamme bewegte sich zwischen den Tischen, rutschte im Halbdunkel von einer Schöpfkelle in eine Schale, und ein begeistertes Ah! und Oh! scholl durch den Raum.

«Verzeihung, was ist das?», fragte Martha einen Mann am Nachbartisch.

«Touristen, die ihren ersten *café brûlot* erleben.» Der Mann zwinkerte ihr freundlich zu.

Auf einmal fühlte sich Martha auch wie eine Touristin. Sie sah die Stadt mit anderen Augen, oder vielleicht lag es auch nur daran, dass sie mit ihrer großen Fliegertochter im Antoine's saß und so glücklich war.

Als das Gaslicht wieder ansprang, stand ein Mann in Anzug und Fliege vor ihnen und verbeugte sich leicht. «Mrs. Leroy? Ich bin Roy Alciatore, der Maître D'.»

«Mister Alciatore!» Martha stieß fast ihr Glas um. Der Besitzer und Küchenchef des Antoine's war dafür bekannt, mit seinen Gästen zu sprechen. Allerdings fiel die Ehre in der Regel auf die Honoratioren der Stadt.

Alciatore wechselte ins Französische. «Ich habe gehört, dass die Künstlerin aus Straßburg, deren Bilder mittlerweile in so vielen Wohnstuben hängen, heute Abend bei uns diniert. Ich hoffe, dass alles zu Ihrer vollsten Zufriedenheit ist.»

Aus den Augenwinkeln bemerkte Martha, dass Juni sie anstrahlte.

«Vielen Dank», lächelte Martha. «Es ist alles köstlich. Ihre *pâté de foie gras* mundet uns sehr.»

«Es schmeckt nach Heimat, richtig?», flüsterte Alciatore verschwörerisch.

«Ich …» Martha fühlte, wie ihr die Hitze in die Wangen schoss. «Wie meinen Sie …?»

«*Pâté de foie gras*, unsere Straßburger Spezialität. Mein Vater Jules Alciatore, Gott hab ihn selig, hat die Kunst der Zubereitung der *pâté* bei Louis Henri höchstpersönlich in Straßburg gelernt.» Er bemerkte Marthas ratloses Gesicht und lächelte. «Na, Sie sind vielleicht auch noch ein wenig zu jung, um den Straßburger Meisterkoch kennengelernt zu haben. Aber den Zuckerbäcker Aaron Feitel, den werden Sie wohl kennen, oder? Dort hat mein Vater ebenfalls gelernt.»

«Aaron Feitel», sagte Martha schwach. «Sicher.»

«Es ist so schön, einen Gast zu haben, der den Ort kannte, an dem mein Vater gelernt hat!», strahlte Alciatore. «Mein Vater hat mir so viel von Straßburg vorgeschwärmt! Wo genau haben Sie denn da gelebt?»

Martha ging im Kopf alle Orte durch, über die sie in Straßburg gehört hatte. Nur die zentrale Sehenswürdigkeit fiel ihr ein. «Am Münster.»

«Oh, am Münster, dieser herrlichen Kathedrale? Wie schön!» Alciatore zog die Brauen zusammen. Offenbar wollte er noch etwas sagen, doch Martha unterbrach ihn.

«Darf ich Ihnen übrigens meine Tochter Juni vorstellen? Sie hat heute ihren Pilotenschein bestanden!» Sie erhob hastig ihr Glas. «Und das ist der Grund, warum wir heute hier feiern!»

Alciatore sah verblüfft aus. «Ihre Tochter, Mrs. Leroy? Ich hätte Sie beide für Schwestern gehalten!» Er verbeugte sich in Richtung Juni. «Hocherfreut und Gratulation zur bestandenen Prüfung! Wir haben hier seit Gründung des Restaurants 1870 schon viele bedeutende Anlässe gefeiert, aber dass eine junge Frau durch die Lüfte fliegt, ist wahrlich eine Novität!»

Als sich der Maître D' nach einer tiefen Verbeugung und vielen guten Wünschen wieder entfernt hatte, sah sie, wie Juni tief Luft holte.

«Du weißt, Maman», sagte sie leise, «wie ich es hasse, wenn Menschen nicht die Wahrheit sagen.»

Das Herz klopfte Martha im Hals. «Ja.»

«Darum muss ich jetzt zu dir ehrlich sein.»

«Du musst ...»

Juni unterbrach sie. «Ich habe Ben etwas versprochen. Aber bitte, Maman, nicht böse sein!»

«Das könnte ich sowieso nicht – schon gar nicht an diesem Tag.» Martha nahm rasch einen weiteren Schluck Wein.

«Ich habe Ben versprochen, wenn ich die Flugprüfung schaffe, dann begleite ich ihn nach Peru.»

«Na, ich hoffe doch, dass er den Flug absagt! Er ist noch immer nicht von seiner Grippe geheilt!»

«Bitte, Maman! Darum geht es ja! Er kann den Flug nicht absagen! Nicht jetzt, wo er sich das Geschäft aufbaut! Ich habe ihm versprochen, dass ich mitfliege und ihn unterstütze. Als Copilotin.»

Martha hob ihre Hand, um dem Kellner zu sagen, dass sie nichts mehr bestellen wollte. «Und wann hatte Ben vor, diesen Flug zu machen? Mir gegenüber hat er Peru nur einmal vor ein paar Wochen erwähnt. Und du solltest vielleicht noch etwas Flugpraxis hier in der Gegend sammeln, oder? Ich meine, ich weiß ja, dass du gut bist, aber allein bist du ja noch nicht sonderlich oft geflogen ...»

«Es tut mir leid, Maman.» Juni nahm ihre Hand. «In drei Tagen geht es los.»

KAPITEL 11

Palisadoes Airport in Kingston glänzte im Mittagslicht. Ein endloses Blau breitete sich unter Jerrie Cobb aus: blau die Karibik, blau die Berge Jamaikas, blau die gefliesten Schwimmbecken in den exotischen Gärten. Der Flughafen war auf sandigem Boden neben dem Hafen gebaut. Zum ersten Mal in ihrem Leben hatte Jerrie die Vereinigten Staaten verlassen. Ihr Ziel war Peru.

Jack Ford hatte einen Auftrag: eine Flotte von einmotorigen Beechcraft T-6-Maschinen an das peruanische Heer zu liefern. «Und kein Pilot, der sich da reinsetzen will, nur weil das verdammte Flugzeug keinen Schaukelstuhl hat ...», schimpfte er.

Jerrie, die es immer noch nicht fassen konnte, dass Jack ihr den Job als Flugzeug-Auslieferin wirklich gegeben hatte, strahlte in ihrem Cockpit über das ganze Gesicht.

Sie waren Formation geflogen, erst von Miami nach Camaguey, Kuba, wo sie getankt hatten, dann weiter nach Jamaika. Im South Camp Hotel von Kingston, wo sie übernachten wollten, bereitete Jack sie auf die nächste Etappe vor. Jerrie war so entzückt von der Route, dass sie fast alle Gefahren vergaß. Sie saßen am Pool im Hotelgarten und aßen Cherimoyas – Obst, das nach Vanille schmeckte und merkwürdig cremig war. Jerrie schabte das Fruchtfleisch mit einem Silberlöffel von der Schale und seufzte zufrieden. Seit sie von zu Hause ausgezogen war, hatte sie schlecht und nicht mehr besonders abwechslungsreich gegessen – sie hatte permanent am Rand des Existenzminimums gelebt.

«Du siehst, was ich meine, wenn ich sage: Für Angsthasen ist die Route nix.» Jack deutete auf die Karte, die er vor dem Schwimmbad ausgebreitet hatte. Ein schwarzer Boy trat auf sie zu und begann, ihnen Luft zuzuwedeln.

«Mhm.»

«Wir haben 520 Meilen von hier bis Barranquilla in Kolumbien. Die Winde sind gegen uns. Dein Tank ist für vier Flugstunden und fünfzehn Minuten gefüllt. Unser nächster Stopp ist vier Stunden entfernt. Wir haben keine Navigationsgeräte und auch keine Landmarken, um uns zu orientieren – da sind einfach keine Inseln unter uns. Nur Wasser, in dem es von Barrakudas nur so wimmelt. Wenn du Barranquilla verpasst, hast du noch höchstens fünfzehn Minuten, um zu landen. Und dann gibt es nur Dschungel.»

«Ich krieg das hin», versicherte Jerrie.

Er sah sie an. Seine arrogante Haltung ihr gegenüber war vollkommen verschwunden. Stattdessen wirkte er ein bisschen besorgt. «Ich hoffe, dass du recht hast, Jerrie. Die Wettervorhersage sieht nicht gut aus.» Er erhob sich. «Gut. Wir sehen uns um vier Uhr früh an der Rezeption.»

Jerrie war überhaupt nicht müde, als sie sich früh am Abend in ihr Zimmer zurückzog. Das Hotel hatte keine Fenster, nur Schmiedewerk und Fliegengitter vor den Öffnungen. Von draußen zwitscherte und summte es, während die Sonne als glutroter Ball im Meer versank. Jemand sang eine Melodie.

Trotz der kurzen Nacht war sie blitzwach, als der Hotelmanager Jack und sie am nächsten Morgen zum Rollfeld fuhr. Es war fast Vollmond. Die Palmwedel glitzerten in der Brise. Und da standen ihre beiden Flugzeuge nebeneinander auf dem Rollfeld, auch sie in diesen silbrigen Schein gehüllt.

Jerrie hielt kurz inne, als sie ihre Machete und die Pistole in der T-6 verstaute. Sie war nicht sicher, ob es erlaubt war, mit Waffen an Bord zu fliegen, aber Jack hatte darauf bestanden. Sollten Fallböen, Bergspitzen oder andere Widrigkeiten dazu führen, dass sie in der Einöde abstürzte, würde sie sich über Dinge freuen, die es ihr erlaubten, nicht zu verhungern oder sich zu verteidigen, hatte er gesagt.

Sie prüfte, ob ihr Fallschirm und das aufblasbare Floß noch an der richtigen Stelle lagen, und packte die Waffen zu ihrer Notration.

«Keine besonderen Vorkommnisse», meldete sie glücklich, als sie in Barranquilla aufsetzte.

Der nächste Halt war Cali – ein kurzer Flug parallel zu einem Stück Anden. Leicht, fand Jerrie. Einfach an der Gebirgskette entlang. Aber dann geschah etwas, womit sie nicht gerechnet hätte: Jacks Beechcraft geriet während der Landung in ein Loch auf dem Rollfeld und drehte sich einmal um sich selbst.

«Alles in Ordnung?» Jerrie, die das Unglück mit angesehen hatte, sprang aus dem Cockpit und lief durch die sengende Luft auf dem Rollfeld auf ihn zu.

Jack sah aus wie ein kleiner Junge, der einen Fußball durch ein Fenster geschossen hatte. «Mir geht's gut. Aber jetzt haben wir ein Problem. Bis die hier die Ersatzteile runtergeschickt haben, können wir eher ein neues Flugzeug bauen.»

«Liefere du doch meine Maschine aus. Ich bleibe solange hier und beaufsichtige die Reparatur von ... von deiner.»

Jack sah sie an, und zum ersten Mal, seit sie die Reise angetreten hatten, breitete sich ein Lächeln auf seinem Gesicht aus. «Ich wollte dir den Weg zeigen – habe ich clever hingekriegt, oder? Nein, die Maschine da ist dein Baby. Du bist sie super geflogen. Liefere du sie aus.»

Das Erste, was Juni von oben auffiel, waren die Ströme. Breit und glänzend wanden sie sich durchs Dschungelgrün. Sie ergossen sich in Lagunen, krümmten sich um Dörfer und dehnten sich ins Buschwerk. Aber schon schoben sich Wolken vor ihre Sicht, und bald flog sie durch Watte. Sie lehnte sich vor, um besser sehen zu können. Vor ihr ragten die schneebedeckten Spitzen der Anden auf und vermengten sich mit dem Wolkenweiß.

Das war es, was Ben gesagt hatte. Um in einmotorigen Maschinen mit nicht mehr als einem Kompass über die Anden zu fliegen, musste man mutig sein. Was er nicht erwähnt hatte, war, wie anstrengend es war. Sie drehte sich zu ihm um. Er hatte die Augen geschlossen, und seine Haut war so weiß, dass sie die Adern darunter erkennen konnte. Sie legte eine Hand auf seine Stirn, so wie sie es Maman hatte machen sehen. Glühend heiß.

Ihr Herz klopfte bei dem Gedanken an den Flug, der vor ihr lag. Vielleicht stimmte es, was alle auf dem Flugfeld gesagt hatten. Vielleicht war sie mit ihren 17 Jahren wirklich noch zu jung, um allein, nur von einem kranken Copiloten begleitet, von New Orleans nach Trujillo in Peru zu fliegen. So viele Zwischenstopps, so viele Dinge, die sie beachten musste, stundenlang nichts als das offene Meer unter ihr.

Doch ihre Zweifel verflogen, kaum dass sie sich wieder auf ihren Kurs konzentrierte. Sie verflogen so wie alles andere, was ihr unten auf der Erde so schwer vorkam.

Sie hätte auf der Stelle einschlafen können, als sie Stunden später in Guayaquil, Ecuador, endlich landen konnte. Ihr Körper war steif und schwer.

«Ben», sagte sie und rüttelte ihn an der Schulter. «Ben, wir sind da, wach auf!»

Ben setzte sich so hastig auf, dass er mit dem Knie gegen das Armaturenbrett knallte. «Wo sind wir?», fragte er.

«Guayaquil.»

«Guaya… in drei Teufels Namen, du bist die ganze Strecke allein geflogen?» Er griff in die Innentasche seiner Jacke und setzte seine Brille auf.

Juni grinste und hob die Schultern. Dann blickte sie ihn aufmerksam an. «Wie geht es deinem Kopf?»

Ben schloss die Augen. «Fühlt sich noch immer an, als wenn ihn jemand von innen mit glühenden Hämmern zerlegt, aber …» Er suchte nach Worten. «Die müssen doch auch mal Feierabend machen, die Handwerker da drinnen.»

«Nicht, wenn sie selbständig sind.»

«Und eine neue Firma aufbauen wollen. Es tut mir leid, Juni, ich hätte dich da nicht mit hineinziehen dürfen. Es ist meine Firma, die ich aufbauen will. Aber ich möchte, dass es deiner Mutter und dir irgendwann einmal besser geht …»

Juni legte ihm eine Hand auf die Schulter. «Mach dir keine Sorgen.»

«Wenn das deine Mutter wüsste, unter welchen Umständen wir hier unterwegs sind …»

Sie lächelte. «Wenn wir wieder heil zu Hause sind, werden wir es ihr erzählen.»

Ben öffnete den Mund, aber Juni unterbrach ihn. «Doch, das werden wir. Sie wird sehr wütend sein, auf uns beide. Aber ich lüge Maman nicht an.»

Wieder sah Ben aus, als wollte er etwas sagen, aber Juni riss die Tür auf und sprang auf das Rollfeld hinaus. Die Hitze hüllte sie ein wie ein dicker, feuchter Mantel. «Lass uns die Cessna schnell abfertigen», rief sie. «Und dann gehen wir was essen. Ich falle vor Hunger gleich um.»

Etwas musste in der Stadt geschehen sein. Blaulichter zuckten über die Gebäude. Soldaten mit Maschinengewehren liefen die Straße entlang. Sosehr Juni sich bemühte, sie konnte dem Fahrer keine Auskunft entlocken – er verstand weder Französisch noch Englisch. Vor einem Holzgebäude, das am Rand der Stadt lag, setzte er sie ab. Es war schlagartig dunkel geworden. Hinter den Palmen, die das Gebäude umgrenzten, ging der Vollmond auf.

Es war ein Wirtshaus für Piloten, so viel hatte Juni verstanden. Sie bezahlte den Fahrer und half Ben beim Aussteigen. Als sie nach seinem Arm griff, um ihn zu stützen, spürte sie, dass er sehr dünn geworden war.

Inzwischen fühlte sie sich selbst schwächer, als ihr lieb war. Sie war zehn Stunden lang geflogen, und sie machte sich Sorgen um ihren Stiefvater. Wie eigenartig, dachte sie, während sie ihn Schritt für Schritt ins Wirtshaus lotste. Noch vor gar nicht so langer Zeit war sie ein Kind gewesen, das nach gelbem Drachenpulver verlangt hatte und mit seinem Teddy eingeschlafen war. Ein Kind, das sich an Bens Rockzipfel gehängt hatte, vor allem beim Fliegen. Und jetzt musste sie für Ben die Erwachsene spielen. Sie musste der Mensch sein, auf den er zählte. Der für ihn eine Cessna über die Anden flog.

Es musste schrecklich sein, wenn man krank war, dachte sie, als sie Ben auf einem Stuhl absetzte. Ihr selbst war das bislang erspart geblieben. «Gesund wie ein Elefant», hatte ihr der Fliegerarzt versichert, bevor sie ihre Prüfung absolviert hatte. «Zartes Mädchen, aber dich haut nichts um!»

Sie fühlte in ihrer Rocktasche Louis' Luftpostbrief knistern. So hektisch waren ihre Vorbereitungen für den Flug nach Peru gewesen, dass sie noch nicht einmal die Zeit gefunden hatte, ihn zu lesen. Heute Abend, dachte sie, als sie die Tür zum Wirtshaus aufstieß. Ruhe strömte durch ihren Körper. Sie liebte es, Louis' Worte zu lesen, mit ihm in die Welt von Bonnieux einzutauchen, eine Welt voller Ziegen und Kirschbäume und Spiele, in eine Welt, die so klein, aber auch wild und heil gewesen war.

Die Leute an den Tischen waren ausschließlich Männer. Im Schein der Petroleumleuchten, die auf den Tischen verteilt waren, schimmerte ihre Haut wie gelbliches Leder. Sie blickten auf, als Ben und sie den Raum betraten. Minuten später hatten sie sie umringt.

«Ein Mädchen», wiederholte einer der Männer und schüttelte den Kopf. «Wir haben ja schon viel erlebt hier, nicht wahr, Männer, aber noch nie ein Mädchen, das über die Anden fliegt!»

Sie waren großenteils Amerikaner, aber ein Franzose war auch darunter. Er war ein paar Jahre lang für die Aéropostale bis hinunter nach Argentinien geflogen. Nachdem die Linie ihren Dienst eingestellt hatte, war er in Südamerika geblieben. Auch auf Junis Nachfragen hin konnte er nicht sagen, warum. «Vielleicht wegen des Essens», lachte er heiser und klopfte sich auf seinen runden Bauch. «Und du scheinst es auch zu mögen, was, Mädchen? Männer, seht die Kleine doch mal an, wie die futtern kann!»

Juni, die vor Hunger fast umkam, hatte gleich zwei Gerichte für sich bestellt, dazu eine Hühnersuppe für Ben.

«Mann», sagte einer der amerikanischen Piloten, während er sie von oben bis unten musterte. «Ich hab noch nie jemanden gesehen, der so klein und so zierlich ist – und der so viel Essen in sich reinschaufelt!» Sein Blick glitt zu Ben herüber, dessen Wangen im Schein der Leuchten noch eingefallener wirkten als sonst. «Aber ihr seid ja beide ziemliche Hungerhaken! Besser, ihr haut vor eurem Flug noch einmal richtig rein!»

Juni nickte und kaute mit vollen Backen. Vor ihr lag ein undefinierbares Tier, das die Kellnerin *cuy* genannt hatte, und das mit Kartoffeln und Erdnusssoße garniert war, außerdem ein Teller voller knusprig gebackener Schweinekrusten mit Avocado und Mais.

«Über die Anden bis runter nach Trujillo?» Einer der Männer zündete sich eine Zigarre an. «Ich hoffe, ihr wisst, worauf ihr euch da einlasst!»

Ben nickte matt. Juni aß weiter. Das undefinierbare Tier schmeckte ungewohnt, aber gut.

«Ich bin mal abgestürzt über den Anden», erklärte der Franzose. «War mit meiner Postmaschine in 7000 Meter Höhe, dann kam schlechtes Wetter. Musste nach Süden ausweichen. Und dann war es geschehen.»

Die Männer nickten und ergänzten die Geschichte, während sie rauchten. Juni sah von einem zum anderen und nagte an einem Maiskolben.

Er sei in Abwinde geraten, berichtete der französische Postmann, und dann in 4000 Meter Höhe über einer zugefrorenen Lagune gekreist. Alle Versuche, wieder Höhe zu gewinnen, blieben erfolglos. Dann ging sein Brennstoff zu Ende, und er landete auf der Eisdecke des Sees. Mehrere Tage lang blieb er bei minus 20 Grad Celsius bei seiner Postmaschine. Niemand kam. Es wurde immer kälter. Schneetreiben setzte ein.

«Erzähl, was du für Proviant dabeihattest!», rief einer der Männer.

Der Postmann feixte. «Rum, Schokolade und Zucker. Hat mich vorm Erfrieren gerettet. Ich sag euch was, Leute. Nehmt das auch immer mit!»

Und dann hätten ihn wohl die Geisteskräfte verlassen, fuhr er nachdenklich fort. Juni sah, wie Ben mit den Augen rollte.

«Ich habe mich dann an einer Felsspalte niedergelassen, um auf das Ende zu warten.»

«Und dann hast du an die Versicherungspolice gedacht», riefen die Männer im Chor.

«Ja», bestätigte der Postmann mit einem Nicken. «Mir fiel ein, dass die Versicherungssumme an meine Frau in Paris vielleicht nicht ausgezahlt werden würde, wenn man meinen Körper nicht fände. Also habe ich beschlossen, so zu sterben, dass man mich besser dabei sieht.»

Juni unterdrückte ein Kichern.

«Ich habe alle meine Kräfte aufgebracht, um mich zu einer Felsplatte zu schleppen, die vom Sturm schneefrei gefegt wurde. Und da», er machte eine dramatische Pause, «da habe ich eine Ansammlung von Hütten gesehen!»

«Erzähl von den Maultieren!», rief einer der Männer.

«Nachdem meine erfrorenen Glieder wieder kuriert waren, hat die Aéropostale eine Expedition auf Maultieren zum Wrack hinaufgeschickt. Man fand das Flugzeug, zerlegte es in kleine Teile und brachte es ins Tal hinunter. In Mendoza, Argentinien, wurde es wieder zusammengebaut und gründlich überholt. Und was soll ich sagen? Ein Jahr später konnte ich damit wieder fliegen! Im selben Flugzeug, dieselbe Strecke!» Er lachte.

«Und was ist mit Ihrer Frau in Paris?», fragte Juni.

«Also, *die* Geschichte, Mädchen», sagte einer der Männer, während der Postmann sein Glas hinunterstürzte, als sei er erneut einer Versorgungskatastrophe entronnen. «Die ist nicht so schön.»

Juni war todmüde, als sie endlich ins Bett fiel. Aber kaum hatte sie ihren Kopf auf das Kissen gebettet, jagten sich ihre Gedanken. Sie dachte an die Absturzgeschichten, die ihr ein Pilot nach dem anderen aufgetischt hatte, und an das Fazit, ganz zum Schluss: dass man viel Erfahrung brauchte, um über die Anden zu fliegen, oder ein technisch gut gerüstetes Flugzeug oder eben eine riesige Portion Glück. Zumindest die ersten beiden Kriterien konnten Ben und sie nicht erfüllen. Der Mond leuchtete durch ihr Fenster, und erst als er verblasste, fand sie in den Schlaf.

Als sie erwachte, hoffte sie, dass Ben wieder genesen wäre. Aber dann sah sie sein bleiches Gesicht und seine geschlossenen

Augen, und sie wusste, dass alles, was jetzt kommen mochte, allein in ihren Händen lag.

* * *

Die Bananenplantagen formten von oben ein hübsches Muster. Als Jerrie in den Sinkflug ging, konnte sie die Lehmwege erkennen, die die Plantagen durchschnitten. Körbe bewegten sich wie von Geisterhand über die Wege. Erst als sie ihr Flugzeug noch tiefer steuerte, erkannte sie, dass es Menschen waren, die die Körbe auf ihren Köpfen balancierten. Dann tauchte der Flughafen von Guayaquil unter ihr auf. Eine Cessna startete von einer der Bahnen. Sie flog eine kleine Schleife, dann nahm sie Kurs in Richtung Süden, dorthin, wo auch sie morgen sein wollte: Peru.

Sie flog die Landeschleife und setzte ohne jede Erschütterung auf.

Ein Geräusch ließ sie aufschrecken. Erst hörte sie nur einen Schrei, dann die Laufschritte von vielleicht hundert Menschen. Als sie die Tür öffnete, schlug ihr ein Schwall heißer, feuchter Luft entgegen. Sie wandte ihren Kopf, um zu sehen, aus welcher Richtung das Getrappel kam. Und da sah sie die Männer. Eine Horde uniformierter Männer mit Gewehren und Pistolen stürmte auf sie zu. Sie kletterte auf die Landebahn hinunter und hob die Hände über den Kopf.

«Papiere!», bellte einer der Männer. Er sagte noch eine ganze Menge anderer Dinge, aber Jerrie verstand ihn nicht. Ihr Highschool-Spanisch lag schon eine Weile zurück, und was noch schlimmer war: Sie brachte kein Wort hervor. Mit zitternden Fingern kramte sie nach ihren Dokumenten.

Einer der Männer packte sie am Arm. Es muss ein fürchterliches Missverständnis sein, dachte Jerrie, während sie in einen

Jeep verfrachtet wurde. Vielleicht eine Verwechslung. Nur – mit wem denn? Welche andere junge Amerikanerin flog über die Anden in einer einmotorigen Maschine?

So schnell war alles gegangen, dass sie nicht einmal die Zeit gefunden hatte, ihre Tasche aus dem Flugzeug zu holen. Flüchtig dachte sie an die Waffen, die sie im Stauraum gelagert hatte, die Machete und die Pistole. Aber die Männer würden sie sicher schnell wieder zurückbringen. Sie hatte ja nichts Unrechtes getan.

Der Jeep hielt vor einem Gebäude, das mit Stacheldraht abgesichert war. Weitere Uniformierte standen hier Wache. Männer brachten sie in einen Raum, in dem nur ein Tisch mit zwei Stühlen stand. Ein Ventilator verteilte die schwüle Luft im Raum. Und dann, mit Hilfe eines Übersetzers, fand Jerrie endlich heraus, worum es ging.

Die Regierung von Ecuador und die Regierung von Peru hatten eine Meinungsverschiedenheit darüber, wo genau sich ihre gemeinsame Grenze befand. Und hier kam sie, landete mit einem Flugzeug, das zur Ausbildung von peruanischen Militärpiloten verwendet werden sollte, auf ecuadorianischem Staatsgebiet. Als Amerikanerin! Wenn das nicht als Einmischung in ecuadorianische Angelegenheiten verstanden werden sollte, so wüsste der sie befragende Offizier auch nicht. Er würde sogar so weit gehen zu sagen, dass man ihre Landung in Guayaquil als kriegerischen Akt der Vereinigten Staaten von Amerika sehen könnte. Was Miss Cobb dazu zu sagen hätte?

Nicht viel. Jerrie suchte nach Worten. Wieder zeigte sie ihre Papiere vor, die alle in Ordnung waren. Außerdem versuchte sie, dem Offizier klarzumachen, dass ihr nichts fernerläge als ein Überfall auf Ecuador. Doch es nützte nichts. Ein weiterer Uniformierter brachte sie nach dem Verhör in einen Block, hinter dem sie männliche Gefangene in kleinen Zellen sitzen sah. Der

Wärter schloss eine unbewohnte Zelle auf. Ein Bett stand darin. An der Wand gegenüber war ein Waschbecken angebracht, das sicher einmal bessere Zeiten gesehen hatte.

«*Aquì, gringa*», sagte der Wärter und stieß sie hinein.

* * *

Juni hatte etwa die Hälfte der Strecke von Guayaquil nach Trujillo zurückgelegt. Unter sich in der Schlucht konnte sie einen Kratersee erkennen und in einiger Entfernung die Eisenbahnschienen der Andenbahn. Da ragte in nur wenigen hundert Meter Entfernung ein schneebedeckter Berg vor ihr auf.

Ben hatte ihr erzählt, dass der Pass an der höchsten Stelle 4000 Meter hoch wäre. Die Cessna aber würde locker 4200 Meter Höhe schaffen. Das hatte er ihr versichert, bevor er erneut in einen fiebrigen Schlaf gefallen war.

So schnell sie konnte, ging Juni ihre Möglichkeiten durch. Die Entfernung bis zu dem Berggipfel vor ihr war zu kurz, als dass sie die Nase der Cessna einfach hochreißen könnte. Nein, sie musste kreisen. Vorsichtig, um in sicherer Entfernung der Felsen zu bleiben, steuerte sie die Cessna in eine Linkskurve, dann schraubte sie sich langsam höher hinauf. Als der Höhenmesser 4300 Meter anzeigte, hoffte sie, es über den Gipfel zu schaffen. Doch während sie nun darauf zusteuerte, schien der Berg vor ihr zu wachsen, und der Höhenmesser fiel ab.

Die Geschichte von der Fallbö, die den französischen Postmann erfasst hatte, fiel ihr wieder ein. Sie sah die Männer vor sich, gelb schimmernde Ledergesichter, die hinter Zigarettenqualm verschwanden und ihr von all den Abstürzen erzählten, Hunderte toter Piloten, so hatten sie erzählt, lägen über die Anden verstreut. Sie spürte, wie ihr der Atem schwer wurde, und ihr fiel ein, wie dünn die Luft hier oben war.

Sie lenkte die Cessna zurück zum Kratersee, um einen neuen Anlauf zu nehmen. Neben ihr schlotterte Ben in der Kälte. Sie flog tiefer, und mit der rechten Hand fischte sie nach der Wolldecke und deckte Ben damit zu. Ihre Geräte führten sich mittlerweile auf wie im Karneval. Der Tourenzähler zeigte eine Zahl an, bei der der Motor eigentlich hätte auseinanderfliegen müssen, und dabei flog sie nur langsam. Wieder ließ sie die Cessna in die Höhe kreisen. Wieder fiel sie, als sie die Bergspitze gerade überwinden wollte, um tausend Meter ab.

Sie fluchte und flog erneut zum Kratersee. Ben wachte auf. «Was ist los?», krächzte er.

«Ich komme nicht über diesen verdammten Berg!» Juni schüttelte die Faust.

«Ganz ruhig. Nimm einen Zug aus der Sauerstoffflasche. Und gib mir auch einen.»

«Wir sind auf noch nicht mal 3000 Meter», protestierte Juni, tat aber, was Ben ihr sagte.

Es war, als ob sich ein Knoten in ihrem Kopf gelöst hätte. Auf einmal wurden ihre Gedanken wieder ruhig.

«Probier es noch mal», sagte Ben. «Und schraub dich noch höher. Bis der Höhenmesser 4800 Meter anzeigt.»

Diesmal klappte es. Sie spürte eine Erschütterung, als sie über den Berg hinwegflog, und auch danach bockte die Cessna noch ein paarmal. Aber sie wurde nicht mehr nach unten gezogen. Ben schlief wieder ein.

Sie erreichte Trujillo in einer Mischung aus Übermüdung und Hochgefühl. Die letzte Etappe war sie praktisch blind geflogen, so stark hatte es geregnet. Und doch – sie hatte es geschafft!

«Bienvenida!», riefen ein paar Jungs in Overalls, als sie aus der Cessna auf das Rollfeld kletterte, nur um sogleich in laute Rufe auszubrechen, denn das war ja eine Sensation: Der Pilot der Cessna, der ihnen die Maschinenteile brachte, war eine Muchacha, und eine sehr hübsche noch dazu!

«Que guapa!», schrien sie. «Mira, mira!»

Immer mehr Männer kamen auf das Rollfeld gelaufen, und Juni musste lachen. Einer der Jungen riss sie in seine Arme und wirbelte sie durch die Luft. «Heute ist Fiesta!», erklärte er, zumindest war es das, was Juni verstand.

Tatsächlich war der Flughafen im Ausnahmezustand. Einer der Mechaniker hatte sich eine Trommel umgebunden, und die anderen schwangen ihre Arme in die Luft.

«Stell dir einfach vor, sie feierten deinetwegen», flüsterte Ben, der allmählich wieder besser aussah. Er drückte ihre Schulter. «Gut gemacht, Juni», sagte er, und hinter seinen Brillengläsern funkelte schon wieder die alte Freude. «Ich bin sehr stolz auf dich!»

Eine Stunde später quetschten sich Juni und Ben in ein Auto, in dem noch neun weitere Menschen saßen: Mechaniker und ein anderer Pilot und die Kellnerin aus dem Flughafen-Diner. Die neun trommelten auf die Polster, auf das Lenkrad und auf ihre Schenkel, und dabei sangen sie ein Lied, das so fröhlich war, dass es Juni mitriss. Eine Begeisterung durchpulste sie, dass sie alle anstrahlte, und jeder, der ihr ins Gesicht blickte, strahlte zurück. Sie wollte das Glücksgefühl für immer in ihrem Kopf und ihrem Herzen einschließen. Als die Lichter von Trujillo aufleuchteten, sang sie das Lied der anderen aus voller Kehle mit.

In dieser Nacht konnte sie endlich Louis' Brief lesen. Sie hatten gegessen und sogar ein Glas Pisco getrunken. In ihrem Kopf drehte sich alles. Der Mond leuchtete als riesige, weiße Scheibe über der Veranda. Die Stadt feierte weiter. Musik und Gelächter wehten zu ihr.

Sie brauchte eine Weile, um den Brief zu öffnen, so bunt und wirr ging es in ihrem Kopf zu. Und nur an diesem Kopfkarussell konnte es liegen, dass sie eine Weile brauchte, bis sie den Brief verstand.

«Meine Großeltern sind gestorben», schrieb Louis. «Erst Pépé, dann Mémé. Es ist so schnell gegangen, dass ich es immer noch nicht recht verstehe.»

Juni ließ den Brief sinken. Sie konnte sich noch gut an Madame erinnern, eine Frau, die ihr einmal auf die Hände geschlagen hatte, als sie Honig aus einem Glas genascht hatte, und die sie einmal hatte trösten wollen, als sie hingefallen war. Nur dass Juni gar nicht getröstet werden musste, weil es ihr ja nichts ausmachte zu stürzen. «Außerdem habe ich meinen Vater gefunden», schrieb Louis. «Mein ganzes Leben lang haben sie mir erzählt, Papa wäre gestorben, aber durch eine Begebenheit, die ich dir gern näher erläutern möchte, habe ich herausgefunden, dass er noch lebt, und zwar in einer Stadt mit dem schönen Namen Magnolia. Es ist alles beschlossen, und der Hof ist verpachtet. Nun reise ich nach Amerika.»

342 000 Kilometer von der Erde entfernt, 19. Juli 1969, 66 Stunden und 29 Minuten nach dem Start

Er war seltsam, der vierte Tag im All. Michael Collins spürte einen Druck, den er sich nicht erklären konnte. Er war ja ganz leicht, so ohne Schwerkraft. In der Nacht wusste er nicht, wo oben und unten war, ob er auf dem Rücken schlief oder auf dem Bauch oder im Stehen. Die Leichtigkeit machte alles eins. Und doch fühlte er sich jetzt, nach dem Aufwachen, zum Zerreißen gespannt. Drei Tage waren sie zwischen gleißendem Licht und vollkommener Nacht durch den Raum geflogen. Nun näherte sich die Flugbahn ihrem Ende. Sie waren 42 000 Kilometer vom Mond entfernt und flogen jetzt schneller, denn die Schwerkraft des Mondes wirkte auf sie. In 36 Stunden würden sie ihr Ziel erreichen – wenn der Flug gut verlief.

Der erste Schock kam, als sie die Rotation des Raumschiffs stoppten und der Mond in ihren Fenstern erschien. Sie hatten ihn fast 24 Stunden lang aus den Augen verloren, und jetzt schwebte er vor ihnen, riesengroß, ein Gestirn, das die Sicht auf alles andere verdeckte und das mit seinen Kratern und Bergen wie ein fremder Planet aussah.

«Es ist ein unheimlicher Anblick», meldete Michael Collins nach Houston. «Die Sonne scheint hinter dem Mond hervor, wir sehen ihn dreidimensional.»

«Roger», meldete Bruce McCandless, der Verbindungssprecher in Houston zurück.

«Und es sieht aus, als ob ... ich schätze, dass dieser dreidimensionale Effekt vom Erdenschein kommt», setzte Buzz Aldrin die Beschreibung fort. «Und alles um den Mond herum leuchtet.»

«Die Erde scheint so hell durch das Fenster», bemerkte Michael Collins. «Man könnte ein Buch lesen in ihrem Licht.»

Doch lange konnten sie sich nicht mit dem Anblick aufhalten. Houston funkte Anweisungen durch, die sie augenblicklich ausführen mussten. Mehrmals wurde ihr Funkkontakt durchbrochen, sodass sie auf andere Satelliten umstellen mussten. Dann meldete sich Verbindungssprecher Fred Haise mit den Nachrichten des Tages.

«Okay, Leute, sieht aus, als ob ihr das Hauptgesprächsthema hier auf der Erde wärt. Sogar die russische Prawda hat euch auf der Titelseite. Sie nennt Neil den Zaren des Raumschiffs. Da haben sie wohl was durcheinandergebracht.»

Michael Collins drehte sich zu Neil Armstrong um und zwinkerte ihm zu. Wieder einmal fiel ihm auf, wie anders Neil und Buzz hier oben aussahen. Durch die Schwerkraft wirkten ihre Gesichter merkwürdig diffus. Das Fettgewebe verteilte sich anders, sodass ihre Augen schmaler wirkten. Vor allem Buzz sah merkwürdig orientalisch aus.

Die Stimme von Bruce McCandless knisterte durch den Raum. «Westdeutschland hat den Montag Apollo-Tag getauft. Schulkinder in Bayern haben an diesem Tag schulfrei. Postbeamte dürfen Radioapparate mit zur Arbeit bringen. Frankfurt installiert Fernseher an öffentlichen Plätzen. Und in Italien hat der Papst verlangt, dass man ihm einen Farbfernseher in seine Sommerresidenz bringt, dabei ist das italienische Fernsehen immer noch schwarz-weiß.»

«Hier in Houston», fuhr Fred Haise fort, «haben sich

eure Ehefrauen und Kinder zum Mittagessen getroffen. Es war wohl ein richtiges Fest. Die Kinder sind geschwommen und Trampolin gesprungen. Und in den Nachrichten waren sie auch. Mike, dein Sohn wurde gefragt, was er davon hält, dass sein Vater Geschichte schreibt, und er meinte: Fein. Und dann, nach einer langen Pause: Was ist schon Geschichte?»

Michael Collins musste lachen.

«Ach ja, und vielleicht interessiert es euch auch zu hören, dass eine Astrologin aus Houston gesagt hat, dass die Zeichen gut stehen für eine erfolgreiche Mission. Sie sagt, dass Neil schlau ist, Mike hat ein gutes Urteilsvermögen, und Buzz kann schwierige Probleme lösen.»

Und dann war die leichte Stimmung wieder vorüber. Immer schneller flogen sie jetzt, immer stärker wirkte die Mondmasse auf das Raumschiff, schon waren sie nur noch 15 160 Kilometer vom Mond entfernt. Bald würden sie in die Mondumlaufbahn eintreten, und dann würden sie auf die Rückseite des Monds fliegen, und das hieß, dass auch ihr Funkkontakt zur Erde nicht mehr bestand. Sollten sie Schwierigkeiten bekommen, so würden sie allein damit zurechtkommen müssen. Vor allem mussten sie jetzt ihr Tempo drosseln, wenn sie nicht mit dem Mond kollidieren wollten.

Erneut wurde Michael Collins bewusst, wie präzise ihr Computer programmiert war. 555 Kilometer vor der Mondoberfläche traten sie in die Umlaufbahn ein, fast eine halbe Million Kilometer von der Erde entfernt. Wieder spürte er den Druck im Körper, und sein Herz schlug schneller. Eine Zahl im Bordcomputer, eine falsche Zahl, und Apollo 11 konnte umgedreht und in den Sonnenorbit geschossen werden.

In drei Minuten würden sie das Signal zur Erde verlieren. Sie rasten durch den Weltraum mit 8084 Kilometern pro Stunde.

«Noch zwei Minuten», hörten sie Bruce McCandless.

Vor ihnen funkelte eine Sternengruppe. So still war es auf einmal, dass Michael Collins glaubte, seinen eigenen Herzschlag zu hören. Sie hatten die Rückseite des Monds erreicht.

KAPITEL 12

Wie lernen die Kinder in Cocoa Beach zählen?», fragte Ben, während sie die Cessna in den Hangar rollten.

Juni lachte. «Vier! Drei! Zwei! Verdammt!» Sie hob die Hand, um Ben abzuklatschen.

Es war natürlich alles andere als lustig, wie die Vanguard-Raketen nach ihrem Start wahlweise fehlzündeten, abstürzten oder explodierten. Ben hatte von der ersten größeren Summe, die seine Firma abwarf, einen kleinen Schwarz-Weiß-Fernseher gekauft, der mit schmerzhafter Deutlichkeit die misslungenen Raketenstarts zeigte. Es war so aufregend, wenn der Sprecher den Countdown herunterzählte, Juni fieberte mit, dass ihr ganz heiß davon wurde, aber am Ende sah man einfach nur wieder eine Stichflamme in den Himmel schießen, und dann wusste sie, dass es mit dem amerikanischen Raumfahrtprogramm schon wieder nichts geworden war.

Währenddessen hatten die Russen nun schon zum dritten Mal erfolgreich ihren Sputnik gestartet. Sogar eine Hündin hatten sie mit ihrem Satelliten einmal rund um die Erde geschickt.

«Vanguard-Rakete ins Meer gestürzt!», rief einer der Zeitungsjungen, die aus dem Flughafengebäude stürzten. «Vanguard-Rakete in Oopsnik umgetauft!»

Juni und Ben sahen sich an und mussten wieder lachen.

«Ich hätte noch mehr Namen», grinste Ben. «Wie wäre es mit Kaputnik?»

«Flopnik!», lachte Juni.

«Nullnik!»

«Stayputnik!» Juni kletterte auf die Cessna, um den Tank zu füllen. «Meinst du, dass wir uns dieses Elend noch lange mit ansehen müssen? Ich denke, dass sich bald etwas ändert. Du hast doch auch die Walt-Disney-Filme über Wernher von Braun gesehen!»

Unten blieb alles still. Juni blickte über den Tragflügel zu Ben hinunter. Er hatte einen merkwürdigen Ausdruck im Gesicht. «Wernher von Braun?», fragte er langsam.

«Genau! Selbst in Frankreich reden die Leute darüber, hat Louis gesagt!»

«Ich halte nichts von all dem.» Aus Bens Stimme war alle Fröhlichkeit verschwunden.

«Ach, komm schon, Ben! Warum nicht? Wenn Amerika es schaffen will, die Russen im Weltall zu schlagen, dann nur mit Wernher von Brauns Raketenprogramm!»

«Tu mir einen Gefallen und erwähne deiner Mutter gegenüber nie diesen Namen.»

«Und warum nicht?» Juni hopste wieder herunter.

Ben drehte sich um, bevor er hinausging. «Weil der Mann ein Verbrecher ist.»

Mit dieser rätselhaften Auskunft ließ er sie allein. Juni pfiff vor sich hin, während sie die Cessna wartete. Dabei fiel ihr Blick auf eine Zeitschrift, die vermutlich ein Mechaniker im Hangar liegen gelassen hatte. Die Titelseite zierte eine platinblonde Schönheit. Juni hatte sie vor kurzem in einer Musikkomödie zusammen mit Maman gesehen. Darin war es darum gegangen, dass Gentlemen Blondinen bevorzugten.

Als sie in den kleinen Waschraum ging, den sie sich mit den anderen Piloten und Mechanikern teilte, fiel ihr Blick in den Spiegel. Ihr Gesicht war ölverschmiert, die dunklen Haare kringelten sich wirr. Sie sah noch immer wie ein Kind aus. Zum ersten Mal dachte sie darüber nach, ob sie wohl eines Tages jemandem gefallen würde. Sie war keine Blondine, und sie hatte nicht die Rundungen, die Männer so toll fanden. Umgekehrt musste sie feststellen, dass die Männer in ihrer Umgebung auch nicht gerade ein Ausbund an Schönheit waren, da waren sie also gleichauf. Sie nahm das Stück Kernseife, das auf dem Waschbecken lag, und begann, sich die Schmiere aus dem Gesicht zu schrubben.

Ihre Gedanken glitten zurück zu dem, was Ben gesagt hatte. Wieso sollte Wernher von Braun ein Verbrecher sein? Gut, dass sie all diese Dinge bald mit Louis besprechen konnte. Er hatte ihr geschrieben, dass er das Geld für die Schiffspassage endlich beisammenhatte. Nun war es nur noch eine Frage von Wochen, dann würde sie ihn endlich wiedersehen. Sie hoffte nur, dass sie ihn sehen konnte, bevor sie zu ihrem Flugrennen startete!

Sie war so neugierig auf ihn.

★

Es war nun nicht so, dass sich Wernher von Braun die Diktatur zurückwünschte, aber diese ständigen Ausschüsse, Gruppen, Behörden und Parlamente verbrauchten unfassbar viel Zeit. Bei allen musste er vorsprechen, überall musste er sein Vorhaben von neuem erklären, und dann wurde schon wieder diskutiert! Es hatte 119 Tage gedauert, bis er alle demokratischen Täler bis hin zu einer Anhörung vor dem Senat durchschlichen hatte. Nichts schien den alten Eisenhower von seiner Meinung abzubringen, dass es sich bei Sputnik nur um einen Ball handelte, der den Planeten Erde umkreiste, auch nicht der Einwand, dass dieser 84 Kilogramm schwere Ball theoretisch eine Atombombe im Handgepäck mitführen könnte, die man von Moskau aus bequem über New York zünden konnte. In der Zwischenzeit gestattete man den Vanguard-Konstrukteuren, sich ein letztes Mal vor der Weltöffentlichkeit lächerlich zu machen, indem sie erneut eine Rakete fehlzünden ließen, und erst nachdem diese Schmach genügend Wirkung entfalten konnte, ließ man sein Team heran. Als sie endlich die präsidiale Erlaubnis mitsamt dazugehörigem Geld hatten, musste auf einmal alles rasend schnell geschehen. Und so war ihm letztlich doch nicht so viel Zeit geblieben, wie er gern gehabt hätte, um sich auf diesen wichtigsten aller Tage vorzubereiten: den Tag, an dem sie endlich *seine* Rakete ins All schießen würden, seine Jupiter-C.

Wernher von Braun schaute sich im Presseraum des Pentagons um und beobachtete die Männer. Er erkannte den Offizier wieder, der ihn im Sommer 1945 befragt und gegen ihn gestimmt hatte. Der Offizier tat, als ob er ihn nicht sähe, und wandte sich einem der anwesenden Generäle zu.

Vielleicht war dies hier das Schlimmste von allem: dass er 28 Jahre lang Raketen getestet und gebaut hatte und jetzt, da der wichtigste Start seines bisherigen Lebens bevorstand, nicht dabei sein durfte, weil er im Fall einer erfolgreichen Erdumrundung der Pressekonferenz in Washington beiwohnen musste.

Noch eine Stunde bis zum Start. Der Fernschreiber begann zu tickern. «Augenzeugen berichten, dass die Rakete wunderschön aussieht», klackerte es, und die Buchstaben erschienen über ihren Köpfen auf einem Monitor. «Die Suchscheinwerfer werfen ihre Lichter auf sie.»

Ein einzelner Reporter, der meilenweit entfernt von der Rampe in Cape Canaveral stand und den Start durch ein Fernglas betrachtete, berichtete vom Start. Immerhin überspielte der Radiosender in Florida seine Reportage live. Um 22:18 Uhr konnte er berichten, dass die 25 Meter hohe, schwarz-weiß bemalte Rakete grell beleuchtet wurde. Die Männer im Raum hörten auf zu sprechen. Alle blickten nach oben auf den Monitor des Fernschreibers.

«X –2 Minuten», lasen sie. «Liftoff geplant 16 Sekunden nach X –0.» Niemand zählte herunter. Nur der Fernschreiber tickerte alle zehn Sekunden eine Zahl.

«Liftoff», klackerte es auf den Monitor. Und dann, ganz sachlich: «Programm beginnt.»

Die Stimme des Radioreporters erfüllte jetzt den Raum: «Sie schießt in die Höhe, findet ein Loch in den Wolken, ist immer noch auf Kurs. Jetzt ist sie verschwunden, der Start muss erfolgreich gewesen sein!»

Der Fernschreiber meldete lakonisch: «Fliegt immer noch.»

«Kaffee?», fragte Heeresstaatssekretär Brucker, der von einer Party gekommen war und noch immer einen Smoking mit Fliege trug.

Von Braun nickte. «Danke.»

«Jetzt heißt es warten, was, alter Junge?» Brucker klopfte ihm auf die Schulter.

Von Braun nickte wieder. Tatsächlich begann nun der schwierigste Teil der Reise: Die Rakete musste auf der vorausberechneten Satellitenbahn eingesteuert werden. In Gedanken sah er seinen Raketentechniker Stuhlinger vor sich, das alte Mathehirn. Stuhlinger hatte nun wenige Minuten Zeit, um den Zeitpunkt zu berechnen, an dem er die zweite Raketenstufe fernzünden musste. Die Jupiter musste sich jetzt etwa 340 Kilometer von der Erde befinden. Ein winziger Rechenfehler konnte das ganze Unternehmen jetzt noch scheitern lassen. Dann würde die Rakete in die Lufthülle der Erde eintauchen und verglühen.

Ein Telefonschrillen ließ ihn zusammenzucken.

«Das war Antigua», rief jemand. «Die Beobachtungsstation in Antigua hat die Jupiter geortet! Männer, wir sind auf Kurs!»

Wernher von Braun hatte vor kurzem das Rauchen aufgegeben, doch jetzt hätte er sich am liebsten eine angezündet. Im Raum wurde ein Tablett mit Doughnuts herumgereicht. Er griff sich einen und biss hungrig hinein. Wieder klingelte das Telefon.

«Das war Ghana!», schrie einer begeistert. «Die Jupiter ist über Ghana aufgetaucht!»

«Wollen wir den Präsidenten benachrichtigen?», fragte Brucker. «Die guten Nachrichten werden ihn freuen.»

Von Braun schüttelte den Kopf. «Erst wenn der Satellit wieder über Kalifornien auftaucht. Erst dann werden wir wissen, ob er die Erde umrundet hat.»

106 Minuten – so lange sollte es vom Start an berechnet dauern, bis der Satellit über dem kalifornischen San Diego auftauchte. Die 106 Minuten verstrichen. Nichts geschah.

«Nervös, von Braun?» Wieder war Brucker neben ihm aufgetaucht.

«Die Raketentreibsätze müssen die Jupiter weiter als geplant in den Weltraum geschossen haben.» Er versuchte, Brucker nicht zu zeigen, wie sehr ihn das Warten mitnahm. Wenn die Mission nicht gelang, war alles umsonst. Dies hier war seine einzige Chance.

112 Minuten. Das Telefon klingelte. «San Diego!», scholl es erleichtert durch den Raum, und von Braun riss die Arme hoch und stieß einen Jubelschrei aus.

Die Fahrt über den Potomac zur National Academy dauerte nur diesen einen Gedanken lang: Wer, dachte von Braun, kommt um ein Uhr morgens in einer regnerischen, kalten Washingtoner Nacht zu einer Pressekonferenz?

Alle, lautete die Antwort. Der Raum war angefüllt mit Journalisten, Fotografen, Radioreportern und Live-Kameras. Bis drei Uhr morgens ließen sie von Braun auf dem Podium reden, gemeinsam mit seinen Kollegen, William Pickering, Leiter des Labors für Strahlantrieb, und James van Allen von der Universität Iowa. Während die Journalisten Fragen stellten und die Männer auf dem Podium sie beantworteten, kamen Meldungen herein, dass die Jupiter erneut über Antigua, Ghana und Kalifornien aufgetaucht sei. Einer der Fotografen bat die drei Männer, ein Modell der Jupiter über ihre Köpfe zu halten, und dieser Anweisung leisteten sie Folge. Pickering und van Allen mit einem gequälten Lächeln, das zeigte, dass sie sich nicht so gern zum Kasper für die Presse machten, und von Braun mit einem glücklichen, strahlenden Lachen im Gesicht.

* * *

Es gab Tage, an denen tobte ein großer Zorn in Bill Sloan. Vor allem seit dem erfolgreichen Start der Jupiter-C-Rakete. Seitdem kam man einfach nicht mehr umhin, Wernher von Brauns Gesicht anzusehen. Es prangte einem von der LIFE entgegen, vom Time Magazine, das ihn schwärmerisch als «Raketenmann» bezeichnete, als denjenigen, der es den Russen gezeigt hatte, und selbst von der sonst so nüchternen New York Times. Die Zeitungsleute beschrieben von Braun begeistert als eine Art Übermensch, «blond, breitschultrig, mit energischem Kinn», als eine Art Drachentöter Siegfried, ja, sie bezogen sich sogar direkt auf seine Herkunft, wenn sie, so wie die New York Times, schrieben: «Die Geschichte des historischen amerikanischen Raketenstarts vom 31. Januar 1958 geht direkt auf die Arbeiten der Deutschen an der V-2 Rakete in Peenemünde zurück.»

Es gab Nächte, in denen wollte Bill Sloan nicht schlafen, weil er seine Träume nicht ertrug. Dann blieb er wach, und weil er vor Müdigkeit manchmal weinte und es hasste, wenn er weinen musste, wollte er auf etwas einschlagen. Aber es gab ja nichts, das er schlagen durfte, alles war jetzt so heil um ihn. Er hatte eine Frau und zwei Kinder, nichts davon durfte kaputtgehen. Er überlegte, das Boxtraining wieder aufzunehmen. Doch nachdem er seinem alten Club einen Besuch abgestattet hatte, stellte er fest, dass er das nicht mehr konnte. Sein Körper war weich geworden in den Jahren nach dem Krieg. Ein merkwürdiges Wesen war er, ein Zwitter, außen weich und innen hart vor Zorn. Dann musste er etwas trinken, denn der Alkohol verwischte die Grenzen und stellte ein Gleichgewicht her. Sein Körper wurde härter, sein Zorn ließ nach. Und wenn er noch mehr trank, dann lösten sich die Bilder von den Leichen auf. Er wünschte, er könnte über Nordhausen sprechen. Aber wem sollte er das erzählen, wem konnte er die Geschichte von den Toten zumuten? So viele Tote, sie hatten sie stapeln müssen, weil sie nicht mehr wussten, wohin damit, so viele Menschen, einige von ihnen sogar noch lebendig, aber noch während sie darum kämpften, dass sie weiterlebten, starben sie.

Geraldine konnte er davon nichts sagen. Seine Frau war solch ein lebensfroher Mensch, sie hatte ihn gerettet damals, als ihn die Dunkelheit verschluckt hatte. Hatte ihn gerettet mit ihrem Lachen und ihrem Mut als Pilotin und ihrem schönen Gesicht, das er immer nur ansehen und zärtlich berühren wollte.

Doch in letzter Zeit bekam er das schöne Gesicht nicht mehr oft zu sehen. Geraldine mochte es nicht, wenn er trank, bevorzugte ihre Arbeit, flog Rennen mit anderen Frauen. Verstand sie denn nicht, dass er sie brauchte? Immer und immer wieder sagte er ihr, dass er sie brauchte, er würde es ihr vielleicht doch einmal einprügeln müssen, damit sie es endlich verstand.

KAPITEL 13

Noch nie hatte Juni so viele Frauen auf einem Flugplatz gesehen wie hier in Santa Ana. Sie sahen ein bisschen unwirklich aus, fand sie. Als kämen sie direkt aus einem Modemagazin. Die Pilotinnen, die am «All Women's Transcontinental Air Race» von Kalifornien nach New Jersey teilnahmen, trugen hübsche Frisuren, Kleider und Schuhe mit Absätzen. Viele hatten sich sogar die Nägel lackiert. Juni fühlte sich in dem alten Kleid, das Caresse ihr aus einer Tischdecke genäht hatte, und den flachen Ballerinas wie eine Außenseiterin. Außerdem schienen sich die meisten Pilotinnen zu kennen. Einige lagen sich in den Armen, andere schüttelten sich gut gelaunt die Hände, wieder andere waren in lebhafte Gespräche vertieft.

Eine dralle Blondine neben ihr lachte schallend. Sie trug einen Bleistiftrock, der ihre runden Hüften gut zur Geltung brachte.

«Und was hast du auf die Frage geantwortet, warum du den Job willst?», fragte eine Frau in ihren Vierzigern.

«Die Wahrheit», lachte die Blondine. «Ich habe gesagt: Weil ich dafür brenne, nicht zu verhungern!»

Juni bemerkte eine schwarzhaarige Schönheit, die ein bisschen wie Elizabeth Taylor aussah, die Schauspielerin, die Maman so gerne mochte. Die Frau deutete auf ein Flugzeug, das in einiger Entfernung auf dem Rollfeld stand. Ihre Gesprächspartnerin schlug die Hände über dem Kopf zusammen. «Nicht möglich! Und wie viele Meter Sicht hattest du?»

Juni wollte gerade auf die beiden zutreten, als ihr die Gesprächspartnerin der drallen Blondine eine Hand hinstreckte. «Du musst Juni Leroy sein!», sagte sie herzlich. «Herzlich willkommen beim Flugrennen der Ninety-Nines!»

Juni vergaß auf der Stelle ihre guten Manieren. «Woran haben Sie mich erkannt?», fragte sie verblüfft.

«Daran, dass du mit Abstand die Jüngste hier bist!» Sie stellte sich vor. In ihrer Aufregung vergaß Juni ihren Namen aber gleich wieder. «Dies ist dein erstes Rennen, richtig?»

Juni nickte. Ihr Herz schlug auf einmal so laut.

«Achte immer gut auf die Tankanzeige!», riet ihr die Ältere. «Lieber das Rennen verlieren, weil du einmal zu oft zwischengelandet bist, als das Rennen verlieren, weil du vom Himmel stürzt!»

«Heute stürzt niemand vom Himmel!», strahlte eine Brünette mit großen weißen Zähnen, die plötzlich neben ihnen aufgetaucht war. «Hallo!» Sie streckte Juni eine Hand hin. «Ich bin Janet Dietrich aus San Francisco. Nenn mich Jan.»

«Hi Jan, ich bin Juni.»

«Sehr erfreut! Und sehr erfreut, *dich* zu sehen, Liebes!» Sie nahm die Ältere in den Arm. «Was machen die acht Kinderchen?»

«Acht ...?» Juni konnte sich nicht beherrschen.

Die beiden Frauen lachten. «Ja, sie ist ein Wunder der Natur, unsere Janey», erklärte Janet. «Segelt Regatten, fliegt ihren Politikergatten quer durch die Staaten und hat obendrein noch acht Kinder gekriegt. Entschuldigt mich, ich suche eigentlich gerade meine Schwester.» Und schon war sie wieder fort.

Juni quoll der Kopf über mit Fragen. Wie konnte man Pilotin *und* Mutter von acht Kindern werden? Sie wollte ihre Gesprächspartnerin gerade löchern, als die sich schon wieder verabschiedete. «Heute ohne mich, Mädels!», verabschiedete sie sich.

«Ich habe noch eine Beerdigung. Wenn alles glattgeht, komme ich aber noch kurz bei eurem Bankett in New York vorbei!»

Sie verabschiedete sich von Janet – und dann stand Janet erneut vor ihr. «Hallo!», lachte sie und streckte Juni die Hand hin.

«Äh, guten Tag.» Zögernd ergriff Juni ihre Hand.

«Du musst Juni aus New Orleans sein.»

Juni runzelte die Stirn. «Wir hatten gerade die Ehre.»

Janet lachte, dass ihre weißen Zähne in der Sonne funkelten. «Dann hast du wohl meine Zwillingsschwester kennengelernt. Ich bin Marion Dietrich aus San Francisco. Sehr erfreut.»

«Und ich nenne dich wie?», fragte Juni schwach.

Die Brünette lachte immer noch. «Marion, wie sonst?»

«Deine Schwester ist da drüben», lächelte Janey.

«Oh mein Gott!», stieß Marion aus. «Sie ist bei Jerrie Cobb!»

«Jerrie Cobb ist auch hier?» Juni wirbelte herum. Und dann sah sie sie. Eine große, schlanke Frau, die merkwürdig schüchtern in der Menge stand und Hände schüttelte. Ein Reporter mit einem Mikrophon in der Hand trat in diesem Moment auf sie zu.

«Du kennst unsere Jerrie?» Die Blondine trat zu ihr.

«Ob ich Jerrie ...» Juni verschluckte sich fast vor Aufregung. «Sie ist mein Idol, seit ich ein kleines Mädchen bin!»

Die Blonde lachte. «Ja, Jerrie ist Legende! Wusstest du, dass sie jahrelang T-6-Maschinen über die Anden nach Peru geflogen hat, um das peruanische Heer zu beliefern? Als sie einmal in Guayaquil zwischengelandet ist, musste sie für zwölf Tage ins Gefängnis, und das ist in Ecuador bestimmt kein Bebop. Man warf ihr vor, den Feind zu beliefern! Aber sie hat sich auch da wieder herausgekämpft! Sie ist unglaublich, unsere Jerrie! Berufspilotin, Fluglehrerin, Weltrekordhalterin, sowohl im

Nonstop-Langstreckenflug als auch im Höhenflug.» Die Blondine kicherte. «Außerdem würde ich noch so was wie Anzieh-Auszieh-Akrobatik als Weltrekord hinzufügen, wenn ich Preisrichter wäre. Während ihres Langstreckenrekordflugs ist Jerrie über Texas in einen Tornado geraten. Sie hatte die Heizung ausgeschaltet, um Benzin zu sparen. Aber weil wir ja beim Start und bei der Landung immer so weiblich aussehen sollen», sie legte sich eine manikürte Hand auf die Brust und verdrehte die Augen, «musste sich Jerrie, kaum dass sie sich aus dem Tornado herausgekämpft hatte, ihren Overall ausziehen und beim Anflugmanöver in Rock, Nylonstrümpfe und Pumps schlüpfen! Ach, übrigens, ich bin Sarah! Sehr erfreut, dich kennenzulernen!»

«Juni!» Sie schüttelte Sarahs Hand, aber ihr Blick flog zurück zu Jerrie Cobb. Sie sah gar nicht so viel älter als sie selbst aus, zumindest wirkte sie aus der Entfernung noch recht mädchenhaft. Die langen blonden Haare hatte sie sich zu einem Pferdeschwanz hochgebunden, und sie trug einen Faltenrock.

«Und weißt du, was das Tollste an unserer Jerrie ist?»

Juni schüttelte den Kopf. Sie sah, wie der Reporter Jerrie das Mikrophon vor die Nase hielt. Jerrie wich errötend zurück.

«Das Tollste ist, dass Jerrie trotz ihrer Heldentaten so scheu ist wie ein junger Backfisch. Guck sie dir an, wie sie sich windet beim Reden. Oh!» Sarah warf ihre Hände in die Luft. «Ich liebe sie!»

Etwas Merkwürdiges geschah, bevor Juni in ihre Cessna stieg. Ein schwer angetrunkener Herr torkelte auf das Rollfeld. Einer der Mechaniker versuchte, ihn zurückzuhalten, aber der Betrunkene riss sich los. Juni sah, wie er auf die Schwarzhaarige zuwankte, die wie Elizabeth Taylor aussah. Die Frau sah ihn und wich zurück.

«Wag es bloß nicht, du Schlampe!», brüllte der Betrunkene

und schüttelte die Fäuste. «Wag es nicht, in dieses Flugzeug zu steigen! Ich will, dass du sofort wieder nach Hause kommst!»

Was dann geschah, konnte Juni nicht erkennen, denn ein schriller Pfiff ertönte. Sie drehte sich um und sah Sarah, die sich die Finger zum Pfeifen in den Mund gesteckt hatte und ihr fröhlich zuwinkte. «Mädchen, es geht los!», sagte sie und lachte.

Kalifornien war ein Leuchten. Grün und blau schillerte das Wasser, das an die Küste schlug. Golden strahlte der Strand. Juni schwang sich mit Bens Cessna höher und immer höher, bis sich die Landschaft unter ihr zu einem Muster formte. Sie war aufgeregt und gleichzeitig unfassbar glücklich. In der Ferne schimmerten Inseln, die wie Sahnekleckse in einem Meer von Türkis aussahen.

Der erste obligatorische Zwischenstopp war Abilene, Texas. Sie musste also schnurgerade in Richtung Osten fliegen. Dabei hatte sie zwei Möglichkeiten: sicher oder schnell. Die erste Möglichkeit bedeutete, über bewohnte Regionen zu fliegen, in Reichweite eines Flughafens, auf dem sie jederzeit nachtanken konnte, mit ständigem Funkkontakt. Ihr fiel ein, was ihr die Pilotin mit den acht Kindern geraten hatte: immer gut auf die Tankanzeige zu achten und lieber einmal zu viel als zu wenig zwischenzulanden, um den Durst ihrer kleinen Maschine zu stillen.

Verlockender war allerdings die zweite Möglichkeit, schließlich war dies hier kein Spaziergang, sondern ein Rennen. Insofern sollte sie sich auch bemühen, vor den anderen am Ziel zu sein. Und das konnte sie schaffen, indem sie die Abkürzung über die Mogollan Berge flog, an der Grenze zwischen Arizona und New Mexiko. Doch die Berge waren – abgesehen von vereinzelten Ranches – unbewohnt, und sie würde keinen Funkkontakt haben. Außerdem waren die Berge hoch, fast 3600 Meter, in Wolkenhöhe also. Schlechte Sicht.

Juni runzelte die Stirn, während sie die Aufgabe durchrechnete. Ihre Cessna flog knapp 170 Kilometer pro Stunde, und in die Tankfüllung passten 150 Liter hinein. Würde sie die Strecke schaffen, ohne neu zu tanken?

Sicher oder schnell?

Eine Möwe flog so dicht an ihrem Fenster vorbei, dass sie ihren gelben Schnabel erkennen konnte. Juni fühlte ihr Herz klopfen. Schnell.

Sie war vielleicht sechs Stunden geflogen, als sie wieder Funkkontakt mit Abilene aufnehmen konnte. Gleichzeitig hörte sie die Cessna keuchen. Ihr Tank war so gut wie leer.

Während sie zur Landung ansetzte, ließ sie das Flugzeug leicht zur Seite kippen, in der Hoffnung darauf, dass der letzte Tropfen Benzin in die Leitung floss. Es klappte: Sie kam problemlos auf.

An diesem Abend ging sie früh zu Bett, ohne auf die anderen zu warten. So erschöpft war sie, dass sie sich nur noch die Ballerinas abstreifen konnte, bevor sie ins Bett fiel. Sie schlief auf der Stelle ein.

Frisch fühlte sie sich am nächsten Morgen, und so erholt wie schon lange nicht mehr. Sie stürzte den Kaffee hinunter, den ihr die Lady im Frühstücksraum ausschenkte, und lief zum Flughafen. Die Sonne brannte schon, trotz der frühen Stunde, aber es machte ihr nichts aus. Nichts konnte sie beschweren, schon gar nicht, wenn sie flog oder lief. Sie spürte ihren Körper beim Laufen, jeden Muskel und jede Sehne, alles schnurrte wie ein gut geöltes Rädchen in diesem phantastischen Getriebe, das Juni hieß.

Sie sang lauthals, als sie mit der Maschine aufstieg, ein Lied, das man seit Monaten in jeder Juke-Box hörte: «Come fly with me». «Let's fly, let's fly away», versuchte sie die Stimme von

Frank Sinatra zu imitieren. Wolken schoben sich vor die Sonne. Plötzlich türmte sich eine graue Wand vor ihr auf. Und je weiter sie in Richtung Nordosten flog, desto schlechter wurde das Wetter.

Als sie endlich wieder auf die Küste zuhielt, peitschten Regenböen das Cockpit. Es wurde empfindlich kalt. Juni dachte daran, was die anderen wohl in diesem Moment taten. Jemandem wie Jerrie Cobb, die Flugzeuge durch Tornados steuerte, konnte dieses Unwetter natürlich überhaupt nichts anhaben. Die flog einfach immer weiter. Und das, beschloss Juni, würde sie jetzt auch einfach tun.

Der Himmel war schwarz geworden, als sie Springfield, Missouri, erreichte, wo sie ihren Tank befüllen wollte. Es goss so stark, dass sie das Gewicht der Wassermassen auf den Tragflächen spürte, während sie die Cessna tiefer steuerte. Im Dämmerlicht sah sie, dass das Flugfeld vollständig unter Wasser stand.

Sie flog die Landeschleife und versuchte, sich an alles zu erinnern, was sie über Aquaplaning gelernt hatte. Und in diesem Moment kehrte die Angst zurück. Jerrie, dachte sie. Was würde eine wie Jerrie tun?

Touchdown. Ihre Knöchel wurden weiß, so stark umklammerte sie das Ruder. Die Cessna schoss wie eine Bowlingkugel über die Bahn.

Kein Mensch stand auf dem Flugfeld. Nicht einmal Flugzeuge waren zu sehen. Juni sprang aus dem Cockpit und lief durch den Wolkenbruch in Richtung Hangar. Innerhalb von Sekunden war sie bis auf die letzte Faser ihres Kleids durchnässt. Warum waren die anderen nicht gelandet? Lag sie so weit zurück? So schnell sie konnte, betankte sie ihre Maschine und startete erneut in die Dunkelheit. Doch jetzt riss über ihr die Wolkendecke, und sie konnte ein Stück Mond erkennen, der alles in Silberlicht tauchte. Unter ihr schillerten die Baumwipfel eines großen Walds.

Kurz vor ihrer Ankunft in St. Louis, wo sie einen weiteren Zwischenstopp einlegen musste, blies ihr ein so kräftiger Wind entgegen, dass sie ein paar Angstsekunden lang dachte, sie bliebe auf der Stelle stehen. Sie widerstand der Versuchung, höher zu steigen, um der Bö zu entfliegen. Dafür hatte sie nicht mehr genug Kraftstoff im Tank.

Die Nacht in St. Louis war kurz und voll bunter Träume. Sie träumte von Sarah und ihrem lauten Lachen. Dann fühlte sie sich über eine Landebahn gleiten, die unter Wasser stand. Im Traum rutschte ihr der Boden unter den Füßen weg, und sie erwachte davon, dass ihr das Herz im Brustkorb schlug.

Niemand im Hotel hatte von den anderen Pilotinnen gehört. Kumuluswolken türmten sich am Himmel, als sie erneut aufstieg.

KAPITEL 14

Juni sang und lachte und wippte auf ihrem Sitz. Im Regenschleier vor ihr ragte das Empire State Building auf, das höchste Gebäude der Welt. Einen Herzschlag lang überlegte sie, ob sie es umkreise sollte, einfach nur so. Sie hatte noch für eine halbe Stunde Treibstoff, und eigentlich hatte sie ihr Ziel erreicht. Aber nein, dies war ein Rennen, jede Minute zählte.

«Teterboro Tower, hier Cessna 140A. Schätze Distanz zum Flugfeld fünf Minuten.»

«Cessna 140A, wir geben Ihnen die Anweisungen zur Landung durch.»

«Roger.» Sie dachte daran, wie sie mit Maman in New York angekommen war, damals nach dem Krieg. Zum ersten Mal ging ihr auf, wie jung ihre Mutter gewesen war. Sie hatte sie mit 18 Jahren bekommen. Sie war fast genauso alt gewesen, wie Juni jetzt war. Wie es für sie wohl gewesen sein musste, so jung ein Baby zu bekommen? So jung fliehen zu müssen?

Eine Bö rüttelte an der Cessna. Es pfiff und brauste draußen, sie konnte das Flugzeug nur mit Mühe ruhig halten. Die kleine Maschine tanzte über der Stadt.

Nach einer Viertelstunde, in der sie den Boden unter sich absuchte, konnte sie noch immer kein Flugfeld erkennen. Der Zeiger auf der Tankanzeige neigte sich bedrohlich gen Null.

«Teterboro Tower, hier noch einmal Cessna 140A. Ich kann kein Flugfeld erkennen. Bin jetzt südwestlich vom Großraum New York. Können Sie mir Checkpoints geben?»

«Cessna 140A, hier Teterboro Tower. Halten Sie nach mehreren hohen Gebäuden im Norden Ausschau.»

Juni ballte die Fäuste. Wollten die sie veralbern? Der Norden *bestand* aus hohen Gebäuden, die Stadt vor ihr war schließlich New York!

«Sie sehen außerdem Flüsse.»

Juni unterdrückte einen Fluch. «Ich sehe den Hudson. Hätten Sie vielleicht einen genaueren Anhaltspunkt? Gehe jetzt auf 600 Fuß runter und halte dabei weiter Ausschau. Habe noch für zwanzig Minuten Treibstoff.»

«Roger. Kann Sie nicht verstehen, Verbindung scheint abzureißen. Seien Sie vorsichtig in diesem Bereich. Hier herrscht viel Luftverkehr.»

Die letzten Worte gingen im Dröhnen einer vorbeifliegenden Boeing 707 unter. Nur ein Blinder und Tauber musste daran erinnert werden, dass sich im Großraum New York gleich mehrere Flughäfen befanden und dass der Luftraum voll mit Maschinen jeglicher Größen und Formen war. Juni biss die Zähne zusammen. Die Augen brannten ihr. Wo zum Teufel war in diesem Chaos ihr verdammtes Ziel? Sie traute sich nicht, auf ihre Armbanduhr zu sehen. Ihre Flugdauer würde bis auf die Minute berechnet werden. So kurz vor dem Ziel verlor sie viel zu viel Zeit.

«Teterboro Tower, ich habe die Freiheitsstatue vor Augen, nördlich von mir. Können Sie mich von hier aus weiterleiten?»

Eine Stimme knisterte in ihren Ohren. «Ihr Kurs ist richtig. Fliegen Sie weiter nördlich, den Fluss hoch. Sie erkennen den Flughafen links davon. Fliegen Sie auf Landebahn eins acht zu, fliegen Sie über die orangefarbene Markierung. Dann drehen Sie Ihre Landeschleife und landen auf eins acht.»

Juni fühlte ein leichtes Stottern im Motor. Das Benzin in

ihrem Tank war fast aufgebraucht. Es wurde allerhöchste Zeit. Sie flog den Fluss hoch. Und da sah sie den Flughafen. Sie jubelte laut und steuerte tiefer. Durch den Regenschleier versuchte sie nach einer orangefarbenen Markierung Ausschau zu halten. Doch da war nichts. Stattdessen erkannte sie über dem Hangar die Worte «U.S. Air Force» in gelben Buchstaben. Sie riss die Cessna in den Himmel. Auf einem Militärflughafen zu landen, würde sie die Lizenz kosten.

Und jetzt hatte sie ein Problem.

«Teterboro Tower, hier spricht Cessna 140A.»

Die Stimme, die ihr jetzt in die Ohren dröhnte, klang wie Mom, wenn sie wirklich wütend auf sie war. «Wo zum Teufel sind Sie? Sie hätten schon vor fünf Minuten hier sein müssen!»

«Ich habe eine Air Force Basis angeflogen. Können Sie mir bitte die Richtung nach Teterboro weisen?» Die Cessna begann zu ruckeln. Jetzt hatte sie noch buchstäblich Minuten, dann würde sie notlanden müssen. Und das inmitten eines dicht besiedelten Gebietes. Oder auf militärischem Sperrgebiet.

«Cessna 140A, Sie sind dem falschen Fluss gefolgt. Das war der Passaic. Sie brauchen den Hackensack River. Fliegen Sie in östliche Richtung.»

Sie hatte noch für fünf Minuten Treibstoff im Tank, vermutlich aber weniger. Sie flog eine Rechtskurve, und da endlich tauchte der Flughafen in östlicher Richtung auf! Zum Glück waren nicht mehr viele Maschinen unterwegs, sodass sie rasch ihre Landeschleife fliegen konnte. Als sie aufsetzte, hopste die Cessna. Mit den allerletzten Tropfen Benzin steuerte sie von der Landebahn auf die Messstation zu, wo die Cessna mit einem Schluckauf stehen blieb.

«Das war knapp, liebe Maschine», murmelte Juni und streichelte über das Armaturenbrett. «Tut mir leid.»

Eine von Kopf bis Fuß durchnässte Sarah flog ihr entgegen und schloss sie in die Arme. «Du hast es geschafft, Sweetheart!», schrie sie.

«Als Letzte, oder?», fragte Juni niedergeschlagen.

Sarah lachte. «Haha, glaubst du? Nein, Süße, du bist Vierte geworden! Nicht schlecht für ein allererstes Rennen, ich gratuliere dir!»

«Wer hat denn gewonnen?»

«Na, wer schon, Jerrie natürlich! Niemand schlägt unsere Jerrie! Jerrie ist die beste und tapferste Pilotin der Welt!»

Sarah lachte Tränen, als Juni ihr die Geschichte von ihrem Anflug erzählte. «Die Legende vom Teterboro Tower», rief sie über den Verkehr, der die Fifth Avenue hinunterrollte. «Das wird in unsere Annalen eingehen!»

Es war Morgen geworden in Manhattan, ein Morgen, in dem der Himmel blau war und die Luft nach Waffeln roch.

«Ich hoffe bloß, dass ich dem Funker in diesem Tower niemals persönlich begegnen muss!», sagte Juni.

«Hier entlang!» Sarah nahm ihre Hand und führte sie in Richtung eines Diners mit Leuchtreklame über der Eingangstür. «Kleine Flugfelder nicht zu finden – das ist nun wirklich schon jedem Piloten passiert. Aber jetzt frühstücken wir erstmal! Ich habe Hunger wie ein Wolf!»

Sie bestellten Eier und Kaffee, und Sarah wählte obendrein Waffeln und kross gebratenen Schinken und ein rosafarbenes Milchshake, das nach Erdbeer-Kaugummi schmeckte. Die Jukebox spielte «All I have to do is dream».

Juni war todmüde nach der Nacht, die sie mit Sarah in dem kleinen Hotel in der Nähe des Central Parks verbracht hatte. Und gleichzeitig war sie vollkommen aufgedreht. Sie war ihr erstes Rennen geflogen – und sie verbrachte den Tag in New

York! Die verchromten Barhocker blitzten vor dem Tresen, die Cola-Reklame leuchtete, und dazwischen schimmerte Sarahs rosafarbenes Kleid. «Dream, dream, dream», sangen die Everly Brothers, und das tat Juni vielleicht auch, denn jetzt kam der größte Waffelberg, den sie je auf einem Teller gesehen hatte. Butter und Sirup flossen daran herab. Sarah aß begeistert. «Du solltest dir das auch bestellen», bemerkte sie zwischen zwei Bissen. «Es schmeckt unfassbar gut!»

Juni zögerte. Sie hatte ihr New-York-Budget jetzt schon überzogen, doch andererseits konnte man nicht wissen, ob man morgen noch am Leben war, wie Maman immer sagte. Sie stellte sich vor, wie sie irgendwo zerschmettert am Boden lag, ohne diesen Waffelberg genossen zu haben. «Für mich bitte auch», rief sie der Kellnerin hinterher.

Sie liefen in den Central Park, streichelten die Hunde auf der Wiese und mieteten sich ein Ruderboot. Sarah gab nach wenigen Ruderschlägen auf, aber Juni ruderte, dass ihr die Arme glühten und sie vor Glück fast zersprang. Sarah erzählte ihr von ihrem Leben: dass sie einen Bachelor in Mathematik hatte und Zahlen «spaßig» fand, und während sie davon erzählte, lachte sie so viel, dass Juni kurzfristig geneigt war, sich ebenfalls von diesen Zahlensachen mitreißen zu lassen, so begeistert erzählte ihr Sarah davon.

«Das Beste ist die Zahl Phi», bemerkte Sarah, während sie die Arme hinter ihrem Kopf verschränkte und sich von Juni in einem gewaltigen Tempo über den See rudern ließ.

Juni hob skeptisch eine Augenbraue. «Mir kannst du keinen Bären aufbinden, ich bin auch zur Schule gegangen.»

Sarah lachte noch mehr. «Phi ist anders.»

Juni versuchte, einem Schwan auszuweichen. «Das habe ich über einen Jungen an der Highschool auch mal gesagt.»

«War er ein Dummkopf oder langweilig oder beides?»

Juni lächelte. «Er war einfach nur nicht so nett wie mein Kindheitsfreund.»

Sarah lächelte. «In Ordnung. Du erzählst mir von deinem Kindheits-Sweetheart, und ich erzähle dir von Phi!»

«Fürchte, wir haben nicht ganz die gleichen Auffassungen von Freundschaft», grinste Juni. «Aber okay.»

Sie berichtete Sarah von Louis, während sie durch Midtown schlenderten. Wasserdampf quoll aus Löchern in der Straße, und die gelben Taxen brausten an ihnen vorbei. Sie erzählte Sarah, wie sie mit Louis in die Zeder gestiegen und durch die Lavendelfelder gelaufen war. Es war eine Erleichterung, über Frankreich und Louis reden zu können. Sarah war eine gute Zuhörerin, die meistens schwieg, aber an den richtigen Stellen nachfragte, und so erzählte Juni alles, was ihr durch den Kopf schoss, alles, was ihr so kostbar war. Dass Louis sich das Lesen selbst beigebracht hatte. Und dass er sich vor Aufregung einen Milchzahn an einem Kirschkern zerbissen hatte.

Sarah lachte. «Ich nehme an, die Milchzähne sind jetzt aber durch große, starke Männerzähne ersetzt worden.»

Juni schwieg einen Moment. Sie hatte Schwierigkeiten, sich Louis als Mann mit starken Zähnen vorzustellen. Aber sie würde ihn ja bald sehen. Ob er ihr wohl auch so vertraut war, wenn er vor ihr stand, verändert, wie er jetzt war? Würde sie seine Worte wiedererkennen, die gut gewählten aus seinen Briefen, wenn er mit ihr sprach?

Sie blieben vor der Auslage eines Spielwarenladens stehen. Hinter der Scheibe tuckerten Eisenbahnen mit blinkenden Lichtern über eine Schiene. Stoffbären wackelten mit dem Kopf. «Ich nehme an, dass ich eine schwierige Kindheit hatte», sagte Juni nach einer Weile. «Jedenfalls sagen das alle, wenn sie hören, dass Maman und ich in Frankreich vor den Deutschen geflüchtet sind. Oh, du musst eine schwierige Kindheit gehabt haben, sagen die Leute dann.» Sie sah Sarah in die Augen. «Aber meine Maman hat es mich nicht spüren lassen. Ehrlich gesagt, war ich ziemlich glücklich, als ich klein war. Und außerdem hatte ich ja Louis. Wie war das bei dir?»

Sarah blickte zu einer Gruppe von Puppen hinüber, die großäugig und bezopft in einer Ecke der Auslage standen. Sie waren die einzigen, die vollkommen stillstanden. Alles andere bewegte sich: die Eisenbahn, die kleinen Schrankenwärter, die mechanisch ihre Arme hoben, die Stoffbären mit dem Wackelkopf.

«Meine Eltern sind auch geflüchtet», sagte sie. «Sie waren russische Juden – das heißt, mein Vater ist es immer noch. Meine Mutter starb, als ich 15 Jahre alt war.»

Juni berührte Sarahs Hand. «Das tut mir leid.»

«Als wir hörten, was die Deutschen den Juden angetan haben …»

«Ich hasse die Deutschen!», rief Juni voller Abscheu.

«Ja, wer tut das nicht? Zum Glück waren meine Eltern zu dem Zeitpunkt schon seit zwanzig Jahren in Amerika. Ich bin hier geboren, in Kansas City.» Sie lächelte, aber es wirkte nicht mehr fröhlich. «Und dafür danke ich Gott jeden Tag.»

Juni betrachtete Sarahs Spiegelbild in der Scheibe. Die hochgetürmten blonden Haare, die weiblichen Kurven, das rosafarbene Kleid. Man konnte sie für eine Mutter halten, die für ihre Kleinen einkaufte, nicht für eine Mathematikerin und Pilotin, die regelmäßig Rennen flog.

«Meine Mutter hat mir eine kleine Erbschaft hinterlassen», fuhr Sarah fort. «Davon habe ich mir eine Cessna gekauft.»

«Die silberne Cessna 120 mit den blauen Flügeln, die ich auf dem Flugfeld gesehen habe?»

«Genau die.» Sarahs Zähne blitzten in der Scheibe auf. «Ich habe sie *Baby* getauft. Wie findest du sie?»

«Ich finde, sie sieht toll aus!» Juni drehte sich zu ihr um.

«An der Highschool waren ein paar Fliegerjungs, die sind der zivilen Luftpatrouille beigetreten. Das habe ich dann auch getan. Ich wollte meinen Teil leisten während des Kriegs.»

«Ich wünschte, ich hätte das auch tun können!», sprudelte Juni hervor.

Sarah lachte und hakte sie unter. «Du bist doch noch ein Küken! Wie alt warst du bei Kriegsende?»

Juni verzog den Mund. «Fünf.»

Sie wanderten weiter. Der Geruch von Äpfeln und Gewürzen wehte ihnen entgegen. «Ich wusste seit Highschool-Zeiten, dass ich Pilotin werden wollte», sagte Sarah und blieb vor einer Bäckerei stehen. Doughnuts, Schnecken und Kuchen lagen säuberlich in der Auslage ausgebreitet.

«Ich auch!»

Sarah zog sie nach innen. «Dieses Gefühl, wenn man in den Himmel abhebt.»

Juni sog die süße, buttrige Luft ein. «Einfach nur Glück.»

«Dieses Teilchen da unten, das dir Probleme bereitet.» Sarah deutete auf einen Doughnut.

«Das wird auf einmal ganz klein.»

Sie sahen sich an und lachten wieder. Sarah kaufte den Doughnut und riss ihn in der Mitte entzwei.

«Meine Schwester ist zu Hause geblieben, um zu lernen, wie man eine gute Hausfrau wird und das ganze Zeug», sagte Sarah und reichte Juni eine Hälfte. «Aber ich habe meinem Vater im Pfandhaus geholfen, als Buchhalterin. Den Lohn habe ich gespart, um Flugstunden nehmen zu können. Mit siebzehn hatte ich meine Privatpilotenlizenz, und mit achtzehn habe ich meinen Arsch in die Cessna geschwungen, um an der Uni von Denver Mathe zu studieren.» Sie lachte wieder. «Du wirst das auch noch erleben. Wenn man als Pilotin mit eigenem Flugzeug zur Uni fliegt, dann wird man zu allen wichtigen Partys eingeladen.» Sie rückte ihren engen Rock zurecht. «Ich hatte keine Probleme, Jungs kennenzulernen.»

«Ich werde das nicht erleben», erklärte Juni hastig.

«Natürlich. Du bist ausgesprochen hübsch.»

«Danke, aber ...» Juni spürte, wie ihre Wangen brannten. «Ich meine, ich werde keine Uni besuchen. Ich werde die Highschool abbrechen. Schule ist nichts für mich.»

Sarah blieb so plötzlich stehen, dass eine Dame im Pelzmantel, die ihren Dackel spazieren führte, gegen sie stieß. «Das ist gar nicht gut, Juni!»

Juni seufzte. «Bitte, du nicht auch noch. Meine Mom und mein Stiefdad predigen mir schon ständig, wie wichtig Schulbildung ist.»

«Und recht haben sie! Hör zu, ich weiß nichts über deine Zukunftspläne, aber wenn du nicht vorhaben solltest, als Vorstadt-Hausfrau dein Dasein zu fristen ...»

«Habe ich nicht», unterbrach Juni. «Ich will zum Mond.»

«Was?» Sarah starrte sie an.

«Ich will zum Mond», wiederholte Juni. «Die Amerikaner testen Raketen, um ins Weltall zu fliegen, richtig? Ich will mich bewerben.»

Sarah warf den Kopf in den Nacken und lachte. «Du bist mir eine! Und dir ist nie der Gedanke gekommen, dass man dafür vielleicht eine Ingenieursausbildung braucht?»

«Man muss dafür fliegen können», erklärte Juni. «Und das kann ich. Sehr gut sogar.»

Sarah starrte sie an. «Oh mein Gott, dir ist es ernst, oder?»

«Natürlich ist es das! Die Sowjets haben eine Hündin ins All geschickt – und was eine Hündin kann, das kann ich ja wohl erst recht!»

«Du hast aber eventuell keine Lust, beim Eintritt in die Erdatmosphäre zu verglühen, oder? In diesem Fall empfehle ich dir, keine der Ingenieurwissenschaften unkundige Hündin zu sein.»

Juni grummelte. «Na, mal sehen.»

«Außerdem verlass dich nicht darauf, als Pilotin Arbeit zu finden. Das ist praktisch unmöglich als Frau. Nimm mich als Beispiel: Ich habe alle möglichen Lizenzen. Aber Amerika ist voll mit männlichen Piloten, die während des Kriegs Einsätze geflogen sind. Wann auch immer ich mich irgendwo beworben habe, hieß es: Ich würde Sie ja im Prinzip einstellen, Miss, aber ich habe hier eine Warteliste von ehemaligen Kampfpiloten, die Hunderte und Tausende von Stunden in der Luft verbracht haben und die ebenfalls scharf sind auf den Job.»

«Und was machst du stattdessen?», fragte Juni.

«Ich arbeite als Ingenieurin. Damit verdiene ich übrigens auch mehr Geld.»

«Und?», fragte Juni misstrauisch. «Macht es Spaß?»

«Wenn man mal davon absieht, dass ich einen Vorgesetzten habe, der im Gegensatz zu mir keinen College-Abschluss hat und trotzdem jeden Monat etliche hundert Dollar mehr als ich in seiner Lohntüte nach Hause trägt und mich ständig herumkommandiert, ja, dann macht es sogar ganz phantastischen Spaß.»

Juni fand, dass Sarahs Leben nach jeder Menge Ärger klang, aber sie beschloss, das Thema zu beenden. «Und was ist jetzt mit Phi?»

Sie waren vor der Auslage eines großen Modegeschäfts angekommen. Schaufensterpuppen mit weit geschnittenen Röcken und engen Oberteilen standen darin. Sarah deutete auf die Puppen. «Phi ist da!»

«Oh, ich wünschte, mein Mathelehrer hätte diese Phantasie besessen!»

«Phi ist das griechische Symbol für den Goldenen Schnitt», erklärte Sarah, ohne auf Junis Scherz einzugehen. «Alle Muster der Welt kann man mit dem Goldenen Schnitt erklären, sei es Spiralnebel, menschliche Innenohren oder Rosenblüten.» Sie deutete auf den Strom von Menschen, der an ihnen vorüberzog: Frauen in engen Röcken und Pumps, Mädchen in weit schwingenden Röcken und ein Meer von Männern in dunklen Anzügen mit Hüten auf dem Kopf. «Leute, die davon schwafeln, wie sehr sich Männer von Frauen unterscheiden oder Schwarze von Weißen oder Pyramiden von Kathedralen», fuhr Sarah fort, «die gehen mir deshalb mächtig auf die Nerven. Diese Leute meinen immer, sie hätten die Weisheit gefressen, aber sie haben eben keine Ahnung von Phi. Sie wissen nicht, dass alles auf der Welt denselben mathematischen Gesetzen entspricht.» Sie drehte sich zu Juni um. «Soll ich dir erklären, warum man dich schön findet?»

Wieder fühlte Juni, wie ihr die Hitze in die Wangen schoss. «Nein, lass mal, das musst du …»

Sarah fuhr mit dem Zeigefinger vor Junis Gesicht herum. «Wenn man deine Gesichtsbreite mit einer Längeneinheit von 1,0 beziffern wollte, so liegt deine Gesichtslänge bei gut 1,6. Und dein Mund ist genauso breit wie der Abstand deiner Pupillen. Das ist das für alle Menschen gültige Maß von Schönheit – so hat es jedenfalls der antike Mathematiker und Phi-Erfinder Euklid gesagt.»

«Na, da möchte ich mich aber ganz herzlich beim Phi-Erfinder dafür bedanken, dass er ausgerechnet mein Gesicht als Vorlage für seine Formel genommen hat.»

Sarah lachte. «Lass uns zurück zum Hotel gehen und uns umziehen. Kann übrigens kaum noch denken vor Hunger – zum Glück fängt das Bankett bald an!»

Es wurde ein Abend, den Juni niemals vergessen wollte. Sämtliche Pilotinnen, die an dem Rennen teilgenommen hatten, waren dabei, aber Juni erkannte sie fast nicht wieder, so festlich waren sie gekleidet. Die Schwarzhaarige, die wie Elizabeth Taylor aussah, trug ein Abendkleid, das ihren Körper zu streicheln schien, so schmiegte sich der Stoff um ihre Taille. «Oh, verdammt!», lachte sie, als jemand sie anstieß und sich der Sekt aus ihrem Glas in ihren Ausschnitt ergoss.

«Geraldine hat nichts mehr zu trinken!», rief jemand.

Eine der Zwillingsschwestern – Juni konnte nicht sagen, ob Marion oder Janet – rannte mit einer Flasche herbei, aber Geraldine hob die Hand und winkte ab. «Ich möchte nichts mehr!»

«Ach, Geraldine, du musst auch mal Spaß haben!»

Die Schwarzhaarige lachte. «Aber dafür brauche ich keinen Sekt! Oh, hallo, Janey, hast du es doch noch geschafft?» Sie wirbelte zu einer Frau herum, die als Einzige keine Ballrobe trug, sondern nur ein schlichtes schwarzes Kleid. Juni erkannte die ältere Frau wieder, mit der sie in Santa Ana gesprochen hatte – die Pilotin, die unerklärlicherweise zwischen ihren Flügen acht Kinder auf die Welt gebracht hatte. Sie bemerkte, dass Janey sich die Haare weder toupiert noch gefärbt hatte. Außerdem trug sie als Einzige im Raum kein Make-up.

«Und – wie war die Beerdigung?» Eine strahlende Sarah kam angeflitzt und schloss Janey in die Arme.

Janey hob eine Augenbraue. «Vielleicht nicht so amüsant, wie du meinst.»

Sarah lachte. «Ja, der Tod – ich bin auch nicht gerade eine Anhängerin!»

Juni beobachtete die Szene hinter einem Palmenkübel. Sie fühlte sich in ihrem Petticoat und den Ballerinas noch kleiner und jünger, als sie es ohnehin schon war.

Sie beobachtete Sarah, die wie eine kleine, freundliche Kugel umherschoss und jede Frau umarmte. Ihr Lachen war im ganzen Saal zu hören. Die Einzige, die nicht von einer Frau zur anderen lief und sich mit allen unterhielt, war Jerrie. Doch im Gegensatz zu ihr konnte sich Jerrie nicht hinter einer Palme verstecken, denn erstens wollten alle mit ihr reden, und zweitens war sie zu groß für ein Versteck.

Plötzlich stand eine der Zwillingsschwestern vor ihr und reichte ihr einen Highball. «Herzlichen Glückwunsch!», strahlte der Zwilling sie an. «Dein erstes Rennen, und du bist Vierte geworden! Und das bei dem Unwetter auf der Strecke! Eine Leistung, auf die du wirklich stolz sein kannst!»

Juni nahm das Glas dankend entgegen. «Es gab ein paar Momente, da dachte ich, ich schaffe es nicht!», sprudelte sie hervor.

«Die gibt es immer, diese Momente», lachte der Zwilling. «Und dann schafft man es doch – das ist es ja, das Glück!»

«Ach, hier bist du!», rief Sarah und legte den Arm um sie. «Oh, hallo, Marion, dich habe ich ja auch noch nicht gesprochen! Was macht das Zeitungsgeschäft?» Sie drehte sich zu Juni. «Du musst wissen, Marion ist Journalistin!»

«Und Sarah ist die Einzige im Raum, die mich und meine Zwillingsschwester voneinander unterscheiden kann», gab Marion fröhlich zurück.

«Mir kann eben keiner was vormachen», zwinkerte Sarah, als Marion weitergezogen war.

Auf einmal stand Marion wieder vor ihr. «Du siehst aus, als könntest du einen Highball gebrauchen», lächelte sie Juni an und reichte ihr ein Glas.

«Marion, du willst sie wohl betrunken machen?», erkundigte sich Sarah und legte einen Arm um Junis Schulter.

Marion warf den Kopf in den Nacken vor Lachen. «Ich bin nicht Marion, ich bin ihre Schwester Janet!»

«Ich weiß nicht, was die Zwillinge damit bezwecken», sagte Sarah, als auch Janet weitergerauscht war. «Aber was immer es auch ist, es wirkt.»

Und dann wurde es Zeit, zu Tisch zu gehen. Sie saßen an einer langen Tafel, es gab Fisch und Fasan und Schüsseln voll Gemüse, und in einer Ecke spielte ein Kammerorchester. Juni blickte von einer Pilotin zur anderen. Sie beobachtete Sarah, die so laut lachte, dass sie ein paar Takte lang die Musik übertönte. Sie sah den Zwillingen zu, die die Köpfe zusammensteckten und über etwas kicherten, das niemand außer ihnen verstand. Sie blickte Geraldine an, die diesen furchtbaren, betrunkenen Ehemann hatte und die ihr fröhlich zuwinkte. Und Jerrie Cobb, das Idol ihrer Kindheit. Jerrie, die in diesem Moment ihren Blick bemerkte, lächelte ihr schüchtern zu.

Ein warmes Gefühl durchströmte sie. Sie hatte sich während ihrer ganzen Zeit auf der Highschool Freundinnen gewünscht, Mädchen, mit denen sie über das reden konnte, was sie interessierte. Sie hatte geglaubt, dass es solche Mädchen oder Frauen gar nicht gäbe. Und jetzt hatte sie sie gefunden. Sie waren da, und sie waren phantastisch. Mutig und herzlich und witzig, eine Schwesternschaft, die sich gegenseitig beschützte und warm hielt.

«Geht es dir gut, kleine Phi?», fragte Sarah.

Juni bemerkte zu ihrer Überraschung, dass ihr Tränen in die Augen stiegen. «Ich bin glücklich», brachte sie hervor. «So glücklich wie noch nie.»

KAPITEL 15

William Randolph Lovelace schob den Cognac beiseite, den ihm die Stewardess serviert hatte, verschränkte die Hände im Nacken und blickte aus dem kleinen Flugzeugfenster in die Nacht. Die neu gegründete Raumfahrtbehörde war nicht völlig phantasielos gewesen: Um geeignete Kandidaten für einen ersten bemannten Raumflug zu finden, hatten sie vorgeschlagen, sich unter Toreros, Bergsteigern, Polarforschern und Tiefseetauchern umzusehen. Denn wer ins All fliegen wollte, musste eine Eigenschaft ganz sicher erfüllen: Er musste tapfer sein. Aber für den Raumfahrtmediziner Lovelace waren andere Voraussetzungen mindestens ebenso wichtig: die Fähigkeit nämlich, Langeweile zu ertragen. Und wer konnte das besser als Hausfrauen? Auch Schmerzen ertrugen Frauen besser, nicht umsonst fügten ihr Mann und Natur welche zu. Das fing bei den emotionalen Schmerzen an, betrogen und kleingehalten zu werden, und hörte bei den physischen Schmerzen des Kinderkriegens auf. Um die Sache perfekt zu machen, waren Frauen kleiner und leichter und verbrauchten somit weniger Sauerstoff in einer Rakete. Wenn man jetzt also eine tapfere, sportliche Frau nähme, die vielleicht sogar ein paar Erfahrungen als Fliegerin gesammelt hätte, die qua ihrer weiblichen Natur leidensfähig wäre und somit eine extreme Beschleunigung ihres Körpers im All ertrüge – ja, dann wäre sie der perfekte Weltraumkandidat. Aber die Anweisungen der Raumfahrtbehörde waren unmissverständlich: Er musste sich unter Männern umsehen. Und er hatte ja auch welche gefunden, wirklich gute Männer. Aber er wäre kein Wissenschaftler, wenn er seine Suche jetzt beenden würde. Der Kongress mit den anderen Raumfahrtwissenschaftlern in Moskau war mehr als aufschlussreich gewesen, vor allem, weil er etwas erfahren hatte, was die Russen noch geheim halten wollten: Sie planten, eine der nächsten Raumfahrtexpeditionen mit einer Frau durchzuführen – aus denselben Gründen, aus denen auch er eine Frau ins All schicken würde. Bloß dass die verdammten Russen wieder einmal schneller waren als sie. Ganz offenbar hatten sie schon eine Testreihe durchgeführt – mit gutem Ergebnis. Er blickte zu Flickinger hinüber, der eingeschlafen war. Flickinger war sein Verbündeter in den Projekten, Raumfahrtmediziner wie er, aber auch Armeemann, furchtlos und phantasiebegabt. Gemeinsam mussten sie versuchen, der NASA die Idee mit den Frauen schmackhaft zu machen. Nur wie?

Er schlief vielleicht drei Stunden. Zu viele Ideen wirbelten ihm durch den Kopf. In Gedanken setzte er Schreiben auf, ging Listen von Männern durch, die ihm vielleicht behilflich sein konnten. Und dann dachte er über die Frauen nach. Die furchtlose Jacqueline Cochran fiel ihm ein, eine Frau, die während des Kriegs eine Gruppe von weiblichen Piloten angeführt hatte. Gemeinsam hatten sie B-26-Bomber nach Europa geflogen. Seit einiger Zeit vergnügte sich die Pilotin damit, Jets mit Überschallgeschwindigkeit zu steuern. Auch ihre Namensvetterin, die Französin Jacqueline Auriol, hatte schon Mach 1 durchbrochen. Nur schienen diese beiden Frauen die zwei einzigen furchtlosen Exemplare ihrer Spezies zu sein. Wie also sollte er unter all den braven Hausmütterchen von Missouri bis Ohio diejenige finden, die das Innere eines Cockpits nicht schreckte, ganz zu schweigen von dem Inneren einer Rakete? Natürlich, er hatte von der einen oder anderen gehört, die fliegen konnte. Aber reichte das für eine Testreihe aus?

Flickinger war ausgeschlafen, als sie Miami erreichten, er selbst war blitzwach. Sie legten ihre Sachen im Hotel ab und beschlossen, ein Bad im Atlantik zu nehmen.

Es war sieben Uhr morgens. Die Sonne war eben erst über Florida aufgegangen, aber sie wärmte schon. Jerrie mochte die Gebäude in Miami Beach mit ihren geraden Linien und den pastellfarbenen Fassaden, die vielen großen Autos, die hier parkten, die chromglänzenden Buicks und Chryslers in Pink und Türkis.

In den Diners an der Strandpromenade saßen die ersten Gäste, tranken ihren Kaffee und aßen Pfannkuchen mit Speck.

«Hunger, Jerrie?», fragte ihr Chef.

Jerrie schüttelte den Kopf. «Hab schon im Hotel gegessen, danke.»

Sie überquerten die Straße zum Strand. Es war ungewohnt windstill, die Wellen schlugen fast zärtlich ans Ufer. Perfektes Flugwetter, dachte Jerrie und zog ihre Pumps aus, um barfuß durch den Sand zu gehen. Nur dass sie an diesem Tag nicht würde fliegen können. Gemeinsam mit Tom Harris, ihrem Chef bei Aero Commander, nahmen sie an der Air-Force-Konferenz teil. Den morgendlichen Spaziergang wollten sie nutzen, um Ideen für ein Treffen mit potenziellen Käufern zu sammeln. Mit Tom zusammenzuarbeiten, war spaßig. Zum ersten Mal in ihrem Leben hatte Jerrie das Gefühl, in einer Firma zu arbeiten, in der man sie respektierte. Sicher, mit Jack zusammen die Beechcrafts T-6 nach Peru auszuliefern, war aufregend gewesen, und Jack hatte sie irgendwann als eine ebenbürtige Pilotin akzeptiert. Doch nachdem er bei einem Absturz gestorben war, hatte sie sich eine neue Arbeit suchen müssen, und das war nicht leicht gewesen. Jetzt, als Verkäuferin und Pilotin von Aero Commanders, musste sie nicht mehr jeden Penny umdrehen, und was noch besser war, sie spürte, dass Tom eine Menge von ihr hielt.

Zwei Männer stiegen vor ihnen aus dem Wasser. Einer schüttelte sich die Haare, dass die Tropfen in alle Richtungen flogen.

«Oh, Dr. Lovelace!», sagte Tom Harris. «Ich hätte Sie um ein Haar nicht erkannt!»

«In den Sitzungen trage ich für gewöhnlich lange Hosen, das verändert mein Aussehen doch sehr», lachte der Angesprochene und reichte Tom die Hand. «Wie geht es Ihnen, Mr. Harris?»

«Phantastisch! Darf ich Ihnen meine Angestellte vorstellen? Miss Jerrie Cobb!»

«Wie ... wie geht es Ihnen?», brachte Jerrie errötend hervor.

«Fein. Kennen Sie eigentlich General Flickinger?»

Jerrie kannte beide, nicht persönlich natürlich, niemand in ihrem Umfeld war den Medizingöttern der NASA bislang persönlich begegnet, denn die beiden gingen ihrer Tätigkeit auf irgendeinem Olymp in Albuquerque nach.

«Natürlich kennt Miss Cobb Sie, was für ein Vergnügen, Sie zu sehen, General! Jerrie, diese beiden Gentlemen sind gestern aus Moskau zurückgekehrt», sagte Tom.

«Sie waren bei der Raumfahrt-Konferenz?» Die Worte waren heraus, bevor Jerrie sich bremsen konnte.

Die Männer lächelten. «Sie haben darüber gelesen?» Lovelace schlang sich ein Handtuch um die Hüften.

Ich atme alles ein, was mit Raumfahrt zu tun hat, wollte Jerrie am liebsten ausrufen, aber die Worte stockten ihr. Sie fühlte, wie sich ihre Wangen röteten, und nickte bloß.

Die Männer begannen, über Mikojan-Gurewitsch-Jagdflugzeuge zu fachsimpeln. Lovelace und Flickinger hatten sie sich ansehen wollen, aber natürlich war das alles striktes Militärgeheimnis.

«Die Steigzeit auf 5000 Meter beträgt sieben Minuten», sagte Lovelace.

«Vier Minuten», warf Jerrie ein. Wieder führten ihre Worte ein Eigenleben. Sie spürte, wie jetzt ihr ganzes Gesicht heiß wurde. «Ich meine», stammelte sie, «zumindest bei der Mikojan-Gurewitsch vom Typ I-225. Und die wurde 1944 auf den Markt gebracht. Gut möglich, dass die Jagdflieger neuerer Bauart noch schneller sind.»

Schweigen folgte. In die Stille klatschten die Wellen an den Strand. «Sind Sie Pilotin?», fragte Lovelace verblüfft.

«Mhm», machte Jerrie und zwang sich weiterzureden. «Ich, ja, ich fliege schon seit 15 Jahren.»

«15 Jahre!», rief Lovelace. «So alt sehen Sie ja nicht mal aus!»

«Ich bin 28», sagte sie leise. «Ich ... ich ...»

«Jerrie fliegt, seit sie zwölf ist.» Tom Harris legte ihr eine Hand auf die Schulter. «Sie hat schon 7000 Stunden in der Luft verbracht. Bevor sie für mich arbeitete, hat sie Trainingsflugzeuge für Armeepiloten nach Peru geflogen – allein über die Anden. Außerdem hält sie drei Weltrekorde: einen Geschwindigkeits-, einen Höhenrekord und einen für Nonstop-Langstrecke.»

Jerrie fühlte, wie Lovelace und Flickinger sie anstarrten. Mittlerweile war ihr Kopf bestimmt feuerrot. «Ist das wahr, Miss Cobb?», fragte Flickinger endlich.

Jerrie nickte. «Mhm.»

Lovelace und Flickinger sahen sich an. «Wir sind sehr daran interessiert zu hören, was Frauen dieser Tage an fliegerischem Können vollbringen», sagte Flickinger. «Wir, die Air Force, haben kürzlich einen Druckanzug für Jacqueline Auriol produziert. Sie trug ihn während einer ihrer Rekorde. Sie kennen Madame vermutlich?»

Jerrie nickte. Jeder kannte Jacqueline Auriol. Die Französin brach regelmäßig Überschallgeschwindigkeitsrekorde, und das mit einer Leichtigkeit, mit der andere Frauen Pullover häkelten.

«Entwerfen Sie doch mal einen Druckanzug für Jerrie», lachte Tom Harris. «Sie träumt von einem Flug ins All!»

Wieder wurde es still. Die Wellen krachten auf den Sand.

«Nur mal so nebenbei», sagte Lovelace. «In Moskau wurde uns angedeutet, dass die Russen Frauen für die Raumfahrt trainieren.»

Jerrie spürte, wie ihr noch heißer wurde. Das war es. Es konnte doch nur eine Frage der Zeit sein, bis sie sich beweisen durfte. Bis auch sie zeigen durfte, dass sie fähig zu Raumflügen war.

«Wollen wir dieses Gespräch vielleicht im Hotel fortsetzen?», fragte Flickinger leise.

Alle vier nickten. Die scherzhafte Stimmung war verflogen. Den Männern, spürte Jerrie, war es ernst.

«Jerrie, wie alt sind amerikanische Pilotinnen im Durchschnitt, was würden Sie sagen?»

Dr. Lovelace sah tatsächlich wie ein anderer Mann aus, jetzt, da er nicht mehr in Badehose war. Er flößte ihr Respekt ein mit seinen grauen, zurückgekämmten Haaren und dem makellosen Anzug, den er trug. Aber seine Augen lachten, wenn er sprach.

Sie saßen im Teeraum des Hotels Fontainebleau, einem säulenverzierten Raum mit einer Palme. Jerrie wagte es kaum, sich zu bewegen. Das Lederpolster knirschte unter ihrem Po.

«Bei unserem letzten transkontinentalen Rennen von Santa Ana in Kalifornien nach Teterboro in New Jersey», überlegte Jerrie, «waren die Frauen unter vierzig.»

«Wie weit darunter?», fragte Flickinger und zündete sich eine Zigarette an.

Jerrie dachte an Janey Hart und an die kleine Juni Leroy aus New Orleans, die quirlige Südstaatenpilotin, die aus dem Stand Vierte geworden war. «Die Älteste war 38, die Jüngste siebzehn», sagte sie.

«Siebzehn?», wiederholte Lovelace erstaunt.

«Nun, Frauen können die Lizenz zur Privatpilotin mit siebzehn absolvieren, genau wie Männer.»

Wieder sahen Flickinger und Lovelace sich kurz an. «Das ist interessant», bemerkte Lovelace. «Wir versuchen, eine Gruppe von Pilotinnen zusammenzubekommen, die in sehr guter körperlicher Verfassung sind. Was würden Sie sagen, wie gesund sind die Frauen, die dieses Rennen geflogen sind?»

«Extrem gesund. Pilotinnen mit Transportlizenz müssen alle sechs Monate Gesundheitschecks machen lassen.»

«Sind Ihnen die sogenannten Mercury Tests bekannt, mit denen wir in der Lovelace Stiftung in Albuquerque zukünftige Astronauten auswählen?»

Jerrie nickte. «Ich habe darüber gelesen.»

«Es sind sehr fordernde Tests. Testpersonen von durchschnittlicher Gesundheit fallen durch. Zukünftige mögliche Astronauten müssen von weit überdurchschnittlicher Gesundheit sein, um die Anforderungen im Weltall zu überleben. Sie sollten Sportler sein, wenn möglich sehr gute Läufer mit einem außerordentlich starken Herz.»

Wieder nickte Jerrie. Als ehemalige Softballspielerin empfand sie sich immer noch als sportlich, wenngleich sie aus Zeitmangel nicht mehr so oft spielte.

«Medizinische und psychologische Untersuchen haben ergeben», erklärte Lovelace, «dass Frauen besser als Männer mit Schmerzen zurechtkommen. Sie ertragen auch Hitze und Kälte besser, und vor allem Einsamkeit und Langeweile. Insofern glauben wir, dass Frauen sich gut als Astronautinnen eignen würden. Aber das ist nur hypothetisch.» Er lächelte. «Wir müssen Beweise liefern, wenn wir den nächsten Schritt gehen wollen.»

«Was kann ich tun?», fragte Jerrie. «Inwiefern kann ich helfen bei diesem ... nächsten Schritt?»

«Wären Sie bereit, sich wissenschaftlich untersuchen zu lassen für die Erforschung einer Tätigkeit als – möglicher – weiblicher Astronaut?»

Jerrie schloss kurz die Augen. Es war, als klickte etwas ineinander. Alles, was sie in ihrem Leben als Pilotin getan hatte, ergab auf einmal einen Sinn. Sie sah sich als Zwölfjährige bei ihrem allerersten Flug, sie fühlte wieder das Glücksgefühl ihres ersten Soloflugs über Oklahoma City. Sie konnte wieder das Kribbeln in ihrem Körper fühlen, als sie als erste Frau der Welt an der Flugschau von Paris teilnahm, sie sah sich Militärmaschinen über die Anden nach Peru fliegen. Sie hatte 7000 Stunden in der Luft verbracht. «Das wäre ich», sagte sie.

«Gut. Sie verstehen sicher, dass wir vorher Ihre Qualifikationen überprüfen müssen und dass wir Sie gründlich untersuchen wollen, bevor wir die Mercury-Testreihe durchführen können, die, wie gesagt, außerordentlich anspruchsvoll ist.»

«Das verstehe ich.»

Lovelace lächelte. «Sie sind eine gesunde und sportliche Frau im besten Alter für Raumflüge», sagte er. «Das sieht man. Aber mein Rat an Sie: Steigern Sie Ihr Training. Je sportlicher Sie sind, desto besser stehen die Chancen, dass Sie die Mercury Tests bestehen.»

Die Antwort aus Albuquerque kam nach wenigen Wochen. Jerries Voruntersuchungen waren mehr als befriedigend ausgefallen. Allerdings musste sie, um die Mercury Tests machen zu können, noch um Urlaub bitten. Aber ihr Chef würde ihr den schon bewilligen – davon war sie überzeugt. Er wusste, dass sie davon träumte, einen neuen Rekord zu brechen. Und diesmal wollte sie mehr, als so hoch zu fliegen, wie Aero Commander es nur konnten. Sie wollte, dass ihr Land es schaffte, noch vor den Russen auf dem Mond zu landen. Und sie würde alles dafür geben, bei diesem Flug an Bord zu sein.

KAPITEL 16

Alle hielten ihn für Elvis Presley, den Sänger, dessen Lieder auf allen Radiostationen des Landes gespielt wurden, in jeder Jukebox, auf jedem Plattenspieler, jedem Grammophon. Den Mann, der erst die Fernsehshows erobert hatte und dann die Herzen vieler Frauen. Mädchen auf der Straße begannen zu kreischen, wenn sie ihn sahen. In der Straßenbahn fiel eine junge Frau in Ohnmacht, und nur sein beherztes Eingreifen konnte verhindern, dass sie mit dem Kopf gegen eine der Holzlehnen stieß. Erwachsene Frauen baten ihn um ein Autogramm.

«Vielleicht solltest du ein Mardi-Gras-Karnevalskostüm tragen», schlug Juni vor. «Mit einer Maske aus Pappmaché und ganz vielen Federn.»

«Ich mag Federn nicht am Körper», sagte Louis. «Die kitzeln so.»

«Ein Mann in einem Vogelkostüm erregt aber weniger Aufsehen als du.»

«Ich kann schon deshalb kein Vogelkostüm tragen, weil Mardi Gras im Februar war.» Louis zog beim Lächeln die eine Seite seiner Oberlippe höher als die andere, was seine Ähnlichkeit mit dem Sänger noch verstärkte. «Ich weiß das, ich bin auch katholisch.»

«Man darf sich auch im April verkleiden.» Juni klopfte Louis beruhigend auf die Schulter. «Das hier ist schließlich New Orleans.»

Sie blickte ihn von der Seite an. Nichts erinnerte mehr an den

Kindheitsfreund mit der Zahnlücke und dem Lispeln, den Jungen, der lesend im Kirschbaum gesessen hatte. Nicht nur, dass Louis keine Zahnlücke mehr hatte, er besaß jetzt zwei Reihen von Zähnen, die so weiß und ebenmäßig aussahen, als hätte sie jemand für eine Filmrequisite hergestellt.

«Was?», lachte Louis, als er ihren Blick bemerkte, und da waren sie wieder, die übernatürlich schönen Zähne. Louis' Lächeln war so breit, dass man sie alle sah.

«Ich habe nur gedacht, dass ich dich kein bisschen wiedererkenne.»

Er lachte. «Dann haben wir also auch das gemeinsam. Ich erkenne dich nämlich auch nicht mehr.»

Sie saßen am Kai und ließen die Beine über dem Wasser baumeln. Die Hafengegend im Lower Garden District war einer der wenigen Orte, an denen sie ungestört sein konnten, denn hier arbeiteten fast nur Männer. Natürlich gab es auch unter den Hafenarbeitern etliche Fans, die den King of Rock 'n' Roll verehrten, aber von denen ging niemand so weit, bei Louis' Anblick zu kreischen oder in Ohnmacht zu fallen.

Drei Tage war ihr Kindheitsfreund schon in New Orleans. Drei Tage, in denen er noch nicht den Mut gefunden hatte, nach Mississippi zu fahren und seinen Vater aufzusuchen.

«Erinnerst du dich eigentlich noch an ihn?», fragte Juni.

«Es gibt andere Dinge, an die ich mich erinnere.» Er bedachte sie mit einem so langen Blick, dass ihr etwas mulmig wurde. Zum ersten Mal, seit er vor ihrer Tür in der Decatur Street gestanden hatte, fragte sie sich, ob er wirklich der Louis Lacroix aus Bonnieux in Frankreich war, mit dem sie die ersten vier Jahre ihres Lebens wie mit einem Bruder verbracht hatte. Denn das hatte Maman ihr erzählt: dass sie kurz nach ihrer Geburt Straßburg verlassen hatten, auf der Flucht vor den Deutschen, und dass Louis' Familie sie bei sich aufgenommen hatte, bis sie wieder hatten fliehen müssen, abermals vor den Deutschen, diesem verfluchten Volk.

Juni beschloss, ihn zu testen. «Wie hießen die Äste der Zeder, auf denen wir herumgeklettert sind?»

Louis grinste. «Ast des Todes und Siegesflug.»

«Was hatte ich für ein Kuscheltier, als ich klein war?»

«Einen Teddy. Ziemlich abgenutzt, vor allem an einer Stelle am Bauch. Konntest du ihn behalten?»

Juni nickte strahlend. «Mein Teddy hat alles überlebt.»

«Jetzt bin ich dran. Weißt du noch – unser Kirschbaum auf der Weide?»

«Rissiger Stamm. Hab mir einmal den Arm dran aufgerissen. Du hast so oft gelesen darin.»

Louis lächelte. «Die Sprungfelsen?»

«So genannt, weil wir zwischen ihnen hin und her gesprungen sind, um fliegen zu lernen.» Wieder blickte er sie sehr lange an.

«In deinem Brief hast du angedeutet, dass du erst durch einen Zufall davon erfahren hast, dass dein Vater noch lebt», sagte sie, um die Stille zu durchbrechen. Jetzt, da sie sicher sein konnte, dass sie wirklich und wahrhaftig neben ihrem alten Kindheitsfreund saß, fühlte sie das gleiche Gefühl von Vertrautheit wie beim Lesen seiner Briefe. Aber da war noch etwas anderes, etwas, das sie von ihrem Kurs abbrachte. So, als habe sie eine Bö überrascht.

Louis wandte den Blick ab. «Da war eine Fotografie.»

Wieder schwiegen sie, aber diesmal wirbelte sie das Schweigen nicht durcheinander. Juni wusste, dass Louis Worte zusammensuchte, die in irgendeinem Winkel seines Kopfs versteckt waren.

«Auf dem Bild war ich als Baby auf dem Arm eines Mannes zu sehen.» Louis sah sie an. «Ich habe mich gefragt, ob der

Mann auf dem Foto ein Onkel ist. Es war definitiv niemand aus dem Dorf.»

«Also hast du deine Großeltern gefragt», flüsterte Juni.

«Ja», nickte Louis, fischte nach einem Päckchen Zigaretten in seiner Hosentasche und hielt es ihr hin. «Das habe ich getan.»

Juni schüttelte den Kopf. Sie wusste, dass Rauchen ihre sportlichen Leistungen mindern würde, daher hatte sie sich geschworen, niemals eine Zigarette anzurühren.

Louis zückte sein Feuerzeug. «Meine Großeltern haben sich erst gewunden. Es sollte wohl niemand wissen, dass mein Vater seine Familie verlassen hatte, um nach Amerika zu gehen.» Das Feuerzeug klickte, dann hielt er es sich an seine Zigarette und sog so lange, dass in der Dämmerung glühte. «Es stellte sich heraus, dass er meiner Mutter einmal geschrieben hatte, kurz nach seiner Ankunft.»

«Hast du den Brief gelesen?»

Louis nickte. «Ich habe ihm zurückgeschrieben. Er wohnte nicht mehr an derselben Adresse, aber die amerikanische Post war so gütig, meinen Brief weiterzuleiten, und er hat mir geantwortet, und da bin ich nun.»

Dunkel war es geworden. Der Himmel hatte eine Farbe, die Maman Ultramarin nannte. Über einem der Kähne, die am Ufer vertäut waren, schimmerte weiß die Mondsichel.

«Was ist mit *deinem* Vater?», fragte Louis in das Schweigen.

Juni hob die Schultern. «Keine Ahnung», sagte sie.

«Hast du deine Mutter nie nach ihm gefragt?»

Wieder hob Juni die Schultern. «Ich kann nicht.»

«Und warum nicht?»

«Weil Maman immer so traurig wird, wenn man sie nach der Vergangenheit fragt.»

«Aber ich meine, hat sie nie eine Andeutung gemacht? Gibt es keine Fotografien, keine Briefe?»

«Nicht, dass ich wüsste.» Sie kicherte leise. «Aber ich habe eine Theorie.»

Louis lächelte. «Erzähl sie mir.»

«Mein Vater war ein wunderschöner Pariser Künstler. Maman und er haben sich auf einer Ausstellung kennengelernt und – bäm!» Sie schlug ihre rechte Faust in die Linke.

Louis lachte. «So plötzlich?»

«Ja, und nach einer wilden Nacht in einer Dachmansarde mit lauter Leinwänden und Paletten und ausgequetschten Farbtuben – mehr möchte ich mir nicht vorstellen, wir reden hier schließlich von meinen Eltern – ist der Künstler wieder nach Paris zurückgefahren und ward nie wieder gesehen.» Sie überlegte. «Gut möglich, dass er gestorben ist, sonst hätte er sich bestimmt noch mal gemeldet. Vielleicht ist er auch verhaftet worden. Vielleicht war er nicht nur Künstler, sondern auch Revolutionär!»

«Auf jeden Fall muss er etwas ganz Besonderes gewesen sein.» Louis blickte ihr in die Augen und dann auf den Mund.

«Komisch nur, dass ich überhaupt nichts von den künstlerischen Talenten meiner Eltern geerbt habe», sinnierte Juni weiter.

«Du beherrschst die Kunst, ein Flugzeug zu steuern!»

«Das ist keine Kunst!», lachte Juni. «Das ist bloß Technik!»

Louis sah sie weiter an. «Und wie kommst du ausgerechnet darauf, dass dein Vater aus Paris stammte?»

«Weil Maman sich nach meiner Geburt dorthin aufgemacht hat. Nur leider hat sie meinen Vater nicht gefunden. Dafür ist sie bei deiner Familie untergekommen, das hat sie mir erzählt.»

Louis nickte, dann sah er auf das Wasser hinaus.

«Ich habe eine Idee», sagte er schließlich. «Du fährst mich

mit dem Auto nach Mississippi zu meinem Vater.» Er lächelte. «Ich bringe dir das Fahren bei.»

* * *

Wenn Jerrie Cobb auf ihren Marketingreisen für Aero Commander unterwegs war, trug sie immer das Gleiche: Bluse, Rock und Pumps. Ganz anders an diesem heißen Herbsttag 1960 auf der Tyndall Air Force Base. Sie fühlte, wie der Druckanzug auf ihrer Haut klebte. Obwohl es schon Abend war, waberte vom Flugfeld die Hitze empor.

«Und Sie sind ganz sicher, dass Sie es tun wollen?», fragte der Jagdpilot, der mit ihr gemeinsam zur Convair F-102 Delta Dagger ging.

Jerrie Cobb wandte ihm ihr strahlendes Gesicht zu. «Soll ... soll das ein Scherz sein? Ich habe von diesem Tag seit Jahren geträumt!»

«Sie haben davon geträumt, eine Maschine mit Raketenantrieb zu steuern?» Der Jagdpilot schien es nicht fassen zu können, aber er lächelte.

Jerrie nickte heftig. «Ich bin noch nie mit Überschallgeschwindigkeit geflogen. Also ... ja!»

Ein Fotograf stellte sich ihr in den Weg. Bevor Jerrie etwas sagen konnte, blitzte seine Kamera, und der Mann grinste. «Das war ein gutes Bild, Miss Cobb. Verzeihung, aber Sie sahen gerade so glücklich aus.»

Jerrie lächelte. «Ich habe soeben das beste Geschenk meines Lebens erhalten.»

Ein weiterer Mann tauchte vor ihr auf. Sein Hut saß schief, er musste gerannt sein. In der Hand hielt er einen Schreibblock. «Und was ist das für ein Geschenk, bitte?»

Der Jagdpilot antwortete an ihrer Stelle: «Wie Sie wissen,

meine Herren, ist Jerrie Cobb im vergangenen Jahr wegen ihrer fliegerischen Rekorde zur Frau des Jahres in der Luftfahrt ausgezeichnet worden. Wir auf der Tyndall Air Force wollten ihr erst Blumen schenken, aber ...» Er lächelte. «Jemand gab uns einen Tipp.»

«Anstelle von Blumen habe ich die einmalige Chance erhalten, einen Jet zu fliegen», sagte Jerrie. «Natürlich bin ich nur Copilotin, aber ...»

«Wenn ich sie in die Instrumente eingewiesen habe, darf sie selbst die Kontrolle übernehmen», erklärte der Pilot.

«Phantastische Geschichte», murmelte der Reporter, während sein Stift über das Papier flog. Sein Blick glitt über ihren Anzug und den Helm, den sie unter dem rechten Arm trug. «Wenn ich Ihnen dieses Kompliment machen dürfte, Miss Cobb: Selbst in diesem Aufzug sehen Sie ganz zauberhaft aus. Unsere Leser werden das zu schätzen wissen.»

«Wir werden dann jetzt einsteigen.» Der Pilot machte eine Handbewegung, als verscheuchte er lästige Fliegen.

«Ein Bild noch, bitte.» Der Fotograf dirigierte Jerrie auf die Leiter, die ins Cockpit führte. «Einen Fuß daraufstellen. Schön, wie die Sauerstoffmaske so lässig über Ihrer Schulter liegt – noch einmal lächeln, bitte! Oh, wunderbare Grübchen, Jerrie, wunderbar!»

Die Sonne versank im Meer, als sie die Delta Dagger starteten. Die Spitze des Flugzeugs wies in den Himmel. «Es wird vollkommen Nacht sein, wenn wir den Überschallknall auslösen», erklärte der Pilot über das Kopfhörersystem. «Bereit für den Nachtflug, Jerrie? Bereit, die Kontrolle zu übernehmen?»

Sie hätte gedacht, dass sie den Knall hören würde, als sie mit Mach 1 flog. Aber sie fühlte nur die Erschütterung. Sie flog jetzt 14 000 Kilometer über der Erde. Und sie raste den Schallwellen davon.

Der Golf von Mexiko war nicht mehr als eine schwarze Fläche, als sie über ihn hinwegdonnerte. Jerrie erhöhte auf Mach 1,3 – die 1,3-fache Geschwindigkeit der Schallwellen also. Alles ist möglich, dachte sie, während sie ruhig durch ihre Maske atmete. Und ich bin bereit dafür.

* * *

Es war so anders als Fliegen. Leicht. «Ich möchte immer am Lenkrad ziehen», lachte Juni, als sie Bens Buick auf die Brücke steuerte. Lake Pontchartrain leuchtete vor ihr in der Sonne. Der See war riesig. Nirgendwo waren mehr Gebäude zu sehen.

«Was würde in einem Flugzeug passieren, wenn du das tätest?» Louis kniff beim Rauchen die Augen zusammen.

Juni lachte noch mehr. «Abheben!»

«Das möchte ich gern erleben», sagte Louis leise. «Nimmst du mich mal mit?»

Juni nickte.

«Du musst jetzt in den nächsten Gang hochschalten. Fuß wieder auf die Pedale ... so ist es richtig. Wie kommst du eigentlich immer zum Flughafen, so ohne Auto?»

«Ich laufe», erklärte Juni und beschleunigte.

«Im Ernst? Wie weit ist denn der Flughafen weg?»

«Zwölf Kilometer.»

«Du läufst jeden Tag 24 Kilometer?»

«Nicht jeden Tag, aber fast. Manchmal fahre ich auch mit Ben zusammen. Haben dich deine Großeltern das Autofahren gelehrt?»

Auf einmal war es wieder da, das strahlende Lächeln. «Das habe ich mir selbst beigebracht.»

Jetzt waren sie auf der Brücke. Nichts als Wasser umgab sie, der See dehnte sich zum Himmel wie ein Ozean.

«Du machst das gern, oder?», fragte Juni. «Dir Dinge selbst beibringen?»

Louis blies den Rauch aus. «Ich bin gern mein eigener Mann.»

Das Herz schlug ihr in der Brust. Aber die Aufregung, die sie fühlte, hatte nichts mit Autofahren zu tun.

Zur vereinbarten Zeit trafen sie vor dem weißen Holzhaus mit der Veranda ein. Juni drehte den Zündschlüssel. Vor dem Haus spielten ein paar Kinder Himmel und Hölle. Louis legte eine Hand auf ihren Arm. Die Berührung durchfuhr sie. «Noch einen Moment», sagte er.

Die Haustür wurde geöffnet. Auf der Schwelle stand eine Frau.

* * *

Er sah Louis ähnlich. Nur dass seine Haare ergraut waren. Aber er hatte die gleichen blauen Augen und den gleichen weichen Mund. Lange standen sie so voreinander, Louis und die ältere Version von Louis. Dann reichte der Mann Louis die Hand.

Sie standen im Wohnzimmer, wie eingefroren. Selbst das Mädchen, das eben noch Himmel und Hölle gespielt hatte und ihnen ins Haus gefolgt war, bewegte sich nicht. Im Fernsehen lief ein Western in Schwarz-Weiß. Schüsse knallten aus dem kleinen Gerät in die Stille.

«Ich habe einen Kuchen gebacken», rief die Frau, die den Raum jetzt mit einem Tablett betrat. «Und Kaffee gekocht. Sie mögen doch sicher Kaffee? Oh, und darf ich Ihnen sagen, dass Sie eine umwerfende Ähnlichkeit mit Elvis Presley haben?» Sie lachte nervös, und ihr hellrot geschminkter Mund verzog sich dabei. Louis rührte sich nicht.

«Danke, wir nehmen sehr gern einen Kaffee», sagte Juni.

«Aber vielleicht», sie wandte sich dem Mann zu, «können wir Französisch sprechen? Damit Louis auch alles versteht?»

Der Mann nickte. «Ich fürchte nur, dass mein Französisch sehr schlecht ist», sagte er langsam. «Ich habe es seit 20 Jahren nicht mehr gesprochen.»

«Seit 19», korrigierte Louis ruhig.

«Ich …»

«Sie haben Frankreich vor 19 Jahren verlassen, Monsieur. Als ich ein Jahr alt war.»

Der Mann schwieg. Im Fernseher ritten die Cowboys mit hoch erhobenen Lassos über eine Prärie.

«Vielleicht sollten wir den Ton leiser stellen, Jean-Louis?» Wieder lachte die Frau nervös.

Der Mann schüttelte den Kopf. «Ich möchte gleich die Pressekonferenz sehen.»

«Wenn sie die ersten Astronauten vorstellen», beeilte sich die Frau zu erklären. «Die Männer, die es den Russen zeigen werden. Die Mercury 7, alles Piloten, obwohl, Jean-Louis, ich weiß nicht, ob das die jungen Leute hier interessiert.»

Juni übersetzte für Louis.

«Uns interessiert es ebenfalls», antwortete Louis. «Sag ihnen das. Und sag ihnen, dass du auch Pilotin bist!»

Juni schüttelte den Kopf. «Das klingt so aufdringlich.» Sie bemerkte, dass der Mann sie mit hochgezogener Braue ansah.

«So, jetzt aber alle zu Tisch.» Die Frau klatschte in die Hände, dann band sie ihre Schürze ab und betastete ordnend ihre Frisur, an der allerdings nichts zu richten war, bombenfest, wie sie saß. Ein etwa neunjähriger Junge polterte die Treppe hinunter. Als er Louis erblickte, blieb er stehen und riss die Augen auf.

«Kann ich neben dir sitzen?», fragte er scheu, als Louis ihn begrüßte.

Juni übersetzte.

«Es wäre mir eine große Freude», lächelte Louis zurück.

Sie beobachtete die beiden Halbbrüder, als sie ihr Stück Kuchen aß. Immer wieder blickte der Kleine zu dem Großen auf, und wenn er seinen Blick bemerkte, lächelte er ihn an. Louis strahlte zurück, und da er sich mit dem Kleinen nicht unterhalten konnte, brachte er ihn zum Lachen, indem er seine Kuchengabel nahm und so tat, als würde sie seinen Kaffeelöffel jagen. «Prairie», sagte er und deutete auf die Tischdecke. Der Kleine kicherte laut.

«Mom, es ist so seltsam, dass er da ist.» Der Junge deutete mit dem Zeigefinger auf Louis. Keiner am Tisch sagte ein Wort. Das Mädchen schielte zum Fernseher. Eine Zeichentrickmaus flitzte über den Bildschirm. «Arriba! Arriba!», rief das Mädchen und zeigte auf die Maus.

«Wir sprechen in diesem Haus nur Englisch», mahnte die Frau.

«Der Kleine freut sich, dass sein großer Bruder da ist», übersetzte Juni für Louis etwas frei.

«Ich freue mich auch», antwortete Louis auf Französisch und lächelte in die Runde.

«Noch etwas Kaffee jemand?», fragte die Frau.

Der Mann bewegte keinen Muskel in seinem Gesicht.

«Oh, seht mal, die Pressekonferenz fängt an!» Die Frau erhob sich, um das Geschirr einzusammeln. Juni bemerkte, dass ihre Hände zitterten, als sie nach ihrem Teller griff.

Die Kinder ließen sich im Schneidersitz auf dem Teppich vor dem Fernseher nieder. Louis' Vater nahm in einem großen Ohrensessel Platz und stopfte sich eine Pfeife. Juni und Louis waren nicht sicher, wo sie sitzen sollten, und so blieben sie einfach stehen. Hinter ihnen klapperte die Frau mit Geschirr.

Die sieben Astronauten saßen an einem langen Tisch, der

wiederum auf einer Bühne stand. Kleine Papierschilder standen vor ihnen. Juni konnte ihre Namen nur lesen, wenn die Kamera heranzoomte, was sie selten tat. Alan B. Shepard, las sie auf einem der Kärtchen. Virgil I. Grissom. John Glenn. Ein Sprecher, der während seiner kurzen Rede am Pult eine Zigarette rauchte, bat die Journalisten, jetzt ihre Fragen zu stellen.

«Was sagen Ihre Frauen dazu, dass Sie ein solch gefährliches Unterfangen wagen wollen?», lautete eine der ersten Fragen.

Alan B. Shepard hatte die Lacher im Raum auf seiner Seite, als er entgegnete: «Ich habe keine Probleme zu Hause, ich kann tun, was ich will.»

Juni blickte zu Louis hinüber, doch der hielt seinen Blick fest auf die Halbglatze seines Vaters gerichtet.

Auch die anderen Astronauten versicherten, dass ihre Frauen sie bei all ihren Abenteuern unterstützten.

Ein silberhaariger Mann mit lachenden Augen, der als Dr. Lovelace vorgestellt wurde, sagte etwas zu den medizinischen Tests. Ein anderer Mann namens General Flickinger erklärte im Einzelnen, worum es bei diesen Tests ging. «Wir trainieren die Männer für alle medizinischen Notfälle im All. Auch psychologische Tests haben wir durchgeführt.»

Welche Tests sie denn am schwierigsten gefunden hätten, wollte einer der Journalisten wissen.

«Na ja, wenn Sie an die Öffnungen denken, die ein Mensch so hat», sagte Alan B. Shepard. «Also man wundert sich schon, wie tief man da reingehen kann.»

Wieder lachten alle im Raum. Auch Louis' Vater stieß einen Lacher aus.

«Den Gummischlauch runterzuschlucken», sagte John Glenn. «Das war echt unangenehm.»

Auf einmal stand der kleine Junge neben Louis und zupfte

ihn am Ärmel. «Kannst du das Lied singen *Let's rock, everybody let's rock*?»

Louis' und Junis Blicke trafen sich, und Juni sah, dass Louis verstand. Der Kleine hatte nicht den Kontakt zu Louis gesucht, weil er ihn für seinen Bruder hielt.

«Nein, das kann er nicht», sagte Juni. «Er ist nicht Elvis Presley, sondern dein ...»

«Miss, ich muss doch sehr bitten!» Louis' Vater erhob sich aus seinem Sessel. «Mischen Sie sich nicht in fremde Angelegenheiten ein!»

«Es ist gut, Juni», sagte Louis und nahm ihre Hand. «Wir sollten jetzt gehen.»

Juni erwartete, dass der Mann sie zurückhalten würde, aber das geschah nicht. Im Fernseher lief jetzt eine Frau mit gebücktem Rücken am langen Tisch der Männer vorbei, um den Kaffee zu servieren. «Noch mehr Fragen?», erkundigte sich der Sprecher.

Als sie schon an der Tür waren, trat der Mann auf sie zu. Juni sah Louis' Gesicht aufleuchten, sicher würde sich der Mann jetzt für sein Verhalten entschuldigen, und Louis würde die Entschuldigung annehmen – es war doch für alle ein Schock.

«Wenn du auf Geld aus bist», sagte der Mann leise, und auf einmal war sein Französisch ganz fließend. «Das wirst du nicht kriegen.»

Louis blickte dem Mann in die Augen. Lange musterte er ihn so, als wollte er sich alles genau einprägen, die Augen, die genau wie seine aussahen, den weichen Mund. Dann öffnete er die Haustür und ging.

Sie sprachen kein Wort auf der Rückfahrt. Louis steuerte den Wagen wieder, und er fuhr eindeutig zu schnell.

Es war schon fast dunkel, als sie New Orleans erreichten. Die Neonschilder leuchteten bunt, Menschen gingen durch die Straßen, heim zu ihren Familien oder in einen Jazzclub oder eine

Zigarrenbar. In der Canal Street kündigte das Lichtspielhaus in schwarzen Lettern auf gleißendem Grund den Film der Woche an: SOME LIKE IT HOT.

Ohne es zu verabreden, ohne überhaupt ein weiteres Wort miteinander zu sprechen, parkten sie das Auto und gingen ins Kino hinein.

Obwohl Louis kein Wort verstand, begann er zu lachen, als Tony Curtis und Jack Lemmon als Frauen verkleidet über den Bahnsteig stöckelten. Juni lachte während des Films so sehr, dass sie sich die Seiten halten musste. Louis liefen die Tränen über die Wangen. Der ganze Saal lachte, und manchmal mussten sie auch dann lachen, wenn gerade gar nichts witzig war, nur weil alle anderen lachten. Immer wieder wischte sich Louis die Tränen vom Gesicht.

«Das Schlimmste ist», sagte er, als sie wieder im Auto saßen und er wieder ganz ernst war, «dass ich noch immer denke, es wäre meine Schuld. Sein Weggehen, meine ich.»

«Es kann nicht deine Schuld sein.» Juni nahm seine Hand.

«Ich weiß», sagte Louis und sah sie aufmerksam an. «Aber gegen seine Empfindungen kann man nichts tun.»

Juni spürte etwas in sich aufsteigen, das sie nicht benennen konnte. Rasch ließ sie seine Hand wieder los.

«Komm», sagte Louis und startete den Motor. «Lass uns nach Hause fahren.»

Im Voodoo Candy Paradise brannte noch Licht. Durch die Auslage sah Juni Onkel Henri hinter seiner Kasse etwas schreiben. Es bimmelte laut, als sie mit Louis an der Hand in den Laden hineinstürmte. «Guten Abend, Onkel Henri!», rief sie auf Französisch, damit Louis auch ja alles verstand. «Wie geht es dir?»

«Gleichbleibend schlecht.»

«Tut dir dein Bein weh?»

«Ja, es schmerzt mal wieder. Irgendetwas steht uns bevor.»

«Etwas Gutes oder etwas Schlechtes?»

Onkel Henri lachte. «Etwas Gutes, schätze ich mal, schließlich hat Amerika seit heute offiziell sieben Astronauten! Was kann ich denn für euch beide tun?»

Juni freute sich. Bei Onkel Henri im Laden fühlte sie sich wieder wie ein kleines Mädchen. «Mein Freund Louis braucht eine Aufmunterung», erklärte sie. «Kannst du ihm was zusammenzaubern?»

«Fürs Zaubern ist eigentlich deine Tante zuständig», brummte Henri, nahm aber doch eine Gris-Gris-Bag vom Haken. «Junger Mann, ich empfehle Ihnen rote Herzen, wenn es da in der Gegend schmerzt.»

Louis öffnete den Mund, um etwas zu sagen, aber Juni unterbrach ihn. «Oh ja, rote Herzen sind gut. Es läuft süßer Saft heraus, wenn man daraufbeißt. Und gelbes Drachenpulver bitte! Wir wollen heute stark wie die Drachen sein!»

Onkel Henri füllte den kleinen Stoffbeutel voll, verschnürte ihn sorgfältig und reichte ihn über den Tresen. «Geht aufs Haus.»

Sie wanderten durch die Straßen, ohne zu sprechen. Eine Straßenbahn ratterte an ihnen vorüber. Immer herrschaftlicher wurden die Häuser, je weiter sie gingen. Immer üppiger sahen die Gärten jetzt aus. Sie bogen in eine Seitenstraße ab, und da sahen sie es: ein Haus, umwachsen von Bananenstauden und Orangenbäumen, Elefantenohrblättern, Magnolien und hohen Gräsern, eine üppige Wildnis, die ganz offensichtlich unbewohnt war. Jemand hatte eine Perlenkette in das schmiedeeiserne Gitter gehängt. Louis deutete auf die zerbrochenen Fensterscheiben, und wie auf ein Zeichen öffnete sich die Pforte im Wind.

Es quietschte, als Louis seine Schulter gegen die Haustür drückte. Und dann standen sie im Haus. Im Schein von Louis'

Feuerzeug erkannte Juni Möbel, die von weißen Tüchern verhängt waren. Spinnweben zitterten im Lufthauch, der durch die geöffnete Tür wehte, Weben, die fast so groß waren wie sie selbst.

«Was sind das für Stimmen?», flüsterte Juni.

Louis horchte. «Draußen auf der Straße. Da spricht jemand Deutsch. Kannst du verstehen, was sie sagen?»

Juni schüttelte den Kopf. «Das habe ich in der Highschool nicht gelernt.»

«Seltsam», wisperte Louis.

«Dass ich in der Schule nicht auch damit noch gefoltert wurde? Falls es dich beruhigt, ich wurde schon ausreichend mit Hauswirtschaftslehre gequält.»

Im Zwielicht konnte sie Louis' Blick nicht deuten. «Aber deine Mutter ist doch Deutsche. Und sie hat doch auch Deutsch mit dir gesprochen, als du klein warst. Hat mir meine Mémé zumindest mal erzählt.»

Juni schnalzte mit der Zunge. «So ein Quatsch, meine Mutter kommt zwar aus der Grenzstadt Straßburg, aber deswegen ist sie doch keine Deutsche!» Sie schwieg. Die Worte ihrer früheren Mitschülerin Myrtle Thibodeaux fielen ihr wieder ein.

Mit gefälschten Papieren in die USA eingereist, ist in Wahrheit Deutsche.

Worte, die sie als Zwölfjährige nicht begriffen hatte. Die ihr wie Schwindeleien vorgekommen waren, um sie zu ärgern. Nein, es konnte ja nicht sein, Maman würde sie nie belügen. Wie zur Bestätigung schüttelte sie den Kopf.

«Die Männer gehen weiter», flüsterte Louis. «Komm, wir gehen in den Garten.»

Jemand hatte eine Hollywoodschaukel zwischen den Sträuchern und Büschen aufgestellt. Sie war fast zugewachsen, aber man konnte sie noch benutzen. Vorsichtig setzten sie sich nebeneinander, und Juni nahm Anschwung, indem sie ihre Füße gegen den Boden stemmte. Es knarrte und quietschte. Die Schaukel bewegte sich vor und zurück.

«Ich habe oft an dich gedacht», sagte Louis leise.

Juni spürte, wie ihr Herz schneller klopfte. Sie konnte Louis' Arm an ihrem spüren. «Ich auch.»

«Vor einem Jahr ist mir etwas Merkwürdiges passiert.»

«Ja?»

«Ich bin nach Fontaine-de-Vaucluse gefahren, dort, wo die Sorgue entspringt.»

Juni hob die Schultern.

«Du wirst dich an den Ort nicht erinnern.» Er lächelte, und im Mondlicht sah sie seine Zähne schimmern. «Wir haben dort nichts besonders Wildes gespielt. Aber plötzlich ist mir Petrarca in den Sinn gekommen.»

«Den kenne ich leider auch nicht.»

«Der ist auch schon seit 600 Jahren tot. Aber vorher hat er noch das Sonett erfunden.»

Juni hob bedauernd die Schultern. «Ich habe leider auch keine Ahnung von Gedichten. Wie hat dieser Petrarca das hingekriegt, dass er so etwas Zeitüberdauerndes erfinden konnte?»

Louis' Stimme war nur mehr ein Flüstern. «Er war verliebt.»

«Wirklich?», flüsterte Juni.

«In ein Mädchen namens Laura. An sie hat er immer gedacht, während er da an der Quelle saß. Und er wollte ihr so vieles sagen. Auf eine besonders schöne Weise.»

Junis Herz schlug jetzt so laut, dass sie glaubte, Louis müsste es hören. «Es ist schön, wenn man Dinge tun kann, an die sich Menschen noch 600 Jahre später erinnern», sagte sie leise. «Das würde ich auch gerne tun.»

Vom Mississippi her hupte ein Dampfschiff. Louis holte tief Luft. «Was würdest du denn tun, damit man dich in Erinnerung behielte?»

Sie konnte seinen Duft riechen. Es war eine Mischung aus Zigarettenrauch und Louis selbst. «Zum Mond fliegen», sagte sie.

Louis lächelte. «So wie wir uns das vorgestellt haben? Auf dem Ast des Todes?»

Juni kicherte. «Ganz genau.»

«Als ich die Männer eben gesehen haben, die Mercury 7 ...»

«Da wolltest du auch zum Mond fliegen, oder?», lachte Juni.

«Ich?», lächelte Louis. «Nein, ich habe einen anderen Traum. Aber ich habe gedacht: Das, was die können, das kannst du auch, Juni. Du bist mutig, gesund und sportlich, du bist Pilotin. Warum solltest du nicht ebenso gut sein wie die?»

Jetzt klopfte Junis Herz noch stärker. «Was ist dein Traum, Louis?», fragte sie.

Louis lächelte immer noch. Und dann beugte er sich vor. Sein Mund war nur Millimeter von Junis entfernt. Sie schloss ihre Augen. Doch er küsste sie nicht. Stattdessen legte er seine Hände an ihre Wangen, und ihr war, als würde sich etwas in ihr aufschwingen. Sie öffnete ihre Augen wieder. Streichelte ihm über die Haare, sah in seine Augen. Er war so vertraut, ihr Louis, und gleichzeitig so erwachsen und fremd. Und dann spürte sie doch seine Lippen auf ihren. Seine Hände an ihrem Gesicht.

Sie hatte nicht gewusst, dass man sich so groß und schön und stark fühlen konnte. Und dass man jemand anderem das Gefühl geben konnte, ebenso groß und schön und stark zu sein. Sie hatte nicht gewusst, dass man so glücklich sein konnte, auch ohne in einem Flugzeug zu sitzen.

Jetzt wird alles noch schöner, dachte sie.

KAPITEL 17

Am Morgen des 20. Februar 1960 würde sie in den Himmel radeln. Das nahm Jerrie Cobb sich vor. Sie musste es schaffen, auf dem Fahrradtrainer die gleichen Ergebnisse zu erzielen wie John Glenn und die anderen männlichen Astronauten. Alles hing davon ab. Nicht nur ihre eigene Teilnahme am Mercury-Programm, sondern auch die aller anderen Frauen, die jetzt folgen mochten. Nur wenn sie in den Tests überdurchschnittlich gut abschnitt, würden Dr. Lovelace und General Flickinger die Testreihe mit weiteren Pilotinnen beginnen. Nur dann würden sie sich dafür aussprechen, Frauen für die Raumfahrt zu bestimmen.

Sie hatte dafür trainiert. In den sechs Wochen, bevor sie nach Albuquerque gereist war, hatte sie das härteste Sportprogramm ihres Lebens absolviert. Jeden Abend, zur Verblüffung ihrer Nachbarn, war sie auf einem leeren Grundstück gerannt, das neben ihrer Wohnung lag. Morgens, bevor sie zur Arbeit fuhr, radelte sie auf einem eigens angemieteten Fahrradtrainer. Sie hatte ihr tägliches Workout auf 32 Kilometer pro Tag gesteigert. Sie hatte viel geschlafen, mageres Fleisch, Gemüse und Obst gegessen. Niemand außer ihrem Boss wusste, dass sie vorhatte, sich in Albuquerque als erste mögliche Astronautin testen zu lassen, und deshalb hatten sich die Kollegen über sie gewundert. So stark war ihr Muskelkater in den ersten Wochen gewesen, dass sie immerzu ging wie auf Kohlen. Wenn sie geflogen war, hatte sie jede kleinste Bewegung gespürt.

Und hier war sie nun, im klirrend kalten Albuquerque. Die Gebirgskette war mit Schnee überzogen. Ihr Atem, wenn sie von ihrem Motel zur Klinik ging, gefror zu kleinen Wolken. Aber sie fühlte sich gesünder denn je.

Und gleichzeitig so viel erschöpfter. Es war ihr fünfter und letzter Tag in der Lovelace-Klinik. Vier Tage lang war sie gemessen und mit Flüssigkeiten gefüllt worden. Eine Armada von Ärzten hatte jede ihrer Regungen registriert – wenn sie orientierungslos in Apparaturen herumgeschüttelt wurde etwa oder wenn sie stundenlang lief.

«Sie werden heute hart arbeiten müssen, Miss Cobb», erklärte Dr. Ulrich Luft mit seinem deutschen Akzent und deutete auf den Fahrradtrainer im Raum, ein mit Schläuchen und Geräten ausgestattetes Monstrum. Ein großer grüner Beutel war am Fahrradlenker befestigt. Jerrie ging davon aus, dass sie in den Beutel hineinatmen musste, damit man ihren Sauerstoffverbrauch messen könnte.

«Dieser Test», sagte Dr. Luft, «soll bestimmen, wie Ihr Körper auf schwere körperliche Anstrengungen reagiert.»

«Was genau soll ich tun, Dr. Luft? So schnell radeln, wie ich kann, so als ob ich an einem Rennen teilnehmen würde?»

Dr. Luft lächelte ein bisschen, wurde aber rasch wieder ernst. «Wenn wir Ihnen sagen, dass Sie anfangen sollen zu radeln, dann radeln Sie los. Orientieren Sie sich am Metronom, was das Tempo anbelangt. Wenn das Metronom schneller tickt, dann legen Sie auch an Geschwindigkeit zu.»

Sie kletterte auf den Trainer. Sie wusste, ihre Ergebnisse würden direkt mit denen der Männer verglichen werden, schließlich gab es keine andere Vergleichsgröße. Ihr Herz begann jetzt schon schneller zu schlagen, sie spürte es, konnte aber nichts dagegen tun. Techniker begannen, sie zu verkabeln. Einer legte ihr eine Blutdruckmanschette um den linken Arm. Sofort blies sie sich auf und drückte ihr die Blutzufuhr ab. Ein anderer klebte ihr Elektroden an den Kopf, an die Brust und den Rücken. Wieder ein anderer klemmte ihr etwas an die Nase und befestigte einen Schlauch in ihrem Mund, den er wiederum mit dem großen, grünen Beutel am Lenkrad befestigte.

«Sind Sie bereit?», fragte Dr. Luft.

Jerrie nickte, so gut es ihr möglich war.

«Go!»

Sie begann zu radeln, spürte aber in diesem Moment, dass etwas an das Rad angehängt wurde, sodass es sich anfühlte, als würde sie beim Fahrradfahren eine Last transportieren. Das Metronom tickte immer schneller. Immer schwerer fühlte sich die Last an, die sie zog.

Einer der Assistenten drückte Klebeband auf ihre Nasenklammern. Sie hörte leise Stimmen zu ihrer Linken. Dr. Luft gab den anderen Ärzten und Assistenten Anweisungen. Der Schweiß lief ihr in die Augen, sodass sie nichts mehr sehen konnte, während sie weiterradelte. Vor ihren Augen verschwamm der Raum. Einen Moment lang befürchtete sie, in Ohnmacht zu fallen, aber sie radelte weiter. Der Moment verging.

Dr. Luft nickte ihr anerkennend zu. Sie musste weitermachen, aber sie hatte Angst, dass ihr die Kräfte ausgehen würden. Sie biss auf ihr Mundstück. Noch schneller tickte jetzt das Metronom. Sie begann mitzuzählen. Bis 15, das war doch einfach und schon die Hälfte von 30. Wenn sie noch mal 30 schaffte, dann wäre sie schon bei 60. Geschafft! Jetzt einfach noch mal von vorn.

«Alles in Ordnung mit Ihnen?», hörte sie eine Stimme wie aus weiter Ferne.

Sie nickte. Jetzt erst bemerkte sie, dass an der Wand vor ihr ein Bild hing, das verschneite Berge zeigte. Das Gemälde wirkte stark und frisch. Nein, sie würde nicht zusammenbrechen. Sie war so stark wie dieser Felsen dort, ein Stein, der nicht zusammenbrach. Das Metronom tickte noch schneller. Mit jedem Geräusch trat sie erneut in die Pedale. Nichts hielt sie auf.

«In Ordnung, Jerrie, Sie können aufhören.» Vor ihr verschwamm die Wand.

«Sie können jetzt einfach sitzen und ruhen.»

Die Ärzte traten auf sie zu, um die Geräte von ihrem Körper zu trennen. Einige machten sich Notizen auf ihren Stenoblöcken. Dr. Luft runzelte die Stirn.

Jerrie nahm all das nur aus weiter Ferne wahr. Vorsichtig glitt sie aus dem Sattel. Unter ihr schien sich der Boden zu bewegen. «Und jetzt?», fragte sie, als sie sich gefangen hatte.

Dr. Luft lächelte. «Jetzt werden wir die Ergebnisse auswerten. Und dann melden wir uns bei Ihnen.»

«Wann?», fragte Jerrie. «Wann werden Sie wissen, ob ich die Tests bestanden habe?»

Dr. Luft streckte ihr die Hand zum Abschied hin. «Das wird eine Weile dauern, denke ich.»

KAPITEL 18

Juni liebte seine Augen, die immer ein bisschen aussahen, als ob er lächelte, selbst wenn er ernst war. Sie liebte Louis' Hände, seinen Mund, seine Stimme, seine Gangart und seine Ohrmuscheln. Sie liebte es, dass er Tim-und-Struppi-Hefte sammelte und dass er wie Kapitän Haddock fluchte, wenn er wütend war.

Sie trank in rauen Mengen Kaffee, weil sie ja nicht mehr schlief. Sie hatte keine Zeit mehr zum Schlafen. Tagsüber musste sie zum Flughafen laufen und potenziellen Kunden Cessnas vorführen und fliegen und die Cessnas warten und in dem Flughafen-Diner kellnern, das Ben gepachtet hatte, um ihre Einnahmen aufzubessern. Und nachts liebte sie Louis. Sie liebte Louis auch tagsüber, im Geiste, und wenn es ein Glückstag war, für ein paar Stunden auch im Tageslicht. Dann fuhren sie zum Schwimmen an den Lake Pontchartrain oder zum Bootsfahren in die Sümpfe, wo sie Alligatorenrücken beobachteten, und weil Louis nicht wusste, wie ein Alligatorenkopf aussah, lockte Juni die Reptile mit aufgespießten Marshmallows an.

Ihre Straße mit dem Voodootempel und den Geschäften, in denen man Trompeten, Gris-Gris-Beutel und kubanische Zigarren kaufen konnte, liebte sie auch, aber nur noch von ferne, denn die Nächte verbrachte sie von nun an bei Louis in seinem winzigen Zimmer im Bayou St. Jean. New Orleans, die Stadt, in der sie fliegen gelernt hatte, liebte sie mehr als je zuvor. Sie liebte es, dass es überall nach Gewürzen duftete und dass es lärmte und so bunt und voller Leben war.

Sie liebte ihr Dasein, in dem es alles gab außer Schlaf.

Louis hatte beschlossen, in Amerika zu bleiben, obwohl er seinen Vater seit dem denkwürdigen ersten Treffen nie wieder sah und dieser auch keine Anstalten machte, ihn zu kontaktieren. «Ich kann nie wieder ohne Alligatoren sein», sagte er zu Juni, und dann küsste er sie langsam und so, wie sie es liebte, stärker als alle Alligatoren von Louisiana zusammengenommen, tiefer als der Ozean, der sie über allzu lange Zeit getrennt hatte, gewaltiger als ein tropischer Wirbelsturm. Am liebsten wollte er in Amerika professioneller Bücherleser werden, sagte er, aber weil einen niemand dafür bezahlte, trat er stattdessen der Feuerwehr von New Orleans bei.

Sie feierten Mardi Gras und verkleideten sich als Silbervögel. Juni gab all ihr Erspartes einer Federmacherin, die Kopfschmuck herstellen konnte, der eines Indianerhäuptlings würdig war. Die Federmacherin stellte ihnen Kostüme aus weißen Federn her, die sie silbern besprühte und von denen sie behauptete, sie müssten nur ihre Flügel ausstrecken, und dann flögen sie davon. Juni und Louis warfen sich in den Karneval mit einer Begeisterung, die Juni nicht mal als Kind empfunden hatte. Sie badeten in den Aluminiummünzen, die der diesjährige Rex von seinem königlichen Wagen in die Menge warf, sie tanzten, sangen und schrien.

Am 10. Februar 1960, dem Tag, an dem Janet Dietrich, der kalifornische Pilotenzwilling, als erste Amerikanerin eine Verkehrspilotenlizenz erhielt, fanden sie endlich ihr gemeinsames kleines Häuschen. Es war lang und schmal. Im Fall einer Schießerei, so hatte der Vermieter lobend hervorgehoben, konnte die Kugel von der Haustür eintreten und zum Hinterzimmer wieder austreten, ohne dass Menschen durch diesen Waffenkonflikt in Mitleidenschaft gezogen wurden, zumindest diejenigen nicht, die so schlau waren, sich an die Wände zu drücken, bis die Ballerei ausgestanden war.

«Ein Shotgun House», sagte Onkel Henri bewundernd. «Feine Sache. Erinnert mich daran, dass ich früher selbst gern geschossen habe.»

Es sah noch fast genauso aus wie damals, als sie das Häuschen entdeckt hatten: Die Hollywoodschaukel war noch immer von Büschen und Sträuchern umwachsen, und sie quietschte noch genauso, wenn man in ihr saß. Aber die Bananenstauden, die Orangenbäume und die Elefantenohrblätter, die das Haus umstanden, waren noch größer geworden, und außerdem hatte der Vermieter das zerbrochene Fenster repariert. Juni konnte es nicht fassen, dass sie in ebenjenem Haus wohnen würden, in dem sie sich zum ersten Mal geküsst hatten. Es war ein gutes Zeichen, dessen war sie sicher. Nichts Böses konnte ihnen mehr geschehen.

«Du hattest gestern ein Treffen mit deinen alten Kriegskameraden, hat Tante Caresse erzählt.» Juni lächelte ihn an. «Das war bestimmt aufregend!»

«Aufregend, nee, da passiert nicht viel.» Onkel Henri ließ sich auf einen der Stühle fallen, die Louis gefunden hatte, und legte sein Holzbein hoch. «Ab und zu stirbt mal jemand, das war es dann schon.»

«Gibt es viele Schießereien in dieser Gegend?» Juni kannte ihre Mutter gut genug, um die Besorgnis aus ihrer Stimme herauszuhören.

«Kommt drauf an, wer sich so alles an Ethel Hebert rächen will.» Onkel Henri schob sich genüsslich ein rotes Herz in den Mund. «Du weißt, dass sie nur zwei Häuser weiter wohnt?»

«Dann ist die Gegend sicher», lachte Ben. «Jeder, dem sein Leben lieb ist, hält sich von Ethel Hebert fern.» Er bemerkte

Marthas Blick und drückte sie an sich. «Ganz Mutige ausgenommen, klar.»

Juni drückte ihre Hand. In den vergangenen Wochen hatte sie zunehmend das Gefühl gehabt, dass die Mutter ihr etwas sagen wollte, aber sie hatte einfach keine Zeit mehr für sie gefunden bei all der Liebe und der Arbeit und dem wenigen Schlaf. Vielleicht war es aber auch nur merkwürdig für die Mutter, sie mit einem Mann zu sehen – auch wenn es Louis war, ein Mensch also, den Maman seit Ewigkeiten kannte. Vermutlich fiel es ihr einfach nur schwer, sie gehen zu lassen. Onkel Henri ließ einen Stoffbeutel mit Süßigkeiten herumgehen. Caresse stellte eine bunte Figur auf den Kaminsims und murmelte dabei ein paar Worte.

«Juni?», hörte sie plötzlich Mamans Stimme an ihrem Ohr. «Da gibt es etwas, das ich mit dir ...»

«Um Himmels willen!», stieß Onkel Henri aus, der zum Fenster gehumpelt war. «Diese Person – da ist sie doch tatsächlich! Caresse, Liebling, sieh mal, die Hebert da draußen, sauertöpfisch wie immer! Ja, wenn man vom Leibhaftigen spricht!»

Juni und Louis liefen ebenfalls zum Fenster. Ethel Hebert stand unten auf der Straße, und als Juni sich wieder zu ihrer Mutter umdrehte, schüttelte diese nur lächelnd den Kopf.

In diesen ersten Monaten des Jahres 1960 war Juni manchmal zumute, als säße sie in einem Flugzeug, dessen Route aus der Feder eines Irren stammte. Niemand schien zu wissen, in welche Richtung sie flogen, die Menschen in der Stadt nicht, der alte Eisenhower nicht, der dem Ende seiner Präsidentschaft entgegensiechte, und auch nicht die Europäer, die die Gräuel der Vergangenheit zu vergessen suchten. Nur eines war offensichtlich, und das war die Wildheit in der ganzen Atmosphäre. Als Juni und Louis die ausrangierten Möbel aus dem Keller der Decatur Street in ihr Shotgun House in der Bourbon Street fuhren, sprengte ein Selbstmordattentäter die Fluggäste einer Douglas D6-Maschine über North Carolina in die Luft. Als Louis von seinem ersten Lohn als Feuerwehrmann einen Plattenspieler kaufte, ließ Frankreich in Algerien eine Atombombe explodieren. Die Sowjetunion schoss ein amerikanisches Flugzeug ab und nahm den Piloten gefangen, als sie ihr erstes gemeinsames Auto kauften, einen gebrauchten Buick Riviera in schreiendem Türkis.

Eine neue Ära war angebrochen, nicht nur ein neues Jahrzehnt, erklärte John F. Kennedy, der junge Bewerber um das Präsidentenamt. Sollte er gewählt werden, so versprach er, würde endlich Gleichheit herrschen im Land. Juni fand, dass es bis dahin noch viel zu tun gab. Die Mutter von Sammy, ihre Nachbarin aus dem Hinterhof in der Decatur Street, war festgenommen worden, weil sie sich in ein Café gesetzt hatte, dessen Stühle nur von weißen Hintern berührt werden durften. Und sie selbst brannte darauf, endlich einen Marathon zu laufen, aber das war nach wie vor verboten, wenn man kein Y-Chromosom besaß.

Und doch begann die Welt, sich zu verändern. Bundesrichter J. Skelly Wright befahl den Schulen in New Orleans, die Rassentrennung aufzuheben. Bei den anstehenden Olympischen Spielen durften Frauen erstmals seit 1928 wieder eine Distanz über 800 Meter laufen – was ihnen in den 32 Jahren zuvor untersagt worden war. Eine Nachricht, über die Juni und Louis sich besonders freuten, betraf das Projekt Apollo: Drei Astronauten sollten um den Mond geschickt werden. Die Nachricht wurde nur leider just an dem Tag verkündet, an dem eine Mercury-Atlas-Rakete im Flug explodierte. Aber die Hoffnung, sagte Louis, stirbt zuletzt.

Es war schwer, Kurs zu halten bei all den Ereignissen, die über Juni hereinstürzten, aber sie ließ sich nicht beirren, nicht, was ihr eigenes Leben und das mit Louis anging. Sie würden für immer zusammenbleiben, sie würden wahnsinnig hübsche und begabte Kinder bekommen, nebenher würde sie weiter fliegen, und eines Tages nähme sie Kurs auf den Mond.

Es wurde Sommer, ein heißer und schwüler Sommer, den kein Ventilator der Welt kühl wedeln konnte. Juni quälte sich in Nylonstrümpfe und Pumps, um für die Kunden, denen sie die Vorteile einer Cessna näherzubringen versuchte, akzeptabel auszusehen. Dass es ihrer Mutter nicht so gut ging, dass sie zu schlafen aufgehört hatte, wie Ben ihr bei der Arbeit erzählte, schob sie auf das Wetter. Wieder hatte sie das Gefühl, dass ihre Maman ihr etwas sagen wollte, aber sie hatte gerade einfach keine Zeit für sie. Sie liebte das Leben in diesen Monaten, und sie war glücklich wie noch nie zuvor.

* * *

Der alte General saß vor Marthas Staffelei, ohne sich zu regen. Er wirkte grimmig und entschlossen, geradewegs so, als würde er in das Innere einer Kanonenmündung blicken. General Thibodeaux, dessen Vorfahren den Mississippi schon zu Zeiten des Sonnenkönigs heraufgeschippert waren, hatte sich noch jedem Krieg gestellt – das immerhin hatte er sie wissen lassen, bevor er sich dem großen Schweigen ergeben hatte. Die Teutonen im Ersten Weltkrieg, wiederum die Teutonen im Zweiten, und sollten sich die Teutonen ein drittes Mal anschicken, in der Welt herumzuzündeln, bei Gott, er schösse wieder auf sie.

Sie fragte sich, was ihn dazu bewogen hatte, sich porträtieren zu lassen – abgesehen von seiner Fähigkeit, in Schützengräben und vor Staffeleien selbst das Blinzeln einzustellen. Die Antwort trat leise durch die Tür.

Sie schrak zusammen, als sie den Kindserzeuger sah. Mister Thibodeaux, korrigierte sie sich leise, Reeder und in der Stadt ein mächtiger Mann. Er lächelte sie an, aber es war kein freundliches Lächen. Seine Augen tränten. Er fuhr sich durch sein inzwischen schlohweißes Haar.

«Ich hätte nicht damit gerechnet, dass Sie kommen würden», sagte er anstelle einer Begrüßung. «Aber ich nehme an, dass Sie sehr pflichtbewusst sind.»

Martha brauchte einen Moment, um es zu begreifen. Der alte General war der Vater des Reeders, der wiederum der Vater von Myrtle war. Sie versuchte zu lächeln, aber der Mund wurde ihr trocken, und das Lächeln misslang.

«Machen Sie sich nicht die Mühe.» Der Reeder blickte auf ihre Rechte, die voll roter Ölfarbe war. «Ihre Hand ist befleckt.»

Sie sank zurück auf ihren Stuhl und blickte zu dem alten General hinüber, der so still wie eine Statue saß.

«Sie bekommen einen Auftrag, und dann erfüllen Sie ihn auch, richtig?», sagte Mr. Thibodeaux leise. «Ich nehme an, das haben Sie mit dem Rest Ihres Volkes gemein.»

«Ich wüsste nicht ...», begann Martha und spürte, dass ihr Herz schneller klopfte.

«Fräulein Richter», unterbrach sie der Reeder auf Deutsch.

Martha zuckte zusammen.

«Wenn Sie mit mir Ihre Deutschkenntnisse auffrischen möchten, muss ich Sie leider enttäuschen.» Ihr Herz trommelte so laut, dass sie glaubte, dass die Männer es hören müssten. «Meine Eltern haben mit mir nur Französisch gesprochen. Und ich weiß nicht, wie Sie auf den Namen Richter kommen.»

«Oh, Ihre Mutter, ja, sicher.» Der Reeder sprach sehr leise. «Louise Moreau war ihr Name, richtig? Sehr französisch. In der Tat.»

«Wagen Sie es nicht, den Namen meiner Mutter auszusprechen!» Martha sprang auf. Der Pinsel fiel zu Boden. Rote Ölfarbe kleckste auf die Dielen. Noch immer regte sich nichts im Gesicht des Generals.

«Ich sage Ihnen sogar den Namen Ihres Vaters.» Unter Mr. Thibodeaux' seerosenweißer Haut pochte eine Ader. «August Richter. Aus Köln – genau wie Sie.»

Martha ballte die Fäuste. «Nicht meine Eltern», keuchte sie.

«Wissen Sie, zu Anfang hätte ich Ihnen Ihre Geschichte fast abgekauft. Aber meine Frau – Myrtles Mutter – hat Deutsch unterrichtet. Ich weiß, wie Deutsch klingt. Und ich weiß, wie Amerikaner mit französischen Wurzeln Englisch sprechen. Nicht wie Sie, Fräulein Richter. Nicht wie Sie.»

Alles verschwamm vor Marthas Augen. Mr. Thibodeaux schritt vor ihr durch den Raum. In einem Winkel ihres Gehirns registrierte sie den Namen Myrtle. Sie versuchte zu begreifen, was Junis alte Klassenkameradin mit alldem hier zu tun hatte. Ihre Knie begannen zu zittern. Sie sank zurück auf den Stuhl.

«Ich bin von Berufs wegen misstrauisch, Fräulein Richter.»

«Mrs. Leroy», sagte Martha schwach.

«Richtig, Sie haben ja geheiratet, Fräulein.» Er drehte sich zu ihr um. «Und ich gehe mal davon aus, dass weder die Heirats- noch die Einbürgerungsdokumente gefälscht sind. Das wäre dann wohl doch ein zu großes Risiko. Nun, wo war ich stehengeblieben? Ach ja, bei meinem Misstrauen. Sehen Sie, ich muss wissen, wen ich auf meinen Schiffen mitfahren lasse. Ich würde zum Beispiel nur sehr ungern alte Nazi-Größen mitfahren lassen. Überhaupt habe ich was gegen Nazis – und da kommen Sie jetzt ins Spiel.»

Er sah, dass Martha den Mund öffnete, brachte sie aber mit einer Handbewegung zum Schweigen.

«Am Anfang war es mir egal, ob Sie ein Nazi-Liebchen sind, das sich mit gefälschten Papieren davongemacht hat. Aber dann hat sich meine Tochter Myrtle bitterlich bei mir beklagt. Sie erzählte mir von diesem kleinen Vorfall bei Antoine's.» Er baute sich vor ihr auf, und wieder sah Martha die Ader an seiner Stirn pochen. «Sie haben meine Tochter beschimpft.»

«Ich habe lediglich ...»

Der Reeder hob die Hand. «Ausgerechnet im Antoine's – dem gesellschaftlichen Zentrum der Stadt.»

«Hören Sie mir doch bitte ...»

«Und da habe ich mir gedacht, dass es ganz interessant sein könnte, etwas über Sie herauszufinden, Fräulein. Und in der Tat.» Er hielt ihrem Blick ebenso stand wie der alte General. «Es war sogar mehr als interessant.»

«Sie ziehen die falschen Schlüsse.» Marthas Herz hämmerte jetzt so heftig gegen ihren Brustkorb, dass es schmerzte.

«Die Fälschungen waren sehr gut gemacht, das muss ich sagen. Das Transitpapier, in Marseille gestempelt, hervorragend. Der französische Pass – täuschend echt. Nur Spione bekommen dermaßen gut gemachte Papiere. Was ich mich frage, ist Folgendes, Fräulein: Für wen haben Sie spioniert? Abwehr? Sicherheitsdienst des Reichsführers SS?»

Ein Teil in Martha reagierte erleichtert. Der Mann hatte keine Ahnung, dass sie die Papiere selbst gefälscht hatte. In ihren Ohren hörte sie es rauschen. So, als rollte eine riesige Welle heran.

Er trat so dicht zu ihr, dass sie seinen Atem riechen konnte. Sie musste unwillkürlich würgen. Verschimmelte Muscheln, schoss es ihr durch den Kopf.

«Ich habe noch etwas anderes herausgefunden», flüsterte er.

Sie wandte den Kopf ab, so sehr ekelte sie sein Geruch.

«Ihre Tochter hat keine Ahnung, dass sie Deutsche ist.»

«Juni ist nicht Deutsche!»

«Nein, sie ist mittlerweile eingebürgert. Aber geboren ist sie in Köln. Von deutschen Eltern. 7. Juni 1940. Juni – das deutsche

Wort für den Monat *June*. Seltsam, dass sie nicht selbst darauf gekommen ist, oder? Nun, jemand wird es ihr sagen müssen, nehme ich an. Die Wahrheit ist doch immer das Beste, sagt man ja.»

Martha sah zum alten General hinüber. Jetzt kam die Angst. «Lassen Sie bitte meine Tochter aus dem Spiel.»

«Dann sollten Sie es ihr vielleicht selbst sagen.» Seine wässrigen Augen wirkten leblos. «Wenn Sie nicht wollen, dass die Einwanderungsbehörde etwas von der Fälschung erfährt.»

KAPITEL 19

Die erste Nachricht tickerte am 18. August 1960 gegen sechs Uhr abends über die Fernschreiber. *Frau für Reisen ins All getestet.* Weitere Meldungen folgten, eine unglaublicher als die andere. Eine amerikanische Pilotin hatte dieselben Tests durchlaufen wie die glorreichen Mercury 7, Amerikas neue Superhelden. Und sie hatte ebenso gut abgeschnitten wie die Männer, in einigen Bereichen sogar besser. Das war schwer zu glauben. Die meisten Journalisten, die an diesem Abend Dienst hatten, nahmen zunächst an, dass es sich um einen Scherz handelte. Die Nachricht war schlichtweg unglaubwürdig. Vielleicht, so mutmaßte einer, sollten ja auch *sie* getestet werden, darauf nämlich, auf welchen Unsinn sie so alles hereinfielen. Aber dann ratterten Redemitschnitte des Raumfahrtmediziners Dr. Lovelace über die Fernschreiber. Lovelace hatte auf dem Astronauten-Kongress in Stockholm einen Vortrag über seine weibliche Testperson gehalten.

Jerrie Cobbs Name ging um die Welt.

Ein Reporter der Zeitschrift LIFE, der die Geschichte bereits vor dem Stockholm-Kongress herausgefunden hatte, war bestens vorbereitet: Er hatte einen Fotografen zu Jerrie Cobb geschickt und ein langes Interview mit ihr geführt. Doch Lovelace hatte ihn gebeten, mit dem Druck zu warten, bis er die Tests vollständig ausgewertet habe, was erst kurz vor dem Kongress geschah. Im Gegenzug versprach er dem Reporter, dass er die Geschichte exklusiv bringen dürfte. Das wiederum bedeutete, dass Jerrie sich jetzt verstecken musste. LIFE würde eine Pressekonferenz einberufen, bis dahin durfte sie mit niemand anderem sprechen, schon gar nicht mit anderen Journalisten. Nur ihre Eltern, ihr Chef, Tom Harris, und seine Sekretärin Daisy waren eingeweiht. Jerrie sollte für ein paar Tage in Daisys Apartment ziehen. Dort würde sie niemand finden. Davon gingen sie aus.

Wenige Stunden später, um drei Uhr 45 in der Nacht, klingelte das Telefon in Daisys Wohnzimmer.

«Wer? Was?», hörte sie Daisy grummeln. «Wissen Sie überhaupt, wie spät es ist?»

Selbst von ihrer Klappcouch nahm Jerrie das Drängende in der Männerstimme am anderen Ende der Leitung wahr.

«Ja, ich kenne sie. Ja, sie war tatsächlich hier. Nein, jetzt nicht mehr.»

Jerrie kreuzte ihre Finger.

«Nein, mir ist es egal, ob sie von Associated Press oder vom Mond sind, ich habe verdammt noch mal keine Ahnung, wo sich Miss Cobb befindet. Ich bin Sekretärin und keine Wahrsagerin.»

Ein Anruf nach Ponca City am nächsten Morgen bestätigte Jerries schlimmste Befürchtungen: Das Haus ihrer Eltern wurde von Dutzenden Reportern, Kameraleuten und Fotografen belagert, und das elterliche Telefon klingelte ohne Unterlass. Journalisten aus Japan, Australien, aus ganz Europa und jedem einzelnen US-amerikanischen Bundesstaat versuchten, die «Astronautin» zu finden. Mutter, Vater und Chef hatten sich nicht abgesprochen, was Jerries Aufenthaltsort anbelangte, und so schrieben die Zeitungen in den folgenden Tagen, dass sich Jerrie Cobb «auf Geschäftsreise in Südamerika» befinde, oder «im Urlaub mit Freunden».

Jerrie verließ das Haus in Daisys Kleidern, die nicht mal ihre Knie bedeckten, da Daisy einen ganzen Kopf kleiner als sie war, sodass sich die Männer nach ihr umdrehten und ihr nachpfiffen, nicht wissend, dass die Frau in der knappen Kluft mit der riesigen Sonnenbrille im Gesicht die im Moment meistgesuchte Frau Amerikas war.

Ihre täglichen drei Anrufe galten LIFE, um zu hören, wie weit die Vorbereitungen für die Pressekonferenz gediehen waren, ihrem Chef und ihren Eltern. Letztere konnten von immer absurderen Anrufen berichten. Eine britische Zeitung hatte Mom damit gedroht zu schreiben, Jerrie wäre von den Russen gekidnappt worden, sollte sie nicht endlich verraten, wo sich ihre Tochter befand. Eine Sportzeitung, die einen längeren Artikel über ihre fliegerischen Rekorde geschrieben hatte, beschwerte sich, dass sie nun alles umschreiben müsse, und warum habe Jerrie denn im Vorwege nichts von ihrer Astronautenlaufbahn erzählt?

Als der erste Fotograf vor Daisys Haus auftauchte, zog Jerrie in ein Hotel, ohne irgendjemandem den Namen zu verraten. Weil sie nicht mehr arbeiten konnte, tat sie das, worum Dr. Lovelace sie gebeten hatte: Sie stellte eine Liste von Kandidatinnen auf. Sie wusste, wer die besten Pilotinnen Amerikas waren, sie kannte sie, war mit ihnen Rennen geflogen, kannte in vielen Fällen sogar ihre Fluglizenzen, wusste, was sie konnten und was nicht. Da war Jane Hart zum Beispiel, Mutter von acht Kindern, Seglerin, Springreiterin und Hubschrauberpilotin, die nun, da der Wahlkampf um die Präsidentschaft entfacht war, Kennedys Mutter zu Auftritten flog. Geraldine Sloan, die sogar eine eigene Flugzeugfirma hatte, nur leider mit einem Trunkenbold verheiratet war. Und dieses junge Mädchen, wie hieß sie noch gleich, aus New Orleans, die sie beim Rennen im vergangenen Jahr kennengelernt hatte. Noch keine große Erfahrung mit ihren 18 oder 19 Jahren, aber Wagemut und fliegerisches Gespür.

Am Morgen vor der Pressekonferenz flatterten Jerrie die

Nerven. Sie hatte auf diesen Tag hingefiebert, weil sie es leid war, gejagt zu werden. Aber nun wurde ihr ein riesiges Problem bewusst: Sie würde sprechen müssen. Vor einem Saal voller Menschen – in der Öffentlichkeit. Und als wäre das nicht schon schlimm genug, würde man jedes ihrer Worte mitschreiben. Ihr Herz schlug wie wild.

Zuerst konnte sie überhaupt nichts sehen. Die Lichter der Kameraleute blendeten sie. Wie von ferne nahm sie wahr, dass Kaffeeduft durch den Raum wehte. Sie sah Dr. Lovelace, sein lächelndes Gesicht. Schlagartig wurde es still.

«Miss Cobb», fragte der erste Journalist, als die Fragerunde offiziell eröffnet war. «Haben Sie keine Angst vor der Raumfahrt? Vor dem unbekannten, unerforschten Raum?»

«Nein, nicht wirklich.»

«Haben Sie überhaupt vor irgendetwas Angst?»

«Vor Grashüpfern», entfuhr es Jerrie. Das Gelächter, das auf einmal durch den Raum schallte, löste die Anspannung. Jemand reichte einen Teller mit Doughnuts herum.

«Miss Cobb», fragte ein anderer Reporter. «Welche Vorteile haben Frauen im All?»

«Frauen benötigen weniger Sauerstoff und weniger Essen. Sie sind kleiner und leichter. Gewicht ist ein entscheidender Kostenfaktor in der Raumfahrt, wie Sie wissen.»

«In Ordnung. Und was sind die anderen Gründe? Warum sollte die NASA Frauen einstellen?»

«Frauen sind psychisch besser gewappnet. Sie ertragen die Einsamkeit besser.»

«Ja, wenn das schon bekannte Fakten sind, wozu sollte die NASA denn Frauen jetzt noch erforschen?»

Jerrie versuchte, ruhig zu atmen. Waren diese Journalisten vielleicht wütend auf sie? Schließlich hatte sie tagelang Verstecken mit ihnen gespielt. «Die Raumfahrt ist für uns alle ja noch etwas Unbekanntes», antwortete sie. «Und deshalb müssen Frauen getestet werden, damit man weiß, wie sie im All reagieren. Bislang gab es diese Untersuchungen nicht.»

«Werden weitere Frauen getestet?»

«Ja, das wird geschehen, und ich hoffe, dass die Regierung ein eigenes Programm dafür auf die Beine stellen wird. Die Forschung an meinem Körper war ein privat finanziertes Projekt.»

«Können Sie kochen, Miss Cobb?» Eine weibliche Reporterin lehnte sich vor. Eine Perlenkette baumelte über einem tief ausgeschnittenen Kleid.

«Ja, wenn ich Zeit habe.»

«Und was kochen Sie am liebsten?»

Jerrie lächelte höflich, während sie fieberhaft nachdachte. Es war schon eine Weile her, dass sie sich mit Küchenutensilien herumgeschlagen hatte. Dann fiel ihr ein indianisches Gericht ein, das ihre Mutter manchmal zubereitete. «Rindfleisch mit Mais und Wasserlilien.»

Die Männer vor ihr runzelten die Stirn. Stifte kratzten über Papier.

«Warum wollen Sie einen Mann im All schlagen?», fragte ein Reporter.

«Ich will keinen Mann ‹schlagen›.» Jerrie blickte dem Reporter, der die Frage gestellt hatte, aufmerksam ins Gesicht. Er sah nicht böswillig aus. Und er wollte sie auch bestimmt in keine Ecke drängen. Er verstand nur einfach ihre Motive nicht. «Ich möchte ins All, so wie Männer es auch möchten», versuchte sie zu erklären. «Es ist ja kein Wettbewerb.»

«Dann würde es Ihnen also nichts ausmachen, wenn Sie gemeinsam mit einem männlichen Kollegen zum Mond fliegen würden?»

«Im Gegenteil.»

Wieder Lachen. Gott sei Dank.

Jetzt folgte das Fernsehinterview für die TV-Show «Today», und dafür musste sie auf einem Stuhl ihrem Interviewer gegenübersitzen. Lampen brannten. Sie hatte das Gefühl, dass ihr Gesicht in Flammen stand. Hoffentlich stellte niemand diese Fragen, von denen sie in der Zeitung gelesen hatte, dachte sie.

Was ist mit der Menstruation im Weltall?

Würde der zusätzliche Transport von Tampons nicht den Gewichtsunterschied wieder ausgleichen, den man gewonnen hätte, wenn man eine Frau statt eines Mannes in die Kapsel setzte?

Beeinträchtigte die Radioaktivität im All nicht die Fruchtbarkeit – und wie wäre Amerika damit geholfen, wenn immer mehr Frauen immer weniger Babys bekämen?

Aber sie hatte Glück. Anstelle von Show-Legende Dave Garroway stellte seine Stellvertreterin Arlene Francis die Fragen. Arlene war ein mütterlicher Typ, und sie war wirklich neugierig, das spürte Jerrie. Nach nur wenigen Minuten vergaß sie, dass sie mit einer Fernsehpersönlichkeit sprach.

«Was passiert nun?», fragte sie Dr. Lovelace, als sie das letzte Interview absolviert hatte. «Wollen die NASA-Leute, dass ich jetzt mit einem speziellen Training beginne? Ich meine – ich bin bereit!»

Sie sah das Lächeln in seinen Augen. «Jetzt kommt die dritte Testphase in Pensacola, Florida», sagte er. «Und wenn Sie die durchlaufen, werden Sie sich nach Albuquerque zurückwünschen.» Er sah Jerries zweifelnden Gesichtsausdruck. «Albuquerque, meine Liebe, ist ein Spaziergang im Vergleich dazu.»

KAPITEL 20

Es waren zweiundzwanzig Namen. Randolph Lovelace glitt mit dem Zeigefinger die Liste herunter, vorsichtig, damit nicht die Asche seiner Zigarette darauf fiel. Kansas, Oklahoma, Texas, Louisiana, Kalifornien – in jedem Winkel Amerikas schien mindestens eine Pilotin zu leben, die seinen Anforderungen entsprach. Eine Frau, die genügend Stunden in der Luft verbracht hatte. Eine Frau, die es mit dem Weltall aufnahm.

Er wusste, dass Jerrie Cobb die Frauen sorgfältig ausgewählt hatte. Monatelang hatte sie sich durch die Akten der Ninety-Nines gewühlt. Sie hatte fliegerische Rekorde gezählt, Flugscheine und akademische Ausbildungen geprüft, Gesundheitszeugnisse eingesehen, Gespräche geführt. Sie hatte die Bewerbungen gelesen, die bei ihm eingegangen waren, und Erkundigungen über die Frauen eingeholt. Und jetzt kannte er ihre Namen. Es waren herausragende Athletinnen dabei, wie etwa die junge Juni Leroy aus New Orleans. Naturwissenschaftlerinnen und Ingenieurinnen wie Sarah Gorelick aus Ohio. Dann eine Mutter von acht Kindern, die offensichtlich die Raserei zu Wasser, auf dem Land und in der Luft liebte. Eine Mutter von zwei Kindern, Pilotin mit eigenem Unternehmen. Und sogar eineiige Zwillinge – die kalifornischen Pilotinnen Marion und Janet Dietrich.

Es waren die Namen von Amerikas begabtesten und furchtlosesten Pilotinnen. Den Königinnen der Lüfte, wie dieser etwas verdrehte Kollege aus der Pathologie zu sagen pflegte, der in seiner Freizeit Gedichte las.

Er versuchte, sie sich vorzustellen in ihren Flieger-Overalls, wie sie vielleicht in diesem Moment in ihren Lockheeds und Convairs und Cessnas über amerikanische Städte donnerten. Ganz wie männliche Piloten, nur leichter und kleiner, mit weniger Sauerstoffverbrauch. Er sog noch einmal an seiner Zigarette und drückte sie dann im Aschenbecher aus. Endlich nahm er den Telefonhörer auf.

Juni hörte den Apparat in der Abstellkammer klingeln, die Ben in seinem unendlichen Optimismus als Büro bezeichnete. «Kann nicht!», brüllte sie und schrubbte einen hartnäckigen Soßenfleck vom Tisch.

Das Telefon schrillte weiter.

«Könnte ich noch einen Hot Dog haben?», kam eine Stimme von Tisch zwei.

«Selbstverständlich.» Juni warf eine Wurst ins Wasser. «Dad!», rief sie in Richtung Abstellkammer. «Geh doch bitte mal ran! Ich hab hier noch Kundschaft!»

«Wann kommt eigentlich der Pilot?» Der Mann an Tisch zwei schien sich zu langweilen. Kein Wunder: Die Zeitung hatte er ausgelesen. Und außer ihm waren zu dieser Uhrzeit keine Kunden mehr da. Juni hätte ihm die Cessna ja auch bei Tage vorgeführt, aber der Vertreter aus Kansas hatte darauf bestanden, dass sie die Kunden im Abendlicht über Lake Pontchartrain flog. Sie sollten sehen, wie idiotensicher so eine Cessna bei schwindendem Licht war.

«Der Pilot ist bereits eingetroffen, Sir. Möchten Sie vielleicht noch ein Bier zu Ihrem Hot Dog?» Juni probierte ihr charmantestes Lächeln. Sie konnte Widerstand berechnen, und das nicht nur, wenn sie im Cockpit saß. Tisch zwei war nicht der Typ, der sich gern im Dunkeln von einem Mädchen durch die Lüfte fliegen ließ, darauf würde sie ihre Pilotenbrille verwetten.

«Danke, Miss, aber nein. Muss ja bei klarem Verstand sein, wenn ich das Flugzeug gleich beurteilen soll. Sagen Sie, wollen Sie nicht vielleicht den Hörer abnehmen?»

«Geh du mal ran, Juni!», kam Bens Stimme aus der Kammer. «Das ist bestimmt deine Mutter! Sie versucht dich schon seit Tagen zu erreichen!»

«Worum geht's denn? Ich kann nicht!»

«Geh ran, dann wirst du's erfahren!»

Das Läuten erstarb.

Die Abendsonne fiel schräg in den Diner. Juni bemerkte, dass es wieder einmal Zeit zum Fensterputzen war. Viertel vor sieben. Die Strahlen färbten sich löwenzahngelb. Einen Wimpernschlag lang sah sie Louis und sich wieder, wie sie als Kinder die gelben Blumen gegessen hatten. «Wir müssen los», sagte sie.

«Bringen *Sie* mich zum Rollfeld?», fragte der Mann.

Noch einmal. Charmantestes Lächeln. «Ja, Sir. Sobald Sie fertig sind.» Sie riss sich die Schürze vom Hals, wusch sich an der Spüle noch einmal die Hände und ging dann in den Umkleideraum, um ihr Fliegerkostüm anzuziehen. Natürlich war es einfacher, im Overall zu fliegen, aber Ben bestand darauf, dass sie eine Kostümjacke mit einem Anstecker tragen sollte, auf dem in goldenen Lettern «Pilot» prangte, damit sie respektabler aussah. Und natürlich einen Rock, weil sie zur Pilotenkostümjacke ja schlecht eine Hose anziehen konnte, ohne wie ein Junge zu wirken. In der Tat verfehlte die Jacke selten ihre Wirkung, wenngleich auch nicht in dem von Ben vorgesehenen Sinn.

Der Fluggast ächzte und ließ seinen Hot Dog fallen.

«Nicht schlimm», lächelte Juni und holte den Wischlappen. «Ich mach den Boden nachher sowieso noch richtig sauber.»

So still war es im Raum, dass man den Ventilator sirren hörte. Dann klingelte das Telefon erneut.

* * *

Geraldine Sloan hatte keine Angst. Nicht mal jetzt, da sich die Nacht über den Golf von Mexiko gesenkt hatte und sie so tief flog, dass die Propeller ihrer kleinen Maschine das Wasser berührten. Sie meinte, ein Gurgeln zu hören, aber vielleicht war es auch nur Einbildung. Der Horizont war verschwunden. Um sie herum dehnte sich die Finsternis, schwarzes Nass und schwarze Luft. Ein Knopfdruck, und auf dem Radar leuchtete die Landschaft. Immer weiter gen Süden steuerte Geraldine ihre Maschine, wobei sie sich bemühte, so tief zu fliegen, wie es ihr möglich war, ohne ihr Flugzeug zu ertränken – und sich gleich mit. Der Hersteller hatte eine Bitte ausgesprochen, die sich wie eine Anleitung zum Selbstmord las: sie möge den Radar bitte bei möglichst schlechter Sicht im Tiefflug erkunden. Am allerbesten sogar nachts. Also wenn man dermaßen müde war, dass man seine Superkräfte aktivieren musste, um nicht einzuschlafen. Wenn man schon drei Mahlzeiten zubereitet hatte, die Kinder von der Schule abgeholt, ein Flugzeug gewartet, Dienstpläne für Piloten geschrieben und den Wäscheberg auf eine kleine Bodenwelle reduziert hatte. Geraldine klemmte sich das Steuer zwischen die Knie und ballte die Fäuste. Die Muskelspannung pumpte ihr wieder Blut in den Kopf. Superkräfte! Nein, ihr würden nicht die Augen zufallen, nicht ihr!

Sie flog eine Schleife über dem Wasser, bis sie den Leuchtturm von Bolivar funkeln sah. Sie zählte seine Signale und hielt darauf zu – so viele pro Minute –, dann lenkte sie daran vorbei aufs Festland. Die Landschaft auf dem Radar wechselte von Gischtgrau zu Beton.

Als sie Dallas erreichte, schimmerte schon ein neuer Tag im Osten. Geraldine zog das Flugzeug in den Hangar, dann wechselte sie vom Overall in ein Twinset und einen eng geschnittenen Rock mit Pumps. Das Einfachste waren immer die Haare: ein paar Spritzer Wasser, und die kinnlangen Locken kräuselten sich in Form. Sie zog sich die Lippen nach und stieg in ihren Mustang. Überall erwachte die Stadt. Alles schimmerte golden: die großen Frontscheiben der Diners, die Steinfassaden der Hochhäuser, das Metall der Autos um sie herum. Sie kurbelte das Fenster herunter, um den Morgen einzuatmen. Aus einem geöffneten Café wehten die Töne von «At Last» zu ihr herüber, und die Stimme von Etta James, die sich mit den Geigen vermischte, zauberte ihr eine Gänsehaut auf den Arm.

Sie war merkwürdig, die Nacht ohne Schlaf. Die Sinne waren so klar. «I found a dream that I could speak to», sang Geraldine das Lied weiter, während sie die Avenue hinunterfuhr. Als sie den Mustang die Auffahrt zu ihrem Haus hinauflenkte, fühlte sie sich leicht und glücklich, fast wie verliebt.

Das Haus war ganz ruhig, als sie es aufschloss. Sie betete, dass Bill noch schlief. So leise sie konnte, ging sie in die Küche hinüber, um Frühstück zu machen. Gebratenen Schinken mit Eiern für Bill, Cornflakes für die Kinder. Kaffee, einen riesigen Becher Kaffee mit Milch für sie selbst. Bill würde sein Frühstück auf der Warmhalteplatte finden, wenn sie alle das Haus verlassen hatten. Bitte, dass er nicht vorher aufwachte, bitte, dass er ...

Der Schlag war so gewaltig, dass sie gegen den Küchenschrank schlug. Sie hörte das Klirren hinter sich und dann das Geräusch von Porzellan, das auf dem Steinboden barst. Keinen Zentimeter konnte sie ihre Arme bewegen, so fest umklammerte Bill ihre Handgelenke. Ihr Herz raste. Sie roch seinen Atem, der schwer und säuerlich vom Alkohol war. «Du kleines Flittchen!», stieß er hervor.

Leise, um nicht die Kinder zu wecken, versuchte Geraldine, sich aus seinem Griff zu winden. «Lass mich los, Bill!», flüsterte sie.

«Er hat dich gestern Abend angerufen.» Bill hatte Mühe, die Worte zusammenzusuchen. Aber sie verstand ihn auch so. «Und dann bist du kleines Flittchen zu ihm gefahren!»

«Bill, lass mich bitte los, so können wir nicht miteinander reden!»

Der Schwinger hätte sie an der Schläfe erwischt, hätte sie sich nicht rechtzeitig geduckt.

«Der Scheißkerl hat nicht nur ein Mal angerufen!» Bills Stimme klang heiser. «Wieder und wieder hat er's probiert! Hast ihn wohl richtig heißgemacht, du kleines Flittchen!»

«Um Gottes willen, jetzt nimm endlich Vernunft an!» Geraldines Verstand raste. Wer mochte bei ihr zu Hause angerufen haben? Ein Kunde? Also, den hatte sie jetzt verloren, so viel war sicher. Sie versuchte, das Zittern in ihrer Stimme zu unterdrücken. Nicht wütend werden, nicht schreien, nicht weinen. Superkräfte. «Du weißt genau, dass ich unterwegs war, um die Terrainfolgeradare für Texas Instruments zu testen, Bill!»

Der Mann, den sie einmal geliebt hatte, der ihr versprochen hatte, sie zu beschützen und sein Leben lang für sie da zu sein, dieser Mann starrte ihr in die Augen, dann glitt sein Blick zur Seite, und er lockerte seinen Griff. Geraldine nutzte den Augenblick, um unter seinem Arm hindurchzuschlüpfen. «Du setzt dich jetzt schön hin, Bill, und ich mache uns einen Kaffee! Was hältst du davon?»

Bill lachte. «Du glaubst, du könntest mich verarschen, richtig?» Diesmal schlug er so schnell zu, dass sie ihm nicht ausweichen konnte. Der Schmerz brannte ihr im Ohr. So schnell sie konnte, rannte sie die Treppe hinauf ins Kinderzimmer, warf die Tür hinter sich zu und schloss ab. Ihr neunjähriger Junge saß aufrecht im Bett und weinte. «Mommy», weinte er. «Kommt Dad hier rein?»

Die Kommode war so schwer, dass sie sich nicht vom Platz bewegen ließ. «Nein, Liebling», keuchte sie.

Sie schob und rückte, aber nichts geschah. Der Schweiß brach ihr aus allen Poren. Schon konnte sie Bills schweren Tritt auf der Treppe hören. Jetzt – das Möbelstück hatte sich bewegt! Sie musste sich nur noch ein bisschen mehr anstrengen. Superkräfte! Nur einen Meter musste sie noch.

«Mommy!», weinte jetzt auch ihr kleines Mädchen.

«Es ist alles gut, Kinder!» Nur noch wenige Zentimeter. «Uns wird nichts geschehen!»

Ein Krach ließ sie zusammenfahren. Bill war oben angekommen, und er warf sich mit all seiner Kraft gegen den Eingang zum Kinderzimmer. Noch einmal. Wieder und wieder warf er sich. Aber es gelang ihm nicht hereinzukommen. Sie hatte es geschafft. Die Kommode stand wie ein Fels vor der Tür.

Geraldine stand da, mit hängenden Armen, mitten im Zimmer.

Unten im Flur klingelte das Telefon.

* * *

Sarah Gorelick spürte, wie sich die Blondiercreme in ihre Kopfhaut einbrannte. Peggy Sue arbeitete mit schnellen Bürstenstrichen.

«Honey, dein Ansatz ist sooo sichtbar!», empörte sie sich, während sie Sarah im Spiegel ansah. «Wie lang warst du schon nicht mehr hier?»

Sarah überlegte. In der vergangenen Woche hatte sie etwa sechzig Stunden gearbeitet, und in der davor auch. Die Woche davor war etwas besser gewesen, aber da hatte sie abends und nachts noch Flugstunden gegeben. Die Zeit davor verschwamm in einem Nebel. Da war ein Mann gewesen – ein Mann, mit dem sie sich tatsächlich getroffen hatte. Ihre Erinnerung wies Lücken auf – das war nicht gut für jemanden, der im Handumdrehen die Wurzel aus 256 742 berechnen konnte. Sie wusste nur noch, dass sie einen Martini getrunken hatte. An den Namen des Mannes erinnerte sie sich nicht. «Viele Wochen lang, in denen ich oft dem Wunsch meines Chefs entsprochen habe, länger im Büro zu bleiben.»

Peggy Sue hob eine Augenbraue. «Ach so, na dann», grinste sie. «Ich hoffe, dass er gut ist, dein Chef.»

«Im Befehle erteilen und faul sein, ja.»

«Sonst hat er keine Vorzüge?»

«Nicht, dass ich wüsste. Aber ich könnte seine Frau fragen. Obwohl ich bezweifle, dass sie imstande ist, ganze Sätze zu formulieren. Tablettenkonsum kann aufs Sprachzentrum gehen.»

Peggy Sue stieß einen dramatischen Seufzer aus. «Also, ich würde mich *aufhängen*, wenn ich so viel arbeiten müsste wie du!»

«Danke für die Anregung.» Sarah widerstand der Versuchung, sich zu kratzen. Die Blondiercreme brannte, dass es nicht zum Aushalten war. «Aber ich fürchte, dafür habe ich keine Zeit.»

Im Radio spielten sie «At Last», den Song, den man derzeit überall hörte, und Peggy Sue sang textsicher mit und trug die Schale mit der Farbmischung zum Auswaschen. Sarah beobachtete ihre Friseurin, wie sie in ihrem Kleid mit der Wespentaille durch den Raum stöckelte und dabei die Hüften schwang. Sie sah schön aus, wie die meisten Vertreterinnen ihres Gewerbes, aber bei Peggy Sue lag es nicht nur an der tollen Aufmachung, sondern auch an der Harmonie ihres Gesichts. Phi – da war er wieder. Der Goldene Schnitt.

«Alles in Ordnung, Sweetheart?» Peggy Sue schob ihren perfekt dimensionierten Kopf vor ihren. «Du guckst so komisch. Nur noch zwanzig Minuten, dann können wir auswaschen! Willst du eine Zeitschrift? Ich habe hier die Look, ach nein, die ist langweilig, die schreiben schon wieder über diesen Hitler. Komm, ich geb dir die LIFE, die haben die Romanze zwischen unserer Marilyn und diesem Franzosen auf dem Titel. Was glaubst du, wie lange das diesmal hält? Die Marilyn, die ist ja wunderschön, aber irgendwie hält es wohl nie lange jemand mit ihr aus!»

Sarah nahm die LIFE entgegen. «Was hast du eigentlich diesmal in die Farbe gemischt, Salzsäure?»

Peggy Sue kicherte. «Du sagst immer so witzige Sachen, Sweetheart.»

«Juckpulver? Ameisenurin? Vielleicht, weil ich für dein Werk beim letzten Mal keine lobenden Worte finden konnte?» Sarah hob schelmisch ihren Finger. «Ist das deine Rache, Peggy Sue?»

Die Friseurin lachte noch lauter. «Sweetie, ich finde, dass dir die kurzen Haare sehr gut stehen!»

«Sag das mal dem Mann, mit dem ich mich getroffen habe, nachdem du mir die Haare abgeraspelt hattest. Ein Blick auf meine Haartracht, und er hatte plötzlich noch ganz dringend einen Termin.»

«Ach, sei froh, dass du ihn los bist! Was willst du mit einem Mann, der keine Ahnung von Frisuren hat?» Peggy Sue strich sich über ihr aufgetürmtes Haar.

Das Telefon schrillte.

Sarah betrachtete das Titelblatt der Zeitschrift. Marilyn Monroe und Yves Montand hatten genießerisch die Augen geschlossen. Yves schnupperte an Marilyns Haar. Der Geruch von der Blondiercreme musste bei Marilyn also schon verflogen sein.

«Spaß haben», sagte sie.

«Dolly!», brüllte Peggy Sue. «Geh verdammt noch mal an das verfluchte Telefon! Und stell das Radio leiser! Die spielen schon wieder Little Richard, diesen Schreihals, den kann ich nicht ab!»

Eine halbe Stunde später, als Sarah mit einem Handtuch um den Kopf gewickelt wieder auf ihren Frisierstuhl zurücksinken wollte, winkte Peggy Sues Aushilfe mit dem Telefonhörer. «Für Miss Gorelick», rief sie und fügte «total gaga, der Kerl» hinzu, sodass der Mensch am anderen Ende der Leitung es garantiert hören konnte. Ob es ihr Chef war? Sarah stellte sich vor, wie ihm vor Schreck jetzt die Wurstsalat-Stulle aus der Hand fiel. Der Chef mochte es nicht, wenn man ihn für verrückt hielt. Und er mochte auch keine Mitarbeiter, die ihre Freizeit *nicht* darauf verwandten, unbezahlte Überstunden zu arbeiten, und die stattdessen zum Friseur gingen. Gleichzeitig verlangte er von seinen weiblichen Mitarbeiterinnen, immer wie aus dem Ei gepellt auszusehen, erstklassig ausgebildete Ingenieurinnen hin oder her.

«Der ruft jetzt schon zum dritten Mal an, obwohl ich ihm gesagt habe, dass wir gerade die Farbe auswaschen und die Trockenhaube auch schon ...»

Sarah riss Dolly den Telefonhörer aus der Hand. «Sarah Gorelick hier, hallo?»

«Sehr erfreut, Sie endlich anzutreffen, Miss Gorelick.» Das Rauschen in der Leitung klang, als käme der Anrufer vom anderen Ende der Welt. «Hier spricht Dr. Randolph Lovelace von der Lovelace-Klinik in Albuquerque. Hätten Sie vielleicht ein paar Minuten Zeit für mich?»

* * *

Im Tribune Tower war die Hölle los. Marion Dietrich sah, wie einer der Reporter mit wehender Krawatte durch den Redaktionsraum stürmte, ein Papier aus dem Fernschreiber in der Hand. «Die Russen haben zwei Hunde ins All gefeuert!», brüllte er. Er konnte rauchen und brüllen gleichzeitig. «Multitalent» nannte ihn der Chef.

Schreie gellten. Mehrere Männer sprangen gleichzeitig auf, Telefone schrillten, Schreibmaschinen klapperten. «Sonderausgabe!», brüllte jemand, den Marion durch den dichten Zigarettenqualm nicht erkennen konnte. «Wir machen eine Sonderausgabe, Männer! Sowjethunde im Orbit! Vermutlich fliegen sie in diesem Moment schon über Amerika!»

Sie lief zum Tisch hinüber, an dem der Redaktionsleiter saß. «Melde mich!», versuchte sie, den Lärm um sich herum zu übertönen. «Was kann ich tun?»

«Den Weg freimachen, Miss!», brüllte der Mann. «Wir haben hier einen absoluten Notfall, sehen Sie das nicht?» Er schlug mit der Faust auf die Tischplatte, dass es grau aufwirbelte aus dem Aschenbecher vor ihm. «Diese verfluchten Russen! Und was macht die verdammte NASA in der Zwischenzeit? Däumchen drehen!»

«Sir, ich bin Ihre Flugexpertin», entgegnete Marion fest. «Geben Sie mir etwas zu tun!»

«Kann Sie nicht gebrauchen!» Er wedelte sie fort wie ein lästiges Insekt.

«Hey, Pilotgirl!» Das Multitalent packte sie am Ärmel. «Ich brauche auf der Stelle Informationen! Was haben die Hunde an? Wer hat sie eingekleidet? Los, ran an die Recherche! Ich will ein Modeporträt!»

Marion flitzte zurück an ihren Platz und griff sich das Telefon. Modeporträt, sicher, konnte sie liefern. Aber mehr als Informationen über die stilistischen Gepflogenheiten von russischen

Astronautenhunden interessierte sie die Frage: Wen schickten die Sowjets als Nächstes ins All?

Sie kannte nur einen Menschen, der mehr über Fliegerei und Raumfahrt wusste als sie. Jemanden, der eine Lizenz zum Verkehrspiloten besaß. Der sogar für die Luftfahrtbehörde Pilotenschüler prüfte. Jemanden, der einem Raketentechnik im Schlaf erklären konnte.

Wie gut, dass dieser Jemand ihre Zwillingsschwester Janet war.

KAPITEL 21

Überall waren Lichter, und jedes hatte eine andere Bedeutung. Eines Tages, das hatten Louis und sie sich versprochen, würden sie sich Sternennavigation beibringen, so wie die Indianer. Dann sollte Louis die Kontrollleiste im Cockpit abdecken, und sie würden einfach nur so fliegen, nach uraltem Wissen und Junis Instinkt. Bis dahin war es aber ganz praktisch, einen Kompass zu besitzen – und Anzeigen für Höhe und Geschwindigkeit. Unter ihr funkelten die Lichter des Lakefront Airports, als sie die Schleife vom See flog. Sie sah zu dem Mann herüber, dessen Namen sie noch immer nicht kannte. Tisch zwei.

«Und jetzt die Landung», sagte Juni sanft in die Dunkelheit.

Sie flog die Platzrunde, und als sie die Maschine aufsetzte, tat sie dies mit so viel Gefühl, dass die Reifen lediglich auf dem Asphalt wisperten.

Der Mann nickte anerkennend. «Ein gutes Flugzeug, diese Cessna. Landet sich ja praktisch von alleine. Ich meine, ich hab ja noch keine große Erfahrung. Aber wenn ein Mädchen so einen Vogel bedienen kann, dann kann ich das ja wohl erst recht!»

Juni unterdrückte die Antwort, die sie gerne gesagt hätte. Stattdessen verzog sie ihre geschminkten Lippen zu einem Lächeln. «Schätze ich auch.»

Sie kletterte aus dem Cockpit, wobei sie auf ihren Rock achtgab. Der Rock, mit dem sie fliegen konnte, musste erst noch erfunden werden. War er zu weit, dann flog er nach oben, insbesondere dann, wenn eine weitere Propellermaschine mit laufendem Motor in der Nähe stand. Und die engen Röcke rissen beim Aussteigen immer ein.

«Guten Abend, Sir. Wie hat Ihnen der Flug gefallen?» Ben war aus der Dunkelheit geglitten, und die Männer schüttelten sich die Hand.

«Phantastisch!», lachte Tisch zwei. «Wie ich gerade zu Ihrer Kellnerin sagte ...»

«Meiner Pilotin», korrigierte Ben.

«Ja, wie auch immer, aber Ihre Kellnerin ist sie ja auch.» Tisch zweis Blick fuhr anerkennend über Junis Gestalt, soweit er sie in den Flughafenlichtern erahnen konnte, und Juni verschränkte instinktiv die Arme über der Brust. «Sehr hübsches Personal, muss ich sagen, Glückwunsch dazu.»

«Juni, du kannst nach Hause fahren», sagte Ben leise. «Ich kümmere mich hier schon um den Rest.»

Tisch zwei streckte ihr die Hand hin, aber sie tat, als sähe sie sie nicht, und drehte sich rasch um.

«Kleiner Wildfang, oder?», hörte sie den Mann lachend sagen, während sie über das Rollfeld klackerte, mit Absätzen, für die ihre Füße einfach nicht geschaffen waren.

Juni ballte die Fäuste. Sie wollte schreien, so wütend war sie. Im Umkleideraum schleuderte sie die Pumps gegen die Wände. Dann hieb sie mit der Faust gegen ihren Spind. Morgen würde sie Ben sagen, dass sie da nicht mehr mitspielte. Sie war keine fliegende Kellnerin, verdammt! Dieses bescheuerte Verkaufsspiel, das nur deshalb funktionierte, weil sie wie ein junges Mädchen aussah! Aber sie war zwanzig, verflucht noch mal!

Zitternd schlüpfte sie in Caprihose und Tennisschuhe. So sehr bebten ihre Finger, dass sie kaum die Bänder zuschnüren konnte, also stopfte sie sie kurzerhand in die Schuhe hinein. Sie riss ihre Handtasche mit den Autoschlüsseln aus dem Spind und donnerte ihn wieder zu. Der Knall hallte irgendwo im Terminal wider, und weil es so schön laut war, knallte sie die Spindtür noch einmal gegen den Metallrahmen. Dann stapfte sie zum schreiend-türkisfarbenen Buick Riviera, ließ den Motor aufheulen und dröhnte durch die nächtlichen Straßen ins Französische Viertel hinein. Sie fuhr viel zu schnell, und trotzdem konnte sie alles erkennen, was da an ihr vorbeisauste, so sehr war sie daran gewöhnt, auch bei hoher Geschwindigkeit zu sehen. Lichter waren es, die über einem Musikclub blitzten, eine Gruppe von Frauen, die auf dem Bürgersteig tanzte, eine Schlägerei. Auf einmal fing es an zu regnen, und sie kurbelte das Fenster nach oben, gab weiter Gas. Und dann wetterte es über die Scheiben, dass alles vor ihr verschwamm. Als sie in die Canal Street einbog, zuckte ein Blitz über die Fahrbahn. Und dann war da nur noch weißes Licht, eine Helle, in der sie das Gefühl hatte, alles von oben zu sehen: ihr Leben, und wie sie sich jeden Tag von neuem mühte, alles gut und richtig zu machen, und wie es nie ausreichte, und dass es immer nur ums Kämpfen ging.

Sie parkte direkt vor dem Haus in der Bourbon Street, aber die paar Meter bis zur Haustür reichten, dass der Regen sie von Kopf bis Fuß durchnässte.

Louis öffnete ihr die Tür und lachte.

Und plötzlich war ihre ganze Wut verraucht.

Sie ließ sich von ihm ins Wohnzimmer führen, und da erst stellte sie fest, dass etwas geschehen sein musste. Kerzen brannten, auf dem Tisch standen Gläser und eine Flasche Champagner, und Louis hatte den Plattenspieler aufgestellt.

«Ich habe ein Geschenk für dich», sagte Louis und hielt ein flaches Quadrat in die Höhe. «Aber erst trocknest du dich ab.»

Ihre Finger waren immer noch klamm, als sie das Papier aufriss. Eine Schallplatte kam zum Vorschein, darauf das Gesicht von Etta James mit ihrem aufgetürmten blonden Haar. «At Last», las sie leise.

«At Last», wiederholte Louis, nahm ihr die Platte aus der Hand und legte sie auf. «Ich bin furchtbar stolz auf dich, Juni.» Er füllte die Gläser mit Champagner und reichte ihr eines.

Juni spürte, wie sie zu zittern begann, vielleicht, weil ihr immer noch vom Regen kalt war oder weil die Wut sie so erschöpft hatte oder weil sie nicht wusste, was jetzt geschah.

«At last the skies above are blue», sang es aus dem Lautsprecher.

Die Haut um Louis' Augen kräuselte sich. «Ein Dr. Randolph Lovelace aus Albuquerque hat angerufen. Du weißt, was das heißt, Juni?»

Tränen schossen ihr in die Augen.

«Du bist zugelassen zu den Astronauten-Tests. Meine Geliebte, du fliegst zum Mond!»

383 828 Kilometer von der Erde entfernt, 19. Juli 1969, 75 Stunden und 42 Minuten nach dem Start

Die Rückseite sah so viel rauer aus. Dicht an dicht standen die Berge hier, dazwischen hatten Meteoriten Krater in die Mondoberfläche geschlagen. Über Milliarden von Jahren hatten sie die Fläche bombardiert. Sie konnten alles genau erkennen, denn es gab keine Atmosphäre um den Mond und somit auch keine Wolken, die ihnen die Sicht verhängten. Das Einzige, was sich veränderte, war das Licht. Das Raumschiff tauchte von Sonnenlicht in Erdenschein, während es über den Mond hinwegraste, und dann wieder in absolute Finsterkeit.

«Was für eine spektakuläre Sicht!», sagte Neil Armstrong.

«Sieh mal, da hinten!», rief Michael Collins aus. «Gigantisch, dieser Krater! Und sieh dir mal die Gebirgskette an, die sich um diesen Krater herumzieht! Monströs!»

«Mein Gott, enorm! Was für ein Berg! Er ist so groß, er füllt mein Fenster aus! Das ist der größte Berg, den ich je in meinem Leben gesehen habe! Man könnte sein Leben damit verbringen, allein diesen Berg geologisch zu erforschen!»

Neil verzog sein Gesicht, und Michael Collins stimmte ihm zu, dass auch er sich einen spannenderen Lebensinhalt denken konnte.

«Da drüben steht noch so eine dicke Mutter!», bemerkte Buzz Aldrin.

«Also wirklich, Buzz, nenn sie doch nicht dicke Mütter, gib ihnen wissenschaftliche Namen!»

«Sieht aus, als wären eine Menge von denen zusammengesackt.»

«Zusammengesackte dicke Mütter?»

«Je größer sie sind, desto eher sinken die ein, stimmt doch? Oder je älter sie werden.»

Michael Collins gab seiner Meinung Ausdruck, dass jetzt vor allem das Gesprächsniveau sank.

Plötzlich verstummten sie. Die Erde tauchte hinter den Bergen auf, eine winzige, blaue Murmel im All. Der vierte Tag im Raumschiff ging zu Ende. Nur noch wenige Stunden, bis sie das Kommando-Servicemodul vom Mondmodul trennen würden. Mit dem Mondmodul würden Neil Armstrong und Buzz Aldrin im Mare Tranquillitatis landen, einer Fläche, die von der Erde aus wie ein Meer aussah, aber kein Wasser enthielt. Und Michael Collins in seinem Kommandomodul würde weiter um den Mond fliegen und die Mission überwachen. Vollkommen allein.

KAPITEL 22

Martha ließ sich aufs Bett sinken und schlug die Hände vors Gesicht. «Ich kann nicht.»

«Natürlich kannst du.» Ben legte den Arm um sie. Sie war schon wieder so dünn geworden, seine Martha. Er konnte ihre Schulterblätter unter der Wolljacke spüren.

«Aber sie wird mich dafür hassen, oder? Und sie wird es nicht verstehen.»

«Das weißt du erst, wenn du es ihr gesagt hast.»

«Ich will es ihr schon so lange sagen.»

«Ich weiß.»

«Ich habe nur auf den richtigen Moment gewartet. Als sie auszog, da dachte ich ...»

«Ich auch.»

Martha spürte Bens Wärme an ihren Schultern. So gut kannten sie einander, dass sie nicht mal ihre Sätze vollenden mussten. Ben wusste über sie Bescheid wie sonst niemand.

Es dämmerte draußen. Sie konnte das Klopfen von Onkel Henris Holzbein im Nebenzimmer hören und das Schnattern von Edith, dem Papagei. Martha spürte der Vertrautheit nach. Wieder wünschte sie, dass alles so bliebe, und wieder hatte sie das Gefühl, dass ihr der Boden unter den Füßen wegglitt. Sie war es so leid, dieses Treibsandleben. Ben erhob sich. «Bleib!», flüsterte sie.

«Möchtest du, dass ich dich zu Antoine's begleite?»

Martha schüttelte den Kopf. «Ich möchte nur, dass sich ein

paar Minuten lang nichts ändert.» Sie schloss die Augen und nahm seine Hand.

Juni war so voller Glück, dass sie hüpfte. Die Luft war weich und warm. Zu Antoine's konnte sie zu Fuß laufen, einfach nur die Bourbon Street herunterflitzen und dann nach links in die St. Louis Street. Die Menschen, die ihr entgegenströmten, sahen wohl, dass sie froh war, denn alle strahlten sie an. Ein alter Mann, der auf seiner Veranda in einem Schaukelstuhl wippte, winkte. Juni winkte und lachte zurück. Ein bisschen fühlte sie sich schon jetzt wie eine Heldin, obwohl sie natürlich erst einmal die Tests bestehen musste, und die waren nicht ohne, hatte Jerrie Cobb gesagt. Jerrie war es gewesen, die sie vorgeschlagen hatte. Sie machte einen Luftsprung, dass ihr Petticoat wippte. Jerrie, ihr Kindheitsidol!

Vor dem Restaurant hatte sich eine Schlange gebildet, wie immer, aber das bereitete ihr keine Sorge, sie hatte ja reserviert.

Sie wirkte ein bisschen verloren, ihre Maman, wie sie da abseits von der Schlange stand. Blass und schmal war ihre Mutter geworden, und sie blickte unruhig umher. Juni spürte ein warmes Gefühl in sich aufwallen. Wieder einmal wurde ihr bewusst, wie verletzlich ihre Mutter war. Sie lief auf sie zu und umarmte sie.

«Juni!» Die Mutter hielt sie mit einer Kraft fest, die Juni nicht für möglich gehalten hätte. Sie ließ sie überhaupt nicht mehr los.

«Ich freu mich auch, dich zu sehen, Maman!» Juni lachte.

«Hör mal.» Die Mutter sah ihr in die Augen. «Ich weiß nicht, ob Antoine's der richtige Ort für unser Gespräch ist. Ich hatte eher an etwas Ruhiges gedacht. Warum kommst du nicht mit nach Hause? Caresse hat eine Meeresfrüchte-Gumbo gekocht!»

«Maman, ich habe reserviert, und glaub mir, es war nicht leicht, an einem Samstagabend einen Tisch im Antoine's zu bekommen!» Sie zwinkerte ihr zu. «Ich fürchte, ich schulde dem Chefkoch jetzt einen Flug nach Houston, wo er getrockneten Teufelsrochen einkaufen will. Tu mir also den Gefallen», sie hakte ihre Mutter unter, «und geh mit mir hinein!»

Der Speiseraum war bis auf den letzten Platz besetzt. Alle Paare der Stadt schienen sich diesen Abend auserkoren zu haben, um miteinander im Gourmet-Tempel des Big Easy essen zu gehen. Frauen mit festgesprayten Haartürmen blätterten in Menükarten. Einige fächelten sich Luft zu. Der Ventilator sirrte unter der Decke. Blauer Zigarettendunst zog durch den Saal.

«Miss Leroy, die Pilotin, und Mrs. Leroy, die Straßburgerin!» Roy Alciatore trat auf sie zu. «Ich habe die Ehre, Ihnen einen Tisch im 1840-Raum anzubieten. Eine Absage in letzter Minute!»

Juni, die ihre Mutter noch immer untergehakt hielt, drückte ihre Hand. «Oh, das ist phantastisch, denn wir haben etwas zu feiern!»

Um Alciatores Mundwinkel zuckte ein Lächeln. «Mögen die Damen mich entschuldigen.» Ein stattlicher Kellner in Livree bedeutete ihnen, ihm zu folgen.

«Juni, ich bin mir nicht sicher, dass ich für den Anlass richtig gekleidet bin. Ich wusste nicht ...»

«Unsinn, Maman, du siehst wundervoll aus!» Juni warf ihr einen raschen Blick zu, während sie dem Kellner in einen angrenzenden Raum folgten, der mit gerahmten Fotografien und signierten Zeitungsartikeln geschmückt war, auf denen der Meister selbst posierte, zumeist mit Männern, deren prominent vorstehende Bäuche von des Meisters Kunst zeugten. Auf anderen Bildern lehnten sich Männer und Frauen, schön wie die Götter, der Kamera entgegen. Juni stutzte, als sie Louis zu erkennen glaubte, aber nein, es war Elvis Presley. Sie wurden durch einen weiteren Gang geführt und gelangten in einen Raum, dessen Wände blutrot tapeziert waren. Alles glänzte in Bronze und Gold: die Statuen in den Nischen, die Kandelaber auf den Tischen, die Rahmen der Gemälde und Spiegel, der Schmuck der Frauen.

«Ich kann Ihnen als Vorspeise die Austern Rockefeller empfehlen», sagte der Kellner, nachdem er ihnen die Karten gereicht hatten. «Dazu ein Glas Champagner.»

«Ich bin leider noch nicht volljährig», lächelte Juni bedauernd. «Aber für meine Mutter sehr gern!»

Martha betrachtete Juni. Das Bild des winzigen Mädchens schob sich vor ihr Gesicht. So würde es wohl immer sein, dachte Martha, man sieht sein Kind, so wie es jetzt ist, und gleichzeitig sieht man es in allen Phasen der Vergangenheit. Wieder fragte sie sich, was Juni ihr erzählen wollte. Dass sie heiraten würde? Oder – bei diesem Gedanken schlug ihr Herz schneller – erwartete sie ein Kind?

Lass es ein kleines Enkelkind sein, betete sie. Ben und sie hatten vergeblich versucht, Kinder zu bekommen. Oh, bitte lass es ein neues kleines Wesen sein, lass uns alle einen Neuanfang machen, ein Kind, das nichts von Deutschland weiß, ein Wesen, das ganz neue Zeit ist, ganz Amerika.

«Und darum habe ich dich hierher eingeladen, Maman», sagte Juni, und ihre Augen strahlten im Kerzenschein. «Ich wollte es dir in einer besonders schönen Umgebung sagen. Und ich wollte es mit dir feiern, mit der besten Mutter der Welt – der Frau, der ich alles zu verdanken habe!» Juni hielt ihr Glas Coca Cola in die Höhe. «Auf uns beide! Auf dich!»

Martha hielt ihren Champagner in halber Höhe. «Ich verstehe immer noch nicht …»

«Oh, entschuldige bitte.» Juni kicherte. «Ich habe dir noch immer nicht gesagt, worum es geht.»

Martha lächelte. Der Champagner perlte an ihren Gaumen.

«Aber du wolltest mir heute Abend auch etwas sagen!» Juni sah sie mit großen Augen an.

«Nach dir.» Martha spürte, wie ihr Herz noch schneller klopfte. «Also – was feiern wir heute Abend?»

«Ich bin zu den Astronauten-Tests zugelassen!», jubelte Juni. «Ich bin Teil des Mercury-Programms! Und wenn alles gut läuft ...» Aus ihren Augen sprühten Funken. «Oh, aber dazu gehört so viel, aber ich werde mich anstrengen, Maman, ich verspreche dir, mehr Leistung zu bringen als in der Schule, ich werde mich wirklich anstrengen, ich werde so hart dafür arbeiten wie sonst für nichts im Leben, denn wenn ich die Tests bestehe und ins Raumfahrtprogramm aufgenommen werde, dann fliege ich ins All!»

Stille breitete sich im Raum aus. Geschirr und Besteck klapperten nicht mehr. Gespräche verstummten. Die Augen aller Anwesenden richteten sich auf Juni und sie.

«Das Mercury-Programm?», flüsterte Martha. «Du meinst das Raketenprogramm von Wernher von Braun?»

«Ja», sagte Juni. «Du kennst den Namen? Ich wusste gar nicht ...»

«Du kannst nicht daran teilnehmen», sagte Martha. Sie spürte, wie ihr Mund trocken wurde. «Das darfst du nicht.»

«Wie – ich darf nicht?» Junis Gesicht verschwamm vor ihren Augen. «Maman, ich verstehe nicht ...»

«Du darfst es nicht.» Martha hielt sich am Tisch fest. Ihr wurde schwindelig. Die Kerzenlichter drehten sich vor ihr. «Es wäre gegen alles, was ich ... Es wäre gegen deine Großeltern. Gegen deine Familie. Du darfst nicht, Juni. Du darfst nicht für Wernher von Braun arbeiten. Es wäre Verrat.»

«Madame, Mademoiselle, Ihre Austern Rockefeller.» Der Kellner stand mit einer silbernen Platte vor ihnen. Martha sah wie von ferne, dass die Freude in Junis Gesicht erloschen war.

«Ich verstehe nicht», sagte Juni jetzt wieder. «Ich dachte, du wärest stolz auf mich.»

«Ich *bin* stolz auf dich, Juni ...»

«Ich meine, nach allem, was wir durchgemacht haben! Du bist mit mir auf dem Arm durch halb Frankreich geflohen! Über den Atlantik! Durch Amerika! Du wusstest nicht, ob du überleben würdest! Ob *ich* überleben würde!» Sie senkte ihre Stimme. «Wäre es dir denn gar keine Genugtuung zu wissen, dass all das einen Sinn hatte? Dass wir hierhergekommen sind, damit ich Astronautin werde? Damit ich Teil einer Mission werde, die unser Jahrhundert bestimmen wird?»

Sie sah wieder ihr kleines Mädchen vor sich. Wie es rannte. Der Ocker staubte ihm hinterher, so schnell lief es. Sie sah ihr erwachsenes Mädchen, die braunen Locken, die sich aus dem Pferdeschwanz gelöst hatten, die roten Wangen, das überraschte Gesicht.

«Deine Großeltern sind in Konzentrationslagern gestorben», sagte sie schlicht, weil sie nicht wusste, wie sie es einleiten sollte. «Dein Großvater in Mittelbau-Dora. Deine Großmutter in Ravensbrück.»

«Ich verstehe nicht», sagte Juni wieder.

«Du warst zu klein, ich wollte es dir erst sagen, wenn du erwachsen wärest. Ich ...» Zu ihrem Entsetzen fühlte sie, dass sie in Tränen ausbrach. «Ich konnte nicht darüber sprechen», weinte sie. «Es ging einfach nicht.»

Juni griff nach ihrer Hand. «Nicht weinen, Maman. Wir finden eine Lösung, ich ... Erzähl mir bitte alles. Wurden meine Großeltern – sie wurden in Straßburg von den Deutschen verhaftet, und dann wurden sie ...» Junis Lippen begannen zu zittern. «Und dann haben die Deutschen sie in diese Lager gebracht?»

Martha sah es vor sich. Vor ihr gabelte sich ein Weg. Sie konnte die Abzweigung nehmen, die zur nächsten Lüge führte. Oder sie sagte jetzt all das, was sie Juni schon vor langer Zeit hätte sagen müssen. Vor so langer Zeit.

«Maman?»

Ganz leicht spürte sie Junis Hand auf ihrer. Martha wünschte sich so sehr, dass die Welt jetzt still stehen möge. Es sollte für immer so sein: die Hand ihrer Tochter auf ihrer, vor ihnen Austern Rockefeller und Champagner, rote Tapeten im Kerzenschein. Sie wollte einfach nur das Glück genießen, dass sie es geschafft hatte. Juni und sie hatten überlebt, und mehr noch: Ihre Tochter war stark und glücklich geworden. Junis Hand umschloss ihre jetzt stärker. Von oben sah sie wie die Hand einer jungen Frau aus, mit rot lackierten Nägeln, aber von unten spürte sie die Schwielen.

Einen Moment noch zögerte Martha. Aber sie hatte ja keine Wahl. Die Wahrheit würde ohnehin ans Licht kommen. Das hatte Mr. Thibodeaux ja deutlich genug gesagt.

«Juni», sagte sie leise in die Stille hinein. «Wir sind eine deutsche Familie. Du und ich, wir wurden in Köln geboren.»

«Aber ...» Der Griff wurde ein bisschen fester, und jetzt fühlte Martha noch deutlicher Junis raue Arbeitshaut.

«Mein Name ist Martha Richter.» Sie sprach jetzt etwas schneller, weil sie noch nicht wollte, dass Juni sie unterbrach. «Deiner auch – als du geboren wurdest, habe ich dich nach mir benannt.» Sie ignorierte Junis Blick. «Du warst so sonnig, vom ersten Tag an, ich habe dich mein sonniges Junikind genannt. Daraus wurde Juni. Juni ist Deutsch und bezeichnet den Monat, in dem du geboren wurdest. Dein Vater war Schauspieler. Wir mussten fliehen, als du einen Tag alt warst. Deine Großeltern …» Im nächsten Augenblick fuhr ein Ruck durch ihren Körper, und sie begriff, dass Juni ihre Hand losgelassen hatte, nein, nicht losgelassen. Sie hatte sie weggestoßen.

«Du hast mich belogen!» Juni war aufgesprungen. «Dabei hast du mir versprochen, dass du mir immer die Wahrheit sagst!»

«Meine Damen, ich muss Sie doch sehr bitten.» Der Kellner war wieder an ihren Tisch getreten. «Die anderen Gäste beschweren sich schon.»

Juni beachtete ihn nicht mal. «Ich will alles hören», sagte sie, während sie sich wieder setzte. «Die ganze Geschichte. Von Anfang an.»

Martha spürte die Erleichterung fast körperlich. Juni war wütend, das war nur allzu verständlich. Aber sie würde begreifen, wenn sie die Geschichte gehört hätte. Und so begann sie zu erzählen.

Der Speisesaal war fast leer, als sie endete. Die Kerzen waren heruntergebrannt. Der Kellner hatte Essen gebracht, das keine von beiden angerührt hatte. Martha hatte von Mittelbau-Dora erzählt. Wie sie vom Tod ihres Vaters erfahren hatte – einem Toten unter Zehntausenden. Von ihren Nachforschungen dazu.

«Ist das alles?» Noch immer blickte Juni sie mit diesem reglosen Ausdruck im Gesicht an.

«Ich könnte dir noch mehr erzählen.» Martha versuchte zu lächeln. «Was auch immer du wissen möchtest, du kannst ruhig fragen, Juni. Ich kann verstehen …»

«Gar nichts kannst du. Du hast mich zwanzig Jahre lang belogen.» Juni erhob sich. «Du bist nicht mehr meine Mutter. Ich will dich nie wiedersehen.»

Ihr Herz klopfte, als sie hinausstürmte. Sie weinte erst draußen auf der Straße. Sie lief den ganzen Weg, lief und weinte.

Menschen torkelten ihr entgegen, ein Mann rief ihr etwas Anzügliches hinterher. Leuchtreklamen schoben sich ineinander, alles verschwamm vor ihren Augen. Zu spät bemerkte sie, dass sie falsch abgebogen war.

Auf einmal spürte sie, dass sie keine Luft mehr bekam. Sie stützte sich an einer Hauswand ab und beugte sich vornüber. Noch immer konnte sie keine Luft in ihre Lungen saugen, der Atem wollte nicht kommen. Sie wollte schreien, aber auch das gelang ihr nicht. Sie hatte sich selten in ihrem Leben gefürchtet – nicht einmal damals in den Anden, als sie nicht über die Bergspitze kam. Aber jetzt überrollte sie eine Welle der Panik. Ihr Leben, so wie sie es 20 Jahre lang gekannt hatte, war vorüber. Es hatte vielleicht auch nie stattgefunden, zumindest nicht so, wie sie geglaubt hatte. Sie war nicht der Mensch, für den sie sich gehalten hatte. Sie hatte nicht die Mutter, die sie an ihrer Seite geglaubt hatte, die Mutter, die sie liebte und beschützte und niemals belog.

Sie musste laufen. Wenn sie lief, dann fühlte sie sich besser. Doch sie wusste auch, dass sie bis nach Texas laufen konnte – sie würde der Trauer nicht davonrennen können, dass ihre Mutter sie belogen hatte. Und dass sie nicht mehr wusste, wer sie war.

Martha öffnete die Haustür und glitt ins dunkle Haus. Sie hörte den Papagei in seinem Käfig. Im Rest des Hauses herrschte Stille. Einen Moment lang hatte sie das Gefühl, dass jemand gestorben wäre. Sie versuchte, Luft zu holen, und spürte zu ihrem Entsetzen, dass sie nicht mehr richtig atmen konnte. Sie stützte sich mit den Händen an der Wand ab. Einen Schritt nach dem anderen machte sie so. Die Seidentapeten fühlten sich warm und feucht an. Ihre Phantasie, schon zu normalen Zeiten überbordend, gaukelte ihr einen Dschungel vor. Ediths Krächzen klang wie das eines exotischen Vogels. Ich werde verrückt, dachte sie.

Sie wusste nicht, wie lang sie bis zu Junis altem Kinderzimmer brauchte. Und warum sie sich dorthin tastete. Warum sie sich nicht zu Ben ins Bett legte. Warum sie so entsetzlich einsam war.

Hier war alles so, wie Juni es verlassen hatte. An den Wänden hingen Bilder von Flugzeugen, die Juni ausgeschnitten hatte. Ein Zeitungsausschnitt, der von ihrem ersten Rennen berichtete. Frauen waren darauf abgebildet, die Martha nicht kannte. Sie richtete Junis alte Schreibtischlampe darauf. Die Frauen wirkten glücklich und siegessicher. In der Bildunterzeile entzifferte sie ihre Namen: Jerrie Cobb, Sarah Gorelick, Geraldine Sloan, Jane Hart und dann zwei Frauen, die Zwillinge sein mussten, so wenig konnte man sie voneinander unterscheiden. Marion und Janet Dietrich, las sie.

Sie drehte sich um, und ihr Blick fiel auf Teddy. Teddy, dem sie selbst als Kind das Fell vom Bauch gestreichelt hatte, so lieb hatte sie ihn gehabt.

Sie bemerkte nicht, dass Ben die Tür geöffnet hatte und auf sie zutrat. Aber sie spürte seine Arme, als sie auf das Bett sank und Junis Geruch im Teddy einsog und so weinte wie damals, als sie den Brief vom Roten Kreuz bekam.

KAPITEL 23

Die Straßen von San Francisco schienen mit Hundeköpfen geradezu gepflastert. Belka und Strelka blickten einem von allen Kiosken entgegen, von den geöffneten Zeitungen in Straßenbahnen und Cafés. Selbst an der Flugschule von Santa Monica kam man nicht an den Bildern der beiden russischen Hündinnen vorbei.

«Ist dir mal aufgefallen, dass die Russen immer nur weibliche Wesen ins All schicken?», bemerkte Janet, als sie ins Cockpit ihrer Cessna kletterte. «Lajka, die sie vor drei Jahren mit Sputnik 2 in die Erdumlaufbahn gebracht haben ...»

«Gott hab sie selig!»

«... war ja ebenfalls eine Hündin!»

«Angeblich haben Belka und Strelka den Weltraumflug mit Bravour gemeistert.» Marion reichte ihrer Schwester die Checkliste. «Scheinen einfach härter als ihre männlichen Hundekollegen zu sein!»

Es war ein Wochenende, wie Marion es liebte. Janet und sie hatten sich zum Fliegen über der Bucht verabredet, und es war das perfekte Wetter dafür. «The twins in a twin», hatte eine Zeitung mal über sie geschrieben, die Zwillinge in einer zweimotorigen Maschine. Genauso war es, zwei gleiche Körper, die über den Pazifik düsten und sich die Golden Gate Bridge von oben ansahen. Sie flogen zusammen, seit sie Teenager waren. Mal war Marion Pilotin und Janet Copilotin, mal umgekehrt. Sie waren nicht nur eineiige Zwillinge, identisch im Erbgut, nicht voneinander zu unterscheiden, sie würden auch niemals in Rennen gegeneinander antreten, das hatten sie einander geschworen. Es gab eben keinen Zweifel: Sie waren das fabelhafte Dietrich-Team.

Marion setzte ihre Kopfhörer auf, und noch während sie das kleine Mikrophon vor ihrem Mund in die richtige Position brachte, sah sie, dass Janet es ebenfalls tat.

«Und du musstest also ein Modeporträt über die beiden Hunde schreiben.» Janet lächelte spöttisch. «Rundum Warnlicht?»

«Ist eingestellt. Ja, stell dir vor, im All trägt man als Hund jetzt Rot und Grün.»

«Vergaservorwärmung?»

«Ist aus. Ja, und offensichtlich auch Hundeleine.»

«So ist das wohl mit diesen modischen Accessoires, die kommen und gehen, aber was bleibt, ist der Pelz. Gemisch?»

«Gemisch ist reich. Du hast recht, der Pelz kommt wohl nie aus der Mode. Wenngleich Belka und Strelka es eher struppig bevorzugen.»

«Primer? Ja, wie auch, ich habe gelesen, dass die beiden Straßenköter sind.»

«Primer ist verriegelt. Wer in Moskaus Straßen überlebt, der ist wohl gegen alles gewappnet, was im Weltall herumfliegt.»

«Propellerbereich?»

Marion drehte sich nach hinten. «Frei.»

«Gibt es was Öderes, als Checklisten abzulesen? Triebwerk!»

Marion drückte auf den Startknopf. Dann stellte sie den Gashebel auf 1200 Umdrehungen pro Minute, prüfte noch Öldruck und Amperemeter, raste über die Startbahn und zog den Steuerknüppel weich zu sich heran.

Sekunden später flog sie dem Himmel entgegen. Sie sah zu Janet hinüber, die sie aus ihren blauen Augen anstrahlte, und sie wusste, wie Janet sich in diesem Augenblick fühlte, denn alles, was Janet fühlte, das fühlte sie auch.

«Bereit für Albuquerque?», fragte sie über die Kopfhörer, als die Stadt unter ihnen klein geworden war. Schaumwellen tanzten auf dem Meer.

Janet wartete ein paar Sekunden mit ihrer Antwort. «Ehrlich gesagt, Marion, ich überlege, da nicht hinzufahren.»

«Was?» Marion war so verblüfft, dass sie schrie.

Janet nahm den Kopfhörer von den Ohren, steckte sich die Finger in die Ohren und ruckelte daran. «Das ist kein Grund, mich jetzt taub zu machen, Schwester», grinste sie.

Marion flog eine Schleife über Alcatraz. «Du bekommst eine Einladung, als Astronautin getestet zu werden, und lehnst es ab? Wirklich jetzt, Janet? Bist du irre?»

«Noch habe ich es ja nicht getan. Aber ich überlege.» Jan blickte starr geradeaus.

«Was ist mit der Seele passiert, mit der ich mir einen Bauch geteilt habe, und warum hat sie deinen Körper verlassen?»

Jetzt lachte Janet doch. «Der Grund ist ganz einfach: Ich habe gerade eine Stelle als Chefpilotin in Los Angeles ergattert – mein Traumjob! Darauf habe ich jahrelang hingearbeitet. Ich kann mir doch jetzt nicht einfach eine Woche Urlaub nehmen.»

«Dann will ich dir mal was sagen, Jan.» Marion nahm Kurs auf die Stadt. «Wir leben in der aufregendsten Zeit, die die Menschheit je gekannt hat. Wir stehen so kurz davor, auf den Mond zu fliegen! Die meisten werden nur zusehen dürfen. Einige wenige Privilegierte dürfen darüber berichten und die nachfolgenden Generationen daran teilhaben lassen. Und eine Handvoll Männer und Frauen, nur die besten der besten Piloten, sind ausgesucht worden, um es zu tun.»

Janet öffnete den Mund, um zu antworten, aber Marion hob

ihre Hand. «Lass mich ausreden! An diesem Abenteuer teilzunehmen, egal, was am Ende dabei herauskommt, ist die größte Ehre unseres Lebens. Ja zu sagen zu diesem Abenteuer – das ist mehr als eine Ehre, es ist unsere Pflicht!»

Unter ihnen wölbte sich San Francisco, Hügel um Hügel. Die Stadt stieg an und fiel wieder ab wie ein Stein gewordenes Meer.

«Nicht nur, weil wir das Weltall erforschen müssen, wenn wir uns unserer Existenz auf der Erde bewusst werden wollen», sagte Marion jetzt leiser. «Sondern weil das Wettrennen im All auch über den Sieg künftiger Gesellschaftsformen entscheidet. Sowjetunion oder Amerika? Diktatur oder Demokratie? Du bist – aufgrund deiner phantastischen fliegerischen Erfahrung und deiner kleinen Körpergröße – mehr als geschaffen für den Beruf der Astronautin. Also geh nach Albuquerque, Jan. Geh!»

«Und dich lassen sie Artikel über Hundemode schreiben?», grinste Janet. «Was für eine Verschwendung von Redetalent!»

Marion lächelte still in sich hinein, als sie jetzt über Fishermen's Wharf raste. «Es gibt da noch etwas, das ich dir sagen wollte.»

Janet drehte sich um und lachte sie an. «Ist nicht wahr – du hast den Anruf ebenfalls bekommen?»

Marion lachte, dass ihre Zähne im Sonnenlicht strahlten. «Was würdest du davon halten, wenn wir zwei zusammen zum Mond flögen?»

Janet war einen Moment sprachlos. «Ich könnte mir nichts Erfüllenderes vorstellen», sagte sie.

* * *

Ethel Hebert war so stolz auf ihr Haus in der Bourbon Street, wie es eine Frau aus der Südstaaten-Oberschicht nur sein konnte. Vor dem Krieg hatten sie es sich mit einer anderen Familie teilen müssen, aber diese Zeiten waren ja nun gottlob lang vorbei, und das konnte ruhig jeder wissen. Es war ja schließlich kein Verbrechen, reich zu sein. Gerade hatten sie die Säulen ausgetauscht, die das Dach über der Veranda stützten, und auch der Vorgarten sah gepflegt aus. Bevor sie den ganzen Garten ihr Eigen nennen konnten, hatten hier die unterschiedlichsten Sträucher geblüht, alles, was das südliche Louisiana hergab, der reinste Urwald. Hatte natürlich alles Dreck gemacht, vor allem die weiße Magnolie, aber zum Glück hatten sie die nun gefällt. Sauberkeit und Ordnung waren lebenswichtig, fand Ethel Hebert, ohne diese Grundprinzipien des täglichen Lebens würde alles ins Chaos stürzen, und wohin das führte, würde man ja sehen, sollte dieser Kennedy tatsächlich zum Präsidenten gewählt werden. Hatte er doch tatsächlich verlautbaren lassen, dass Neger die Universitäten gemeinsam mit normalen Menschen besuchen sollten. Es schauderte sie, wenn sie nur daran dachte. Ihr Blick glitt zu Sammy, ihrem Boy, der sicherlich kaum die Grundrechenarten beherrschte. Sollte der ernsthaft mit der gebildeten Elite des Landes Vorträge in den Auditorien hören dürfen?

«Missus», lächelte Sammy sie an. «Die ersten Gäste sind da.» Er reichte ihr das Silbertablett mit den Visitenkarten.

«Ja, und worauf wartest du jetzt noch?», fauchte sie ihn an. Meine Güte, der Junge war wirklich schwer von Begriff.

Sammy verbeugte sich und kehrte in die Diele zurück, um den Gästen ihre Mäntel abzunehmen.

Ethel Hebert überprüfte im Spiegel ihre Frisur und dankte dem Schöpfer für die Erfindung von Haarspray. Dann blickte sie sich im Salon um und war ebenfalls zufrieden. Der Tisch war mit einer schweren Damastdecke, Silberbesteck und geschliffenen Gläsern gedeckt. Weiche Teppiche und Läufer bedeckten den Boden, und das Gemälde, das Martha ihr kopiert hatte, hing gut sichtbar an der Wand. Es zeigte den gekreuzigten Jesus und war ursprünglich von einem Ausländer namens Diego Velázquez gemalt worden. Ethel Hebert ärgerte sich immer noch ein bisschen über die riesige Summe, die sie ihrer Angestellten für das Bild hatte zahlen müssen, aber man musste die Künstler ja unterstützen, auch wenn ihr Mann wieder einmal gesagt hatte, Ethel, du bist zu gut für diese Welt. Nun, sie würde das Bild verkaufen müssen. Wenn herauskam, dass Martha Leroy, die *Persona non grata* des Französischen Viertels, das Bild gemalt hatte, war sie bei ihren Freundinnen unten durch.

Madame Thibodeaux warf Sammy ihren Sommermantel an den Kopf, während sie hereinstürmte. «Hast du es schon gehört, Ethel?», keuchte sie. «Was für ein Skandal im Antoine's! Also, ich an deiner Stelle würde sie jetzt herauswerfen!»

Ethel Hebert lächelte ihr dünnes Bleistiftstrich-Lächeln. «Habe ich gleich heute Morgen getan.»

Nach und nach trudelten die Frauen ein, und alle kannten sie nur ein Thema: den Auftritt von Mutter und Tochter Leroy bei Antoine's.

«Es heißt, sie hätten sich irgendwann mit Geschirr beworfen!»

«Der arme Kellner, er wusste sich nicht mehr zu helfen und hat sie vor die Tür gesetzt! Es heißt, dass fünf Männer sie ziehen mussten!»

«Pack bleibt Pack, da kann man nichts machen.»

«Angeblich war die Leroy früher kein Pack, sondern ein Nazi-Liebchen», fiel Madame Thibodeaux ein. «Oder eine Nazi-Spionin. Hat mein Robert gesagt. Und der muss es wissen. Seine Verbindungen reichen bis nach Washington hinauf.»

Ein ehrfürchtiges Raunen begleitete ihre Worte.

Ethel Hebert berührte ihre Schläfen. «Ich darf gar nicht darüber nachdenken, wen ich da all die Jahre beschäftigt habe.

Wenn ich darüber nachdenke, spüre ich, dass die Migräne kommt.»

«Es muss schrecklich sein, wenn man so zartbesaitet ist wie du», sagte Madame Thibodeaux, die Ethel Hebert in Wirklichkeit für eine ausgemachte Zimtzicke hielt.

«Mein Mann sagt immer», begann Ethel Hebert, aber sie konnte nicht weitersprechen, denn in diesem Augenblick stürmte eine ihrer besten Kundinnen in den Raum.

«Gott sei Dank, dass ich Französisch spreche!», rief sie.

Die Damen, die einen Halbkreis um Ethel Hebert gebildet hatten, reckten wie auf einen geheimen Befehl hin ihr Kinn.

«Wir sprechen ebenfalls alle Französisch», erklärte Ethel Hebert.

«Nur so konnte ich verstehen, was Mrs. Leroy und ihre Tochter miteinander besprochen haben!» Der Kundin war der Hinweis auf die linguistischen Fähigkeiten der Damen gleichgültig. «Und stellt euch vor, die junge Leroy soll angeblich Astronautin werden! Sie hat erzählt, dass sie zu irgendetwas zugelassen wurde und demnächst in diese Astronautenklinik nach Albuquerque fährt.»

«Jetzt reicht es mir aber!» Wäre Ethel Hebert weniger gut erzogen gewesen, dann hätte sie mit der Faust auf ihren gedeckten Tisch gehauen. «Was denn noch alles? Sowjetische Hunde, die über unseren Köpfen fliegen! Neger, die plötzlich studieren wollen! Und jetzt auch noch die Tochter einer deutschen Spionin auf dem Weg zum Mond! Was kommt als Nächstes?»

Die Damen schüttelten einträchtig ihre Köpfe. «Nichts Gutes, so viel steht fest.»

Ethel Hebert klatschte in die Hände. «Aber heute Nachmittag wollen wir uns amüsieren, meine Damen! Der Kuchen, den meine Anne gebacken hat, ist köstlich wie immer, das kann ich euch versichern! Und was die Pläne dieser elenden Leroy-

Frauen angeht – da ist das letzte Wort noch nicht gesprochen. Mein Mann hat Verbindungen nach ganz oben.» Eine Idee durchzuckte sie. Natürlich, ihr Mann kannte Finanzmogul Floyd Odlum und dessen Gattin Jacqueline Cochran. Jackie hatte während des Kriegs die Fliegerstaffel von weiblichen Piloten angeführt, die den Kampfpiloten Nachschub an Militärflugzeugen brachte. Jackie war ein bisschen in die Jahre gekommen, aber noch so ehrgeizig wie eh und je. Wenn jemand verhindern konnte, dass der Stern einer anderen Pilotin aufging, dann war es Jackie.

«Ja, und diese Verbindungen», lächelte Ethel, «die werden uns allen noch sehr nützlich sein.»

* * *

Janey Hart war stolz auf ihren Kopf, meistens zumindest. Sie war in der Lage, Flug- und Wetterdaten zu prüfen und daraus in Sekundenschnelle Rückschlüsse für ihre Navigation zu ziehen. Sie hatte alle Daten für ihre Flüge mit der alten Mrs. Kennedy im Kopf, Uhrzeiten, Abflughäfen, Besonderheiten bei den Start- und Landebahnen. Sie konnte mindestens drei Rezepte für Apfelkuchen auswendig. Und sie wusste genau, wen sie im Kongress anrufen musste, um das zu erreichen, wogegen sie ankämpfte. Es gab nämlich eine Menge Dinge, die Janey Hart nicht leiden konnte. In erster Linie mochte sie es nicht, wenn Menschen, egal, wie arm oder reich sie waren oder welche Hautfarbe sie hatten, benachteiligt wurden. Zum Glück hatte sie in Philip einen Verbündeten gefunden. Philip konnte Ungerechtigkeit genauso wenig leiden, und deshalb vertrat er als demokratischer Senator den Staat Michigan. Kurzum: Janey hatte ein Elefantengedächtnis, aber jetzt war das Unfassbare geschehen, und sie hatte sich mit dem Termin für die Geburtstagsfeier vertan. Sie konnte sich nicht einmal damit herausreden, dass einem bei acht Kindern so ein Fehler schon mal unterlaufen konnte. Immerhin waren es *ihre* acht Kinder. Klar, acht Namen, acht Daten, achtmal unendlich viele und ständig wechselnde Vorlieben, Abneigungen, Krankheiten und schulische Leistungen – man musste schon Gedächtnismeister sein, wenn man sich das neben all dem anderen Kram merken wollte. Janey runzelte die Stirn und fuhr die Landeklappen aus. Wenn sie den Mechanikern die Abfertigung überließ und wenn sie sich sofort nach der Landung in ihren Sportwagen schwang und wenn es keinen Stau auf den Straßen von Washington, D. C., gab und wenn sie die Nanny bat, ihr bei den Girlanden zu helfen und wenn …

Ein Funkspruch durchbrach ihren Gedankenstrom. «Janey, da ist dieser Kerl wieder, der seit über einer Woche versucht, dich zu erreichen. Er weigert sich, mit einem von uns zu sprechen, sagt, es sei etwas Persönliches.»

«Roger», gab Janey trocken zurück.

Sie setzte auf, ohne über die einzelnen Schritte nachzudenken. So lange flog sie schon, dass sie es im Schlaf konnte, egal, bei welchem Wetter, egal, ob bei Tageslicht oder Nacht.

Fast hätte sie den Anruf wieder vergessen. Es war Abend geworden, sie hatte Wettrennen auf dem Rasen veranstaltet, Tränen getrocknet, eine nicht enden wollende Zahl von Geburtstagsgästen und Gratulanten verabschiedet und alle acht Kinder ins Bett geschickt. Sie hatte die Flugpläne für den nächsten Tag geschrieben und mit der Sekretärin der alten Mrs. Kennedy telefoniert, als sie den Zettel in ihrer Handtasche wiederfand. Ein Dr. Irgendwas aus Albuquerque. Janey hatte Bekanntschaften in fast allen US-Bundesstaaten, befreundete Demokraten, Mitkämpfer, ihre Pilotenfreundinnen, Mitsegler, Yachtenbauer, Freunde, mit denen sie Sprengderbys ritt, aber in New Mexiko kannte sie niemanden.

Neugierig klemmte sie sich den Bakelithörer zwischen Ohr und Schulter und drehte die Wählscheibe ihres Telefons.

* * *

«Ich werde dich mit dem Auto hinfahren, wenn du deine Cessna nicht nutzen kannst.» Louis ließ sich neben Juni aufs Sofa fallen. «Den ganzen Weg von New Orleans nach New Mexiko.»

Sie lachte. «Du weißt schon, dass du Alligatoren mit Krokodilen vergleichst!»

«Ich glaube, es heißt *Äpfel mit Birnen.*»

«New Mexiko ist jedenfalls ein ganzer Bundesstaat.» Wenn Juni eines neben Laufen und Fliegen beherrschte, dann war es Geografie. «Und nein, du wirst mich *nicht* hinbringen, um dann die ganze Strecke von Albuquerque nach New Orleans allein zurückzufahren, das sind weit über tausend Meilen! Ich möchte nämlich, dass du mir noch eine ganze Weile erhalten bleibst!»

In Louis' Augen tanzte der Spott. «Du willst eine Rakete auf den Mond steuern, aber machst dir Sorgen um mich auf der Autobahn?»

«Richtig.»

«Aber ich verstehe immer noch nicht, warum du nicht fliegen kannst. Die Cessna gehört doch dir alleine, oder?»

«Ja, aber ich habe sie ins Geschäft eingebracht. Ben braucht sie, weil wir ja nicht nur ein Verkaufs-, sondern auch ein Transportunternehmen sind. Und es ist schon schwierig genug, mit ihm zu arbeiten – jetzt, wo ich nicht mehr mit meiner Mutter spreche. Ben sitzt zwischen den Stühlen, was ich gut verstehe. Ich kann ihm jetzt nicht auch noch die Voodoo Jazz für eine ganze Woche wegnehmen. A propos Alligatoren mit Äpfeln, ich habe Hunger.» Juni knabberte an Louis' Ohr. Er roch nach Feuer, egal, wie gut er sich wusch. Der Brandgeruch wich ihm nicht aus den Haaren. Er hatte sich in seine Haut eingegraben.

Er rückte ein bisschen von ihr ab. «Wenn du mich aufisst, bin ich verschwunden.»

«Dann bring mir schnell was Richtiges zu essen! Ich bin schon ganz schwach!»

«Ich hab noch nie einen Menschen wie dich getroffen.» Er zog mit gespieltem Entsetzen eine Augenbraue gen Haaransatz.

«Das Kompliment kann ich guten Gewissens zurückgeben.»

«Nein, wirklich!» Louis strich mit seiner Hand über ihre schmale Schulter. «Du bist so ein zartes Wesen! Und dabei futterst du den ganzen Tag!»

«Mein Magen ist eben ein Sturkopf. Er hört nicht auf die Stimme der Vernunft!», verteidigte sie sich.

«Apropos Sturkopf.»

«Apropos ist *meine* Redewendung.»

«Jetzt sei bitte einmal ernst, Juni.» Louis schob sich seine Tolle aus der Stirn und blickte sie eindringlich an. «Auf der Feuerwache seid ihr Gesprächsthema, deine Mutter und du. Jeder weiß irgendetwas über diesen Abend bei Antoine's zu berichten. Ich finde, du musst mit deiner Mutter reden. Wusstest du, dass ihre Chefin sie gefeuert hat?»

«Die selbst ernannte heilige Samariterin?» Juni schnaubte. «Leiden ist ein so wichtiger Teil des Christentums, dass Ethel Hebert es als ihre Pflicht ansieht, es zu verursachen.»

Louis schwieg. Juni sah, dass ihm etwas auf der Zunge lag, und darum sagte sie: «Spuck es aus!»

«Es ist falsch», sagte er. «Es ist falsch, dass du den Kontakt zu ihr abbrichst.»

«Es war falsch, dass sie mich belogen hat.»

«Mütter machen Fehler. Das macht sie menschlich. Mein Gott, Juni, ich wünschte, ich hätte die Gelegenheit, *meine* Mutter noch einmal Fehler machen zu sehen!»

«Zwanzig Jahre lang sein eigenes Kind belügen nennst du ‹Fehler machen›? Verdammt noch mal, du bist derjenige, der mir beigebracht hat zu fragen, ob es die Wahrheit ist!»

«Nur weil ich früher sprechen gelernt habe.»

Juni ließ ihren Blick durch den Raum schweifen, hin zu der gerahmten Fotografie. Louis hatte sie aus Frankreich mitgebracht. Sie zeigte seine Familie und ihre Mutter gemeinsam auf dem Hof der Merciers. Maman musste darauf so alt sein, wie sie es jetzt war, um die 20 Jahre also, aber sie sah aus wie ein Kind, die Haare zu Schnecken über den Ohren gerollt.

Ein Gedanke durchzuckte sie, der sie noch wütender machte. Und was, wenn ihre Mutter sie vielleicht auch bei Antoine's angelogen hatte? Die Großeltern in Konzentrationslagern gestorben – gut möglich, dass sie sich auch diese Geschichte ausgedacht hatte. Ihre Mutter hatte Dokumente gefälscht, sie hatte gelogen und betrogen, und das seit mindestens 20 Jahren. Wer wusste schon, welche Rolle sie wirklich in Nazi-Deutschland gespielt hatte? Der geheime Raum fiel ihr wieder ein. Papiere mit Buchstaben, die über einen Tisch verstreut lagen. Was genau hatte sie mit diesen Papieren getan?

Wieder spürte Juni, dass dieses Gefühlsfeuer in ihr aufloderte, das seit dem Abend bei Antoine's in ihr glomm. Sie hasste ihre Mutter, sie hasste sie von ganzem Herzen, sie hasste sie so sehr, wie sie es nicht für möglich gehalten hatte, dass man jemanden so hassen konnte. Am meisten hasste sie sie dafür, dass sie nicht mehr auf sicherem Boden stand. Sie wusste nicht mehr, wo sie war, mit wem sie es zu tun hatte, wem sie noch vertrauen konnte. Abgesehen von Louis, ihrem Kindheitsfreund.

Ihre geliebte Maman – nichts weiter als jemand, der sie ihr Leben lang belogen hatte! Ihre französischen Wurzeln – nur eine Erfindung. Selbst ihr Name war ausgedacht.

Immerhin wusste sie noch, was sie ausmachte. Sie war Pilotin. Das war die Konstante in ihrem Leben, die Liebe zum Fliegen. Das wusste sie, seit sie klein war. Und das würde sie tun, bis sie es irgendwann nicht mehr würde tun können.

«Hast du Lust auf einen kleinen Nachtflug, wenn wir gegessen haben?», fragte sie Louis. «Ich will endlich diese Sache ausprobieren, über die wir schon seit Monaten reden!»

«Was denn?» Louis' Augen blitzten in der Abendsonne.

«Sternennavigation!»

Es war, als wäre etwas in Martha aufgebrochen. Sie wollte nach Hause. 15 Jahre, nachdem sie ihre Heimat verlassen hatte, bekam sie Heimweh nach Köln. Sie sehnte sich nach einem verschneiten Winter, nach Schlittschuhlaufen auf der anderen Rheinseite, im Eisstadion in Riehl. Nach dem Sonntagsspaziergang mit Mutti und Vati, Seilspringen und Himmel und Hölle mit den Mädchen. Nach Kreidekästchen Zeichnen auf dem Pflaster. Sie sehnte sich nach Himmel un Ääd. Sie wollte, dass es regnete, während sie über die Domplatte bummelte, und dass Mutti sie hernach mit einem Handtuch trocken rieb.

«Du musst Juni das Schreiben vom Roten Kreuz zeigen», sagte Ben ständig. «Nur dann wird sie dir glauben!»

Aber sie wusste, dass Juni ihr dann noch immer nicht glauben würde. Schließlich hatte sie ihrer Tochter gestanden, dass sie eine Fälscherin war.

Sie hatte versucht, Juni von den Eltern zu erzählen, in den Wochen nach dem Abendessen. Bestimmt zehn Mal hatte sie Juni angerufen, um ihr von den Lagern zu erzählen. Sie wollte sie bitten, sich nicht Wernher von Brauns Programm anzuschließen. Aber entweder hatte sie der Mut verlassen, kurz bevor Juni abnahm. Oder Juni hatte beim Klang ihrer Stimme aufgelegt.

Sie wollte wütend sein auf ihre Tochter, aber alles, was sie empfand, war Traurigkeit. Sie wollte auch über ihre Eltern sprechen, über das, was vor ihrem Verschwinden geschehen war, über ihre Schuld und ihre Kindheit. Sie begann, ein Zeichenheft mit Bildern zu füllen, mit Himmel und Erde, Himmel und Hölle – mit Essen und Spiel. Sie zeichnete sich selbst als kleines Mädchen, Hand in Hand mit Mutti und Vati, wie sie vor dem Dom stand. Sie zeichnete sich mit der winzigen Juni auf dem Arm, damals im Sommer 1940. Sie zeichnete eine rennende Juni in Bonnieux. Die Wochen vergingen, und sie versank immer tiefer in ihre Phantasiewelt. Jetzt, da sie nicht mehr arbeiten konnte und im Viertel geschnitten wurde, kam sie sich vor wie in einer Blase. Selbst Ben, das spürte sie in ihrer Blasenwelt, kam nicht an sie heran. Der Herbst rauschte heran mit seinen Wirbelstürmen, und dann der Winter. Vielleicht hätte Martha sich immer so weitertreiben lassen, aber dann kam ein Schreiben, auf dem eine deutsche Briefmarke klebte. Und dieses Schreiben würde alles verändern – das musste es einfach. Das wusste sie.

KAPITEL 24

Das «Paradise» war ein Gebäude, das in besseren Zeiten vielleicht einmal weiß gewesen war. Unkraut und Kakteen wucherten an der Auffahrt. Ein Neonschild tauchte den Platz vor dem Motel in leuchtende Farben. Abgesehen von ihrem eigenen Wagen parkte nur noch eine Corvette auf dem Platz.

Es war stockfinster, als Juni die Wagentür hinter sich zuschlug, nur die Mondsichel leuchtete über ihr. Zum ersten Mal in ihrem Leben war sie eine solch lange Strecke gefahren, und wieder einmal musste sie feststellen, dass sie Flugzeuge lieber mochte. Sie hatte Ben darum gebeten, sie mit ihrer Voodoo Jazz nach Albuquerque zu bringen, aber Ben hatte sich geweigert. Nicht, weil er Junis Position nicht verstand. Er verstand, dass sie das hier tun musste. Dass es die größte Chance ihres Lebens war. Aber er wusste auch, dass er Juni in dieser Sache nicht unterstützen konnte, wenn er mit Martha weiterleben wollte. Louis konnte sich natürlich auch keine Woche freimachen. Und so war sie eben allein gefahren.

Über ihr leuchtete die Mondsichel. Sie holte Luft und blies sie gen Himmel. Eine weiße Wolke formte sich vor ihrem Mund.

Die Rezeption war verlassen, aber sie fand eine kleine Tischglocke. Sie läutete. Nichts geschah. Aus einem der oberen Zimmer drangen gedämpfte Schreie, dann Keuchen. Sie hatte ihre Armbanduhr vergessen, also zählte sie, so wie früher, als sie mit

Louis Verstecken gespielt hatte. Als sie bei 60 angelangt war, wurden die Schreie spitzer. Noch immer zeigte sich niemand. Juni beschloss, sich in die Kunst des Alleinseins zu vertiefen, eine zu Unrecht unterschätzte Freizeitbeschäftigung. Im Weltall würde sie auch allein sein. Daran konnte sie sich ja schon mal gewöhnen.

Bei 120 schlurfte ein alter Mann heran. «Ja?»

«Juni Leroy», sagte sie. «Die Lovelace Klinik hat ein Zimmer für mich reserviert.»

Der Mann fuhr mit seinem vergilbten Finger über ein Register. Blätterte um. Irgendwo schaltete jemand einen Radioapparat ein. Eine aufgeregte Stimme kündigte «Heartbreak Hotel» an. «Da sind Sie ja», sagte der Mann zum Papier.

«Oh, gut.» Juni wippte ein bisschen mit. *I get so lonely, I could die*, sang Elvis Presley.

«Der Boy kommt gleich.»

«Gut», sagte Juni noch einmal.

«Sie haben Glück, heute ist Dienstag.»

«Und das bedeutet?»

«Mittwochs werden immer die Laken gewechselt.» Der Mann lächelte. «Also morgen schon.»

«Na, da hab ich wohl das Riesenglückslos gezogen, oder?» Junis Stimme troff vor Ironie.

«Kann man so sagen.»

Sie schwiegen, während jetzt an anderer Stelle des Hauses die Federn quietschten. Was auch immer man dieser Unterkunft vorwerfen konnte – merkwürdiges Empfangspersonal, schmutzige Laken –, es verschaffte seinen Gästen offenbar ordentlich sexuellen Appetit.

«Wann kommt denn der Boy so in etwa?»

«Wieso, haben Sie es eilig?»

Juni seufzte. Sie sehnte sich nach einer Dusche, einer warmen

Mahlzeit und einem Bett, in ungefähr dieser Reihenfolge. «Ich will ja nur wissen, ob es heute noch was wird.»

«Kann man von ausgehen.» Der Mann tippte sich an den Hut und schlurfte zurück.

Das Zimmer war genauso hässlich, wie sie es sich vorgestellt hatte. Das Bett sah schmal aus, aber sie munterte sich mit dem Gedanken auf, dass sie noch schmaler war. Es roch nach abgestandenem Zigarrenrauch. Als sie das Fenster öffnen wollte, hörte sie die Autos auf der Hauptstraße brausen. Um die Tristesse ein wenig abzumildern, holte sie die gerahmten Fotografien aus ihrem Koffer und stellte sie auf dem Nachttisch auf. Ein Bild zeigte ihre geliebte Voodoo Jazz, deren Flügel in der Sonne von Louisiana glänzten. Auf dem anderen war ein lächelnder Louis zu sehen.

Es klopfte. «Miss Leroy? Telefon für Sie!»

Sie sprang hastig die Treppe hinunter und riss dem Empfangsmann den Hörer fast aus der Hand.

«Miss Leroy, hier spricht Dr. Secrest.»

«Oh, hallo Doktor, ich wollte Sie auch schon anrufen. Doktor Lovelace meinte, Sie hätten Anweisungen für mich!»

«In der Tat. Wie fühlen Sie sich?»

«Bestens!», strahlte sie, worauf der Empfangsmann fragend eine Augenbraue hob.

«Gut. Dann sehen Sie zu, dass Sie heute Nacht gut schlafen, und melden Sie sich morgen um acht im Lassettter Labor. Ich werde um neun Uhr da sein. Ach ja, und noch etwas. Sie dürfen ab jetzt bis auf weiteres weder essen noch trinken. Waschen Sie sich bitte die Haare, aber benutzen Sie kein Haarspray. Lackieren Sie sich nicht die Nägel. Auch rauchen dürfen Sie jetzt nicht mehr.»

Juni fühlte sich leicht deprimiert, als sie erneut die Treppe nach oben nahm. Es war nicht so, dass sie ein Empfangskomitee erwartet hatte. Aber sie hatte sich zumindest auf eine heiße Suppe gefreut.

Es war so kalt im Zimmer, dass sie alles anzog, was sie mitgebracht hatte. Um einzuschlafen, rollte sie sich zu einer Kugel zusammen. Sie versuchte, an etwas Angenehmes zu denken, aber sie sah nur die endlose Interstate vor sich. Immerhin hatte sie ein Ziel.

* * *

Der Journalist stellte sich als «Herr Münzner» vor und trug einen kurzgeschnittenen Bart. Es war lange her, dass Martha Deutsch gesprochen hatte. Es wollte ihr nicht so von der Zunge gleiten wie früher. Aber in ihrem Kopf waren die Wörter alle da.

«Wie sind Sie eigentlich ausgerechnet auf mich gekommen?», fragte sie ihn. In Herrn Münzners Bart glitzerten Eiskristalle. Noch nie hatte sie in New Orleans einen solch kalten Winter erlebt.

Der Journalist ließ seinen Blick über die Gräber schweifen, dann kritzelte er etwas in seinen Block. Er lächelte eine Entschuldigung. «Verzeihung, aber dieser Friedhof ist beeindruckend. Ich habe so etwas in Europa noch nicht gesehen.»

«Der Metairie Friedhof von New Orleans ist einer der größten der Welt», sagte Martha. «Eine anonyme Großstadt der Toten, wenn Sie so wollen. Insofern ist man hier vollkommen ungestört. Wir können davon ausgehen, dass das, was wir hier besprechen, komplett unter uns bleibt. Also – warum ich, Herr Münzner?»

Ein eisiger Wind fegte vom Lake Pontchartrain über die Gräber. Irgendwo hämmerte jemand.

«Ich habe mit Überlebenden gesprochen.» Münzner sprach leise. «Dann mit Einwohnern der Stadt Nordhausen. Und dann mit Soldaten des 104. Infanterieregiments.» Er warf ihr einen raschen Blick zu. «Sie kennen diese Einheit?»

«Die Timberwolves.» Martha nickte. «Sind am 11. April 1945 in Nordhausen eimarschiert.»

«Die meisten wollen nicht mehr darüber sprechen. Einer sagte mir, er habe alles aufgeschrieben, in Briefen. Die Adressatin seien Sie. Er sagte mir, wo Sie wohnen. Und da bin ich.»

Das Hämmern wurde lauter. Martha erkannte einen Steinmetz, der sich über eine Marmorplatte gebeugt hatte. Er meißelte einen Namen ein.

«Ich habe Ihnen die Briefe mitgebracht.» Martha blieb stehen und holte eine Zeichenmappe hervor.

Münzner blickte ihr kurz in die Augen, dann nahm er sie entgegen. «Es stimmt also, er hat alles aufgeschrieben?»

«Alles.» Ihre Stimme war so nüchtern, als zählte sie die Artikel einer Einkaufsliste auf. «Wie die Leichen übereinanderlagen, die sie gefunden haben. Als habe sie jemand stapeln wollen. Wie sich einige auf die Seite gelegt haben, um zu sterben. Wie viele schon verwest waren. Entschuldigen Sie bitte, ich friere. Lassen Sie uns weitergehen.»

«Die Briefe.» Wieder sah Münzner sie aufmerksam an. «Ich darf davon ausgehen, dass sie echt sind, nicht wahr?»

Martha lächelte bitter. «Ich sehe, Sie haben bereits recherchiert.»

«Ich habe Erkundigungen über Sie eingezogen, das ist alles. Sie sind hier wohl nicht besonders beliebt.»

Martha lächelte tapfer weiter. «Die Sache ist erst ein paar Monate her. Nächstes Jahr werden sich die Leute über jemand anderen das Maul zerreißen.» Sie streckte ihr Kreuz durch. «Prüfen Sie gern alles nach. Diese Briefe hier – das sind Originale. Wenn Sie wollen ...» Sie presste die Lippen zusammen.

«Wenn Sie sich ganz sicher sein wollen ... ich kenne noch jemanden, der in Nordhausen dabei war. Einen Deutschen. Er hat für die Amerikaner übersetzt.»

«Das wäre sicherlich hilfreich.» Münzner nickte. «Aber Sie müssen nicht fürchten, dass ich Ihnen nicht glaube. Ich war 1947 beim Nordhausen-Hauptprozess der US-Armee zugegen. Was ich da gehört habe, deckt sich mit den Schilderungen von Mr. Sloan.»

«Wie ist dieser Prozess ausgegangen?» Martha fühlte ihr Herz schneller schlagen. «Sie müssen entschuldigen – ich höre keine Nachrichten mehr aus Deutschland.»

Seine Augen waren braun und warm. «So wie Ihnen geht es vielen anderen, die Deutschland verlassen mussten.» Ihre Schritte knirschten im vereisten Laub. Ein Mausoleum reihte sich an das nächste in dieser Allee. Prächtige Häuser standen in der Totengroßstadt.

Sie erreichten das Ende der Straße. Zwei marmorne Engel ragten vor einer Gruft in die Höhe, die Hände zu einem ewigen Gebet gefaltet. In der Gruft leuchteten Kerzen. Rot flackerte das Licht aus den Fenstern der Gruft auf den Weg.

«Fünfzehn Männer wurden schuldig gesprochen, einer wurde hingerichtet», sagte Münzner. «Freisprüche gab es auch.»

«Wer wurde freigesprochen?» Martha spürte plötzliche Nervosität.

«Ein Lagerarzt, der Adjutant des Lagerkommandanten, der stellvertretende Leiter eines Außenlagers. Und dann Georg Rickhey.» Wieder warf er ihr einen Blick zu, und diesmal erkannte sie das Mitgefühl darin. «Schon einmal gehört von dem Mann?»

Martha schüttelte den Kopf.

«Er war Generaldirektor der Mittelwerke in Mittelbau-Dora. Verantwortlich für die Raketenproduktion. Ein enger Vertrauter von Wernher von Braun. Bekam mit ihm gemeinsam das Kriegsverdienstkreuz für seine Leistungen in der Raketenproduktion.»

Eine Prozession von Sargträgern hielt hinter der Gruft mit den Engeln. Jemand stimmte ein Lied an. Auf Marthas Armen kräuselte sich die Haut.

«Im Prozess sagte ein Funktionshäftling gegen Rickhey aus. Angeblich hat Rickhey bei einer besonders brutal inszenierten Massenstrangulation zugesehen. Rickhey hat das natürlich von sich gewiesen, und von Braun sollte zu seinen Gunsten aussagen, aber die Amerikaner haben von Braun nicht ausreisen lassen. Trotzdem wurde Rickhey freigesprochen. Wie auch immer, ich glaube nicht an seine Unschuld. Der Mann lebt übrigens auch in den USA.»

Er schwieg, und sie lauschten der Stimme des Priesters.

«Unser Ziel ist es, einen zweiten Prozess zu eröffnen gegen die Mörder von damals.»

«*Unser* Ziel?», fragte Martha.

Er sah sie kurz an. «Sie sind nicht die Einzige, die ihren Vater in der Hölle von Mittelbau verlor.»

Sie drehte sich zu ihm um, aber er blickte jetzt zur Trauergemeinde. «In der Zwischenzeit schreibe ich eine Reihe von Reportagen über die Überlebenden und ihre Familien», sagte Münzner. «Ich würde mit meinen Fragen gern ganz von vorn anfangen, wenn es Ihnen recht ist.»

«Es ist mir recht», flüsterte Martha.

Er nickte, dann nahm er seinen Block wieder auf. Er sah sie nicht an, während er seine erste Frage stellte. «Frau Leroy», sagte er leise. «Wie haben Sie Ihre Kindheit in Köln erlebt?»

«Meine Kindheit war sehr glücklich», sagte Martha und brach in Tränen aus.

* * *

«Einheit fünf, weiblich, ist da!» Die Stimme der Laborantin übertönte das Klackern einer Schreibmaschine im Hintergrund. Und Junis Magengrummeln. Selten in ihrem Leben hatte sie sich so sehr auf ein Frühstück gefreut. Wer wohl vor ihr dran gewesen sein mochte? Nummer eins war natürlich Jerrie gewesen. Aber wer waren die drei anderen Frauen? Und würde es noch mehr geben? Dr. Lovelace machte ein ziemliches Geheimnis daraus.

Die Laborantin reichte ihr ein Klemmbrett, auf dem eine Art Stundenplan vermerkt war. Großes Blutbild stand da, Abstrich, Blutzuckerkontrollen, Antikörper-Reaktionen, Untersuchungen zum Nachweis von Entzündungsmarkern wie C-reaktivem Protein und Erythrozyten-Sedimentationsraten, um rheumatoide Arthritis zu diagnostizieren, und lauter andere Sachen, von denen Juni nur die Hälfte verstand. Sie lächelte, weil sie sich jetzt noch mehr auf ihr Frühstück freute. Nur ein paar dieser Tests hier absolvieren, und sie würde sich einen ganzen Berg von Pfannkuchen bestellen. Sie zog einen Kittel an, der ihren Rücken frei ließ.

«Sie sind aber ausgesprochen guter Laune», lächelte die Schwester, die eine Nadel in ihrer Armbeuge versenkte. «Darf ich fragen, was Sie so fröhlich macht?»

«Die Vorstellung von Frühstück», lachte Juni.

«Oh», machte die Schwester. «Ich fürchte, darauf müssen Sie noch ein paar Stunden warten. Wir haben bis dahin noch einiges mit Ihnen vor.»

Es wurde ein Tag, an dem sie Bekanntschaft mit ihrem tiefsten Inneren machte. Sie hatte sich für ihren Pilotenschein drei Jahre zuvor buchstäblich auf Herz und Nieren prüfen lassen, aber das war nichts im Vergleich zu den Untersuchungen, die sie jetzt durchlief. Jeder Millimeter ihres Körpers wurde durchleuchtet, vermessen und beurteilt. Eine Gruppe von Ärzten filmte ihr Herz. Schwarz und weiß pochte es auf dem Monitor. Schön klein und leicht sei sie, sagte einer. Ideal für Weltraumflüge. Wenig Sauerstoffverbrauch.

Einer der Tests bestand darin, dass sie mit aller Kraft in einen Schlauch blies, um ein Stück Metall zu bewegen, das in einer komplizierten Vorrichtung vor ihr an der Wand hing.

«Und wozu war das?», fragte sie die Ärzte, als sie von ihrem Sitz hüpfte.

«Ein Leck zwischen den Herzkammern, und sei es auch noch so klein ...» Ein bärtiger Arzt räusperte sich. «Könnte tödliche Folgen für Sie haben, wenn Ihr Körper von der Schwerelosigkeit urplötzlich in die Erdanziehung wechselt.»

«Und?», wollte Juni wissen, während sie von einem zum anderen blickte. «Leckt da was?»

Der Bärtige lächelte. «Sie werden die Ergebnisse am Ende der Woche erhalten. Aber Sie sind Athletin, richtig?»

Juni nickte. «Läuferin. Langstrecke.»

«Nun, das kann man sehen.»

Zum Glück durfte sie sich für den nächsten Test wieder anziehen. Ihre Aufgabe bestand nun offenbar darin, auf einem Tisch zu liegen. Welche Schlüsse auch immer die Ärzte daraus ziehen würden, dass sie in der Lage war, auf einer Fläche mit anmontierter Fußstütze zu liegen – sie war froh, dass man dabei nicht ihren bloßen Hintern sah. Während eine Assistentin sie für ein Elektrokardiogramm verkabelte und eine andere ihr eine Manschette anlegte, um ihren Blutdruck zu messen, lag sie ganz still. Sie sah zu den Lichtern empor, die sie anstrahlten und über ihre bloßen Füße auf die grüne Wand an der anderen Seite des Raums. Und dann rutschte die grüne Wand unter ihr weg.

Sie brauchte eine Sekunde, um zu begreifen, dass sich nicht die Wand bewegte, sondern der Tisch, auf dem sie lag. Der Druck auf ihren Fußsohlen verstärkte sich. Sie lag – oder stand? – jetzt in einem 65-Grad-Winkel, wie ihr einer der Ärzte erklärte. Und so blieb sie etwa eine Viertelstunde lang – ohne sich recht erklären zu können, was das nun wieder bewies.

Eine Papierfahne, auf der Juni eine lange Reihe von Kurven erkennen konnte, raschelte auf dem Boden. Alle fünf Minuten spuckte die Maschine ein neues Kurvenkapitel aus. Die grüne Wand bewegte sich in die umgekehrte Richtung. Juni lag wieder flach.

«Das diente zur Überprüfung Ihres kardiovaskulären Systems», beantwortete der Arzt ihre Frage. «Wenn einem Piloten in ungewöhnlichen Positionen schwindelig wird oder wenn er dazu neigt, in Ohnmacht zu fallen, dann ist es besser, es im Labor herauszufinden als auf dem Weg zum Mond.»

Juni pflichtete ihm bei.

Nie hatte eine Mahlzeit besser geschmeckt als während der kurzen Mittagspause, die sie genoss. Anstelle der Pfannkuchen, die sie herbeiphantasiert hatte, gab es zwar bloß ein Sandwich und einen Apfel – aber beides schmeckte köstlicher als alles Drachenpulver der Welt.

Über den Nachmittag, beschloss sie, würde sie einfach nicht sprechen. Sie musste wieder in den Kittel schlüpfen – und was noch schlimmer war, sie wurde mit Flüssigkeiten an den undenkbarsten Stellen gefüllt. Ihr einziger Trost bei der gesamten Prozedur bestand darin, sich vorzustellen, dass es den Mercury-7-Männern nicht besser ergangen war – auch wenn die Vorstellung von einem John Glenn, dem man Einläufe verabreichte, ihr doch etwas weit hergeholt schien.

Der letzte Check an diesem Tag war ein Kinderspiel. Dachte Juni zumindest, als ein Tontechniker ihr erklärte, dass er jetzt ihre Stimme aufnehmen würde, während sie einen Text vorlas.

«Oh, ich bin leider überhaupt keine gute Vorleserin», bedauerte sie.

«Stellen Sie sich einfach vor, Sie tun es für einen Menschen, den Sie mögen», schlug der Techniker vor.

Einen Herzschlag lang sah sie Maman vor sich. Sie sah sie vor sich, wie sie ihr und Teddy von unglaublichen Abenteuern erzählte, und zum ersten Mal in ihrem Leben wurde ihr bewusst, dass Maman immer nur so getan hatte, als würde sie eine Geschichte vorlesen. Sie hatten ja, bis sie in New Orleans gelandet waren, keine eigenen Bücher gehabt.

Sie verdrängte das Bild schnell wieder. Sie durfte nicht an ihre Mutter denken. Sie durfte und wollte es nicht.

Und so begann sie, den Text vorzulesen, den der Mann ihr gab. Schnell bemerkte sie, dass es sich um lauter Zungenbrecher handelte. Auch ohne zu fragen, wusste sie, dass ihre Funksprüche klar sein mussten und dass die Klarheit immer weiter schwinden würde, je weiter sie von der Erde fortflog.

«Abgesehen von einem leichten französischen Akzent keine Auffälligkeiten», sagte der Techniker. «Sie sind aus Louisiana, stimmt's?»

In dieser Nacht träumte Juni von ihrer Mutter. Sie träumte zum ersten Mal seit langem wieder auf Französisch, und als sie erwachte, war ihr Kissen nass.

* * *

Sarah Gorelick hätte nicht gedacht, dass ihr der Abschied von den Kollegen so schwerfallen würde. Sie hatte nicht gewusst, dass die Menschen, mit denen sie in all den Jahren bei AT&T gearbeitet hatte, sie so sehr mochten. Auf ihrem Tisch thronten eine Spielzeugrakete und ein Astronautenhelm. Aber es war die Karte, die ihr die Tränen in die Augen trieb. «Wir sind sehr stolz auf dich, Sarah», stand darauf.

«Ich will nicht, dass du gehst.» Midge war hinter sie getreten.

«Wetten, dass dein Nachfolger so ein Kerl mit einem Abschluss in Fingerschnipsen ist?»

Sarah musste lachen. Midge war immer ihre Lieblingskollegin gewesen. Sie managte das Ingenieursbüro mit einer Ruhe und Bestimmtheit, die ihr auf einem militärischen Schlachtfeld mindestens den Generalsstand eingebracht hätte. Als Frau war sie auf dem Feld der täglichen Büroarbeit gelandet – als Sekretärin eben, so war das nun mal. «Du wirst ihm das ganz schnell abgewöhnen, da bin ich sicher. Dein erzieherischer Einfluss ist immens.»

Midge verdrehte die Augen. «Für Pädagogik werde ich hier leider nicht bezahlt. Ehrlich, Sarah, kannst du nach dieser Woche in Albuquerque nicht einfach wiederkommen?»

Sarah schüttelte den Kopf. «Erstens weiß ich nicht, was nach den Tests passiert. Es kann sein, dass ich direkt ins NASA-Trainingsprogramm aufgenommen werde. Und zweitens habe ich keine Woche Urlaub bekommen.»

«Und da hast du eben gekündigt.» Midge presste die Lippen aufeinander.

«Ja. Das habe ich dann eben getan.»

«Sarah, ich bewundere dich für das, was du jetzt tust, das weißt du, und ich wünsche dir von Herzen, dass sie dich in das Mercury-Programm aufnehmen. Aber hast du darüber nachgedacht, was du tun wirst, falls du nicht im Programm bist?»

Im Hintergrund brach Gelächter aus, ein Korken knallte.

«Ja», sagte Sarah. «Ich werde vermutlich keine Anstellung als Ingenieurin mehr bekommen. Ich weiß, wie es wirtschaftlich aussieht. Wenn überhaupt noch Ingenieure eingestellt werden, dann werden es Männer sein»

«Dann hättest du alles verloren», flüsterte Midge.

«Nein, dann hätte ich es zumindest versucht.» Sarah lächelte.

«Und ist es nicht das, worauf es ankommt? Dass man alles gibt und dann auf das Beste hofft?»

Jemand legte ihr einen Arm um die Schulter, und sie sah sich von lauter lieben, vertrauten Gesichtern umgeben. «Wir wollen anstoßen, Sarah! Du wirst uns sehr fehlen!»

* * *

Es war die beste Nachricht seit Tagen, und Juni machte einen kleinen Luftsprung, als der Mann an der Rezeption des «Paradise» ihr den Zettel reichte. «Heute Frühstück», las sie. «Erster Termin in der Klinik um neun.»

Sie war die Einzige in dem kleinen Frühstücksraum. Eine Frau mit gewaltig auftoupierten Haaren balancierte ein Tablett, auf dem ein Becher Kaffee und ein Teller herumrutschten. Die Absätze der Frau waren so hoch, dass sie beim Gehen schwankte. Der Bienenkorb auf ihrem Kopf rutschte um die Wette mit dem Becher. Der Bienenkorb gewann. «Ich bringe Ihnen einen neuen Kaffee», sagte die Frau und ging in dem Versuch, die Reste ihrer Frisur zu retten, zurück in die Küche.

Nach dem Frühstück lief Juni über die Straße in die Klinik. Sie fühlte sich stark und erfrischt.

«Einheit fünf ist da!» Die Frau am Empfang sprach in den Telefonhörer, dann wandte sie sich an Juni. «Melden Sie sich bei Dr. Kilgore, Otolaryngologie, dritter Stock.»

Eine Prüfung ihres Halses, ihrer Nase und ihrer Ohren war nichts, was Juni fürchten musste. Solang sie lebte, war sie noch nie in diesem Bereich krank gewesen. Und ihr Gehör war ausgezeichnet – das hatte ihr ein Arzt am Vortag nach einer gründlichen Untersuchung versichert. Sie wäre wohl imstande, das Gras wachsen zu hören, hatte er gesagt.

Umso entspannter lehnte sie sich bei Dr. Kilgore zurück. Der

Arzt befestigte ein Kopfstück am Sessel. «Machen Sie es sich ganz bequem», forderte er sie auf. «Jetzt gucken Sie das Deckenlicht an.»

«Was wird das?», fragte Juni, als sie die gewaltige Spritze in seiner Hand sah.

«Nun, ich werde Eiswasser in Ihren Gehörgang injizieren und Ihre Reaktion darauf testen. Das Wasser wird in Ihrem Innenohr gefrieren und somit Ihren Gleichgewichtssinn zerstören. Wir wollen sehen, wie Sie mit dem Schwindelgefühl umgehen.»

Juni biss die Zähne zusammen, als der Arzt seine Spritze an ihr Ohr führte.

«Zur Deckenlampe blicken», wiederholte der Arzt seinen Befehl.

Sie unterdrückte einen Schrei. Der Schmerz war so stark, dass ihr schwarz vor Augen wurde. Sie zwang sich in die Gegenwart zurück. Das Deckenlicht über ihr zerfiel in viele kleine Lichtpunkte. Im selben Moment fiel ihre rechte Hand von der Lehne. Sie war unfähig, sie wieder anzuheben. Zu ihrem Entsetzen sah sie die Hand herabbaumeln, als gehörte sie nicht mehr zu ihr. Sie wusste, was geschah, aber sie konnte nichts dagegen unternehmen.

Eine Krankenschwester zählte laut die Sekunden. Jetzt kommentierte der Arzt, was er sah. «Die Augäpfel oszillieren ... jetzt langsamer ... Reaktionen normalisieren sich.»

Sie fühlte, wie sie wieder zurückkam. Die Lichtpunkte flossen wieder in eine leuchtende Scheibe zurück.

«Gut gemacht», sagte der Arzt. Während sie sich wieder aufrichtete, erklärte er den Sinn der Untersuchung. «Wir wollen herausfinden, wie schnell ein Pilot Schwindelgefühle überwindet. Die könnten in der Schwerelosigkeit gehäuft auftreten, vor allem, wenn der Pilot nicht weiß, wo oben und wo unten ist.» Er machte eine Handbewegung, dass sie sich wieder zurücklehnen möge. «Jedes Ohr reagiert unterschiedlich auf eine Störung des Gleichgewichtssinns», erklärte er. «Wir hatten das rechte. Jetzt kommt das linke dran.»

Juni versuchte, den Fluchtimpuls zu unterdrücken, als sie seine riesige Spritze erneut auf sich zukommen sah. Sie schloss die Augen und holte tief Luft. Was waren schon ein bisschen Schmerz und Schwindel, wenn man dafür ins All fliegen durfte? Sie holte noch einmal tief Luft und ließ es geschehen.

Flüchtig, bevor ihr Kopf am Abend ins Kissen sank, fiel ihr ein, dass die Mercury-7-Piloten alle gemeinsam getestet worden waren, und sie hätte gern darüber nachgedacht, welchen Sinn es hatte, dass Männer immer alle Abenteuer zusammen erleben durften und warum Frauen so oft alleine waren. Aber sie war zu müde, um den Gedanken weiterzuverfolgen. «Paradise», blinkte das Neonschild durch die dünnen Vorhänge. Juni schlief ein.

Doch am nächsten Morgen in der Klinik erwartete sie eine schöne Überraschung. «Es werden zwei weitere weibliche Einheiten nach Albuquerque kommen», verkündete die Laborantin.

«Noch zwei Pilotinnen, die die Astronautentests durchlaufen?», freute sich Juni.

Die Laborantin lächelte. «So sieht es aus.»

KAPITEL 25

Du hast Glück, heute ist Freitag.» Juni wollte Sarah die Hand schütteln, aber die Ältere nahm sie kurzerhand in die Arme und drückte sie.

«Dir auch einen wundervollen Abend!» Sarah hielt sie auf Abstand und musterte sie. «Erwachsen schaust du aus, soweit ich das in diesen Neonlichtern erkennen kann! Im Paradies hat man uns also einquartiert, hm? Und warum ist Freitag mein Glückstag?»

Juni kicherte. «Weil die Laken im Paradies erst vor zwei Tagen gewechselt wurden. Die Wäsche ist also noch fast jungfräulich!»

Sarah riss die Augen auf, dann lachte sie. «Na, im All gibt es auch nicht jeden Tag frische Laken, stimmt's? Besser, wir gewöhnen uns schon mal dran!»

Hinter ihnen wurde eine Autotür zugeschlagen. «Sarah! Ist das Sarah?», rief jemand, den Juni in der Dunkelheit nicht sogleich erkennen konnte. «Oh, Sarah, du bist es wirklich!»

Ein Paar Arme schlangen sich um Sarahs Hals.

«Geraldine!», jubelte Sarah.

«Oh, dich kenne ich doch auch!» Die Fremde streckte Juni die Hand hin.

«Tut mir leid, ich ...» Juni versuchte, in dem Gesicht hinter der riesigen Sonnenbrille etwas zu erkennen, das ihr bekannt vorkam.

«Geraldine Sloan. Wir haben uns auf dem Rennen von Kalifornien nach New Jersey kennengelernt!»

«Lasst uns reingehen, mir friert das Hinterteil ab!» Sarah hakte sich zwischen Juni und Geraldine unter. «Wir haben Glück, Honey, die Laken wurden erst vor zwei Tagen gewechselt», kicherte sie.

«Mir ist alles recht!» Geraldine lächelte. «Hauptsache, ich kriege hier mal ein paar Stunden Schlaf!»

Ein Paar, das in diesem Moment aus der Tür stürmte, stieß sie fast um. Der Mann hatte sich seinen Hut tief ins Gesicht gezogen, aber die Frau blickte sie verblüfft an. Während sie nach draußen liefen, hörte Juni sie kichern: «Meinste, die sind fürn flotten Dreier hier?»

«Es ist ein etwas merkwürdiges Motel», erklärte Juni. «Nicht wundern, was ihr hier so hört.» Sie läutete die Tischglocke. «Außerdem stellen die hier so eine Art Schneckenrekord auf. Der langsamste Mitarbeiter gewinnt.»

Sie läutete noch einmal, aber der Empfangstresen blieb leer. Im Radio sang Maurice Williams «Stay (just a little bit longer)».

Geraldine nahm ihre Sonnenbrille ab und fuhr sich durchs Haar.

«Oh Gott, Honey, hast du dich verletzt?» Sarah starrte Geraldines blaues Auge an.

«Eine Unachtsamkeit beim Betanken.» Geraldine lächelte. «Sieht schlimmer aus, als es ist.»

Jetzt erst erkannte Juni sie richtig: Das war die Frau, die wie Elizabeth Taylor aussah. «Bereitet dir die Verletzung Schmerzen?», fragte sie. «Ich frage nur, weil die Untersuchungen hier zum Teil ziemlich weh tun können.»

«Alles in Ordnung!» Geraldine winkte ab.

Obwohl sie alle drei todmüde waren, beschlossen sie, noch

ein bisschen zu plaudern. «Wir dürfen aber keinen Alkohol trinken!», warnte Juni.

«Dann eben Wasser!» Sarah strahlte.

«Außerdem wäre es toll, wenn wir uns in die Nähe einer Toilette setzen könnten. Ich habe vorhin meinen allabendlichen Einlauf bekommen, den Rest überlasse ich lieber nicht eurer Phantasie, aber ihr wisst, was ich meine!»

Sarah lachte. «Einläufe – gehören die zum regulären Mercury-Untersuchungsprogramm?»

«Natürlich.» Juni verschränkte die Arme über der Brust. «Du glaubst doch wohl nicht, dass die sich das extra für mich ausgedacht haben?»

Sarah lachte noch mehr. «Entschuldige, aber das ist ...» Sie hielt sich die Seiten.

«Honey?», fragte Geraldine besorgt.

«Die Nerven vielleicht», versuchte Juni zu erklären.

Sarah ließ sich auf Junis Bett fallen, dass die Federn krachten. Die Tränen strömten ihr über das Gesicht. «Verzeihung!» Sie wedelte mit den Händen. «Aber die Vorstellung, dass Alan Shepard und John Glenn und die anderen ... dass all unsere glorreichen Astronautenhelden Abend für Abend in Klonähe saßen und darauf warteten, dass ihre Einläufe wirkten ...» Sie wischte sich die Schminke von den Augen. «Das ist einfach zu witzig, um wahr zu sein!»

Juni erhob sich hastig. «Einen Moment, Leute! Bin gleich wieder da!»

«Wird es nicht herrlich werden, trotz allem?», hörte sie Geraldine sagen, als sie von der Flurtoilette in ihr Zimmer zurückkehrte. Die beiden Frauen hatten sich ihre Mäntel ausgezogen. Sarah hatte sich auf ihrem Bett ausgestreckt. «Stell dir vor, wir werden eine Woche lang nur dieser einen Sache dienen – dem Raketenflug zum Mond!»

«Es ist ohne Zweifel das größte Abenteuer, das wir je erleben werden!» Sarah zwinkerte Juni zu. «Aber sich Abend für Abend Flüssigkeiten in Körperöffnungen füllen zu lassen ...» Sie schnalzte. «Für mich sieht das Paradies anders aus.»

«Tja, der Mensch wurde aus dem Paradies vertrieben.»

Sarah lauschte. Ein rhythmisches Klopfen erschütterte die Wände, kurz darauf begann jemand zu stöhnen. Sie lachte. «Aber so ein knackiger, saftiger Apfel – das wäre natürlich nicht schlecht!»

* * *

Eine Woche Abwesenheit zu organisieren war schlimmer als die Woche selbst, fand Jane Hart. Zum Glück hatte dieser Dr. Lovelace eingesehen, dass sie als persönliche Privatpilotin von Mrs. Rose Kennedy während des Wahlkampfs nicht nach Albuquerque kommen konnte. Aber auch in den Wochen danach, so hatte sie es dem Weltraummediziner ausrichten lassen, würde es schwierig werden. Nun war John F. Kennedy der nächste Präsident der Vereinigten Staaten geworden, doch Jane flog jetzt statt Kennedys Mutter ihren Gatten, US-Senator Philip A. Hart, zu seinen Terminen.

Dennoch, dieses Astronauten-Casting reizte sie gleich in mehrerlei Hinsicht: Vor allem, weil sie ein Mensch war, der den Wettbewerb liebte. Sie nahm an Springderbys und Segelregatten ja nicht deswegen teil, weil sie so gern verlor. Und auch in der Fliegerei war bestimmt noch Luft nach oben. Deswegen hatte sie zugesagt, ihren Körper auf mögliche Aktivitäten im All durchchecken zu lassen. Es würde ganz interessant sein herauszufinden, was sie mit ihren 39 Jahren und einem Körper, der erfolgreich acht Kinder ausgetragen hatte, noch so erreichen konnte. Zum Mond? Jane warf fünfzehn Pakete Rice Krispies in einen ihrer Einkaufswagen. Ha! Sie hatte schon ganz andere Dinge durchgemacht!

Es müssten Telefone erfunden werden, die man auch während seiner Einkäufe nutzen könnte, überlegte sie, während sie die Tiefkühltruhe aufschob. Sieben Hähnchen, zehn Rindersteaks, zehn Riesenbeutel tiefgefrorener Erbsen – sie hoffte, dass das für die Woche, in der sie in Albuquerque war, reichte. Zusätzlich zu den 20 Litern Milch, den Gläsern voll Hot-Dog-Würstchen, dem Wagen voll Kartoffeln und Ketchup und dem anderen Wagen voll Gemüse.

Vermutlich nicht.

Tragbare Telefone wären eine phantastische Idee. Dann könnte sie, während sie Schlange stand, so wie jetzt, all ihre Geschäftstermine koordinieren, letzte Anweisungen durchgeben und sich ganz allgemein versichern, dass es noch menschliches Leben außerhalb von Supermärkten gab.

Eine Frau, die ihre Lockenwickler noch unter dem Tuch trug, stöckelte mit ihrem Einkaufswagen auf sie zu. Jane deutete auf ihre eigenen drei Wagen und hob bedauernd die Schultern. «Das hier kann eine ganze Weile dauern, Liebes», sagte sie. «Suchen Sie sich lieber eine andere Schlange aus.»

Die Frau murrte.

Janey lächelte sie schulterzuckend an. «Acht Kinder und eine Woche lang nicht zu Hause.»

Die Frau schüttelte missbilligend den Kopf, dass die Wickler wackelten. «Rabenmutter», murmelte sie.

Janey seufzte. Sie war daran gewöhnt, dass andere Frauen ihr vorwarfen, ihre Kinder zu vernachlässigen und ihren Ehemann mit «ihrem Ehrgeiz» zu tyrannisieren. Selbst im Umfeld von Parteikollegen, die sich im Kongress oder im Repräsentantenhaus zu großen Reden über die angestrebte Gleichheit der Geschlechter aufschwangen, rümpften viele die Nase. Sie hatten eben keine Ahnung, wie viel Spaß es machte, mit jemandem verheiratet zu sein, der gleichzeitig der beste Freund war – und nicht nur ein wandelndes Portemonnaie.

Ja, sie hatte Phils Unterstützung für das, was sie tun wollte. Auch wenn es Gefahr bedeutete. Er kannte sie eben gut genug, um zu wissen, dass alles andere für sie langweilig war.

* * *

Es geschah an Geraldines drittem Tag in Albuquerque. Sie fühlte sich ratlos und erschöpft – Gefühle, die sie gar nicht kannte, aber die sie jetzt daran hinderten, dass sie nachts richtig schlief. Bill rief sie abends im Motel an, immer schwer betrunken. Sie solle zurückkommen, und wenn sie das nicht tue, so werde sie schon sehen. Er lallte, tobte, drohte, schrie. Und sie wusste nicht, was sie tun sollte. Die Kinder waren bei ihrer Mutter, aber was, wenn Bill dort plötzlich auftauchte? Was würde er mit den Kindern und ihrer Mutter tun?

Zum Glück war die Untersuchung, vor der sie sich gefürchtet hatte, glimpflich abgelaufen. Die Haut um ihr Auge schillerte nach Bills Faustschlag zwar noch immer in tausend Farben, aber ihr Sehnerv hatte nicht gelitten. Sie hatte immer noch ihre «Katzenaugen» – Augen, die selbst in der Dunkelheit noch scharf sehen konnten, ihr Trumpf für die Arbeit mit den Terrainfolgeradaren, und vor allem für die kommenden Flüge ins All.

«Glückwunsch», lächelte die Ärztin, die den Sehtest durchgeführt hatte. «Ich würde sonst was dafür geben, so ein Sehvermögen zu haben! Bevor mein Kollege Dr. Kilgore gleich einen speziellen Test an Ihren Ohren durchführt, müssten Sie aber bitte noch zu Dr. Lovelace ins Büro gehen. Er erwartet Sie jetzt dort.»

Geraldine spürte ihr Herz schneller schlagen. Weder Juni noch Sarah hatten etwas von einem Besuch bei Dr. Lovelace erwähnt.

«Setzen Sie sich.» Dr. Lovelace bot ihr den Sessel vor seinem Schreibtisch an. Sein Blick glitt kurz zu ihrem bunt schillernden Auge. Wenn er überrascht war, so zeigte er es nicht. «Meine Assistentin sagte mir, dass Sie etwas trinken dürfen. Wie wäre es mit einem Tee?»

«Sagen Sie es mir freiheraus!» Geraldine schätzte nichts mehr als Direktheit.

«Nun gut.» Lovelace bedachte sie mit einem Lächeln. Er war ein Mann, der wohl oft lächelte, dachte Geraldine. Das sah man an seinen Augen. «Haben Sie zu Hause Probleme?», fragte er.

Sie versuchte, sich ihren Schrecken nicht anmerken zu lassen. Und dann platzte sie heraus: «Das habe ich. Mein Mann ist Alkoholiker, Sir.»

«Das weiß ich», antwortete Lovelace. «Ich habe mehrmals mit ihm gesprochen.»

Sie öffnete den Mund, aber kein Wort kam heraus. Nicht im Traum hatte sie daran gedacht, dass er auch in der Klinik anrufen würde.

«Um die Wahrheit zu sagen: Ihr Mann hat mich jeden Tag seit Ihrer Ankunft angerufen. Er hat mich gebeten, Sie aus dem Programm zu entlassen. Sein Zustand klingt nicht gut.»

«Oh, Dr. Lovelace, es tut mir unendlich leid.» Geraldine fühlte, wie ihr schwindelig wurde. Sie hatte Hunger, sie hatte fast nicht geschlafen, und jetzt hatte sie auch noch Angst. Superkräfte! Sie ballte die Fäuste. «Ich hoffe, dass mich das nicht ... disqualifiziert.»

«Das tut es nicht. Noch nicht jedenfalls. Aber Sie müssen

nach Hause fahren und das Problem in den Griff kriegen, wenn es Ihnen ernst ist mit dem Mercury-Programm.»

* * *

Es war so kalt, dass ihnen die Nasenspitzen einfroren, aber an diesem Abend beschlossen die Frauen, sich dennoch nach draußen zu setzen. In den Zimmern roch es unangenehm nach kaltem Rauch.

«Mein Mann hat in der Klinik angerufen», sagte Geraldine. «Er will, dass Lovelace mich aus dem Programm rausschmeißt.»

«Kann es nicht leiden, dass seine Frau besser ist als er, was?» Sarah wickelte sich in eine Wolldecke ein.

Geraldine hob die Schultern. «Er hat im Krieg viel mitgemacht. Hat etwas gesehen, das ihm Albträume bereitet. Er konnte jahrelang nicht schlafen. Hat deswegen zu trinken angefangen.»

«Das ist keine Entschuldigung dafür, dass er dich so behandelt», sagten Sarah und Juni wie aus einem Mund.

«Ich habe Angst um meine Kinder.» Geraldine ließ sich in einen der Plastikstühle fallen, die sie von drinnen mitgebracht hatten. «Vielleicht sollte ich das hier wirklich abbrechen und nach Hause fahren.»

«Das wirst du nicht tun, Schätzchen.» Sarahs Stimme klang ganz sanft. «Wo sind deine Kinder denn jetzt?»

«Bei meiner Mutter.»

«Hast du schon mit ihr gesprochen?»

«Ja.» Selbst mit dem blauen Fleck am Auge war Geraldines Gesicht unfassbar schön. «Eben gerade.»

«Und?» Juni griff hinüber und nahm ihre Hand.

«Alles in Ordnung, hat sie gesagt.»

«Dann mach die Tests zu Ende. Es sind ja nur noch ein paar Tage.» Auch Sarah nahm ihre Hand. «Lass es dir hier nicht verderben von ihm.»

«Wo wir es hier doch so schön haben, meinst du?» Jetzt lächelte Geraldine wieder.

Auch Sarah lachte. «Genau!»

«Die Bevölkerung von Albuquerque scheint unsere Meinung zu teilen.» Juni deutete auf den Wagen, der in diesem Moment auf den Parkplatz vor dem Motel kurvte. Es stand schon eine ganze Reihe anderer Autos da.

«Man möchte meinen, dass die das mit den schmutzigen Laken im Paradise nicht wissen.» Sarah blickte zu einem Paar hinüber, das sich an die Tür eines Chevrolets gelehnt wild küsste. Der Mann schob der Frau so weit ihren Rock hoch, dass ihre Strumpfhalter aufblitzten. «Nun, sie werden es in wenigen Minuten herausfinden, nehme ich an.»

«Wie schrecklich muss Albuquerque sein, wenn sich alle hier versammeln?» Juni bemerkte, dass zwei weitere Autos auf den Parkplatz hinauffuhren.

«Es muss ziemlich schrecklich sein», antwortete Sarah. «Bin echt froh, dass wir uns die Stadt nicht näher ansehen können. Ihr entschuldigt mich bitte kurz?»

Während Sarah zur Toilette lief, beobachtete Juni ein weiteres Auto, das im blinkenden Neonschein auf den Motelparkplatz schoss.

«Echt viel los hier heute Abend.» Geraldines Atem formte sich zu einer kleinen weißen Wolke. In ihren Augen glitzerte rosafarbenes Neonlicht.

«Das geht schon seit meiner Ankunft so. Paradise Motel – wer hätte gedacht, dass hier der Höhepunkt des gesellschaftlichen Lebens von Albuquerque …» Sie schlug sich eine Hand vor den Mund und drehte sich zu Geraldine um. «Oh.»

Geraldines Augen weiteten sich. «Oh», wiederholte sie und fing an zu lachen.

«Nicht wirklich, oder?», flüsterte Juni. «Das würden sie doch nicht tun, oder? Amerikas zukünftige Astronautinnen ...»

Geraldine lachte. «... in einem Stundenhotel unterbringen?», brachte sie hervor. «Oh doch, Juni. Genau das haben sie getan.»

«Ich weiß nicht, was die da drinnen in den Zimmern genommen haben.» Sarah war wieder zu ihnen getreten. «Aber es scheint gut für die Geburtenrate zu sein.»

«Paradies, Schlange, Apfel», sagte Juni, weil Geraldine noch immer nicht sprechen konnte. «Immer stundenweise, falls du verstehst.»

Sarah riss ihre Augen auf, dann presste sie die Hand auf den Mund. «Ich weiß nicht, ob ich lachen oder sehr wütend sein soll», sagte sie, als sie ihre Sprache wiederfand.

Geraldine wischte sich die Tränen von den Wangen. «Also, ich kriege oft beides gleichzeitig gut hin», bemerkte sie.

KAPITEL 26

Geraldine versuchte, sich nichts anmerken zu lassen, aber in ihrem Kopf explodierte der Schmerz. Sie biss die Zähne zusammen, als die Männer eine gut 25 Zentimeter lange Nadel in ihre rechte Hand stachen. Einer von ihnen führte einen Apparat an die Nadel, und wieder unterdrückte Geraldine einen Schrei. Der Apparat schickte eine Welle von Elektroschocks durch ihre Hand. Die Schocks breiteten sich in Wellen aus, schossen durch ihren Unterarm, ihren Ellenbogen und in die Schulter hinauf.

«Warum machen Sie das noch mal?», brachte sie hervor.

«Wir testen den Ellennerv», erklärte einer der Ärzte. «Was ist, Bob, warum filmst du nicht weiter?»

Geraldine versuchte, nicht zu fluchen. Sie hatte nicht gewusst, dass sie gefilmt wurde.

«Der Film ist alle», antwortete der Angesprochene. Er öffnete die Kamera und blickte stirnrunzelnd hinein.

«In welchen Kinos wird er denn laufen, wenn er fertig ist?» Geraldine probierte es mit Humor.

«Der ist nur für interne Zwecke.» Der Arzt war keiner, dem man mit Witzen beikam. «Na gut, wir holen die Nadel wieder heraus und fangen von vorne an.»

«Veto.» Geraldine hob die Hand. «Darf ich mal nachsehen? Ich kenne mich mit Filmen aus – hab im letzten Urlaub Filme gedreht.»

Der Techniker reichte ihr die Kamera herüber. Da sie nur die linke Hand zur Verfügung hatte, brauchte sie länger als üblich, um den neuen Film einzulegen, aber am Ende gelang es ihr.

«Tapferes Mädchen», flüsterte eine der Schwestern, als die Männer den Raum verlassen hatten. Sie wischte Geraldine die Schweißtropfen von der Stirn und lächelte sie an. «Als die Männer da waren, hat es hier aber ganz andere Töne gegeben», fügte sie leise hinzu.

«Wirklich?» Geraldine grinste. «Haben die aua gesagt?»

«Das und noch ganz andere Sachen. Haben ganz schön rumgejammert. Na ja, wenn Männer wirklichen Schmerz ertragen könnten, würden sie die Babys kriegen, hab ich recht?»

Geraldine lachte. Es war ihr vierter Tag in der Klinik, und sie wusste, dass sie die Tests bestehen würde, trotz allem. Trotz Bill, trotz seiner Anrufe, trotz seiner Drohungen, trotz ihrer Sorgen. Sie war 33 Jahre, im besten Alter, sie war eine hervorragende Pilotin, und manchmal, wenn es alles zu viel wurde und sie dachte, sie könne nicht mehr weiter, flossen Superkräfte in sie hinein.

Ihr wollt eine Astronautin, dachte sie, während sie sich die schmerzende Hand rieb. Bei Gott, ich werde euch eine Astronautin geben. Ihr werdet es nicht bereuen!

* * *

«Ausbildung zur Stewardess bei der Atomic Airline?» Das Lächeln ihres Nebenmanns im Flugzeug war herzlich. «So nennen wir Eingeweihten die Fluggesellschaft Carco nämlich – weil sie doch nur zwischen Albuquerque und Los Alamos verkehrt.»

Juni erwiderte sein Lächeln und nickte. Sie musste absolutes Stillschweigen über ihre Tests bewahren. Vor allem über das, was heute geschehen würde. Oberste Geheimhaltung, hatte Dr. Lovelace ihr eingeschärft.

Ihr Sitznachbar musterte ihre schlanke Gestalt. «Sie haben

Mannequin-Maße, wenn ich Ihnen mal dieses Kompliment machen dürfte. So mag ich meine Stewardessen. Also, dann werden wir uns in Zukunft wohl öfter begegnen. Ich pendle nämlich regelmäßig hin und her.»

«Was machen Sie denn in Los Alamos?»

Der Mann lachte. «Sie glauben nicht im Ernst, dass ein Mann, der in Amerikas größter Kernforschungseinrichtung arbeitet, über seine Arbeit spricht? Nein, da muss ich Sie wirklich enttäuschen. Alles, was in Los Alamos geschieht, unterliegt striktester Geheimhaltung.»

«Ist das so?»

«Sie wissen schon, Fräulein», er beugte sich dicht zu ihr herüber, sodass sie seinen Atem riechen konnte, «dass in Los Alamos die erste Atombombe der Welt entwickelt wurde?»

«Was Sie nicht sagen.» Juni rückte ein bisschen von ihm ab.

«Wir führen derzeit weitere sehr interessante Forschungen durch, die im Zusammenhang mit der Raumfahrt stehen.» Der Mann zwinkerte ihr zu. «Mehr darf ich aber wirklich nicht verraten.»

«Äußerst schade.» Juni wandte sich von ihrem Sitznachbarn ab und blickte aus dem Fenster. Sie wusste, dass der kleine Flughafen von Los Alamos auf einem Hügel mit einer sehr kurzen Landebahn und komplizierten Windverhältnissen lag.

«Und?» Die Gesprächsbereitschaft ihres Nebenmanns war unerschöpflich. «Sind Sie denn schon einmal geflogen, Fräulein?»

Juni nickte wieder.

«Dann haben Sie also keine Angst vor der Arbeit als Stewardess?»

Juni verneinte und drehte sich wieder zum Fenster. Sie war gespannt darauf, wie die hübsche, kleine Beechcraft Bonanza, in der sie saßen, auf die Querwinde reagieren würde. Sehen konnte sie in diesem Moment gar nichts. Die Beechcraft durchflog eine Wolkenwand.

«Man wird bei der Landung jedes Mal ordentlich durchgeschüttelt», erklärte ihr Nebenmann, während sie auf ihren Sitzen hüpften.

Juni hob eine Braue in die Höhe. «Hätte ich nicht gedacht.»

Bewaffnete Sicherheitsleute standen am Hangar. Juni musste ihren Pass und Sicherheitspapiere vorzeigen.

«Sie fahren auch mit?» Der Mann runzelte die Stirn, während sie zusammen zu dem Regierungsfahrzeug gingen, das sie zum Labor fahren sollte. «Wozu das denn?»

«Großes Geheimnis», sagte sie.

Dr. Wright H. Langham nahm die Pfeife aus dem Mund, um sie zu begrüßen. Sein Büro roch nach Pflaume – seine bevorzugte Tabaksorte, nahm Juni an.

«Wir werden heute einen Versuch durchführen, um die Leistung Ihres Körpers weiter zu erforschen. Dafür werden wir Sie in einen Geigerzähler legen», sagte er, als wäre damit alles erklärt.

Während sie mit dem Fahrstuhl in den Keller fuhren, fragte er sie, ob sie schwanger sei oder vorhabe, es in nächster Zeit zu sein.

Juni blickte ihn kurz an. «Nein zu beidem.»

Sie durchquerten eine Reihe von unterirdischen Tunneln, bis sie in einen sehr warmen Raum gelangten. Etwas, das wie ein riesiger, grüner Schrank aussah, stand in der Mitte des Raums. Aus einem Ende des Schranks ragte eine Röhre, die Juni an eine Rutsche erinnerte, nur dass sie waagerecht lag.

Dr. Langham deutete mit seiner Pfeife auf den Schrank. «Unser Geigerzähler. Sie werden sich gleich in diese Röhre dort legen. Die Röhre wird in den Geigerzähler hineinfahren. Sie leiden ja nicht an Klaustrophobie, haben Sie gesagt.»

Hatte sie das? Juni konnte sich nicht mehr erinnern. Vermutlich hatte sie diese Angabe auf einem der zahllosen Fragebögen gemacht. Sie spürte ihr Herz schneller klopfen. Die Röhre sah so schmal aus, dass sie nicht einmal die Arme darin bewegen könnte.

«Wie lange dauert der Test?», fragte sie so ruhig wie möglich.

«Acht bis neun Minuten. Sehen Sie, unsere Assistentin macht es Ihnen einmal vor.»

Eine junge Frau im weißen Kittel stieg lächelnd auf eine Leiter, kletterte über die Wand der Röhre und legte sich hinein. Es summte elektrisch, ein paar Lichter tanzten durch den Raum. Jetzt setzte sich die Röhre in Bewegung. Sie fuhr geradewegs in den grünen Schrank hinein. Die Assistentin verschwand, und etwas klackte. Es klang wie eine Autotür.

Jetzt klopfte Junis Herz noch schneller. Sie spürte es in ihren Füßen zucken. Sie wollte raus aus diesem Raum.

«Wird es in der Raumkapsel auch so enge Räume geben?», fragte Juni.

Dr. Langham musterte sie. «Sind Sie sicher, dass Sie für diesen Test bereit sind? Ich habe den Eindruck …»

«Ich bin bereit», beeilte Juni sich zu sagen. «Natürlich bin ich das.»

«Gut.» Dr. Langham wandte sich einem Assistenten zu.

«Trotzdem habe ich ein paar Fragen», sagte Juni in ihr Herzklopfen hinein. «Was genau testen Sie?»

Dr. Langham lächelte. «Wir möchten zum einen feststellen, aus wie vielen Anteilen Fett und Muskelmasse Ihr Körper besteht. Zum anderen testen wir Ihre Reaktion auf Cäsium-137. Da zukünftige Astronauten im Weltall radioaktiven Strahlen ausgesetzt sein werden, wollen wir wissen, welche Auswirkungen es auf die Leistungen des Einzelnen hat. Deshalb der Geigerzähler.»

«Aber ich enthalte doch gar kein Cäsium-137», sagte Juni, die sich an einen Zeichentrickfilm erinnerte, der ihnen in der Highschool gezeigt worden war: «Was tun im Fall eines Atombombenangriffs?» In dem Film hatte es eine Schildkröte namens Bert gegeben, die einen Helm trug. Im nicht mehr ganz unwahrscheinlichen Fall, dass die Sowjets eine Atombombe auf amerikanischem Gebiet abwerfen würden, sollten die Schüler es Berts Beispiel gleichtun und sich unter dem Tisch verstecken. Damals hatte Juni auch die Worte Radioisotop, Cäsium-137 und Fallout gelernt.

«Nein, aber Sie werden eine geringe Menge davon trinken», erklärte der Arzt.

Eine Assistentin führte Juni in den Nebenraum, wo sie sich waschen sollte. Sie sollte sich dabei so stark abschrubben, dass dabei möglichst die oberste Hautschicht herunterkäme. Wenn der Geigerzähler akkurat sein sollte, dann müsste sie so keimfrei wie möglich sein.

«Oberteil und Hose für Einheit fünf!», hörte sie die Assistentin rufen.

Die Laborassistenten starrten sie an, als sie in den clownsähnlichen Hosen zurück durch den Flur stapfte. Juni lächelte ihnen zu, obwohl sie sich zunehmend unwohl fühlte. Da war etwas, das ihr bei dem Gedanken an die enge Röhre Angst machte. Aber sie konnte nicht sagen, was es war.

Jemand reichte ihr ein Glas mit einer Flüssigkeit. Sie hatte erwartet, dass es eklig schmeckte, aber es schmeckte vollkommen neutral. Dann stieg sie die kurze Treppe zu der Röhre hinauf und legte sich hinein.

«Alles in Ordnung da drinnen?», fragte Dr. Langham.

«Abgesehen davon, dass ich mich wie die einzige Teilnehmerin einer Totenwache fühle», versuchte sie zu scherzen, «habe ich mich nie besser gefühlt.»

Aber ist das auch die Wahrheit?, hörte sie Louis' Stimme in ihrem Kopf, während sie ganz still lag. Jemand reichte ihr einen Knopf an einer langen Schnur hinein. Sie sollte ihn drücken, wenn sie in der Dunkelheit eine Panikattacke bekäme.

Die Röhre setzte sich in Bewegung. Und dann wurde alles dunkel um sie herum. Jetzt hämmerte ihr Herz so stark, dass die anderen es bestimmt hörten. Juni tastete vorsichtig nach oben. Etwa 20 Zentimeter über ihr spürte sie etwas Metallenes, glatt und kühl.

Es war nicht so, dass sie wirklich Angst hatte. Eine Erinnerung stieg in ihr auf, die sie nicht recht fassen konnte. Sie hatte das Gefühl, sehr klein zu sein, und sie meinte, Stimmen zu hören. Und dann empfand sie doch Angst. Aber es war nicht ihre eigene Angst, die sie fühlte. Es war die von Maman.

Als sie wieder herausgeschoben wurde, war das Gefühl verflogen. Sie war zurück im Jahr 1961, sie war erwachsen und Pilotin, und sie wurde getestet, ob sie im Weltraum arbeiten könnte. Und soweit sie das beurteilen konnte, schlug sie sich ganz gut.

KAPITEL 27

Die Luft war schwer von Lust und Tod. Auf den Straßen von New Orleans küssten sich die Menschen, als müssten sie voneinander Abschied nehmen. Trauerzüge lärmten durch die Straßen. Trompeter in schwarzen Anzügen, wohin man nur sah. Wenn Martha die Zeitung aufschlug, konnte sie nur Nachrufe und Todesanzeigen entdecken, jeden Tag, so schien es ihr, gab es eine Seite Tod mehr. Das Obst verfaulte an den Bäumen. Es roch zum Ersticken. Die Bilder, die sie im Auftrag von Honoratioren malte, waren bunt und voller Leben, aber ihre eigenen Bilder waren schwarz. Sie war jetzt 39 Jahre alt und konnte das Mädchen in ihrem Gesicht nicht mehr finden. Erste Falten furchten ihr Gesicht. Sie fühlte sich merkwürdig einsam – getrennt von ihren Eltern, und jetzt auch getrennt von ihrem Kind. Durch die Blase, in der sie seit dem Streit mit Juni lebte, spürte sie, dass Ben noch immer ihre Nähe suchte. Aber sosehr sie auch versuchte, ihn in ihre Blase hereinzulassen, es wollte ihr nicht gelingen. Auch Caresse und Onkel Henri drangen nicht mehr zu ihr vor.

Von Herrn Münzner hatte sie nichts mehr gehört, seit er die Reportage über sie geschrieben hatte. Aber sie wartete nicht mehr voller Ungeduld, so wie damals bei ihrem Briefwechsel mit Bill Sloan. Es würde keinen Prozess mehr geben, bei dem die Mörder von Mittelbau-Dora endlich verurteilt werden konnten, dessen war sie sicher. Es interessierte einfach niemanden mehr. Ihre Gedanken flogen zu Paul, der Mittelbau-Dora gesehen hatte. Und der – auch wenn es ihn offenbar nie interessiert hatte – immer noch der Vater ihrer Tochter war.

Die einzigen Momente, in denen es ihr gut ging, waren die, in denen sie an dem Buch für Juni zeichnete. Sie zeichnete alles, woran sie sich erinnern konnte: daran, wie Paul ausgesehen hatte zum Beispiel. Paul mit seinen blauen Augen und seiner schönen Stimme. Der Paul, den man nicht zu fassen bekam. In der Nacht träumte sie von ihrer Tochter. Die Sehnsucht nach ihr tat ihr körperlich weh.

* * *

Geraldine wollte gerade in Dr. Lovelaces Büro gehen, als sie Stimmen von innen hörte. «Zu alt?», rief eine Stimme, die ihr von irgendwoher bekannt vorkam. *«Du hast die Frechheit, mir zu sagen, dass ich zu alt bin?»*

Beruhigendes Gemurmel drang aus der halb geöffneten Tür. Dann erklang wieder die Frauenstimme: «Ich frage dich jetzt noch einmal, Randy, und ich möchte dich bitten, dir deine Antwort gut zu überlegen. Ich bin Jacqueline Cochran, die schnellste Pilotin der Welt, die erste Frau, die die Schallmauer durchbrochen hat …»

Geraldine hörte Dr. Lovelace etwas sagen, aber sie konnte seine Antwort nicht verstehen.

«Nun gut, dann waren diese Französin und ich eben gleichzeitig, was macht das für einen Unterschied!»

Geraldine wollte weitergehen, doch ihre Neugier hinderte sie daran. Sie kannte Jackie und bewunderte sie für das, was sie im Zweiten Weltkrieg auf die Beine gestellt hatte. Soweit sie wusste, flog Jackie noch immer, nur hatte sie sich jetzt auf Flugzeuge mit Düsen- und Raketenantrieb verlegt. Wie sie das schaffte, war Geraldine ein Rätsel – schließlich durften Frauen keine Militärjets fliegen, aber Gerüchten zufolge kaufte sich Jackie diese Flugzeit einfach. Besser gesagt, ihr Mann kaufte sie, ein Milliardär aus Kalifornien.

«Außerdem darf ich dich daran erinnern, dass Floyd zu einem nicht gerade unwesentlichen Teil diese Klinik mitfinanziert», hörte sie Jackies Stimme weiter. «Also entweder lässt du mich an diesen Tests teilhaben, oder du wirst es bereuen.»

Geraldine blickte auf die Uhr. Dieses Gespräch würde vermutlich etwas länger dauern – zumal Dr. Lovelace nicht so wirkte, als ob er etwas bereuen wollte. Und sie musste jetzt in den Himmel radeln – so zumindest hatte ihre Freundin Jerrie den ultimativen Fahrradtest genannt.

* * *

«Lassen Sie es mich in einem Satz zusammenfassen.» Dr. Lovelace, dessen Augen immerfort zu lächeln schienen, blickte Juni von seinem Schreibtisch entgegen. «Sie sind, im positiven Sinne, ein bemerkenswertes Exemplar.»

Juni strahlte. «Da ist die Freude ganz meinerseits, Sir.»

Lovelace blickte auf die Papiere, die vor ihm ausgebreitet lagen. Es war Junis letzter Morgen, ihr letzter Termin in der Klinik. Sie hatte gefrühstückt. Durch das Fenster konnte sie die Gebirgskette erkennen, auf die die Wintersonne strahlte. Sie hätte tanzen können vor Glück.

«Ihr Ausdauervermögen ist enorm. Den Test auf dem Fahrradheimtrainer haben Sie mit Bravour bestanden. Das Verhältnis von Muskelmasse zu Fett, das wir ermitteln konnten ...» Er blickte auf. «Nun, ich würde es mal so ausdrücken: Davon können viele Männer nur träumen. Sie sind Läuferin, nicht wahr?»

Juni nickte.

«Die neurologischen Untersuchungen waren ebenfalls zufriedenstellend.» Er blätterte in seinen Unterlagen. «Ihr Gleichgewichtssinn ist normal, den otolaryngologischen Untersuchungen zufolge. Der einzige kleine Defekt, den wir finden konnten, betrifft Ihr Hörvermögen auf der linken Seite.»

«Was ist damit?» Juni runzelte die Stirn.

«Verstehen Sie mich nicht falsch, Ihr Gehör ist ausgezeichnet. Aber es ist auf der linken Seite minimal schwächer ausgeprägt.» Er lächelte. «Merkwürdigerweise ist das ein Defekt, den wir bei fast allen Piloten gefunden haben, die mit mehrmotorigen Maschinen fliegen. Das liegt daran, dass Sie auf der linken Seite steuern und damit näher an den Motoren sind.» Er bemerkte ihren Blick und hob eine Hand. «Das schmälert Ihre Ergebnisse in keinster Weise. Sie haben alle 75 Mercury-Astronauten-Tests bestanden, Miss Leroy. Und wir haben viele wertvolle Informationen über die mögliche Arbeit von Frauen im Weltall sammeln können. Dafür danke ich Ihnen.»

«Gern geschehen», sprudelte Juni hervor. «Heißt das, dass ich ebenso gut abgeschnitten habe wie die Mercury 7? Ich meine, so gut wie John Glenn und so?»

Dr. Lovelace lachte. «Ich darf Ihnen nichts über die Testergebnisse im Detail sagen. Aber ja, Ihre Ergebnisse korrespondieren mit denen der Männer.» Er lehnte sich zurück und zündete sich eine Zigarette an. «Es gibt keinen Zweifel, dass Frauen früher oder später ins Weltall fliegen werden. Die Daten der fünf weiblichen Kandidaten, die wir bislang getestet haben, legen nahe, dass Weltraummissionen von der Leistung der Frauen profitieren.»

* * *

«Auf dich!», strahlte Sarah.

Auch Geraldine riss ihr Glas Wasser in die Höhe. «Auf deine zukünftige Arbeit im All!»

«Darauf, dass noch viele weitere von uns Fliegerinnen im Stundenhotel von Albuquerque übernachten dürfen!» Juni stieß mit den Gläsern der anderen an.

«Darauf, dass möglichst viele an einem Mittwoch ankommen!», kicherte Sarah.

«Schmeckt vorzüglich!» Juni wischte sich übertrieben den Mund und öffnete den Deckel der Lunchbox, die ihr die Leute im Diner mitgegeben hatten. «Und jetzt mal sehen, welche Delikatessen Albuquerque sonst noch zu bieten hat!»

Draußen war es so kalt, dass sie beschlossen hatten, Junis letzten Abend in deren Zimmer zu verbringen – mit Essen, das Juni geholt hatte, während Sarah und Geraldine in der Klinik waren.

«Du meinst, abgesehen von Einläufen», sagte Sarah.

«Und Flüssigkeiten für die Röntgendiagnostik», ergänzte Geraldine.

«Ganz genau.» Juni verteilte das Essen auf drei Papierservietten. «Da ist noch Luft nach oben, dachte ich mir.»

«Aber nicht besonders viel, oder?» Sarah begutachtete ihren Krabbenkuchen, der an den Rändern schwarz angeschmort war und nach altem Bratfett roch. «Na ja, man wird ja genügsam.»

Geraldine biss hinein, schluckte ihn aber nicht hinunter. «Es schmeckt so furchtbar, dass ich mich direkt nach den gegrillten Käferlarven sehne, die ich mal in Mexiko essen musste. Nichts für ungut, Juni. Dass du das Essen geholt hast, war sehr nett von dir.»

Sarah hielt sich ihren Krabbenkuchen unter die Nase. «Ihr wisst, wie sehr ich Essen liebe, Mädels. Tatsächlich haben mir die Ärzte geraten, ein paar Pfund loszuwerden, was bei der Diät, die sie uns vorsetzen, kein Problem sein dürfte. Aber das hier, das traue ich mich nicht.»

«Wo ist deine berühmte Abenteuerlust geblieben?» Geraldine schluckte ihren Bissen jetzt doch herunter.

«Abenteuerlust ist eine Sache, Todessehnsucht eine andere.»

Juni blickte von einer zur anderen und sagte gar nichts. Sie wusste, dass sie die beiden vermissen würde: ihr abendliches Geplänkel und die Freundschaft, die es vielleicht nur unter Fliegerinnen gab.

«Bei deinem Naturell konnte ich mir ja denken, dass du Musik liebst», sagte Sarah, die jetzt mit vollem Mund kaute. «Aber im Ernst jetzt?» Sie deutete auf das Bild von Louis auf Junis Nachttisch. «Du bringst ein Bild von Elvis Presley mit?»

«Das ist doch nicht Elvis», lachte Juni. «Das ist mein Freund!»

«Etwa der Freund, von dem du mir in New York erzählt hast?», wollte Sarah wissen. «Aus deiner Kindheit?»

Juni nickte.

«Sehr hübsch, ich muss schon sagen. Habt ihr vor zu heiraten, ihr zwei?», fragte Geraldine. Die Haut an ihrem Auge sah fast wieder normal aus. Sie war ungeschminkt, aber sie wirkte tausendmal schöner als bei ihrer Ankunft, und sie strahlte.

Juni schüttelte den Kopf. «Ich habe beschlossen, dass ich niemals heiraten werde», erklärte sie.

Geraldine erwiderte ihren Blick und schwieg. Eine Weile hörte man nur Kauen im Zimmer. «Es muss nicht immer so sein, weißt du.»

«Ich weiß. Meine Mom und mein Stiefdad führen eine gute Ehe. Es ist nur einfach nichts für mich.»

«Meiner Meinung nach ist Heiraten auch überbewertet», sagte Sarah. «Außerdem ist es nicht mehr notwendig. Wir können unser eigenes Geld verdienen.» Sie warf ihre Arme in die Höhe. «Und demnächst fliegen wir sogar zum Mond!»

«Juhu, Neunzehnhundertsechziger!» Juni warf ihre Arme ebenfalls in die Höhe. «Neues Zeitalter, da sind wir!»

Geraldine lachte. «Juhu!»

In der Nacht träumte sie von ihrer Mutter. Sie erzählte ihr, dass sie mit Louis sehr glücklich sei, aber ihn nicht heiraten wolle, weil sie die Ehe blödsinnig finde. Sie sah Mamans Lachen vor sich. Wie sich die Haut um ihre Augen kräuselte, und sie spürte ihre Wärme, als sie sie mit ihren Armen umschloss.

Sie erwachte davon, dass ihr sehr kalt war. Draußen war es noch dunkel. Sie stieg in ihren Wagen und fuhr los.

Diesmal hatte sie noch mehr Mühe, still zu sitzen. Endlos dehnte sich das Interstate-Band. Das Radio spielte «Wonderland by Night», während die Sonne über den Baumwipfeln im Cibolawald aufging.

Am zweiten Tag war das Land ganz still geworden. Sie überholte einen Sattelschlepper, während sie immer weiter gen Südosten fuhr. Ein Zug ächzte in der Ferne. Sie hörte sein langgezogenes Pfeifen. «Are you lonesome tonight?», sang Elvis Presley. Sie versuchte, sich vorzustellen, was Sarah und Geraldine in diesem Augenblick wohl taten. Nirgendwo konnte sie mehr ein Auto sehen.

Auch die Tankstelle kurz hinter der Landesgrenze von Louisiana wirkte verlassen – abgesehen von einem Kind. Es war in eine Konföderiertenfahne gewickelt und malte mit einem Stock im Sand. Juni stieg aus dem Wagen und hüpfte ein bisschen auf und ab. Dann lief sie zu dem Häuschen hinter den Zapfhähnen, um nach Benzin zu fragen. Die Sonne wärmte schon ein bisschen.

Drinnen hatten sich Männer und Frauen um einen Fernseher gruppiert. Einer der Männer drehte sich um und legte einen

Finger auf den Mund, als sie eintrat. Und da begriff sie, warum die Welt wie ausgestorben war: Im Fernsehen wurde der neue Präsident auf sein Amt eingeschworen. Die Männer und Frauen regten sich nicht, während sie Kennedys Rede lauschten. Nur das Geräusch der Softeismaschine tropfte in seine Worte hinein. Sie hörte: Lasst die Unterdrückten frei werden. Sie hörte: Eine neue Generation. Fragt nicht, was euer Land für euch tun kann; fragt, was ihr für euer Land tun könnt.

Ein Schauer überlief sie. Darauf wusste sie die Antwort. Sie konnte für ihr Land zum Mond fliegen. Das war mehr als das aufregende Abenteuer, das sie sich als Mädchen ausgemalt hatte. Es war ihre nationale Pflicht, es zu tun.

KAPITEL 28

Es gab einen Ruck, als die Kapsel im Wasser aufschlug. Jerrie konnte ihn im ganzen Körper spüren. Immer tiefer sank sie. Dabei drehte sich die Kapsel weiter, sodass sie nicht mehr wusste, wo sie war. Sie konnte es gurgeln hören. Das Cockpit lief voll. Kam das Gurgeln von oben oder von unten? Stand sie aufrecht oder auf dem Kopf? Kein Licht drang durch das Wasser. Sie war auf den Boden gesunken. Um sie herum war es dunkel und still.

Ob sie eine gute Schwimmerin sei, hatte Lieutenant Carleton wissen wollen, der für die medizinischen Versuche in Pensacola verantwortlich war.

Nun, Schwimmen war nicht das, womit sie sich täglich beschäftigte. Aber sie sollte ja auch keinen Rekord im Freistil aufstellen. Sie sollte sich nur aus einem mit Wasser gefüllten Cockpit in fünf Meter Tiefe unter der Meeresoberfläche befreien.

Immer weiter gurgelte das Wasser ins Cockpit. Sie tastete nach der Sicherung, dann löste sie ihren Gurt. Vorsichtig, um nirgendwo festzuhaken, schwamm sie ins Dunkle. Der Rucksack mit dem Fallschirm, den sie auf dem Rücken trug, zog ihre Schultern nach hinten. Keine Panik, sprach sie sich selbst zu und bewegte ihre Arme und Beine. In wenigen Sekunden werde ich wissen, wohin ich schwimmen muss.

Als sie auftauchte, sah sie als Erstes die Rettungstaucher am Rand stehen. «Sie haben den Dilbert Dunker bestanden!», rief ihr der Lieutenant zu, und die Taucher klatschten. «Bravo, Jerrie, Sie haben es geschafft!»

Die Sonne brannte auf ihren nassen Anzug. Der Lieutenant redete weiter. Er war noch sehr jung. Seine Augen leuchteten, während er sprach. «Die Rakete ist so konstruiert, dass sie in mehreren Stufen abbrennt», erklärte er. «Auf der Rückkehr vom Mond wird sie nur noch aus der Kommandokapsel bestehen. Vor dem Eintritt in die Erdatmosphäre koppelt die Crew den unteren Teil des Raumschiffs ab, den Maschinenteil. Das Kommandomodul mit den Astronauten fliegt weiter. Dann dreht es sein stumpfes Ende in die Flugrichtung, übersteht dank eines Wärmeschilds die Reibungshitze in der Atmosphäre, und am Ende fällt die Kapsel ins Meer.» Er lachte. «Das zumindest ist der Plan. Ja, und wir hier in Pensacola simulieren den Aufprall im Wasser. Ich sage Ihnen was, Jerrie.» Er senkte seine Stimme. «Ich habe hier schon ausgezeichnete Piloten erlebt. Überflieger, im wahrsten Sinne, denn wir fliegen hier ja auch mit Überschallgeschwindigkeit. Aber fliegen und im Meer aufprallen und sich dann in etlichen Metern Tiefe aus seinem Cockpit zu befreien – das sind zwei verschiedene Sachen. Nicht jeder kriegt das hin.»

Jerrie lächelte schüchtern. «Ich bin sehr dankbar, dass ich es probieren durfte.»

«Und wir sind sehr dankbar, dass Sie sich dazu bereit erklärt haben», sagte der Lieutenant. «Je mehr Menschen wir für die Raumfahrt testen können, desto mehr nützliche Daten sammeln wir!»

Es war Jerries zweiter Tag bei der Navy in Pensacola. «Testphase drei» hatte es Dr. Lovelace genannt. Nachdem sie eine Reihe von psychologischen Untersuchungen durchlaufen hatte, die für das medizinische Team um Dr. Lovelace offenbar zufriedenstellend ausgefallen waren, wurde es ernst. Nun absolvierte sie ein Testprogramm, das als Vorstufe zum Astronautentraining galt. Und dafür arbeitete sie ebenso hart wie die Männer. Einen Teil des Tages verbrachte sie mit Sit-ups, Klimmzügen sowie auf dem Laufband. Alle Muskeln im Körper brannten ihr. Ein medizinischer Assistent nahm ihr Blut ab, dann rannte sie weiter, Kilometer um Kilometer, ein nicht enden wollender, erschöpfender Lauf.

Ihre Gehirnströme wurden gemessen, während sie Loopings flog. Lieutenant Carleton und sein Team wollten herausfinden, ob ihr schwindelig wurde, wenn sie ein Flugzeug kopfüber lenkte. Jerrie sollte die Douglas Skyraider, die ihr die Männer zu diesem Zweck zur Verfügung gestellt hatten, im Sturzflug fliegen, sie sollte in den Himmel hinaufschießen und sich um sich selber drehen. 18 Nadeln waren für das Elektroenzephalogramm an ihrem Kopf befestigt. Eine Filmkamera zeichnete ihre Reaktionen auf. Es war unbequem, aber nicht über die Maßen störend. Sie erschrak lediglich ein bisschen, als ihr ein Techniker später den Film zeigte, denn ihre Augäpfel traten während eines Manövers aus den Höhlen und ploppten dann wieder zurück. Jerrie hatte schon schmeichelhaftere Bilder von sich gesehen.

Dann kam der Schleudersitz-Test, der so hieß, weil sie dabei mehrere Meter in die Luft geschleudert wurde. Nachdem sie auch diesen Test bestanden hatte, ohne ohnmächtig zu werden, reichte ihr Lieutenant Carleton eine selbstgebastelte Karte, die jeder Schleudersitz-Überlebende erhielt und auf der jemand in geschwungenen Lettern die Worte «Mitglied des Schleudersitz-Clubs» vermerkt hatte – woraus sie schloss, dass mindestens einer bei der Navy Humor besaß.

Für den simulierten Überschallflug gaben sie ihr den kleinsten verfügbaren Druckanzug, den sie hatten. Und trotzdem passte er ihr nicht. Über eine Stunde schnürten die Männer sie darin ein. Dann halfen sie ihr in die Stiefel und Handschuhe, setzten ihr den Helm auf und versiegelten ihn.

«Da Sie noch nicht mit Überschall geflogen sind, sollten wir Ihnen erst ein paar grundlegende Dinge erklären.» Einer der Techniker führte sie in die Druckkammer.

«Bin ich schon mal.» Jerries Stimme klang dumpf unter dem Helm.

«Ich fürchte, ich kann Sie nicht gut verstehen.»

«Ich sagte, das bin ich schon mal. Ich bin schon mal mit Überschallgeschwindigkeit geflogen. Mit 1,3 Mach, um genau zu sein.»

Der Techniker runzelte die Stirn. «Wie ist das möglich? Frauen ist es normalerweise nicht gestattet, militärische Jets zu fliegen.»

«Ich kenne zwei Frauen, die es getan haben», ging ein anderer Techniker dazwischen. «Jacqueline Cochran und die Französin Jacqueline Auriol.»

Jerrie hob die Hand und lächelte schüchtern. «Ich bin die Dritte», brachte sie hervor.

Das Cockpit im Simulationsraum sah echt aus. Jerrie kletterte auf den Pilotensitz. «Alles klar, Jerrie», hörte sie eine Stimme über ihren Kopfhörer. «Können Sie mich deutlich verstehen?»

«Roger, sehr deutlich.»

«Gut. Ich bin Dr. Ireland. Neben mir sitzt Lieutenant Carleton. Sowohl in der Kammer als auch draußen sind Dutzende weitere Männer, die alles, was Sie tun, beobachten werden. Ärzte, Techniker, Piloten.»

«Roger», gab Jerrie zurück.

«Sie sind schon mal mit Überschall geflogen?»

«Das ist richtig, Sir.»

«Welche Höhe?»

«14 000 Kilometer.»

«Gut. Sie werden diesen Rekord heute brechen – wenn auch nur im Simulator. Aber es wird sich genauso anfühlen wie in einem echten Kampfjet. Darum tragen Sie auch den Druckanzug. Bei Flügen oberhalb von 10 000 Kilometer Höhe ist ein Druckanzug Pflicht. Ihr Blut würde sonst anfangen zu kochen, neben ein paar anderen unangenehmen Dingen. Ihr Anzug sitzt angemessen am Körper?»

«Sitzt.»

«Ihre Handschuhe – ich habe gesehen, dass sie zu groß sind. Versuchen Sie mal, mit den Daumen jeden einzelnen Finger zu berühren.»

Das tat Jerrie. «Alles in Ordnung», gab sie ruhig zurück.

«Gut. Sie gehen gleich auf 18 000 Kilometer Höhe. Sind Sie bereit?»

«Bereit», sagte Jerrie.

Sie flog den Simulator wie ein wirkliches Flugzeug. Tatsächlich fühlte sich alles vollkommen real an. Selbst der Druck stieg in ihrem Anzug, je höher sie flog. Als sie 18 000 Kilometer Höhe erreichte, fühlte sie sich wie in einem Kokon, so eng presste sich der Anzug an sie.

«Versuchen Sie mal, beim Steuern mit dem Ruderpedal die Beine zu beugen. Können Sie das, oder hindert Sie der Druck im Anzug daran?»

Jerrie beugte die Beine. «Es geht.»

«Bewegen Sie mal den rechten Arm, so, als würden Sie den Steuerknüppel bedienen.»

Auch das tat Jerrie.

«Sehr gut. Wir wollen natürlich auch sehen, wie gut Sie mit dieser eingeschränkten Beweglichkeit noch steuern können. Sind Sie bereit, jetzt runterzukommen?»

«Bereit.»

«Freier Fall runter auf 11 000 Kilometer Höhe.»

Jerrie führte die Anweisungen durch.

«Können Sie Ihre Ohren freimachen, indem Sie gähnen oder

kauen?», hörte sie die Stimme, nachdem sie 7000 Kilometer gefallen war.

Jerrie schluckte einmal. «Ohren sind frei.»

Nun fiel sie weiter mit einer Geschwindigkeit von 90 Kilometer pro Stunde. Kein Schwindel, keine Ohrenschmerzen. Dann landete sie.

Einen Moment lang herrschte Stille. Dann kam Dr. Irelands Stimme durch den Kopfhörer: «Bemerkenswert.»

Es tat ihr fast ein bisschen leid, als sie den Druckanzug wieder ausziehen musste. Aber sie hoffte, bald einen eigenen zu besitzen. Wenn sie nach Abschluss der Tests das Astronautentraining ernsthaft aufnehmen dürfte, würde sie jede Menge Kampfjets fliegen. Denn dass sie bestanden hatte, daran gab es nun keinen Zweifel mehr.

«Wissen Sie übrigens, wie wir das Geld für die Tests mit weiblichen Piloten wie Ihnen bekommen haben?», grinste Lieutenant Carleton bei ihrem Abschied am nächsten Morgen.

Jerrie schüttelte den Kopf.

«Wir haben dem Navy-Hauptquartier im Pentagon geschrieben, dass wir gern den Unterschied zwischen Männern und Frauen herausfinden würden.» Carleton lachte. «Ein Admiral schrieb zurück: Wenn Sie den Unterschied immer noch nicht kennen, Lieutenant – also, wir werden kein Geld in die Hand nehmen, um ihn Ihnen zu erklären.»

Jerrie wurde rot, aber sie musste mitlachen.

«Das Geld kam natürlich trotzdem. Sonst wären Sie ja nicht hier.» Carleton drückte ihr die Hand. «Es war mir eine große Freude, Sie kennenzulernen, Jerrie. Schicken Sie uns weitere so tapfere Frauen hierher!»

* * *

«Ich kann es nicht länger mit ansehen!» Ben warf die Tür hinter sich zu. «Ich ertrage es einfach nicht mehr!»

Martha saß über ihr Zeichenbuch gebeugt und blickte zu Ben auf. «Setz dich, Liebling.»

«Wie kannst du nur so ruhig sein?», wütete Ben. Er ließ sich neben Martha auf eines der bunten Polstermöbel fallen. «Das geht jetzt schon über ein halbes Jahr zwischen euch beiden so!»

Martha nahm seine Hand. «Es tut mir leid. Ich weiß, was es für dich bedeutet. Du arbeitest tagsüber mit Juni. Und abends kommst du heim zu mir.»

«Ja.» Er nahm seine Brille ab und wischte sich über die Augen. «Es tut mir körperlich weh, das mitzuerleben.»

Martha senkte den Blick auf ihren Block und zeichnete weiter.

«Ich habe noch nie eine Mutter und eine Tochter erlebt, die sich so nahestanden», sagte er jetzt ruhiger. «Als ich euch kennenlernte, damals auf dem Schiff, da wart ihr wie die kleinen Tiere aneinandergekuschelt. Immer wart ihr eins. Kann es eine größere Liebe zwischen Kind und Mutter geben als zwischen euch beiden?, dachte ich damals.»

Martha zeichnete weiter. Der Stift zitterte in ihrer Hand.

«Damals habe ich mich in dich mitsamt deinem kleinen Mädchen verliebt.»

Eine Träne fiel auf das Zeichenpapier.

«Was kann ich tun, damit es wieder gut wird zwischen euch beiden?», fragte er leise.

«Nichts.»

«Denkst du immer noch, dass sie nicht an diesen Astronautentests teilnehmen sollte?»

Martha schüttelte langsam den Kopf. «Ich denke», sagte sie leise, «dass sie das tun sollte, wozu sie anscheinend geschaffen ist.»

«Aber», Ben sprang von seinem Stuhl auf, «dann musst du

es ihr sagen! Und du musst ihr sagen, dass es nicht stimmt, was die Leute über dich reden.»

«Was reden denn die Leute über mich?», flüsterte sie.

«Du weißt schon.» Ben ließ den Kopf hängen. «Dass du eine deutsche Spionin warst.»

Martha blickte in die Ecke des Wohnzimmers, dorthin, wo immer noch Ediths leerer Papageienkäfig hing. «Ich versuche doch, mit ihr zu reden», flüsterte sie. «Ich rufe sie an. Ich ...» Die Tränen liefen ihr über die Wangen. «Ich lauere ihr auf der Straße auf. Es bringt nichts. Sie dreht sich auf dem Absatz um, wenn sie mich sieht.»

«Oh, Martha.» Ben kniete sich auf den Boden und nahm ihr Gesicht in seine Hände, das Gesicht, in dem man jetzt auch die schwierigen Jahre sah.

«Sie ist heute nach Ponca City geflogen, für die zweite Mercury-Testphase. Ich habe ihr die Voodoo Jazz überlassen – normalerweise brauchen wir sie fürs Geschäft, aber ... Ich dachte, sie fühlt sich wohler, wenn sie mit ihrer Cessna fliegt.»

«Das hast du gut gemacht», sagte Martha.

«Ich bin sehr stolz auf sie, dass sie die erste Phase bestanden hat», lächelte Ben, während er Martha eine Strähne aus dem Gesicht schob. «Sie hat die gleichen Tests absolviert wie die Mercury-Männer, musst du wissen. Und sie hat sie alle geschafft.»

Lange streichelte Ben das Gesicht, das er so liebte. Martha weinte lautlos. «Ich bin auch so stolz auf sie», wisperte sie.

* * *

Juni drehte sich im Kreis und warf die Hände in die Luft. «Wunderschön!», rief sie aus.

Jerrie lächelte. «Gefällt es dir?»

«Ich liebe es!», lachte Juni. Vorsichtig berührte sie die Sterne auf der Tapete. «Und deine Mitbewohnerin und du – ihr habt das extra für uns tapeziert?»

«Ihr sollt euch bei uns wohl fühlen.» Jerrie hob die Schultern, dann lächelte sie so breit, dass ihre Grübchen sichtbar wurden, und deutete auf die Bettwäsche. «Tadaa!», machte sie.

Juni folgte ihrer Handbewegung und lachte. «Ist nicht wahr! Bettwäsche mit Raumschiffen drauf? Unglaublich! Wo bekommt man denn so was?»

«In fast jedem Wäschegeschäft», lächelte Jerrie. «Raumschiffe sind derzeit sehr modern.»

Juni konnte es nicht glauben. Sie war tatsächlich bei Jerrie Cobb zu Hause, ihrem Kindheitsidol. Die psychologischen und psychiatrischen Tests sollten in einer Klinik in der Nähe durchgeführt werden. Jerrie, die sich in ihrer Position als erstes Testobjekt für die Mercury-Frauen verantwortlich fühlte, hatte angeboten, die Frauen in dieser Zeit bei sich aufzunehmen. Jerrie hatte sie am Wiley Post Airport abgeholt, einem kleinen Flughafen in der Nähe von Ponca City, den sie mit ihrer Voodoo Jazz angeflogen hatte.

Es klingelte. «Oh», machte Jerrie und lief zur Treppe. «Das wird die Nächste sein!»

Eine vertraute Stimme drang nach oben. Juni beugte sich über das Geländer, aber sie erkannte die Frau nicht. «Muss man erst den Irren einen Besuch abstatten, bevor man ins Weltall fliegen darf», hörte sie die Unbekannte lachen.

Sie versuchte, sich ihre Überraschung nicht anmerken zu lassen, als die Frau sie in die Arme schloss. Es war Geraldine, oder vielmehr eine zehn Jahre jüngere Ausgabe der Frau, die sie in Albuquerque kennengelernt hatte. Alles an ihr strahlte. Sie sah phantastisch aus.

«Ich stecke mitten in der Scheidung», sprudelte sie hervor.

«Und ich wohne mit meinen beiden Kindern wieder bei Mutter, was einigermaßen beengt ist, und ich bekomme kaum noch Schlaf, weil ich gerade einen riesigen Auftrag hereinbekommen habe, aber ...» Ihre Augen leuchteten. «Mir geht es so gut wie seit endlos vielen Jahren nicht mehr. Außerdem, Mädels, ihr werdet es nicht glauben – ich glaube, ich habe mich verliebt!»

Sie erzählte weiter, während Jerrie einen Kaffee aufsetzte. Juni blickte zwischen den Frauen hin und her. Sie wusste, dass die beiden schon viele gemeinsame Rennen geflogen waren und sich trafen, so oft es ihre Zeit zuließ. Aber wie unterschiedlich sie waren! Jerrie, groß, blond und schüchtern – und daneben dieses quirlige, texanische Etwas mit den schwarzen Locken und der übersprudelnden Energie.

«Als Dr. Lovelace sagte, wir sollten vor den psychiatrischen Untersuchungen nichts weiter tun ...», lachte Geraldine.

«Oh ja», fiel Jerrie mit ein. «Uns einfach nur ausschlafen und ansonsten die Ruhe selbst sein ...»

Geraldine lachte so sehr, dass sie Schluckauf bekam. «Da dachte ich – die haben ja alle so gar keine Ahnung! Wie soll denn eine Mutter, die als Pilotin arbeitet, ausschlafen? Und dann noch mitten im Scheidungsverfahren? Mit dem ganzen Papierkrieg? Wie, bitte schön, soll das gehen? Danke, Jerrie.» Sie nahm ihre Tasse entgegen. «Außerdem – ihr ahnt ja gar nicht, wie viele Freunde man verliert, wenn man sich im katholischen Texas scheiden lassen will! Sogar Geschäftspartner haben sich von mir abgewandt. Na, ich kann nur sagen, jetzt weiß ich wirklich, wer zu mir steht und wer nicht.» Sie leerte ihre Kaffeetasse, als wäre es ein Glas Wasser. «Könnte ich bitte noch einen Kaffee haben? Ich brauche das, sonst schlafe ich auf der Stelle ein!»

«Schätze, dein Leben wird den Psychomann in einen Analysetaumel werfen», grinste Juni und griff nach der Kanne.

Geraldine sah sie überrascht an, dann lachte sie. «Oh ja, ich werde dem Mann was zu tun geben. Und wie steht es mit dir, Juni? Konntest du dich ausruhen in den letzten Wochen?»

Juni dachte an ihre Mutter. Sie hatte sie ein paarmal von weitem gesehen, und jedes Mal war Maman auf sie zugegangen, aber Juni hatte rasch wieder kehrtgemacht. Sie dachte nicht viel darüber nach, ihre Arbeit tat sie wie immer, sie flog konzentriert, und sie konnte mit Louis herumscherzen und selbst mit Ben reden, als wäre alles normal. Ben hatte es aufgegeben, mit ihr über Maman sprechen zu wollen, und das war gut so. Doch nachts geschah etwas Merkwürdiges mit ihr. Sie wachte auf, als wäre etwas im Raum, auf das sie lauschen müsste, und da lag sie dann wach und gespannt, und irgendwann leuchtete der Morgen herauf. «Geht so», sagte sie und versuchte zu lächeln. «Ich krieg das schon hin.»

«Wir haben alle unser Päckchen zu tragen», sagte Jerrie, als könnte sie ihre Gedanken lesen. «Das Wichtigste ist, dass wir uns davon nicht unterkriegen lassen.»

«Nein.» Geraldine schlug mit der Faust auf den Tisch, dass das Geschirr klirrte. «Ich will verdammt sein, aber das tun wir nicht mehr!»

* * *

«Onkel Henri, dein Bein sieht heute überhaupt nicht gut aus!»

«Ja, es geht ihm heute noch schlechter als sonst.» Henri tastete sich an der Wand entlang, wobei er versuchte, nicht die Schwarze Madonna zu berühren. Erleichtert ließ er sich in eines der Polstermöbel fallen. «Könntest du mir meinen Stock bringen, Ben? Und den Fernseher einschalten? Ich vermisse meine Edith. Ohne meine Edith ist es hier immer so still.»

Seit der Papagei davongeflogen war, hatte es eine Unglücksnachricht nach der nächsten gegeben. Der Arzt hatte bei Onkel Henri Diabetes festgestellt, und dann hatte es geheißen, er dürfe keine Süßigkeiten mehr essen. «Ein Candy Man, der nix Süßes mehr essen darf.» Onkel Henri konnte es noch immer nicht fassen. «Hat die Welt schon mal von so was Verrücktem gehört?»

Martha blickte von dem Zeichenbuch auf, das sie für Juni fertigte. Sie zeichnete die Parade – die erste, die sie in New Orleans erlebt hatten, damals, als der Krieg gerade zu Ende gewesen war. Zwischen den Feiernden aus Bleistift ging eine Frau, das Haar zu Schnecken über den Ohren gedreht, an der Seite eines Mannes mit Brille. Sie hatten ein Mädchen in ihre Mitte genommen, und das flog nun durch die Luft.

Die Stimme des Präsidenten holte sie in die Gegenwart zurück. Kennedy stand an einem Rednerpult und blickte in eine Menge aus Männergesichtern. Das Bild war schwarz-weiß, so wie Marthas Zeichnungen. Gestreifte Krawatte, notierte sie mit dem Blick, der Bilder für zukünftige Zeichnungen speicherte. Tiefer Seitenscheitel. Immer noch junges Gesicht und volles Haar.

«Jetzt ist es Zeit für ein großes, neues amerikanisches Vorhaben», sagte Kennedy, kurz bevor seine Stimme undeutlich wurde. Schwarz-weiße Streifen zerteilten das Bild. «Ich glaube, wir besitzen alle notwendigen Ressourcen und Talente», kam die Stimme wieder und verschwand erneut. Das Bild schneite ein.

«Warte.» Ben rückte die Antenne gerade. Kennedy, mit seinem ernsten Gesichtsausdruck, wurde wieder deutlich.

«Mach mal den Ton lauter», forderte Onkel Henri. «Ich versteh ja gar nix.»

Ben drehte am Knopf, und jetzt donnerte die Stimme des Präsidenten ins Zimmer. «Ich glaube, diese Nation sollte es sich zum Ziel setzen, noch *vor* Ende dieses Jahrzehnts einen Mann auf dem Mond zu landen und sicher zur Erde zurückzubringen.»

Martha blickte zu Ben hinüber. Sein Mund formte die Worte: «Oder eine Frau.»

* * *

Es waren merkwürdige Tests. Junis Kopf wurde verkabelt, und dann sollte sie ruhen. Die Ärzte wollten ihre Gehirnströme messen, wenn sie nichts tat. Sie musste Tintenkleckse ansehen, die wie Schmetterlinge aussahen, und dann sollte sie sagen, was sie in diesen Klecksen sah. Und sie sollte Sätze vollenden, die ihr ein Arzt vorsprach. Alles ging gut bei diesen Sätzen, ihr fiel immer etwas ein. Nur ein Satzanfang brachte sie aus der Fassung: «Wenn ich meine Mutter sehe, dann …»

«Tut mir leid», sagte sie, als das Schweigen ungemütlich wurde. «Meine Mutter und ich sehen uns nicht mehr.»

Der Arzt machte sich ein paar Notizen.

«Ich hoffe», sagte Juni, «Sie werfen mich deswegen nicht aus dem Programm.»

«Beenden Sie den Satz trotzdem.»

Juni schluckte. «… bin ich wütend auf sie.»

Sie musste Zahlenreihen und geometrische Muster zu Ende führen, und sie sollte fünf Minuten lang über ein persönliches Erlebnis sprechen. Sie erzählte, wie sie zum ersten Mal geflogen war. An ihrem dritten Tag befanden die Ärzte, sie sei so weit.

«Wofür?», fragte Juni einen Dr. Shurley in seinem Sprechzimmer.

«Wir werden Sie in einem Wassertank isolieren. Dabei testen wir Ihre Reaktion auf absolute Einsamkeit.»

«Für wie lange?»

Dr. Shurley lächelte. «Das kommt darauf an. So lange Sie es aushalten. Aber lassen Sie es mich so sagen: je länger, desto besser. Schließlich sind Sie im Weltall ja auch allein.»

Juni glaubte nicht, dass sie Probleme damit haben würde. Sie war schon immer eine Person gewesen, die ihre eigene Gesellschaft schätzte. Dr. Shurley zeigte ihr den Raum, in dem der zweieinhalb Meter tiefe Wassertank stand, und dann den Nebenraum, der ein bisschen wie ein Spionagezimmer wirkte. Tonstreifen liefen über riesige Rollen. Aus den Lautsprechern drang ein Plätschern. Ein Techniker erklärte, das sei der Tank. «Wir nehmen alles auf, was da drin passiert. Auch wenn Sie um Hilfe rufen, natürlich. Dann kommt jemand und holt Sie heraus.»

«Das wird gewiss nicht geschehen.»

«Früher oder später fangen die meisten an zu halluzinieren, wenn Sie komplett abgeschnitten von der Außenwelt sind», erklärte ein Assistenzarzt, der vor dem Test ihren Blutdruck maß. «Wundern Sie sich also nicht, wenn Sie in dem Tank Stimmen hören.»

«Wie lange ...» Juni zögerte. «Wie lang sind die Mercury-Männer in dem Tank gewesen?»

«Gar nicht», erklärte der Assistenzarzt. «Die Männer haben ein dreistündiges Isolierungsverfahren an der Luft durchlaufen. Die Isolierung im Wassertank hat Dr. Shurley am Gesundheitsinstitut in Washington entwickelt, es wurde für das Militär noch nicht angewendet.»

«Dann sind wir Frauen hier die Versuchskaninchen?», versuchte Juni zu scherzen.

Der Assistenzarzt hob eine Braue. «Dr. Shurley würde es sicherlich etwas anders ausdrücken. Aber ja, so kann man es sehen.»

Bevor sie in den Tank hineinstieg, stellten Dr. Shurley und seine Assistentin ihr ein paar Fragen. Ob sie gut geschlafen habe oder ob sie Angst empfinde vor den kommenden Stunden. Beide Ärzte waren außerordentlich freundlich zu ihr.

Dann musste sie in einen Badeanzug schlüpfen. Sie tastete mit den Zehen nach dem Boden des Tanks. Das Wasser war warm.

«Sie können mit uns sprechen, während Sie im Wasser liegen», erklärte die Assistentin, während sie ihr ein paar Schaumstoffschlangen reichte, die sie unter ihren Nacken und ihre Knie legen konnte, um zu treiben. «Wir sind ja im Nebenraum und zeichnen alles auf. Aber wir werden nicht antworten.» Sie hob bedauernd die Schultern. «Es wird also kein Gespräch.»

Dann gingen die Lichter aus.

Zuerst genoss Juni es, einfach nur still durch die Dunkelheit zu treiben. Sie hatte nichts zu tun. Zum ersten Mal seit einer Ewigkeit musste sie keine Maschine steuern, keine Flugpläne lesen, nichts schrauben, nicht im Diner bedienen. Sie seufzte, und das Geräusch wehte sanft durch den gekachelten Raum. Sie bewegte ihre Zehen und wackelte mit den Fingern. Dann erinnerte sie sich daran, dass sie möglichst still liegen sollte.

Sollte sie etwas sagen? Damit die Ärzte wussten, dass es ihr gut ging. Leise, weil sie ja nun wusste, wie empfindlich die Mikrophone waren, sagte sie: «Hier ist alles in Ordnung. Ich fühle mich wohl.»

Es war merkwürdig, dass sie nichts erkennen konnte. So lang sie denken konnte, hatte sie etwas sehen können, selbst bei Nachtflügen, und sei es nur ein einzelner Stern. Kurz dachte sie an den Test im Geigerzähler zurück. Dort war sie neun Minuten lang blind gewesen. Jetzt lag sie vielleicht schon eine Stunde oder länger in der Schwärze. Sie hatte keine Ahnung. Die Zeit zerrann.

Sie hatte eine Ewigkeit so im Wasser gelegen, sie war sogar eingeschlafen, sie war wieder aufgewacht, hatte mit den Zehen gewackelt, und plötzlich kamen die Bilder. Sie sah sich, als sie klein war. Juni, eins, zwei, drei. Sie sah den Menschen vor sich, den einzigen, dem sie vertraut hatte, in jeder Phase ihres Lebens, und sie spürte eine Wut in sich heranrauschen, und die Wutwelle überschwemmte sie. Ihre Mutter hatte sie belogen, immer und immer wieder. Ihr ganzes Leben lang hatte sie sie belogen, sie hatte Junis ganzes Leben auf einer Lüge aufgebaut.

Panik erfasste sie, sie musste raus hier, sie wollte rennen, davonrennen vor den Bildern, die jetzt auf sie einstürmten, sie sah Teddy vor sich und die Stelle an seinem Bauch, die schon Maman weggeliebt hatte, damals in Deutschland. Als Maman ein deutsches Mädel in Deutschland gewesen war.

Das Lied war auf einmal in ihrem Kopf, als ob es jemand im Tank singen würde. Sie hörte es so deutlich, dass sie sogar den Hall an den Wänden vernahm. Und dann kamen die Bilder. Sie sah sich selbst neben Louis in einer Mondnacht sitzen, die Knie angezogen, und sie spürte eine Angst, die nicht die ihre war. «Der Mond ist aufgegangen», hörte sie Maman singen, «die goldnen Sternlein prangen.»

Juni weinte leise, weil sie nicht wollte, dass die Ärzte es hörten. Sie legte ihren Kopf auf die Seite, damit die Tränen ins Wasser laufen konnten, und so lag sie viele Stunden und badete in ihrer Traurigkeit.

Als sie fertig geweint hatte, war die Wut auf Maman zerflossen. Aber sie war immer noch so unendlich traurig, weil sie wusste, dass das Band zwischen ihrer Mutter und ihr gerissen war, und das war mehr, als sie ertrug.

Mondumlaufbahn, 20. Juli 1969,
93 Stunden und 32 Minuten nach dem Start

«Apollo 11, Apollo 11, das Black Team wünscht Ihnen einen guten Morgen!» Eine muntere Stimme drang in Michael Collins' Schlaf.

Er brauchte eine Weile, um das Mikrophon einzuschalten. «Guten Morgen», krächzte er. «Mensch, Leute, ihr seid vielleicht früh auf!»

Er fühlte sich merkwürdig benommen. In der vergangenen Nacht hatte er Mühe gehabt einzuschlafen. Und jetzt wurde er nicht wach. Neil Armstrong und Buzz Aldrin schien es ähnlich zu gehen. Zusammen schwebten sie durch den kleinen Raum, verstellten sich dabei den Weg, glitten ungeschickt in Nischen, um den anderen vorbeizulassen, und fühlten sich auch sonst nicht gerade heldenhaft.

Michael Collins machte Kaffee. Ein Rückschlagventil verhinderte, dass die heiße Flüssigkeit ebenso entschwebte wie offenbar ihre Lebensgeister, und er reichte die Becher weiter, während sie den Nachrichten des Tages aus Houston lauschten. Sie tranken den Kaffee aus einem Strohhalm. Das Gebräu schmeckte lausig, erinnerte aber vage an die Frühstücksrituale auf der Erde.

«Gottesdienste auf der ganzen Welt gedenken Apollo 11», drang die Stimme von Raumschiff-Kommunikator Ron Evans in ihr Ohr. «Präsident Nixon betet für euch im Weißen Haus.»

Die Männer tauschten einen Blick.

«Ach ja, auf den großen Titelseiten, die sich alle mit Apollo 11 beschäftigen, geht es auch um ein schönes Mädchen mit einem weißen Hasen. Einer alten Legende zufolge lebt eine Chinesin namens Chang-O seit 4000 Jahren auf dem Mond. Sie war dorthin verbannt worden, weil sie ihrem Mann die Pille der Unsterblichkeit stahl. Haltet auch nach einem weißen Hasen Ausschau. Der sollte leicht zu finden sein, da er immer auf seinen Hinterbeinen im Schatten eines Zimtbaums steht.»

Jesus Christ, dachte Michael Collins. Ich bin noch immer nicht wach. Hier sitze ich, kurz davor, meine Freunde zu verabschieden, die auf einem Krater im Mond landen sollen, und jetzt muss ich auch noch einen Tausende Jahre alten Hasen im Blick behalten. Heute Morgen ist einfach zu viel los.

«Okay», murmelte er. «Wir schauen mal nach dem Bunny Girl.»

Und dann war es auch schon Zeit, das Manöver vorzubereiten. Neil Armstrong und Buzz Aldrin zogen ihre Mondunterwäsche an – ein Wunderwerk der Dessous-Technik. Hunderte dünner Plastikschläuche waren in den Stoff eingewebt. Wasser würde aus dem Rucksack, den sie auf dem Mond trügen, in diese Schläuche laufen und so dafür sorgen, dass ihre Haut kühl blieb.

Dann schlüpften sie in ihre Druckanzüge hinein. Sie halfen sich gegenseitig, mühten sich, Reißverschlüsse zu finden, und zerrten eingeklemmte Stoffteile wieder heraus.

Jetzt war Michael Collins hellwach. Er spürte sein Herz trommeln. Vorsichtig zog er einen Reißverschluss an Neil Armstrongs Druckanzug zu. Nicht auszudenken, wenn der in die Brüche ging.

Oder wenn es ihm nicht gelingen sollte, Neils Helm korrekt auf den Halsring zu platzieren. Buzz konnte den Mond nicht ohne Neil betreten, er würde sterben, wenn sich die Tür des Lunarmoduls öffnete. Flüchtig dachte Michael darüber nach, ob er im Ernstfall seinen Anzug mit Neil tauschen könnte, stellte aber fest, dass das nicht möglich war. Erstens hatten sie nicht die gleiche Größe, und zweitens war Michaels Druckanzug nicht dafür gemacht, einen Rucksack zu tragen. Am schwersten wog allerdings der Umstand, dass er als Kommandant des Schiffes nicht für den Flug im Lunarmodul trainiert worden war.

Als sie endlich richtig verpackt waren, wechselten Neil und Buzz ins Lunarmodul hinüber, und Michael schob ihnen einen Arm voll Ausrüstung hinterher. Er schwebte durch die Kapsel, verschloss Fächer, installierte Schlauchsonde und Fangtrichter und durchtrennte die elektrische Nabelschnur, die die Apollo-Kapsel mit dem Lunarmodul verband.

«Houston, es wird keine Bilder vom Abdocken geben», informierte Michael Collins knapp. «Ich habe ohnehin schon alle möglichen Kameras in den Fenstern stehen, und ansonsten habe ich alle Hände voll zu tun.» Ihm war bewusst, dass er eine Entscheidung im Alleingang traf, anstatt sich mit Houston zu beraten, aber ihm blieb nichts anderes übrig.

Die Verbindungssprecher in Houston mussten das Drängende in seiner Stimme gehört haben. «Stimmen zu», kam die Antwort zurück.

Die Aufgaben folgten in rascher Reihenfolge. Er musste technische Checks für beide Module parallel durchführen und dabei den Stand zu Houston und Neil und Buzz im Lunarmodul durchfunken. Er nutzte das Kontrollsystem in der Kapsel, um beide Module stabil zu halten, während

Buzz und Neil die Steuerung im Lunarmodul kalibrierten.

«Ich habe jetzt fünf Minuten und 15 Sekunden», funkte Michael an Buzz. «Hält sehr gut.»

«Roger, Mike. Halt noch ein bisschen länger.»

«*No sweat*, ich kann den ganzen Tag so halten. Nehmt euch alle Zeit der Welt. Was macht denn der Zar? Er ist so ruhig.»

«Ich drücke», antwortete Neil, und Michael stellte ihn sich vor, wie er die Computerknöpfe betätigte. Zumindest hoffte er, dass es Computerknöpfe waren.

«Ich kann nur sagen, achtet auf die Umdrehung», sagte Michael, und dann, als keine Antwort zurückkam, verabschiedete er sich von ihnen. «Ihr Katzen, lasst es ruhig angehen auf der Mondoberfläche. Wenn ich euch schnaufen und keuchen höre, kriegt ihr Schimpfe!»

«Okay, Mike», kam Buzz' Stimme fröhlich durch das Funkgerät.

Michael, legte einen Schalter um, und das Lunarmodul bewegte sich. Er blickte durch das zweite Fenster. Über ihm sirrte die Filmkamera in das vierte Fenster. Da waren sie, zwei Männer in dem merkwürdigsten Objekt, das je durch den Himmel geflogen war. Die *Eagle* sah kein bisschen wie ein Adler aus, eher wie ein plumpes Insekt mit vier Beinen. Man hätte meinen können, dass die Ingenieure, die mit dem Design beauftragt gewesen waren, dem Adler zumindest den Anschein von einem Flugkörper hätten geben können, aber nein. Die *Eagle* war dafür geschaffen, in einem Vakuum zu fliegen, und brauchte von daher keine Stromlinienform. Michael prüfte, ob alle vier Landefüße ausgefahren und eingerastet waren, und funkte das Ergebnis an Neil und Buzz. «Eure Flugmaschine sieht gut aus.» Er hatte das Bedürfnis, einen kleinen Scherz zu machen. «Obwohl es lustig ist, dass ihr auf dem Kopf steht.»

«Du stehst auch gleich auf dem Kopf», gab Buzz zurück.

«Okay, *Eagle*, noch eine Minute ... Passt gut auf euch auf!»

Michael Collins trennte das Lunarmodul von der Kommandokapsel. Jetzt hatten Neil Armstrong und Buzz Aldrin ihr Schicksal selbst in der Hand.

KAPITEL 29

Eine matte Junisonne schien durch die Fenster von Jerries Pariser Hotel an der Place de la Concorde. Wenn sie aus dem Fenster blickte, konnte sie fast bis zu den Champs-Élysées hinauf sehen. Französinnen stöckelten über den Prachtboulevard, der Sommerwind pustete in ihre Kleider und ihr onduliertes Haar. Jetzt brauste eine ganze Kolonne von Citroën DS über den Platz, um vor dem Hotel zu halten. Männer mit Hüten und Zigarren in den Händen entstiegen den Karossen. Die Fédération Aéronautique Internationale hatte in die französische Hauptstadt geladen – und Luftfahrtmitarbeiter aus der ganzen Welt waren ihr gefolgt. Einen Moment noch, dann würde sie in den Frühstücksraum hinuntergehen. Jerrie sog die Luft ein. Sie genoss es, allein zu sein. Vor allem hatte sie keine Lust, Jacqueline Cochran zu treffen. Sie wusste, dass die Pilotin im selben Hotel wohnte wie sie. Und sie wusste, dass Jacqueline die Sache mit den Mercury-Frauen an sich reißen wollte. Da sie mit ihren 55 Jahren von Dr. Lovelace als zu alt für die Astronautentests eingestuft wurde, wollte sie zumindest die Organisation der Mercury-Frauen übernehmen. Zurzeit ließ sie überall verlautbaren, sie habe privat für die Tests der Frauen gezahlt.

Das Telefonläuten durchbrach ihre Gedanken. «Miss Cobb», hörte sie die Stimme des Rezeptionisten. «Ich habe ein Gespräch aus Übersee für Sie.»

«Stellen Sie durch, bitte.»

Lieutenant Carletons Stimme hallte in der Leitung wider,

aber sie konnte ihn verstehen. «Ich hoffe, Sie genießen den Pariser Sommer, Miss Cobb. Rudern im Bois de Boulogne und anschließend ein schöner Rosé?»

Jerrie lächelte in den Hörer, was der Lieutenant natürlich nicht sehen konnte. «Noch besser. Ich habe hier Abgesandte des sowjetischen Raumfahrtministeriums getroffen, die mich gefragt haben, ob die Amerikaner wohl eine Frau ins All entsenden werden. Ich habe nichts gesagt.»

«Nichts anderes hätte ich erwartet.»

«Oh, und noch etwas. Ich habe hier auch einen Deutschen getroffen, der mir etwas Interessantes erzählt hat. Das Observatorium, für das er arbeitet, hat eine weibliche Stimme auf einer Frequenz entdeckt, die die Sowjets nutzen, um ihre Kosmonauten zu trainieren.»

«Das ist in der Tat höchst spannend. Genau aus diesem Grund rufe ich Sie nämlich an, Miss Cobb. Ich gehe doch richtig in der Annahme, dass die anderen zwölf Mercury-Frauen die psychologischen Tests bestanden haben?»

«Vollkommen richtig. Sie können sich auf meine Kolleginnen freuen. Es sind äußerst kompetente Pilotinnen mit sportlichem Ehrgeiz. Oh, und Sie werden Janey Hart kennenlernen, die die Kennedys während des Präsidentschaftswahlkampfs geflogen hat! Alle zwölf Frauen stehen auf Abruf. Wir warten nur noch auf den Termin für Testphase drei.»

«Hat sich die NASA schon mit Ihnen in Verbindung gesetzt? Wir in Pensacola haben nämlich immer noch nichts aus Washington gehört.»

«Das ist merkwürdig. Die Tests sollen doch schon in weniger als einer Woche beginnen.»

«Und deshalb rufe ich Sie jetzt an. Wir haben die Testreihe aufgebaut. Vonseiten der Navy steht alles bereit.»

Jerrie runzelte die Stirn, was Lieutenant Carleton ja auch

nicht sehen konnte, also beeilte sie sich zu sagen: «Ich hake da einmal nach.»

«Danke, Miss Cobb. Wir würden es natürlich auch selbst tun. Aber uns fehlt einfach die Zeit dazu – bis man sich an die richtigen Stellen gewandt hat und so weiter, Sie wissen, wie das mit den Behörden ist.»

«Natürlich, Lieutenant, ich werde mich darum kümmern. Bis bald!»

«Bis bald, Miss Cobb.»

Jerrie blickte auf die Uhr. Wenn sie vor ihrem ersten Treffen noch frühstücken wollte, musste sie sich jetzt sputen. Hastig zog sie ihre Pumps über und überprüfte vor dem Spiegel ihre Frisur. Sie wollte gerade abschließen, als das Telefon erneut klingelte. Jerrie zögerte kurz, beschloss aber zurückzulaufen. «Hallo?»

«Noch einmal Übersee, Miss Cobb.»

Es gab ein Klicken in der Leitung «Jerrie? Hier ist Dr. Lovelace.»

«Dr. Lovelace – phantastisch, dass Sie anrufen! Ich wollte gerade ...»

«Ich werde es kurz machen: Die NASA hat die Tests für die Frauen nicht bewilligt. Testphase drei gibt es nicht mehr.»

«Aber wie kann das angehen? Das können Sie doch nicht ... Was ist passiert?»

«Ich weiß es nicht», erwiderte Dr. Lovelace. «Ich hatte gerade einen Anruf. Die NASA hat die Tests mit den Mercury-Frauen abgesagt. Das ist alles, was ich weiß.»

«Aber ...» Jerrie suchte verzweifelt nach Worten. Einen Moment lang fühlte sie sich wieder wie früher. Sie wollte etwas ausdrücken, doch kein Ton kam hervor. «Ich habe soeben mit Pensacola gesprochen. Mit Lieutenant Carleton aus dem medizinischen Corps. Er hat gesagt ... er meinte, die Navy stünde bereit.»

«Dann war Lieutenant Carleton wohl falsch informiert.»

«Aber, Dr. Lovelace, einige der Frauen sind bereits auf ihrem Weg nach Florida. Zwei von ihnen haben nicht freibekommen, da haben sie kurzerhand ihre Jobs gekündigt. Für die Frauen ...» Jerrie versuchte, die richtigen Worte zu finden. «Für die Frauen steht unendlich viel auf dem Spiel!»

«Das ist mir bewusst, Jerrie.»

«Können wir irgendetwas tun?»

«Nicht, dass ich wüsste. Wir können den Frauen jetzt nur noch Bescheid geben, dass ihre Tests nicht mehr stattfinden werden. Und ich fürchte, dass ich Ihnen diese unangenehme Aufgabe überlassen muss. Ich habe einen Termin außerhalb, den kann ich nicht verschieben. Eine offizielle Absage erteile ich den Frauen dann später per Telegramm»

«Aber Dr. Lovelace, was soll ich den Frauen denn sagen? Ich muss ihnen doch irgendeinen Grund nennen!»

«Ich kenne den Grund selbst nicht, Jerrie.»

«Dann rufe ich in Washington an und frage.»

«Tun Sie das, Jerrie, und viel Glück dabei. Aber seien Sie nicht enttäuscht, wenn Sie keine Antwort bekommen. In diese Dinge ist nie nur ein Einziger involviert. Auf Wiedersehen!»

Jerrie griff nach der Liste, die sie immer neben dem Telefon liegen hatte. Es waren zwölf Namen. Herausragende Athletinnen waren dabei, Ingenieurinnen wie Sarah Gorelick, Naturwissenschaftlerinnen. Eine besaß eine Flugschule, eine andere spielte Klavier, wieder eine andere Cello. Es waren gebildete, sportliche und tapfere Frauen, gesund an Geist und Körper. Sekundenlang stellte Jerrie sie sich vor, wie sie in ihren Lockheeds und Convairs und Cessnas über amerikanische Städte donnerten. Wie die ersten bereits unterwegs nach Pensacola waren. Sie schloss die Augen. Dann nahm sie den Hörer auf.

* * *

Juni stand auf einem Bein, während sie Kaffee kochte und ein Brot mit Gurken und Käse belegte. Das andere Bein hielt sie hinter sich in die Luft gestreckt.

Louis wedelte mit der Morgenzeitung. «Hier – Virgil Grissom ist mit der Redstone-Rakete gestartet!»

«Wirklich?» Juni wirbelte, immer noch auf einem Bein stehend, zu Louis herum. «Wie ist es gelaufen? Ist er schon wieder gelandet? Was ist passiert?»

Louis vertiefte sich in die Zeitung. «Ich wünschte, es wäre auf Französisch, dann könnte ich es besser verstehen.»

«Gib die Zeitung mal her!» Juni biss von ihrem Käsebrot ab und kaute. Sie hatte beschlossen, auch auf einem Bein zu frühstücken. Gleichgewichtsübungen würden sie optimal auf das Trainingsprogramm in Pensacola vorbereiten. Die andere Anforderung war maximale körperliche Fitness, und die hatte sie ja schon.

Louis schnappte sich das Käsebrot, in das Juni gerade gebissen hatte, und las weiter. «Hey, das ist Diebstahl!», protestierte er, als Juni ihm die Zeitung aus der Hand riss. «*Ich* hab die Zeitung geholt!»

«Wow, stell dir vor, bei der Wasserung ist die Kapsel vollgelaufen!» Immer noch auf einem Bein stehend, klaute Juni sich das Käsebrot zurück. «Grissom wäre fast ertrunken.»

Jetzt ließ sie sich doch an den Tisch fallen. «Jerrie meinte, dass wir das in Pensacola auch trainieren werden. Die Wasserung, meine ich, nicht das Ertrinken. Dilbert Dunker nennen sie den Tank.»

«Bist du aufgeregt?» Louis griff nach dem letzten Happen Brot und ließ ihn in seinem Mund verschwinden.

«Ich freue mich vor allem.» Juni strahlte. «Stell dir vor, ich werde einen Jet steuern – wenn auch nur im Simulator. Aber es ist ja nur der erste Schritt. Jetzt wird es nicht mehr lange dauern, und ich fliege bald einen richtigen Jet!»

«Ast des Todes!», lachte Louis.

«Siegesflug!»

Es klingelte an der Haustür. Juni ging öffnen. Ein Telegrammjunge stand vor der Tür.

* * *

Geraldine packte ihre Sachen. Für das Sporttraining packte sie Tennisschuhe, Shorts und eine Bluse ein, die sie über dem Bauch zusammenbinden konnte. Jerrie hatte ihr erzählt, dass sie in Testphase drei über eine Mauer springen würden. Es war sicher nicht die Art von Beschäftigung, die Geraldine als alleinerziehende Mutter zweier Kinder mit einem florierenden Flugzeugunternehmen täglich ausübte, aber sie war bereit. Um Hindernisse zu überwinden, musste man vor allem fit im Kopf sein, sagte sie sich. Es war die innere Einstellung, die einen weiterbrachte. Grenzen existierten nur im Kopf.

Ein Telegrammjunge stand vor der Tür.

«Pensacola abgesagt», las sie. «Vorschuss bitte zurückzahlen an Lovelace Stiftung.»

Sie sank auf die Vortreppe ihres neuen Hauses. Die Sonne brannte auf ihr Gesicht. Ein Nachbar mähte seinen Rasen. Drinnen schrillte ihr Telefon.

Ihr wurde klar, dass in diesem Moment zwölf weitere Frauen fassungslos auf die Nachricht starrten. Frauen, die sie zum Teil noch nie persönlich getroffen hatte, aber die ihr ähnlich waren. Vielleicht sollten wir uns zusammentun, dachte sie.

* * *

«Ich glaube, dass ich vor Angst sterben werde.» Immer wieder wischte Jerrie sich die Hände mit einem Taschentuch ab.

«Nur, weil du vor ein paar Menschen sprechen sollst?» Janey Hart lächelte. «Komm schon, Jerrie, du hast schon weitaus Schlimmeres erlebt – und auch das gemeistert. Du wirst deine Sache gut machen. Davon bin ich überzeugt!» Auch Janey tupfte sich die Stirn ab. Der 17. Juli 1962 war ein heißer Tag in Washington, D. C.

Sie hatten sich vor dem Gebäude verabredet, in dem die Anhörung stattfinden sollte, um ihre Argumente ein letztes Mal noch durchzugehen.

«Im Übrigen glaube ich nicht, dass dieser Victor Anfuso uns allzu gemein in die Mangel nehmen wird.»

«Was bringt dich zu dieser Meinung?» Jerrie war blass unter ihren Sommersprossen.

«Ich habe ein paar Erkundigungen über ihn eingezogen. Er gehört dem Raumfahrtkomitee an, aber er ist auch Demokrat – einer, der sich bei der nächsten Wahl von seinem republikanischen Herausforderer unterscheiden will. Er wird das Thema ‹Frauen in der Raumfahrt› benutzen, um Schlagzeilen zu machen. Er wird sich als Freund der Gleichheit aufspielen.»

«Das ist sehr zynisch, Janey.»

Janey lächelte. «Meine Gutgläubigkeit ist eines natürlichen Todes gestorben – ich lebe einfach schon zu lange in Washington.» Sie blickte auf ihre Uhr. «Komm schon, Heldin. Es ist Zeit, den Kampf aufzunehmen.»

Sie nahmen am Zeugentisch Platz. Abgesehen von ihnen saßen nur zwei Frauen in dem Raum, in dem die Anhörung stattfinden sollte, die anderen zehn waren Männer.

Jerrie fühlte, wie sich ihr Magen verkrampfte, als sie aufgerufen wurde. «Vor drei Jahren fragten mich Dr. Randolph Lovelace und General Donald Flickinger, ob ich bereit wäre, mich in Albuquerque den Mercury-Astronautentests zu unterziehen», beantwortete sie Anfusos Frage danach, wie alles angefangen hatte. «Nachdem ich die Tests bestand, entschieden die beiden, weitere Pilotinnen zu prüfen. Von 21 Frauen bestanden zwölf. Dann ...» Sie zögerte. «Daraufhin, meine ich ... wurde ich wohl so eine Art Fürsprecherin für uns 13. Wie Sie hören können, waren meine rednerischen Qualitäten nicht der Grund dafür.»

Die Männer im Raum lachten, aber es war ein wohlmeinendes Lachen. Janey nickte ihr aufmunternd zu.

«Lassen Sie mich die Frauen in aller Kürze vorstellen», fuhr Jerrie fort. «Janet Dietrich, 35 Jahre, aus Kalifornien, College-Abschluss, 8000 Stunden in der Luft, Pilotin einer großen Airline. Sarah Gorelick, 28 Jahre, aus Kansas, Hochschulabschluss in Mathematik, Physik und Chemie, arbeitete bis zu ihren Tests in Albuquerque als Ingenieurin, Berufsflugzeugführerlaubnis ...» Sie fuhr fort, bis sie alle Frauen vorgestellt hatte. Nur zwei- oder dreimal musste sie auf ihre Notizen blicken. Sie kannte die Lebensläufe der Frauen so auswendig wie ihren eigenen.

«Wir möchten nicht in einen Kampf der Geschlechter eintreten», sagte sie leise, während sie zu Anfuso aufblickte. «Wir suchen nur einen Platz in der Raumfahrt unserer Nation, ohne diskriminiert zu werden. Als Bürgerinnen bitten wir darum, dass wir uns einbringen dürfen. Es gab auch Frauen auf der Mayflower und auf den ersten Pferdewagen Richtung Westen. In der amerikanischen Geschichte haben wir immer mit Männern zusammengearbeitet. Und das möchten wir jetzt auch wieder tun. Wir möchten zu dem Ruhm unserer Nation beitragen. Bislang hat kein Land Frauen ins All geschickt. Wir bieten Ihnen 13 weibliche Freiwillige an.»

Sie setzte sich wieder hin, und jetzt spürte sie erst, wie stark ihr Herz klopfte.

Anfuso dankte ihr. «Nun, wir können mit Sicherheit sagen,

dass die Erkundung des Weltalls auch dazu dienen wird, eines Tages andere Planeten zu kolonisieren. Und ich sehe nicht, wie man das ohne Frauen hinbekommt.» Wieder lachten alle Männer im Raum. «Und jetzt möchte ich Mrs. Philip Hart bitten zu sprechen. Sie ist eine vorzügliche Ehefrau und Mutter – und ja, Pilotin ist sie auch.»

Jane erhob sich. Ihre Stimme klang ruhig und selbstsicher. «Ich verstehe nicht, warum das Weltall Männern vorbehalten sein sollte – als ob es ein exklusiver Herrenclub wäre. Ich sage nicht, dass Frauen zugelassen werden sollen, nur damit sie sich nicht diskriminiert fühlen. Ich sage, dass sie zugelassen werden sollten, weil sie etwas Wichtiges beisteuern können. Nun, keine Frau kann so etwas ernsthaft diskutieren, ohne herablassend belächelt zu werden. Doch zum Glück für diese Nation hat es immer Männer gegeben, Männer wie Sie in diesem Komitee beispielsweise, die Frauen helfen konnten, Rollen auszufüllen, die man ihnen zuvor nicht zugetraut hat. Ich denke, Frauen sollten unverzüglich Teil des Raumfahrtprogramms werden. Aber selbst wenn jemand die extreme Ansicht vertritt, dass Frauen keinen Platz im Weltall haben, sollte kein Forschungsprogramm gestrichen werden, das bereits jetzt so nützliche Informationen zutage gefördert hat – Informationen, die Sie jetzt und in der Zukunft nutzen können.»

Man hätte eine Nadel fallen hören können, so still war es im Raum.

«Ich will die Rolle einer Ehefrau und Mutter, die ihren Lieben ein schönes Heim bereitet, nicht herunterspielen», fuhr Janey fort. «Aber ich denke auch nicht, dass es unweiblich ist, intelligent, mutig und energisch zu sein.» So ruhig, wie sie aufgestanden war, setzte sie sich wieder hin.

Als Jerrie wieder aufgerufen wurde, bat sie, das Licht herunterzudimmen, damit sie ein paar Dias zeigen konnte. Die Bilder zeigten, wie sie getestet wurde: auf dem Kipptisch, verkabelt mit tausend Drähten, mit Sauerstoffmaske auf dem Rad. Irgendetwas im Raum hatte sich verändert: Die Männer hörten ihr ernsthaft zu. Sie lächelten, wenn Jerrie Witze über sich selbst riss, aber es war kein herablassendes Lächeln mehr.

«Aber die NASA verlangt Qualifikationen, die wir nicht haben können», beendete sie ihren kleinen Vortrag. «Und genau hier liegt das Problem.»

«Weil Astronauten Ingenieure sein müssen?», wollte Anfuso wissen.

«Nein, daran liegt es nicht, einige von uns sind Ingenieurinnen. Um Astronaut zu werden, muss man Kampfjets geflogen haben. Und das ist hierzulande nicht möglich, weil Kampfjets nur vom Militär betrieben werden und es keine weibliche Piloten im Militär gibt – anders als in Frankreich und der Sowjetunion.»

«Sind Sie der Meinung, dass Astronauten keine Jetpiloten sein sollten, Miss Cobb?» Ein Abgesandter aus Minnesota ergriff das Wort.

«Ich bin der Meinung, dass es ein Mittel zum Zweck ist, aber nicht der Zweck selbst. Ein Astronaut muss ein Raumschiff steuern können, keinen Jet. Wenn Sie beispielsweise die Stunden zusammenrechnen, die die 13 Frauen am Steuer eines Flugzeugs verbracht haben, dann kommen Sie auf durchschnittlich 4500 Stunden. Einige der Frauen haben dreimal so viel Zeit mit Fliegen verbracht wie die Männer.»

«Aber es gibt doch einen deutlichen Unterschied zwischen normalem Fliegen und dem Fliegen eines Jets?», wollte der Minnesota-Mann wissen.

«Ich würde sagen, dass die Erfahrung gleichwertig ist. Piloten, die Tausende von Stunden geflogen sind, mussten allesamt mindestens mit einer Notsituation fertigwerden. Sie können innerhalb von Mikrosekunden Situationen einschätzen und darauf reagieren – nur so haben sie überlebt. Einige von uns haben 10 000 Stunden im Logbuch stehen, und sie sind mit allen Modellen geflogen, die man sich vorstellen kann. Ich würde sagen, dass man das durchaus mit den paar Stunden im Kampfjet gleichsetzen kann, die die NASA von den Astronauten verlangt.»

Nun verlangte ein Republikaner aus Indiana zu sprechen. «Miss Cobb», sagte er, als er ans Mikrophon trat. «Ich habe gehört, was Sie draußen zu Mrs. Philip Hart sagten: Ich glaube, dass ich vor Angst sterben werde. Wie bringen Sie das in Einklang mit dem Umstand, dass ein Astronaut furchtlos, mutig und emotional ausgeglichen sein sollte?»

Jerries Antwort kam wie aus der Pistole geschossen: «Ins Weltall zu fliegen, kann nicht annähernd so furchteinflößend sein, wie hier zu sitzen.»

Wieder lachten die Männer. Nun wollte einer wissen, warum Testphase drei so plötzlich abgesagt wurde.

«Das wüssten wir auch gern», meldete sich Janey.

Jerrie erklärte, dass zwei der Frauen ihre Kündigung eingereicht hatten, um die Tests in Pensacola durchzuführen. «Sie hatten keinen Urlaub bekommen. Und sie sind bis heute ohne Arbeit. Wissen Sie, als Frau ...» Sie holte tief Luft. «Wenn man das Glück hatte, als Pilotin arbeiten zu dürfen, und man verliert die Stelle, dann ist es nicht mehr so leicht.»

«Bitte erlauben Sie mir zu sagen, Miss Cobb und Mrs. Hart», sagte Anfuso, «dass dieses Komitee darüber informiert wurde, dass die NASA kooperieren möchte und kooperieren wird. Diese Anhörung ist in der Tat sehr hilfreich. Und ich weiß, dass Sie die Regierung nicht kritisieren. Sie hätten nur gerne Antworten.»

Jerrie und Janey sahen sich kurz an. Es lief besser, als sie gedacht hätten. «So ist es», sagten sie.

«Könnten Sie sich vorstellen», sagte Anfuso nun in versöhnlichem Ton, «dass wir Frauen in das Astronautentrainingsprogramm aufnehmen, sobald ein Mann auf dem Mond gelandet ist?»

«Nein», sagte Jerrie ruhig. «Ich glaube nicht, dass wir bis zur Mondlandung warten müssen, damit eine Frau ins All fliegen kann. Lassen Sie doch die zwölf Kandidatinnen die Testreihe beenden, und wenn eine der Frauen im Simulator genauso gut ist wie die Männer, dann schreiben Sie sie auf den Flugplan für die nächste Erdumrundung.»

Die Tür flog auf, und da stand sie: Jacqueline Cochran. Jerrie drehte sich zu ihr um. Jackie sah makellos aus wie immer: Ihr Gesicht war perfekt geschminkt, und die hellblonden Haare trug sie im Stil von Marilyn Monroe. Ihr enges Kostüm betonte ihre weiblichen Kurven. Jerrie seufzte erleichtert. Auch wenn Jackie und sie sich nicht besonders nahegestanden hatten – in diesem bestimmten Fall würde Jackie ihre Fürsprecherin sein. Sie war die Einzige in ganz Amerika, die regelmäßig Jets flog. Sie hatte mehrfach die Schallmauer durchbrochen, sie war bekennender Raumfahrtfan. Wenn jemand Frauen den Weg ins All ebnen konnte, dann diese absurd reiche, immer noch schöne Frau mit den richtigen politischen Beziehungen.

«Mrs. Cochran, ich darf Sie herzlich begrüßen», sagte Anfuso. «Sie haben uns in der Angelegenheit, die wir heute behandeln, etwas zu berichten, sagten Sie. Nun, wir sind ganz Ohr.»

KAPITEL 30

Die Luft stand still am 17. Juli 1962. In den Straßen regte sich kein Leben. Alles war feucht und klebte. Als Juni am Haus der Andalusier vorbeilief, sah sie drei Gestalten im Verandaschatten liegen. Einer zupfte träge an den Saiten seiner Gitarre, die anderen sahen aus wie tot. Sie lief, bis der Mississippi rechts von ihr auftauchte, dann bog sie in die Franklin Avenue ein. Ihr Atem ging regelmäßig, und ihre Füße berührten kaum den Boden, so leicht lief sie über den Asphalt. Als sie die Brücke in östlicher Richtung überquerte, war niemand mehr auf der Straße zu sehen. Mücken sirrten in den Wassergräben. Ein Sprühflugzeug tauchte die Felder vor ihr in pulveriges Gelb.

Über dem Lakefront Airport lag die Sommerträgheit. Ein paar Line Boys schoben ihre Cessna aus dem Hangar. An der Mauer hockte Wilde-Augen-Jack, den Hut tief ins Gesicht gezogen. Betäubt vor Hitze, döste neben ihm ein Hund. Juni wischte sich den Schweiß von der Stirn und ging über das Flugfeld. Ihr Pferdeschwanz wippte, und der etwas zu große Overall, den sie neuerdings zum Fliegen trug, rutschte ihr über die Haut. Sie tippte Wilde-Augen-Jack auf die Schulter. «Hast du schon im Radio was über die Anhörung in Washington gehört?»

Der Mechaniker öffnete ein Auge. «Nee.»

Voodoo Jazz' silberne Flügel glitzerten in der Mittagssonne. Juni musste an diesem Tag ein paar Kisten Tabak nach Pensacola fliegen. Ausgerechnet Pensacola. Aber Jerrie würde es denen in Washington schon zeigen, dachte sie, während sie sich auf den

Pilotensitz schwang, ihre Kopfhörer aufsetzte und den Motor einschaltete. Sie ging die Checkliste durch, kontrollierte die Geräte und zog den Steuerknüppel mit einer leichten Bewegung zu sich. Dann beschleunigte sie. Voodoo Jazz reckte ihre Nase in den Himmel. Lake Pontchartrain schimmerte unter ihr. Immer höher steuerte sie die Cessna, dann fuhr sie die Landeklappen ein. Durch die Kopfhörer knisterte die Stimme vom Tower. Pedro saß vor dem Funkgerät. «Voodoo Jazz, nach links abdrehen», hörte sie ihn lispeln. Selbst Pedro klang, als schliefe er. «Steuerkurs zwei acht null.»

«Zwei acht null Voodoo Jazz, danke, Pedro.»

Sie zog den Steuerknüppel weiter an. Der Salzsee dehnte sich unter ihr. Vor ihr und über ihr lag unendliches Blau. Sie stieß einen kleinen Jubelschrei aus. Ihr war, als würde sie direkt ins Herz des Himmels fliegen. Und das würde sie demnächst auch tun, wenn alles gut lief. Denn dann würde sie die Erde vom Weltall aus sehen.

Sie flog eine Schleife, und jetzt tauchten die spielzeugkleinen Häuser von New Orleans auf. Unter ihr schlängelte sich der Fluss durch das Straßengitter. Sie hielt nach Rauchsäulen Ausschau, die auf Brände hindeuten konnten. Seitdem Louis für die Feuerwehr arbeitete, hatte sie sich das so angewöhnt.

Sie lenkte die Cessna wieder in Richtung Osten. Wellen schäumten an die Küste. Der Golf von Mexiko leuchtete blau.

Als sie Pensacola erreichte, stand die Sonne nur unmerklich tiefer. Die Männer von der Frachtabfertigung warteten schon.

«Neuigkeiten aus Washington?», fragte Juni und füllte die Formulare aus. «Was die Anhörung vor dem Raumfahrtkomitee anbelangt?»

«Geht es um die Frauen, die unbedingt zum Mond wollen?», fragte einer der Arbeiter und feixte. «Nee, noch nix gehört.»

Sie flog der Sonne entgegen, als sie die Voodoo Jazz wieder

gen Heimat lenkte. Wie ein riesiger gelber Feuerball leuchtete sie durch die Scheiben. Juni kniff die Augen zusammen. Flüchtig dachte sie daran, was sie am Abend zubereiten würde. Sie würde an dem Supermarkt in der Canal Street anhalten, in den ihre Mutter niemals ging. Es war schwierig geworden, ihr nicht zu begegnen. Nicht nur, weil sie immer wieder ihre Nähe suchte, sondern auch, weil Junis Füße sie manchmal zum Haus hinter Onkel Henris Voodoo Candy Paradise führten. Nicht, weil sie mit ihrer Mutter sprechen wollte. Juni überraschte sich manchmal bei dem Wunsch, über ihre Mutter wachen zu wollen, wenngleich natürlich nur aus der Ferne. Das waren die Momente, in denen sie keine Wut auf sie empfand.

Jetzt schimmerten die Inseln unter ihr auf, die sie so liebte. Sie leuchteten im Licht der untergehenden Sonne, schaumumtoste Kleckse, die wie aufgemalt im Golf lagen. Eines Tages, wenn sie vielleicht weniger wütend auf Maman wäre, würde sie sie mitnehmen, beschloss sie. Und Maman müsste ihren Zeichenblock mitnehmen.

Es geschah, während sie ihren Kurs korrigierte: Ein Knall erschütterte die Cessna. Und plötzlich war nichts als Stille um sie. Sie versuchte, das Triebwerk erneut einzuschalten, aber es half nichts, sie musste gleiten. Sie drückte die Schnauze der Cessna unter den Horizont und schaltete den Transponder auf Notfall. Wieder knallte etwas, und dann flog Juni aus dem Himmel herunter, sie flog ins Wasser, bis Fliegen nicht mehr möglich war.

* * *

Klack-klack machten Jacqueline Cochrans Schritte, als sie zum Zeugentisch ging. Sie trug Schuhe mit hohen Absätzen, die ihre Beine sehr vorteilhaft zur Geltung brachten. Als sie den Tisch erreicht hatte, legte sie ein Stück Papier vor sich hin. Dann reckte sie das Kinn. «Sehr verehrte Mitglieder des Raumfahrtkomitees, ich möchte mich zunächst einmal vorstellen. Mein Name ist Jacqueline Cochran. Ich habe meinen ersten Flugschein 1932 gemacht und mehr als 13 000 Stunden als Pilotin im Logbuch. Ich habe mehr fliegerische Rekorde erzielt als irgendeine andere lebende Person.» Hier machte sie eine bedeutsame Pause. «Während des Zweiten Weltkriegs habe ich die WASP gegründet. Die Pilotinnen der WASP überführten unter meiner Leitung mehr als 12 000 Militärflugzeuge. Dabei legten wir mehr als 60 Millionen Flugkilometer zurück. Für diese Dienste erhielt ich die Distinguished Service Medal – die zweithöchste Auszeichnung der US Navy, wie Sie natürlich wissen.»

Anfuso nickte, er wirkte sichtlich beeindruckt. Alle Männer im Raum starrten Jackie mit ihren hellblonden Locken und in ihrer engen Kostümjacke an.

«Als jemand, der oft Überschallflugzeuge gesteuert hat und der selbst gern ins All fliegen würde, habe ich nicht das Gefühl, diskriminiert worden zu sein. Darüber hinaus denke ich auch nicht, dass andere Frauen diskriminiert worden sind.»

Jerrie und Janey blickten sich verblüfft an.

«Menschen ins All zu befördern, ist teuer und von großem nationalem Interesse. Deshalb ist es nur natürlich, dass hierfür Astronauten ausgesucht werden, die Erfahrung im Überschallflug haben. Frauen, die diese Erfahrung nicht haben, würden das Raumfahrtprogramm nur unnötig weiter verteuern und obendrein verlangsamen. Ja, es wurden dreizehn Frauen getestet, die sich ganz gut geschlagen haben – aber was beweist das schon?»

Jerrie klappte die Kinnlade herunter.

«Anstatt also jetzt unser Raumfahrtprogramm aufzuhalten mit teuren und am Ende unnötigen Experimenten, schlage ich vor, dass wir anfangen, eine wirklich große Gruppe von Frauen zu testen, und damit meine ich Frauen *jeden Alters*. Damit könnten wir genügend Daten sammeln – sollte irgendwann der Fall eintreten, dass das amerikanische Raumfahrtprogramm Frauen benötigt. Ich bin natürlich bereit, eine solche Gruppe aufzubauen und zu begleiten.»

Jerrie bemerkte, dass Mr. Anfuso zu ihr und Janey auf die Galerie hinaufblickte. Sie saß wie erstarrt.

«Warum halten Sie die Eingliederung von Frauen in unser Raumfahrtprogramm zum derzeitigen Zeitpunkt für unnötig?», fragte er Jackie.

«Weil die meisten von ihnen nach dem Training heiraten und Babys bekommen werden», antwortete sie.

Jerrie fühlte, wie Janey neben ihr zusammenzuckte.

«Die männlichen Astronauten sind auch verheiratet und haben Kinder», warf Anfuso ein.

«Ja, aber sie haben die Kinder nicht selbst gekriegt, oder?», gab Jackie unwirsch zurück.

Den Rest ihres Vortrags bekam Jerrie kaum mit, so entsetzt und erschüttert war sie. Als Anfuso eine Pause ausrief, taumelte sie wie betäubt zum Ausgang. Die Tür wurde geöffnet, und Hunderte von Blitzlichtern gewitterten ihr entgegen. Eine Armee von Reportern stürmte auf sie ein. «Warum wollen Sie einen Mann im All schlagen?», schrie einer. «Sie sind nicht verheiratet, oder?»

«Warum wollen Sie Männern beweisen, dass Sie besser sind?»

Jerrie versuchte, die Fragen zu beantworten und dabei zu lächeln. Janey lehnte an einem Pfeiler und sah angewidert aus.

Ein Aufschrei ging durch die Ansammlung von Journalisten und Schaulustigen, und dann zerteilte sich die Menge wie das biblische Rote Meer. Zwei von Amerikas Superhelden waren eingetroffen: Scott Carpenter und John Glenn. Glenn hatte nach seiner ersten Erdumrundung einen Nimbus erreicht, der ihn ins Pantheon der amerikanischen Götter hinaufkatapultiert hatte, höher noch als Elvis Presley und Marilyn Monroe.

Die Pause ging zu Ende. Alle, mit Ausnahme der Journalisten, sollten in den Raum zurückkehren. Jerrie suchte die Menge nach hellblonden Locken ab, aber Jacqueline Cochran hatte das Chaos genutzt, um zu verschwinden. Jetzt waren die Astronauten mit ihren Aussagen dran.

Anfuso las die Biographien der beiden Männer vor – beeindruckende Lebensläufe, fand Jerrie. Beide hatten in Kriegen gekämpft und waren für ihre militärischen Leistungen ausgezeichnet worden. Doch weder der eine noch der andere hatte einen akademischen Abschluss, keiner hatte als Ingenieur gearbeitet, was Jerrie überraschte. Nach ihren Erdumrundungen hatten die Männer lediglich Ehrenwürden von Universitäten bekommen.

Anfuso eröffnete die Fragerunde: «Colonel Glenn, muss ein Astronaut Ihrer Ansicht nach Erfahrung mit Überschallflügen mitbringen?»

Glenn räusperte sich. «Lassen Sie mich zunächst einmal sagen, dass ich nicht *anti* bin gegen eine bestimmte Gruppe, wie zum Beispiel Frauen. Ich bin nur *pro* Raumfahrt.»

«Sie sind nicht gegen Frauen», nahm Anfuso den Faden auf. «Sie sind ja auch verheiratet und haben Kinder.»

«Genau. Aber um die Raumfahrt wirklich begreifen zu können, braucht man viel technisches Fachwissen. Und Personen, die sich das angeeignet haben, sind zumeist Testpiloten im Überschallflug. Ich denke, dass wir es uns zum gegenwärtigen Zeitpunkt nicht leisten können, Personen ins Programm einzubinden, die keine Erfahrung damit haben.»

Scott Carpenter ergriff das Wort. «Ich möchte mal eine Sache dazu sagen. Es gibt nichts Magisches an einem Testpiloten. Wir haben Erfahrung und Training, das ist alles. Aber jeder mit Erfahrung ist gut.»

Jerrie und Janey blickten sich überrascht an. Von dieser Seite hatten sie keine Unterstützung erwartet.

Nun ging es in der Debatte darum, wie lange man dafür trainieren musste, um Jets zu fliegen. Glenn erklärte, man bräuchte dafür seiner Ansicht nach zwei Jahre. Wertvolle Zeit, die das Raumfahrtprogramm zurückwerfen würde, wollte man nun so liebenswürdig sein und Frauen in jenes Programm integrieren. Ein dicker Abgeordneter aus Alabama wandte ein, dass es den Frauen schon allein an der notwendigen körperlichen Fitness mangeln würde, um im Raumfahrtprogramm zu trainieren. Nicht umsonst dürften Frauen keinen Marathon laufen – die medizinischen Kosten, um sie anschließend zu pflegen, wären einfach zu hoch.

Jetzt meldete sich der republikanische Abgeordnete James Fulton zu Wort. «Colonel Glenn, wenn ich es richtig verstanden habe, hätten Sie als Astronaut nicht zugelassen werden können, weil Sie keinen Abschluss als Ingenieur vorweisen konnten, stimmt das?»

«Ich habe jetzt aber einen», erwiderte Glenn.

«Ja, aber Sie hatten zum damaligen Zeitpunkt keinen und hätten nach den Richtlinien, die wir gerade gehört haben, nicht zugelassen werden können.»

Dagegen konnte Glenn nichts einwenden.

Fulton war jetzt in Rage. «Frauen werden nicht zu Testpilotenschulen der Armee zugelassen, Frauen dürfen keine Jets fliegen – warum kann die reichhaltige Fliegererfahrung dieser dreizehn Frauen nicht als gleichwertig betrachtet werden? Außerdem – Jerrie Cobb hat Mach 1 überschritten, und Jackie Cochran hat mehr als deutlich gezeigt, dass sie mit Überschall fliegen kann. Männer können sich ständig um Regeln herummogeln – aber Frauen erlauben wir diese Freiheit nicht? Diese Gruppe von Frauen hat die Tests erfolgreich bestanden! Die

NASA sollte jetzt ein Trainingsprogramm ausarbeiten, das dem bestehenden Programm nicht ins Gehege kommt, aber den Frauen erlaubt, sich einzubringen. Dafür plädiere ich.»

Jerrie hielt den Atem an.

«Mit allem nötigen Respekt für Frauen – wenn Sie welche finden, die höher qualifiziert sind als wir für das Raumfahrtprogramm», sagte John Glenn, «dann sagen Sie es uns, wir empfangen sie natürlich mit offenen Armen.» Gelächter brandete im Raum auf. «Aber sagen Sie das bitte nicht meiner Frau.» Das Gelächter schwoll an.

James Fulton beschloss, nicht aufzugeben. «Warum starten wir nicht ein ‹Erste-Frau-im-All-Programm› – jetzt sofort?»

«Das könnten wir probieren», sagte Anfuso zögernd, doch er wurde augenblicklich niedergestimmt. Es würde alles wieder teurer machen, verzögern, finanzielle Mittel und Personal müssten verschoben werden, und das Ergebnis wäre, dass vor Ablauf des Jahrzehnts *kein* Mensch auf dem Mond landen würde.

Janey rollte mit den Augen. «Die NASA traut uns nicht zu, eine Bohrmaschine zu bedienen», flüsterte sie in Richtung Jerrie. «Aber gleichzeitig glaubt sie, wir hätten die Mittel und die Kraft, die Mondlandung zu verschieben? Grundgütiger, ich fasse es nicht!»

«Meine Meinung ist folgende», dröhnte Glenn aus seinem Zeugenstand. «Nur, weil die dreizehn Frauen die Tests in Albuquerque bestanden haben, sind sie doch noch lange nicht für die Raumfahrt qualifiziert. Es zeigt nur, dass sie sehr gesund sind! Nehmen wir das Football Team aus Washington, die Redskins. Den medizinischen Check-up, den die Jungs vor jeder Saison machen müssen, könnte auch meine Mutter bestehen. Trotzdem bezweifle ich, dass sie mitspielen könnte.»

Wieder lachten die Männer im Raum.

Walter Moeller, ein Mitglied des Raumfahrtkomitees, kam

nun auf die Kosten zu sprechen, die Frauen durch ihre Schwangerschaften verursachten. «Jeder in der Industrie sagt, dass es sehr viel teurer ist, Frauen zu beschäftigen als Männer. Deshalb werden Frauen ja auch sinnvollerweise geringer vergütet. Mr. Low», wandte er sich an einen der Raumfahrtmanager. «Würde es denn auch die Regierung mehr kosten, weibliche Astronauten zu beschäftigen?»

«Natürlich würde es das», antwortete Low.

«Wenn unsere Priorität jetzt also ist, dass wir vor Ablauf des Jahrzehnts einen Mann auf dem Mond landen, dann können wir doch die guten Damen hier bitten, noch ein bisschen Geduld zu haben, damit wir diese Mission erst einmal zu Ende bringen können. Anschließend können wir dann ja sie trainieren.» Moeller leckte sich die Lippen.

Fulton hob die Hand. «Will die NASA wirklich sagen, dass Jerrie Cobb und die anderen zwölf noch fast zehn Jahre warten müssen, um ihren Platz in Amerikas Raumfahrtprogramm einnehmen zu können? Genauso hat man mit Frauen gesprochen, die an die Wahlurnen wollten oder Autos fahren! Mr. Moeller, Mr. Low, wir haben Ihnen im Kongress zwei Billionen Dollar zusätzlich bewilligt, und das Geld ist noch gar nicht komplett verplant, da können Sie doch wohl ein kleines Programm für die Frauen hier einrichten!»

Erneut meldete sich John Glenn zu Wort. «So wie ich das verstehe, sollen die Frauen nicht deshalb ins Programm aufgenommen werden, weil sie besser qualifiziert sind, sondern weil sie Frauen sind. Es erscheint irgendwie nicht richtig, Millionen von Dollar für Leute auszugeben, ob sie nun eine andere Hautfarbe haben oder ein anderes Geschlecht, wenn wir diese Leute überhaupt nicht brauchen.»

Es gab zustimmendes Gemurmel im Raum. Und dann verkündete Anfuso, dass die Anhörung beendet sei.

Jerrie, die darauf gewartet hatte, auf Glenns Einwürfe antworten zu dürfen, wurde nicht mehr das Wort erteilt. Sie hatte das Gefühl, dass sich alles drehte, als sie vor die Tür trat. Wieder warteten Fotografen und Reporter auf sie. Doch diesmal wurden sie und Jane kaum beachtet. Alles strömte zu den Astronauten. Die Autogrammstunde hatte begonnen.

KAPITEL 31

Zuerst spürte Juni die Schmerzen überhaupt nicht. Sie sah nur das Wasser, das eben noch so blau geschimmert hatte und das nun so finster war. Es schien überhaupt nicht mehr enden zu wollen, dieses Wasser. Der Overall zog sie immer tiefer in die Finsternis hinab. Panik schoss ihr in die Lunge. Sie begann zu strampeln. Blasen stiegen um sie herum auf, helle Lichtpünktchen, die aus der schwarzen Tiefe aufstiegen. Sie musste den Overall öffnen, wenn sie aufsteigen wollte. Aber sie schaffte es nicht. Immer dunkler wurde es um sie. Selbst die Blasen wurden still.

Sie meinte, den Duft zu riechen. Ölfarbe, Bleistifte, Leinwand. Sie sah die Farbsprenkel auf den Händen ihrer Mutter. Vielleicht griff die Mutter nach ihr. Sie fühlte sich geborgen. Weich und warm fühlte es sich in der Dunkelheit an.

Sie wusste nicht, wie lang sie so in dieser Weichheit gelegen hatte, aber plötzlich wurde ihr bewusst, dass sie nicht mehr atmen konnte. Sie bewegte ihre Arme und Beine. Sie schaffte es sogar, den Overall von sich zu streifen. Und dann durchfuhr es sie: Sie würde sterben, wenn sie sich nicht emporkämpfte. Sie begann zu strampeln. Keine Luft, nirgends. Sie versuchte, sich an das zu erinnern, was ihr Ben über eine Bruchlandung im Wasser gesagt hatte. Dass es das Wichtigste war, keine Angst zu bekommen, dass sie möglichst ruhig an die Oberfläche schwimmen musste. Aber sie konnte nicht mehr atmen, und die Angst umklammerte sie.

Endlich wurde das Wasser heller. Weiße Bläschen in endlosem Hellblau.

Ein silbernes Etwas trieb neben ihr, und sie erkannte mit Entsetzen, dass es ein Tragflügel ihrer geliebten Voodoo Jazz war. Sie war überzeugt davon, nicht verletzt zu sein, und so schwamm sie weiter. Da war nichts um sie herum als das unendliche Wasser. Kein Schiff in der Nähe. Kein Flugzeug über ihr. Sie konnte keine Küste erkennen. Alles um sie herum war blau.

Eine Welle schlug ihr ins Gesicht, aber sie empfand überhaupt nichts, außer vielleicht Verwunderung darüber, dass sie es geschafft hatte, sich aus der Finsternis nach oben in die Luft zu kämpfen. Wie seltsam es war, dass sie jetzt hier trieb, dachte sie. Eben war sie noch so weit oben gewesen, und jetzt war sie in einem Meer, das sich in alle Richtungen dehnte. Das überhaupt kein Ende mehr nahm. Wieder rollte eine Welle auf sie zu, und sie spürte, dass sie darunter hindurchschwimmen musste, in die Tiefe, dort, wo der Brecher geboren worden und nicht so mächtig war. Sie spürte keinen Schmerz, keine Erschöpfung, sie schwamm nur in die Wellen, die sich vor ihr auftürmten. Irgendwann verließ sie ihre Kraft.

Wieder wurde es dunkel. Wieder fühlte sie sich wie in einer großen Umarmung. Bilder stiegen in ihr auf. Sie roch *Banon*, den Käse ihrer Kindheit, und sie sah sich als kleines Mädchen mit Louis. Die Früchte im Kirschbaum waren reif, und sie aßen und spuckten die Kerne, und Juni spuckte viel weiter als ihr Freund.

* * *

Die Zeitungen machten alle damit auf am nächsten Morgen: Frauen würden nicht ins amerikanische Raumfahrtprogramm aufgenommen werden. Die «schnellste Frau Amerikas», Jackie

Cochran, wurde mit den Worten zitiert, dass die ausgebildeten Astronautinnen am Ende sowieso alle heiraten und Babys kriegen würden, und das wären dann Millionen von verschwendeten Steuergeldern. Auch John Glenns Aussage gaben die meisten Blätter wieder. «Ich finde es nicht richtig», stand unter einem Bild von ihm in einer Zeitung, «dass wir Millionen von Dollar für Leute ausgeben, die wir nicht brauchen.»

Eine andere Zeitung beschrieb Jerrie Cobb und Janey Hart als «unerschrockene Blondinen». Der Reporter zollte ihnen für ihre verwegenen Pläne Respekt. Doch ganz gleich, für wessen Ansicht sich die Journalisten erwärmen konnten, in einem Punkt waren sich alle einig: Eine Frau im Weltall, das war doch eigentlich undenkbar. Für ein solches Abenteuer war die Zeit nicht reif.

* * *

Martha dachte an den Tag, an dem Juni auf die Welt gekommen war. Wie Paul ihr gesagt hatte, die Angst würde aufhören, wenn das Kind erwachsen wäre. Vielleicht musste man Müttern so etwas sagen. Denn keine Frau würde Kinder in die Welt setzen, wenn sie wüsste, dass sie von jenem Moment an ständig in Angst leben musste. Dass sie nur wirklich ruhig wäre, wenn sie ihr Kind gesund vor sich sah, egal, wie alt es war.

Junis Lider zuckten, als sie ihre Hand nahm.

Noch immer wachte ihr kleines Mädchen nicht auf.

Sie wusste nicht, wie lange sie und Ben und Louis schon so an Junis Bett im Krankenhaus saßen. Die Zeit war aufgeweicht.

Es war ein Wunder, dass Juni lebte. Hätte Martha noch an einen Gott geglaubt, so hätte sie ihm gedankt. Aber einen Gott gab es nicht mehr, seit Mittelbau-Dora und Ravensbrück geschehen waren.

Sie hörte, wie sich die Männer leise unterhielten, aber sie verstand nur Bruchstücke. Triebwerkausfall. Unerklärlich. Zehn Meilen vor Pensacola. Beim Aufprall zerschollen.

Die Küstenwache hatte Juni schließlich gefunden. Sie war besinnungslos gewesen, als sie sie aufgefischt hatten. Niemand im Krankenhaus konnte sagen, was sie sich gebrochen hatte, aber einer der Ärzte meinte, es sei wahrscheinlich ihr Rücken.

Sie blickte zu Louis hinüber, der auf der anderen Seite des Bettes saß und in einem Buch las. So war Louis schon immer gewesen, dachte Martha. Immer versunken in seine Bücherwelt. Sie spürte Bens Hand auf ihrem Rücken. Eine merkwürdige Vierergruppe waren sie, fand Martha. Eine, die schwieg und in aufgeweichter Zeit wartete.

Sie musterte Junis Gesicht, das eine so perfekte Mischung von Pauls und ihrem war. Junis Haut war noch immer die eines Kindes. Martha streichelte ihr vorsichtig über die Stirn und die Wangen, und dann streichelte sie ihr über die Hand, die wie leblos auf der Krankenhausmatratze lag. Sie wollte so gern alles wegstreicheln, was Juni weh tat. Sie wollte, dass ihre Tochter gesund und heil war.

Zum ersten Mal wurde ihr bewusst, dass Juni mehr als nur ein Mensch war. Sie war auch ein Ort, an dem sich Martha zu Hause fühlte. Sie war das Einzige, das ihr aus ihrer Heimat geblieben war. Alles war ihr so vertraut an ihrer Tochter: der Duft in ihren Haaren und der Körper, der sonst immer in Bewegung war.

Du Blut meines Blutes, dachte Martha. Was gäbe ich darum, dich glücklich zu sehen.

Wie lange sie ihrer Tochter schon nicht mehr so nah gewesen war, dachte sie, während sie von irgendwoher Schreie wahrnahm. Sie dachte an Juni als kleines Baby. Sie hatte dieses Baby immer an ihrem Körper getragen, erst durch Köln, dann nach Paris, nach Südfrankreich und schließlich nach Amerika.

«Kannst du für sie spielen?», fragte Martha leise.

Es war so lange her, dass Ben Cello gespielt hatte. Sie konnte sich kaum noch erinnern, wie schön es klang. Er ließ seinen Bogen über die Saiten gleiten, und während er eine Melodie spielte, stiegen Bilder in ihr auf. Sie sah eine müde gespielte Juni vor sich. Ein kleines Mädchen, das sich in den Schlaf atmete und den Teddy an derselben Stelle hielt wie sie früher – am Bauch, wo das Fell schon weggestreichelt war. Sie dachte daran, wie es war, wenn Juni als kleines Kind in Südfrankreich aufwachte und ihr etwas erzählte. Immer hatte es etwas gegeben, das Juni ihr sagen musste: über ihren Freund Louis etwa, der einen Kirschkern verschluckt hatte, oder über die Ziegen, die sehr dreckige Hufe hatten, oder über ihren Bauchnabel und dessen komische Form. Juni sprudelte beim Reden, und sie unterbrach das Reden nur, um auf und ab zu hüpfen oder wie ein Blitz durch die Gegend zu flitzen, oder wenn sie lauthals sang.

Sie dachte an die Jahre, die sie mit diesem Wirbelwind von kleinem Mädchen in der Provence verbracht hatte. Sie dachte daran, wie sie mit Juni im Arm manchmal aus dem Fenster gesprungen war, um mit ihren nackten Füßen die Erde zu spüren, die sie beide willkommen geheißen hatte. Das Stück Erde, das ihre Rettung gewesen war. Wenn sie die Augen schloss, sah sie die Farben des Dorfes vor sich, blaue Fensterläden, Häuser aus weißem Stein. Sie sah sich mit ihren nackten Füßen auf dem holzigen Thymian gehen, der auf der Weide wuchs, und sie meinte, Junis Lachen zu hören, wenn sie sich gegenseitig jagten und durchkitzelten.

Und eines Tages hatte sie die vierjährige Juni an die Hand genommen und auf ein Schiff geführt. Sie hatte sie so festgehalten, dass niemand sie ihr fortnehmen konnte, nicht auf dem Schiff, nicht auf Ellis Island und nicht auf dem Weg in den Süden, in ihre neue Heimat New Orleans. Immer hatte sich Juni an ihr gewärmt und sie sich auch an Juni. Wie zwei Tierchen in der Höhle, so hatten sie sich auf ihrer Odyssee aneinandergekuschelt. Und dann war ihr kleines Mädchen größer geworden, und irgendwann hatte es das Gespräch bei Antoine's gegeben, wo sie ihr die Wahrheit gesagt hatte, und danach hatte Juni sie weder angesehen noch berührt.

Eine Krankenschwester reichte ihr ein Taschentuch, und da erst spürte Martha, dass sie weinte. Ihre Hände zitterten, als sie das Taschentuch nahm. Ben und Louis waren verschwunden. Sie hatte nicht einmal bemerkt, dass sie gegangen waren.

«Sie müssen jetzt auch gehen», sagte die Schwester. «Sie sind schon seit zehn Stunden hier.»

«Zehn Stunden», flüsterte Martha. «Aber warum wacht sie denn nicht auf?»

«Ich kann es Ihnen nicht sagen, Ma'am. Kommen Sie morgen wieder. Ich muss den Schichtwechsel vorbereiten. Wirklich, Sie müssen jetzt gehen.»

Es war dunkel auf dem Krankenhausflur, als sie hinausging. Ihre Absätze klackerten auf den Fliesen. Aus einem der Zimmer drang leises Wimmern. Martha zögerte und drehte sich um. Die Schwester machte sich an einem Rollwagen zu schaffen. Als sie bemerkte, dass Martha sie ansah, bewegte sie ihre Hand, als verscheuche sie eine Fliege. «Gehen Sie!», zischte sie über den Flur.

Es roch ganz schwach nach Ölfarbe, als Juni die Augen aufschlug. Mamans Geruch nach einem Arbeitstag. Sie versuchte, sich umzudrehen, aber ihr Rücken schmerzte so stark, dass sie blieb, wie sie war.

«Ist jemand hier gewesen?», flüsterte sie der Krankenschwester entgegen, die in diesem Moment den Raum betrat.

«Na, das ist aber eine schöne Überraschung!» Die Schwester,

eine mollige Frau im Alter ihrer Mutter, schlug die Hände zusammen. «Die Miss ist wach!»

Noch immer konnte Juni sich nicht bewegen. «War meine Mutter hier?»

«Keine Ahnung, Miss, hier war gerade Schichtwechsel. Also, ich hab niemanden gesehen.»

«Werde ich wieder laufen können?» Juni versuchte, ihre Angst nicht zu zeigen.

«Das kann ich nicht sagen, Miss. Hier, Sie müssen etwas trinken. Wir machen die Untersuchungen in ein paar Stunden, wenn die Herren Ärzte wach sind. Versuchen Sie, noch ein bisschen zu schlafen.»

Aber das konnte Juni nicht mehr.

★

Es war ein Schock, als er es bemerkte. Seine Lebenszeit würde nicht mehr dafür ausreichen, all das zu tun, was er wollte. Wernher von Braun war jetzt 51 Jahre alt. Sein Körper ermüdete schneller als früher. Es gelang ihm nicht mehr, jede Nacht mit Arbeit und Musik zu füllen. Er nahm wieder Flugstunden, aber die Abläufe zu erlernen, fiel ihm nicht mehr so leicht wie damals, als er noch regelmäßig in Deutschland geflogen war. Manchmal, wenn er von einem Tag als Direktor des Marshall Spaceflight Centers nach Hause kam, setzte er sich noch ans Klavier, ließ sich von Maria einen Drink servieren, und dann überwältigte ihn die Erschöpfung, und er fiel ins Bett. Er hatte das Gefühl, dass er seine Kräfte nun genau einteilen musste, wenn er seinen Lebenstraum verwirklicht sehen wollte. Die Mercury-Kapsel war erfolgreich gestartet. Bereits sechs der sieben Mercury-Astronauten hatten die Erde umrundet. Sie waren auf einem guten Weg.

Aber er begriff, dass er nicht selbst zum Mond fliegen würde, und das war eine Einsicht, die ihn schmerzte. Jahrzehntelang hatte er sich mit dem Leben auf dem Mond beschäftigt. Er hatte einen Weg gesucht, um auf dem Mond zu landen. Und nun konnte er nur noch dafür arbeiten, dass es anderen gelang.

Umso zufriedener war er mit der Auswahl der sieben Astronauten. Seitdem er die Männer in Huntsville kennengelernt hatte, war er sogar richtiggehend begeistert. In jedem einzelnen konnte er den jungen Wernher wiederfinden, einen Mann mit schier unendlichen Kräften, der immer nur vorwärtsstürmen wollte. Es waren Athleten, denen ein einziges Leben nichts auszureichen schien. Er würde alles tun, um diese Jungs zu beschützen, um ihnen zu helfen, dass sie ihre Mission erfüllen konnten.

Aber es gab etwas, das ihn schwächte, was ihm die Kraft raubte, die ihm blieb. Ein westdeutsches Gericht hatte wieder angefangen, seinen Fall aufzurollen. Diesmal standen drei ehemalige SS-Männer aus Mittelbau im Fokus. Helmut Bischoff, Ernst Busta und Ernst Sander sollten wegen Mordes angeklagt werden. Und er kannte die Männer. Natürlich kannte er sie. Aber war das schon als Verbrechen zu werten? Es waren eben andere Zeiten gewesen damals, konnte das denn niemand verstehen? Und nun wurde er zu einer Zeugenaussage vor das Gericht nach Essen geladen. Er sollte aussagen, ob er davon gewusst hatte, dass Ernst Busta die Häftlinge geschlagen, dass er sie erhängt hatte. Man würde ihn wieder fragen, ob er gewusst hatte, dass Sander ein Sadist war oder dass Bischoff Einzel- und Massenexekutionen durchgeführt hatte. Wernher von Braun rieb sich mit den Fingern über die Augen. Natürlich steckte dieser Dr. Kaul dahinter, der Anwalt der ehemaligen Dora-Häftlinge. Der würde nicht eher ruhen, als bis er von Braun im Gefängnis sah.

Nein, er würde nicht nach Deutschland zurückgehen, um als Zeuge auszusagen. Er hatte auch gar keine Zeit dafür. Er musste alles dafür tun, um die Mondlandung voranzutreiben. In den USA brauchte man ihn nötiger als in Deutschland. Und überhaupt. Es war doch alles schon so lange her.

KAPITEL 32

Der Regen prasselte auf das Garagendach, dass es klang wie eine wilde Schießerei.

«Schätze, der Anlasser ist kaputt!», rief Juni unter der geöffneten Motorhaube ihres Buick Riviera hervor. Ein Schmerz durchzuckte ihren Rücken, und sie stand auf und reckte sich. Ihre Wirbelsäule war nach dem Bruch zwar gut verheilt, aber es gab Tage, an denen sie die Stelle noch immer fühlte. Heute war ein solcher Tag.

Louis war der Einzige, dem sie sich anvertraute. Nur er wusste, wie schwierig das Leben für sie geworden war. Sie hatte ein Jahr lang nicht ihre Rennstrecken laufen dürfen. Und sie hatte erst vor kurzem das Fliegen wiederaufgenommen. Es war wie bei Sorry!, dem Brettspiel, das sie während ihrer Genesung gespielt hatten: eine falsche Karte, und man musste zurück auf Los. Juni hatte die falsche Karte gezogen, so war es. Aber das Spiel war noch nicht zu Ende.

«Welche Möglichkeiten haben wir jetzt noch, um rechtzeitig zu kommen, Louis?»

Er kam in die Garage geschlendert und drückte ihr einen Kuss auf die Lippen. «Zeitmaschine und Straßenbahn!»

Juni fischte nach einem Taschentuch, das im Seitenfach des Wagens lag, um sich die Ölschmiere abzureiben. «Zeitmaschinen können so verdammt unpünktlich sein – lass uns die Straßenbahn nehmen! Muss man eigentlich einen Handmodell-Wettbewerb gewinnen, dort, wo wir den Abend verbringen?»

Louis schob sich die Tolle aus der Stirn. «Nein, man muss nur die bezauberndste Frau von New Orleans sein.» Er betrachtete ihre Finger und den Benzinfleck auf ihrem Kleid. «*Bonjour* Siegerin, *allons-y!*»

Juni sah ihn an. Seine Augen strahlten. Seit Wochen sprach er von diesem Abend. Er hatte etwas Besonderes geplant. Sie hoffte nur, dass es nicht das war, was sie glaubte. Aber Louis wusste ja, was sie vom Heiraten hielt.

Draußen rannten Menschen durch den Regen. Einige hielten sich ihre Taschen über den Kopf, als könnte das die anstürmenden Wassermassen aufhalten. Juni und Louis hielten sich an den Händen und sahen sich an. Louis zählte: «Eins, zwei, drei!» Und dann rannten sie los. Innerhalb von Sekunden waren sie vollkommen durchnässt. Noch während sie in die Straßenbahn sprangen, gellten Schreie. Jemand hatte ein Fenster offen gelassen. Ein Wasserschwall stürzte herein.

Auf einmal waren die Menschen draußen verschwunden. Autos standen bewegungslos in den Fluten. Nur noch die Straßenbahn fuhr.

«Wohin?», wollte Juni wissen.

Selbst im Unwetter wirkten Louis' Augen noch hell. «Bayou Saint-Jean», sagte er mit seinem Provence-Akzent. «Ein Restaurant, wie es französischer nicht sein kann. Da kann nicht einmal Antoine's mithalten. Und bevor du deine Erwartungen jetzt zu weit hochschraubst: Es gibt keinen Gumbo dort.»

«Aber Ziegenkäse, will ich doch hoffen!» Juni strahlte zurück.

«Ziegenkäse ganz bestimmt. Genau wie den, den meine Familie gemacht hat.»

Sie nahm seine Hand, die schöne, schlanke, die Bücherseiten umblätterte und Feuer löschen konnte und die so zärtlich war. Sie musste nicht fragen. Sie spürte seine Sehnsucht auch so.

Es war dunkel, als sie den Bayou erreichten. Noch immer strömte der Regen vom Himmel. «Los!», schrie Louis, und sie sprangen vom Bordstein hinunter auf die Straße, in der die Wassermassen wühlten. Ganz warm fühlte sich der Regen an ihren Füßen und Waden an. Ein Blitz zackte über den Himmel, und das Donnergrollen war so laut, dass sie sich die Ohren zuhielten, und dann waren sie da. Vor einem Schild, auf dem «Heute geschlossen» stand.

Louis brauchte einen Moment, bis er die Sprache wiederfand. Dann schüttelte er die Faust gen Himmel. «Aber ich hatte doch reserviert!»

Ganz dunkel und leer war es in diesem Teil der Stadt. Eine Straßenlaterne malte einen gelben Kreis in die Fluten. Immer lauter donnerte das Gewitter über ihnen. Louis drehte sich zu Juni um und nahm ihre Hand. «Dieser Abend sollte ein ganz besonderer werden.» Er lächelte. «Und das ist er auch, wenn auch nicht in dem von mir beabsichtigten Sinn.»

Irgendwo in einem dunklen Teil ihres Gehirns registrierte Juni, dass er dieses etwas gestelzte Französisch sprach, in das er immer dann verfiel, wenn ihm etwas wichtig war. Und dann sah sie, dass er in die Innentasche seines Jacketts griff.

«Aber die Umstände bedeuten mir nichts», fuhr er fort, während er eine kleine viereckige Schachtel hervorholte.

«Nein!», schrie Juni. «Das darfst du nicht tun, Louis! Oh Gott, das ist ja wie Murphys Gesetz!»

Louis lachte. Seine Zähne schimmerten im Laternenlicht. «Fertig?»

Juni legte sich ihre Hand vor die Augen. «Ich will es nicht sehen!»

Er zog ihr die Hand von den Augen, nahm ihren Ringfinger und schob einen Reif darauf. «Geliebte Juni», sagte er laut, um das Gewitter zu übertönen. «Hiermit möchte ich dir versprechen, dich niemals in den heiligen Stand der Ehe zu versetzen. Möchtest du das auch?»

«Ja!», schrie Juni.

«Ich werde mein Gelöbnis halten, solange ich lebe, in guten wie in schlechten Zeiten. Ich werde immer an deiner Seite sein, denn du bist meine beste Freundin. Aber ich werde dich niemals heiraten, bis zum Ende aller Tage nicht.»

Juni warf den Kopf zurück und lachte. Sie spürte, dass die Wimperntusche über ihr Gesicht floss und das Sommerkleid an ihr klebte und jetzt wahrscheinlich durchsichtig war. Sie schlang ihre Arme um Louis und küsste ihn. Immer stärker prasselte der Regen auf sie herunter, aber das störte sie nicht, denn wenn man nass war, konnte man nasser nicht werden. Und dann nahm sie ihn an die Hand, und sie rannten los, zurück an einen Ort, an dem es etwas zu essen gab. Sie fegten über die Bürgersteige, dass es um sie herum spritzte, und sie sprangen mit Anlauf in die vollgelaufenen Straßen und jubelten dabei.

Irgendwann erreichten sie die Canal Street. Auf einer Kinofassade strahlte die Ankündigung von Alfred Hitchcocks «Vögel». Daneben glitzerte ein geöffnetes Diner. Juni musste sich die Haare auswringen, und dann setzten sie sich hinein, die einzigen Gäste, und von ihren Stühlen troff es auf den Boden, dass die Kellnerin über die Pfützen hinwegsteigen musste, und dann bestellten sie Gumbo und Pommes frites.

«Oh mein Gott, sind Sie etwa ...?» Die Kellnerin starrte Louis über ihren Notizblock mit großen Augen an.

«Nein», sagte Louis. «Bin ich nicht.»

Juni betrachtete den Ring, den er ihr angesteckt hatte. Er war schmal und golden, mit einem winzigen grünen Stein verziert. «Grün wie deine Augen.»

Sie beugte sich über den Tisch zu ihm hinüber, und ihre nassen Haare malten ein Muster auf den Tisch.

«Ich habe versprochen, dich nicht zu heiraten», wisperte er so nah, dass sie seinen Geruch atmen konnte. «Aber ich hätte wahnsinnig gern ein Kind mit dir.»

Sie spürte ihr Herz schlagen.

«Du kannst beides», flüsterte Louis. «Fliegen und Mutter sein. Du bist ein Multitalent.»

Sie konnte keinen Ton hervorbringen.

«Wir bekommen ein kleines Mädchen, was meinst du», sagte Louis und schob ihr eine nasse Strähne aus dem Gesicht. «Und wenn es groß wird, fliegt es zum Mond.»

Juni schluckte. Sie hatte niemandem davon erzählt. Nicht einmal mit Sarah oder Geraldine hatte sie es besprochen. Aber sie hatte seit Los Alamos keine Monatsblutung mehr bekommen. Die Worte des Arztes, bevor sie in den Geigerzähler geschoben wurde, schossen ihr durch den Kopf. *Schwanger, oder haben Sie vor, es zu werden?*

Sie wagte nicht, es Louis zu sagen. Aber während er klitschnasse Dollarnoten aus seiner Hose fischte, um die Rechnung zu begleichen, nahm sie sich vor, so rasch wie möglich zum Arzt zu gehen.

* * *

«Du musst sofort den Fernseher einschalten!» Sarahs Stimme am anderen Ende der Leitung klang so nah, als wäre sie im Raum.

«Süße, ich weiß ja nicht, wie du so arbeitest», sagte Juni. «Aber ich habe keinen Fernseher im Büro.»

«Ich arbeite als Buchhalterin für die Firma meines Vaters, seit ich für die Tests meinen Job aufgegeben habe», entgegnete Sarah trocken. «Egal, dann schalte eben das Radio ein. *Diese* Nachricht bringen alle.»

«Welche Nachricht?» Juni drehte am Knopf des kleinen

Empfängers, den Ben zwischen seine Flugzeugmodelle gestopft hatte.

«Du wirst es gleich hören.»

«... die Fallschirmspringerin galt zunächst nicht als Favoritin», knisterte eine Stimme. «Doch jetzt hat Valentina Tereschkowa bereits zweimal die Erde umkreist. Im All wird sie ihrem Kollegen, dem Kosmonauten Waleri Fjodorowitsch Bykowski, begegnen.»

Juni hörte Sarah am anderen Ende der Leitung atmen, während sie der Nachricht weiter lauschte.

«Und jetzt, meine sehr verehrten Damen und Herren, hören Sie: Fly me to the moon.» Juni stellte das Radio wieder leise. Wieder hörte sie Sarah atmen.

«Die Sowjets haben eine Frau ins All geschickt?», fragte Juni leise.

«Sie waren einfach schon wieder die Ersten.» Sarah klang ganz nüchtern. «Erst Sputnik, dann Gagarin und jetzt diese Tereschkowa. Sie werden auch als Erste auf dem Mond landen. Weil sie offenbar schlauer als die Leute von der NASA sind.»

Juni ballte die Fäuste. «Wir werden es ihnen zeigen! Wir fordern eine neue Anhörung! Die NASA wird ein Einsehen haben! Wir fangen sofort mit dem Training an!»

«Ach, Juni», seufzte Sarah. «Das wird nicht klappen. Der Zug ist abgefahren.»

«Überhaupt nicht!» Juni sprang auf, wobei ihr ein kleiner Schmerz durch den Rücken zuckte. «Der Zug ist gerade erst angerollt!»

«Verstehst du nicht? Unsere Sache ist jetzt endgültig besiegelt. Jetzt wird die NASA erst recht keine Frauen mehr ins Programm aufnehmen. Warum sollten sie denn schon wieder Zweiter sein wollen?»

Juni schwieg. Sie war noch nicht bereit aufzugeben. Sie blieb dabei, sie würde Astronautin werden! Und Mutter! Man musste ja nur Janey und Geraldine ansehen, um zu begreifen, dass man fordernde Aufgaben miteinander kombinieren konnte. In zehn Tagen würde sie die Ergebnisse vom Gynäkologen bekommen. Aber jetzt mussten sie erst einmal erneut mit den Leuten in Washington Kontakt aufnehmen.

Die Nachricht von der 26-jährigen Russin, die um den Erdball sauste, erschütterte die Welt. Das Kino in der Canal Street zeigte vor dem Hauptfilm «Die Vögel» eine Wochenschau, die die Zuschauer fast ebenso entsetzte wie der Angriff von Tausenden von Vögeln auf die unschuldigen Menschen eines Küstenorts. Gefragt, was die Zuschauer mehr fürchteten, eine Erfahrung, wie sie das von Tippi Hedren gespielte Opfer in Hitchcocks Thriller machen musste, oder eine Attacke durch eine Armee sowjetischer Kosmonautinnen aus dem Weltall, lautete die Antwort: Letzteres. Selbst Ethel Hebert verkündete auf ihrem Dienstagsempfang, sie würde lieber von Kanarienvögeln zerfetzt werden, als erneut eine solche Schande für Amerika mit anzusehen. In der Wochenschau berichteten aufgeregte Reporter, dass Valentina Tereschkowa sogar ein Andockmanöver probiert habe – zweifellos ein Testlauf für die eigentliche Aufgabe: die Landung auf dem Mond. Valentina Tereschkowa, Rufzeichen «Seemöwe», flog und flog. Es schien, dass sie überhaupt nicht mehr aufhören wollte. Erst am dritten Tag, nach 48 Erdumrundungen, sprang sie mit ihrem Fallschirm über der kasachischen Steppe ab, wo sie von einem Bauern, dem russischen Brauch gemäß, mit Brot und Salz begrüßt wurde. Tereschkowa ging es gut, den Bildern nach zu urteilen, die sowjetische Agenturen um die Welt funkten – nur die Nase hatte sie sich geschnitten. Ein Splitter der Kapsel hatte sie gestreift, als sie aus dem Himmel zurück auf die Erde von Mütterchen Russland sprang. Zwei Tage,

22 Stunden und 50 Minuten war sie in ihrem Raumschiff geflogen – länger als alle sechs Mercury-Astronauten zusammen, die bislang ins All geschossen worden waren.

* * *

Die Dietrich-Zwillinge steckten bei ihrer Zeitungslektüre die Köpfe zusammen. «Sowjetische Blondine erste Frau im All», titelte die Zeitung. Eine andere Schlagzeile lautete: «Date im All» – weil Kosmonaut Bykowski, mit dem Tereschkowa das Andockmanöver geprobt hatte, zur gleichen Zeit unterwegs gewesen war.

Noch anzüglicher titelte die Dallas Morning News: «Russische Blondine wirbelt um die Erde auf dem Weg zu möglichem Rendezvous». Geraldine fand die Zeitung wie jeden Morgen auf ihrer Fußmatte. Wäre sie weniger wütend gewesen – sie hätte laut gelacht. In Ponca City stand Jerrie vor einem Kiosk und konnte es ebenfalls nicht fassen. Die Überschrift des Berkshire Eagle of Massachusetts fasste ihre Gedanken am besten zusammen: «Warum Valentina und nicht unser Mädchen?»

Die Abendnachrichten im Fernsehen brachten Bilder von einer Parade auf dem Roten Platz in Moskau. Tausende von Menschen jubelten Valentina Tereschkowa zu, der neuen Heldin des Landes.

Juni hatte ihren Kopf auf Louis' Schulter gebettet, als das Telefon klingelte. «Miss Leroy?», hörte sie eine weibliche Stimme, als sie abnahm. «Mein Name ist Clare Booth Luce. Ich habe Ihre Nummer von Dr. Lovelace aus Albuquerque. Ich arbeite als Redakteurin für das LIFE Magazine.»

Ein Stapel Zeitschriften lag im Wartezimmer des Gynäkologen. Alle zeigten sie das Bild einer Frau: Valentina Tereschkowa. Mit Astronautenhelm, ohne, als Ganzkörperansicht, als Porträt. Juni nahm die LIFE auf. Sie war am Vortag erschienen, und Juni hatte den Artikel darin schon so oft gelesen, dass sie ihn rückwärts buchstabieren konnte, aber die Überschrift oben rechts auf dem Titelbild amüsierte sie noch immer: «Sowjetisches Space Girl lässt US-amerikanische Männer dumm aussehen».

Im Heft selbst wurde die Kosmonautin in der Überschrift schlicht als «blauäugige Blondine mit neuer Frisur» bezeichnet. Ein großformatiges Bild zeigte eine Friseuse, die das auftoupierte Haar der Kosmonautin begutachtete und dabei sichtlich zufrieden aussah. «Herausgeputzt für den Orbit», stand in der Bildunterzeile. «Valentina erhält die volle Behandlung im Schönheitssalon. Eine Friseuse kämmt ihr kurzes, blondes Haar.» Es folgte eine Reihe von Bildern, die Valentina mit ihrem Fallschirmclub zeigten, auf dem Fahrrad und während der raumfahrtmedizinischen Tests.

Eine Seite weiter allerdings folgte der Artikel, in dem die dreizehn Mercury-Frauen vorgestellt wurden. Juni freute sich so sehr darüber – auch wenn sie es etwas peinlich fand, ein Bild von sich selbst in der Zeitschrift zu sehen. Sie wurde als jüngste der Frauen vorgestellt, wie sie vor Bens Cessna posierte, und sie fand, dass sie auf dem Foto trotz ihrer 23 Jahre wie ein kleines Mädchen wirkte. Sie mochte aber das Bild von Sarah, die selbstbewusst und fröhlich in die Kamera strahlte, und sie konnte sich nicht sattsehen an den anderen, von denen sie viele ja noch gar nicht kennengelernt hatte. Sie war überrascht zu entdecken, dass Marion Dietrich nicht nur Pilotin wie ihre Zwillingsschwester war, sondern auch einen Abschluss in Psychologie hatte, als Journalistin arbeitete und außerdem ausgebildete Pianistin war. Geraldine wurde als «geschiedene» Pilotin beschrieben. Wieder einmal fiel ihr auf, wie lässig Janey wirkte mit ihren kurzen Haaren und dem nackten Gesicht. «Ich tue, was ich für richtig halte, und das auf die bestmögliche Weise», schien ihr Blick zu sagen.

Den größten Teil der Seite nahm ein Porträtfoto von Jerrie ein. «Jerrie Cobb», stand da. «Erste US-Amerikanerin, die für Raumflüge getestet wurde. Sie fliegt seit 20 Jahren – seit sie zwölf Jahre alt ist. Außerdem arbeitet sie als Flugzeug-Managerin in Oklahoma City, hat mehrere Flugpreise gewonnen und vier Weltrekorde im Fliegen aufgestellt.»

Der Artikel, in dem Clare Booth Luce die dreizehn Mercury-Frauen vorstellte, war mit der Schlagzeile überschrieben: «Aber bei manchen Menschen kommt die Botschaft einfach nicht an». Über Jerrie schrieb sie, dass sie die NASA und den US-Kongress im vergangenen Jahr gewarnt hatte: Russland würde sich darauf vorbereiten, eine Frau ins All zu schicken. Die USA hätten somit die Ersten sein können, die eine Frau ins All entsandten – einfach, indem sie es entschieden. Die Kandidatinnen für einen Raumflug waren zu dem Zeitpunkt ja bereits da.

«1961 bestanden zwölf weitere Frauen die Mercury-Tests», schrieb sie. «Jede einzelne ist eine erfahrene Pilotin, jede einzelne ist weit höher qualifiziert als Valentina Tereschkowa.»

Der Artikel endete mit Jerries Worten, die ihrer Hoffnung Ausdruck verlieh, dass jetzt vielleicht Bewegung in die Sache kommen würde.

Juni ließ das Heft sinken und blickte sich im Wartezimmer um. Neben ihr durchblätterte eine weitere Patientin ein Modemagazin. Frauen in enganliegenden, silbernen Anzügen mit Helmen auf dem Kopf und gestreiften Brillen, durch die man garantiert nichts erkennen konnte, standen auf den Fotos in einem metallisch wirkenden Zimmer. Die Frau bemerkte Junis Blick. «Diese Raumfahrtmode», seufzte sie. «Wo soll man denn so was tragen? Also, wenn ich abends so das Essen auf den Tisch bringen würde! Mein Mann würde mich für verrückt erklären.»

Juni sprang auf, als die Arzthelferin sie aufrief. Noch immer hielt sie die Zeitschrift in der Hand.

«Interessieren Sie sich auch für diese russische Blondine?» Der Gynäkologe deutete auf die Seite, die sie aufgeschlagen hatte. «Unfassbar, was die Russen sich da schon wieder ausgedacht haben! Eine Frau im Weltall – also, ich kann nur sagen, zum Glück hat die NASA mehr Menschenverstand.»

Juni öffnete den Mund zu einer Antwort.

«Aber warum ausgerechnet eine Redakteurin, die für die Republikaner im Kongress gesessen hat und nicht müde wurde, vor den Gefahren zu warnen, die vom Kommunismus ausgehen», er holte tief Luft und donnerte weiter. «Warum eine solche Redakteurin jetzt die Sache der Sowjets unterstützt, das ist mir ein Rätsel!»

«Tut sie nicht», sagte Juni.

«Wie bitte?» Der Arzt starrte sie an.

«Ich sagte, das tut diese Redakteurin nicht», erklärte Juni. «Sie macht sich nicht stark für die Sache der Sowjets. Sie schreibt nur, dass die Roten *diesmal* recht haben. Wegen der Gleichheit der Geschlechter und dieser ganzen Sachen, die die Kommunisten sagen. Deshalb haben sie eine Frau ins All geschossen. Ist konsequent.»

«Sind Sie etwa Kommunistin, Fräulein?» Der Arzt redete mit ihr, als wäre sie schwerhörig. «Sie können froh sein, dass Sie als Frau in Amerika beschützt werden! Dass Sie nicht arbeiten müssen! Dass man von Ihnen derart halsbrecherische Aktionen nicht erwartet!»

«Ich arbeite aber», entgegnete Juni und machte vor Ärger eine Faust.

Der Arzt starrte auf ihre Hand, und dann flog sein Blick zu der aufgeschlagenen Seite daneben. «Träume ich, oder ist das *Ihr* Foto in der Zeitschrift?»

Juni schlug die LIFE hastig zu.

«Sie sind eine der dreizehn Frauen, die die Mercury-Tests bestanden haben?»

Sie nickte.

«Sie haben mir von Tests erzählt, die Sie gemacht haben und die auch Versuche mit radioaktivem Material enthielten.» Der Arzt zog die Brauen zusammen. «Jetzt verstehe ich das erst richtig. Jetzt ergibt das natürlich Sinn.»

«Was ergibt Sinn?»

«Das hier.» Er deutete auf seine Papiere. «Unser Labor hat die Untersuchungen noch einmal geprüft. Ihre Eileiter sind, um es in der Laiensprache zu sagen, nicht mehr funktionsfähig. Nun, Sie wussten vermutlich, worauf Sie sich einließen. Jetzt ist der Fall eben eingetreten. Es tut mir leid, aber ich kann nicht rückgängig machen, was Sie selbst mutwillig zerstört haben.»

Juni brauchte einen Moment, um eine Antwort zu finden. «Mutwillig?», brachte sie hervor.

«Ja, mutwillig.» Er blickte sie an. «Was hat Sie nur dazu getrieben, das sich und Ihrem Körper anzutun?»

«Ich müsste noch etwas wissen», sagte sie, ohne auf seine Frage einzugehen. «Sollte ich doch eines Tages schwanger werden, würde meine Wirbelsäule das aushalten?»

«Die Wahrscheinlichkeit, dass Sie schwanger werden, ist so gering, dass Sie darüber nicht nachdenken müssen.»

«Ich möchte es trotzdem wissen.» Juni versuchte, das Pulsieren in ihrem Ohr zu ignorieren.

«Was ist denn mit Ihrer Wirbelsäule?», wollte der Arzt wissen.

«Sie war mehrfach gebrochen», erklärte Juni. «Ich habe einen Flugzeugabsturz überlebt.»

Der Arzt sah sie an, als wäre sie irre. «75 Prozent aller Amerikanerinnen arbeiten überhaupt nicht», sagte er. «Nur Sie wollen offenbar leben, als ob es kein Morgen gäbe, Miss Leroy.» Er schüttelte den Kopf. «Können Sie sich normal bewegen, Wäsche aufhängen, Einkäufe tragen?»

Juni bejahte.

«Dann wird Ihr Körper auch eine Schwangerschaft aushalten. Aber wie gesagt, da Sie seit zwei Jahren keine Monatsblutung mehr haben und Ihre Eileiter so weit in Mitleidenschaft gezogen sind, kann ich Ihnen keine Hoffnung auf eine Schwangerschaft machen. Besser, Sie finden sich damit ab.»

Als sie hinaustrat, musste sie sich am Geländer festhalten. Sie hatte das Gefühl, dass ihre Knie sie nicht hielten. Die Sonne blitzte ihr in die Augen. Vor ihr auf dem Pflaster warfen Kinder eine Münze in die Luft. Die Münze drehte sich auf dem Gehweg, und die Kinder hockten sich hin, um besser sehen zu können, Kopf oder Zahl. Sie trugen bunte Kleider, und die Farben zerflossen vor ihren Augen in bunte Schlieren, bis sie begriff, dass sie weinte. Sie musste jemanden sehen, dem sie erzählen konnte, was sie jetzt wusste. Jemand, der sie verstand und trösten konnte. Aber sie wusste nicht, ob dieser Mensch sie nach all den Jahren noch sehen wollte.

Maman.

KAPITEL 33

Der Tag war gekommen. Martha fühlte sich so lebendig und gleichzeitig so hoffnungslos, dass sich alles in ihr drehte. Sie durfte nur nicht in Tränen ausbrechen. Stark und aufrecht musste sie sein.

«Wie geht es dir?» Juni, die neben ihr ging, nahm ihre Hand.

Sekundenlang hielt sie sich an Junis Hand fest. Die Hand ihrer Tochter half ihr, sich von dem Gefühlsstrudel nicht mitreißen zu lassen. Sie wollte ihn ansprechen, und dabei musste sie stark bleiben. Sie hatte die richtigen Worte geprobt.

«Es ist in Ordnung», sagte sie leise. «Ich bin nur ein bisschen aufgeregt.»

Seit ihrer Versöhnung hatten sie sich regelmäßig getroffen. Sie besprachen die kleinen Ereignisse in ihrem Leben: ein Flugzeug, das einen Motorschaden erlitten hatte und jetzt teuer repariert werden musste. Onkel Henris Bein, das immer schlimmer wurde. Louis, der bei einem Brand eine kleine Bibliothek retten konnte und sich jetzt durch angesengte Bände über archäologische Entdeckungen las. Und natürlich hatten sie über die Diagnose gesprochen, die Juni erhalten hatte. Sie hatten gemeinsam geweint, und Martha hatte Juni getröstet, und dann hatten sie darüber gesprochen, wie man ein Leben führen konnte, in dem es keine Kinder gab. Aber sie hatten nie wieder über die Vergangenheit gesprochen.

Frauen und Männer tanzten ihnen in langen, wallenden Gewändern entgegen. «When the moon is in the seventh house …», sangen sie und dann, als sie einen Block weiter gewandert waren: «Aquarius! Aquarius!»

«Was haben die jungen Leute eigentlich alle mit diesem Wassermann-Zeitalter?», fragte Martha. «Was hat das für eine Bedeutung? Und warum geht heutzutage niemand mehr zum Friseur?»

Juni lachte. «Es bedeutet, dass eine neue Epoche beginnt!»

«Und was soll das für eine sein?»

«Eine friedliche», erklärte Juni, während sie die St. Charles Avenue weiter hinabgingen. Eine Straßenbahn ratterte an ihnen vorbei.

«Sie sind eigentlich ganz lustig, diese Hippies, oder?», lächelte Martha.

«Aber auch ganz schön anstrengend manchmal.» Juni rollte mit den Augen. «Die Leute sind so unfassbar langsam. Wenn ich mich im Supermarkt anstelle, suche ich mir immer eine Schlange aus, in der keine Hippies anstehen. Bis die ihr Kleingeld zusammenhaben, bin ich einmal zum Flughafen gelaufen und zurück.»

«Aber sie lächeln so freundlich», bemerkte Martha.

«Ich würde auch lächeln, wenn ich den ganzen Tag Gras rauchen würde.»

«Du lächelst auch so immer, du sonniges Kind.»

Juni drückte ihre Hand noch fester. Über ihnen klirrte es leise in den Bäumen. Perlenketten schaukelten im Februarwind. Als sich Martha zu Juni umdrehte, bemerkte sie, dass sie ganz erwachsen wirkte. Erste Lachfältchen hatten sich in ihr Gesicht gegraben. Aber sie hatte noch immer diesen Schwung beim Gehen, und sie machte kleine Hüpfer, wenn sie einem Hindernis auswich. Als wäre jeder Weg ein Spiel.

Sie überlegte, wie Juni wohl sein würde, wenn sie ihr Alter erreicht hätte. Wie sie beide wohl wären als alte Frauen. Sie sah sich mit ihr zusammen auf einer Veranda sitzen, beide grauhaarig. In einem Teil des 20. Jahrhunderts, der friedlich wäre. Im Wassermann-Zeitalter.

Die Gegenwart drang wieder in ihre Gedankenwelt. Autos hupten vorbei.

Herr Münzner wartete schon auf sie. Mit ihm warteten ein paar andere Menschen, großenteils deutsche Journalisten, aber auch ein paar Amerikaner. Fast alle hatten einen Autogrammblock dabei.

«Das ist der Journalist, von dem ich dir erzählt habe», sagte sie zu Juni. «Er hat schon den ersten Dora-Prozess 1947 begleitet, und er hat die Geschichte über mich geschrieben, die du gestern gelesen hast.»

Martha beobachtete Herrn Münzner und Juni, wie sie sich einander vorstellten. Das Englisch von Herrn Münzner war mühsam und hatte einen starken deutschen Akzent.

«Wernher von Braun wird nicht verurteilt?», fragte Martha. «Sind Sie sicher? Aber warum kommt er dann nach New Orleans?» Sie spürte, dass Juni sie ansah. Vielleicht, weil sie sie zum ersten Mal Deutsch sprechen hörte. Sie übersetzte für sie.

«Das ist richtig, ihm droht keine Anklage. Aber er kann mit seiner Zeugenaussage helfen, dass Helmut Bischoff, Ernst Busta und Ernst Sander verurteilt werden», antwortete Herr Münzner. «Das sind die drei SS-Aufseher, die wegen Mordes angeklagt sind.»

«Wird der ostdeutsche Anwalt bei der Verhandlung anwesend sein?», fragte Martha. «Der Mann, der die ehemaligen Häftlinge von Mittelbau-Dora vertritt – Dr. Kaul?»

«Die USA haben ihm kein Visum erteilt.» Münzners Gesicht blieb regungslos.

Ein Raunen ging durch die Menge. Eine Limousine fuhr vor

dem Deutschen Generalkonsulat vor. Zwei Männer stiegen aus, die wie Personenschützer aussahen. Als Wernher von Braun dem Wagen entstieg, flankierten sie ihn.

Der Mann, über den Martha seit mehr als 20 Jahren nachdachte, sah groß und stark aus, wobei sie nicht hätte sagen können, ob es Muskelmasse war, die ihn so stämmig wirken ließ. Sein Kinn war riesig, ein Zeichen geballter Willenskraft. Natürlich, er hatte sein Leben mit dem Wunsch verbracht, andere Planeten anzusteuern. Man musste große Willenskraft haben, um einen solchen Wunsch in die Tat umzusetzen. Aber seine Augen! Für einen Mann von dieser Statur und dieser Ausstrahlung waren seine Augen merkwürdig unfokussiert. Sie sah ihn rechts und links in die Menge blinzeln. Jubel brandete auf, und jetzt verzog sich sein Gesicht zu einem Lächeln. Martha verstand, warum ihn die Menschen anhimmelten. Er war fleischgewordener Charme. Da sah sie, dass er ihr zulächelte. Sie ballte die Fäuste, und dann spürte sie, dass Juni enger zu ihr heranrückte. Jetzt, dachte sie. Jetzt würde sie ihn ansprechen. Sie trat einen Schritt auf ihn zu.

★

Sie hatten New Orleans gewählt, weil die Stadt fern der üblichen Journalisten-Trampelpfade lag. Die NASA hatte alles getan, um das Verhör geheim zu halten, und tatsächlich hatte kaum ein amerikanischer Reporter den Weg zum Deutschen Generalkonsulat in New Orleans gefunden. Dafür wussten die deutschen Journalisten, wo er war. Zur Pressemeute hatte sich eine Schar von Neugierigen eingestellt. Als er die Stufen zum Konsulat emporschritt, bemerkte er zwei Frauen, eine Blonde in einem gepunkteten Kleid und ein Mädchen mit lockigen, braunen Haaren. Die Frauen hielten sich sehr aufrecht, und er bemerkte, dass sie sich fast berührten, so dicht nebeneinander standen sie. Die Blonde öffnete den Mund, als wollte sie etwas sagen, aber schon trat einer seiner Personenschützer zwischen ihn und sie.

Es war dunkel in diesem Teil der Bundesrepublik Deutschland, dunkel und still. Seine Schritte hallten auf dem Steinboden, als ihn ein Mann ins Vernehmungszimmer führte. Und da war sie, die Flagge, die ihm so fremd war. Schwarz-Rot-Gold. Mehr Männer traten ihm entgegen. Sie schüttelten ihm die Hände, und er spürte ihre Bewunderung. Die Männer stellten sich als Bischoffs, Bustas und Sanders Anwälte vor. Jetzt begrüßte ihn der Konsul, ein Herr Meurer. Eine etwa vierzigjährige Frau mit hochtoupierten Haaren saß an der Schreibmaschine. Er nickte lächelnd in ihre Richtung. Nun kamen zwei weitere Männer auf ihn zu.

«Vorsitzender des Schwurgerichts, Landgerichtsdirektor Hückel», stellte sich einer der Männer vor, und dann ergriff der zweite das Wort. «Staatsanwalt Hans Schuster.» Mit einer Handbewegung bat er die anderen, ihre Plätze einzunehmen. Er selbst setzte sich ans Kopfende des Tisches.

«In dem Strafverfahren gegen die deutschen Staatsangehörigen ...»

Wernher von Braun zuckte zusammen. Ein Hämmern erfüllte den Raum. Sein Blick flog zur Protokollführerin hinüber, deren Finger auf die Tasten einer wuchtigen Schreibmaschine trommelten.

«... und Ernst Sander wegen Mordes anhängig beim Landgericht-Schwurgericht Essen.»

Wieder klang es, als ob jemand ein Trommelfeuer schlüge.

Der Staatsanwalt begann mit einer Aufzählung der Anwesenden, dann wandte er sich in seine Richtung. «Freut mich, dass Sie es einrichten konnten, Dr. von Braun.» Die Ironie in seiner Stimme war unverkennbar.

«Ich stehe dem deutschen Volk natürlich stets zu Diensten.» Wernher tat, als hätte er die Ironie nicht bemerkt. «Aber Sie verstehen auch, dass ich momentan mit anderen Dingen beschäftigt bin. Die Mondlandung steht kurz bevor.»

«Dr. von Braun, wir bemühen uns bereits seit Jahren, Sie als Zeugen zu vernehmen. Erst konnten Sie nicht nach Deutschland reisen, dann haben Sie ein neues Raketensystem entwickelt, und jetzt bereiten Sie also die Mondlandung vor.»

«So sieht es aus.» Von Braun faltete die Hände vor sich auf dem Tisch.

«Dr. von Braun, Sie schwören, die Wahrheit und nichts als die Wahrheit zu sagen?»

«Ich schwöre es.»

«Stellen Sie sich bitte kurz vor.»

Von Braun nannte seinen Namen, Geburtsdatum und Geburtsort, wobei er versuchte, das Schreibmaschinengeklacker zu übertönen. «Ich bin jetzt 56 Jahre alt, von Beruf Entwicklungsingenieur, speziell auf dem Raketengebiet.»

«Sind Sie im Häftlingslager Dora gewesen?»

Wernher von Braun verneinte das.

«Aber Sie waren in den Stollen, in denen Ihre Raketen gefertigt wurden?»

«Das ist richtig. Ich bin im Sommer 1943, als die Sprengarbeiten für den Ausbau bereits begonnen hatten, in den Stollen gewesen.»

«Waren damals schon Häftlinge in den Stollen untergebracht?»

«Daran kann ich mich nicht erinnern. Ich kann mich überhaupt nicht erinnern, ob Häftlinge für den Bau von Raketen eingesetzt wurden.»

«Wirklich nicht?», fragte der Staatsanwalt scharf.

Wernher von Braun blickte kurz nach rechts zu den Anwälten, dann schüttelte er den Kopf. «Bedaure, das liegt alles schon so weit zurück. Ich erinnere mich nicht mehr.»

«Gut, dann werde ich Ihrer Erinnerung mal auf die Sprünge helfen.» Der Staatsanwalt zog einen Bogen Papier aus einer Mappe. «Diesen Brief haben Sie am 15. August 1944 an Albin Sawatzki geschrieben, der während der Endphase des nationalsozialistischen Deutschen Reiches verantwortlich für die Serienfertigung von Raketen in Mittelbau-Dora war. Sie ersuchen Albin Sawatzki in diesem Brief, Ihnen Häftlinge aus dem KZ Buchenwald zur Verfügung zu stellen. Ist das hier Ihre Unterschrift?» Er reichte ihm das Papier.

«Mit herzlichem Gruß und Heil Hitler! Ihr ergebener», las Wernher. Darunter stand der ausladende Schnörkel, mit dem er immer unterschrieb.

«Das ist sie», bestätigte er. Und nach einer kleinen Pause: «Gut, damals waren einige Häftlinge in diesen Stollen untergebracht. Ich bin mit einer Besuchergruppe da durchgegangen.»

«Was war das für eine Besuchergruppe?»

«Ich erinnere mich nicht mehr genau. Ingenieure, die das Gelände besichtigt haben, nehme ich an. Also, mit dieser Gruppe bin ich durch diese temporären Unterkünfte gegangen. Später habe ich diese Unterkünfte im Stollen mit Bestimmtheit nicht mehr gesehen.»

Nachdem die Befragung zu Ende war, drückten ihm die drei Anwälte noch einmal die Hand und beglückwünschten ihn. Und dann verließ er das dunkle Stück Bundesrepublik Deutschland wieder. Dieses Land, das nicht mehr das seine war.

Aber draußen umfing ihn die Sonne. Die Menschen hatten auf ihn gewartet. Sie jubelten ihm zu, als er auf den Stufen erschien. Autogrammblöcke reckten sich ihm entgegen.

«Viel Glück bei der Mondlandung, Dr. von Braun!», scholl es ihm entgegen.

«Sie haben Großartiges geleistet!»

«Wir und Millionen anderer Amerikaner sind Ihnen sehr dankbar dafür!»

«Ich möchte gern wissen, ob Sie sich schämen.» Auf einmal stand die Blonde direkt vor ihm. Irgendwie musste sie es geschafft haben, sich an den Personenschützern vorbeizumogeln. Sie zitterte, und doch hielt sie sich sehr aufrecht. Er konnte etwas Rheinländisches aus ihrem Tonfall heraushören. Seltsam, er hatte Rheinländer immer mit Karneval in Verbindung gebracht.

«Ich wüsste nicht, wofür ich mich schämen sollte.»

«Es wird alles herauskommen», bemerkte ein bärtiger Mann, der sich neben die Blonde gestellt hatte. «Vielleicht nicht jetzt. Aber eines Tages.»

Das Mädchen mit den braunen Locken sagte gar nichts. Aber es starrte ihn feindselig an. Und dann endlich waren die Männer wieder da, die ihn doch eigentlich vor genau diesen Begegnungen schützen sollten. Hatten sie die Frauen absichtlich zu ihm durchgelassen? Er wusste, dass er Feinde hatte. Aber in der Regel wusste er, wo sie standen. Vielleicht hatte er sich heute geirrt.

KAPITEL 34

Das war alles?», hörte sie ihre Mutter zu Herrn Münzner sagen. «Und jetzt darf er einfach wieder gehen?» Sie wechselte ins Deutsche, sodass Juni das weitere Gespräch nicht mehr verfolgen konnte. Ihr Blick flog zu einer Frau, die ein Baby auf dem Arm trug, und ihr Herz zog sich zusammen. Das Baby gluckste und streckte Juni eine Hand entgegen.

«Verzeihung», sagte die Frau, als sie bemerkte, dass das Baby versuchte, Juni auf den Arm zu patschen. Sie musste noch sehr jung sein, und sie trug ein langes Batikkleid und ihr Haar glatt und offen wie die Hippies.

«Aber da gibt es doch nichts zu verzeihen, wenn so ein kleines Baby mit einem spielen will», sagte Juni und lachte das Kind an. Es lachte zurück, wobei es zwei Milchzähne zeigte.

Sie sah zu ihrer Mutter hinüber. Sekundenlang trafen sich ihre Blicke. Sie wusste, dass ihre Mutter wusste, was sie in diesem Moment fühlte, und dann spürte sie einen Schmerz, von dem sie nicht wusste, ob er ihrer war oder Mamans.

«Wollen wir gehen, Juni?», hörte sie ihre sanfte Stimme.

Neben ihr sprach die Frau mit ihrem Baby, in diesen geheimen Lauten, die Mütter und Kinder verbanden und die niemand außer ihnen selbst verstand.

Sie suchten sich ein Café. Jemand spielte Salsa. Es gab Empanadas und irgendetwas mit Chili. Sie bestellten Schokolade und setzten sich an einen Tisch, auf dem ein Orchideenstrauß stand.

«Du hast damals Papiere gefälscht, um uns zu retten.» Juni sagte es leise, es war keine Frage. «Ausweise, Visa und Schiffsbilletts. Für andere Exilanten?»

«Für Menschen, die vor den Nazis geflüchtet sind.» Die Mutter nickte. Dann blickte sie auf ihre Hände. Juni bemerkte, dass schwarze und blaue Sprenkel darauf waren. «Ich habe erst Geld dafür genommen.» Sie flüsterte, als wäre es ein Geständnis.

«Du musstest etwas verdienen», flüsterte Juni zurück. «Du hattest ja mich.»

Die Mutter sah auf und lächelte sie an. «Du warst das Beste, was mir damals passiert ist. Bist es immer noch, sonniges Juni-Kind.»

Juni spürte, wie ihr das Herz schwer wurde. Wie hatte sie ihre Mutter nur so lange aus ihrem Leben ausschließen können?

«Was war dann?», fragte sie.

«Dann.» Die Mutter hob die Schultern. «Sie waren so hilflos. So verzweifelt. Ich war ... Es klingt merkwürdig, aber ... ich war vermutlich ihre einzige Chance.»

«Also hast du die Papiere verschenkt.»

«Ich war Teil eines Netzwerks, das in Südfrankreich operierte. Wir waren viele.»

Auf einmal sah die Mutter wieder ganz jung aus. Juni sah den Stolz in ihrem Blick, und sie konnte sich genau vorstellen, wie sie damals gewesen sein musste. Eine mädchenhafte Frau, die niemand verdächtigte, weil sie so unschuldig wirkte. Hübsch und jung mit einem Baby. Widerstandskämpferin mit Stift und Papier.

«Ich werde dir alles erzählen, wenn du möchtest. Auf meine Art. Weißt du, in den Jahren, in denen wir nicht miteinander geredet haben ...» Ein Kellner brachte die Schokolade.

«Da habe ich alles gezeichnet. Die Stadt, in der wir beide geboren wurden ...»

«Köln», sprach Juni das deutsche Wort aus.

«Und deine Großeltern, so wie ich sie in Erinnerung habe.»

«Meine Großeltern ...», wiederholte Juni vorsichtig, als wären das Worte, die man gut verpacken müsste. Aber Maman trank einen Schluck Schokolade, so als wäre es ganz alltäglich, dass sie darüber sprachen. «Ich möchte, dass du alles über sie weißt. Und auch über deinen Vater natürlich.»

«Meinen Vater.» Wieder tastete Juni sich an das Wort heran.

«Ja, und du sollst das schönste Bauwerk der Welt sehen.» Maman machte eine kleine Kunstpause, und Juni sah, wie ein Leuchten über ihr Gesicht ging. «Den Kölner Dom.»

«Das möchte ich sehr gern!»

Die Mutter strahlte. «Ich finde, du fliegst uns da hin!»

«Oder!» Juni sprang von ihrem Platz auf, dass sie etwas von ihrer Schokolade verschüttete. Dann bemerkte sie die Blicke der anderen Gäste und setzte sich wieder. «Oder wir besteigen eine Boeing 707! Die sind phantastisch, Maman! Mit so einem Flugzeug wollte ich schon immer mal fliegen! Ich habe übrigens beschlossen, demnächst die Verkehrspilotenlizenz zu machen, dann kann ich mich bei den großen Fluggesellschaften bewerben! Bei der Pan Am zum Beispiel! Oder bei American Airlines! Cessna ist 'ne feine Sache, aber ich will jetzt endlich die richtig großen Vögel fliegen! Hast du dir schon mal eine Boeing angesehen? Die sind so schön!»

«Du musst mich unbedingt mitnehmen, wenn du so eine Boeing steuerst!» Die Mutter strahlte. «Und ich möchte gern mit dir reisen! Es gibt ja noch so viele Orte, an denen ich überhaupt noch nicht war. Ich möchte zum Beispiel so gern einmal nach Südamerika reisen. Die Farben dort sollen phantastisch sein!» Sie zeigte auf die Wände, die Regale, die lackierten Tische. «Mit so vielen Grüntönen! So wie hier im Café! Weißt du, Juni, Ben hat mir erzählt, dass Südamerika aus ganz viel Grün besteht, stimmt das? Und dass alle diese Grüntöne je nach Jahreszeit und Lichteinfall schimmern. Smaragd gibt es in Südamerika, sagt Ben, Apfelgrün, Pinie, Avocado. Ein Grün wie deine Augen, Juni! Das Grün liegt wie ein Teppich über den Bergen, hat Ben erzählt, es formt Dschungel und fließt an den Städten vorbei.»

Juni lächelte. «So poetisch habe ich das noch nie betrachtet, aber es stimmt schon. Südamerika sieht von oben unglaublich aus.» Sie dachte an ihren Flug über die Anden. «Wir könnten Jerrie besuchen», sagte sie endlich. «Jerrie Cobb. Sie ist vor vier Jahren in den Urwald geflogen und dort geblieben. Ich würde mich sehr freuen, wenn ihr beide euch kennenlernen würdet. Sie ist eine phantastische Frau, Maman. So wie du.»

Jetzt lachte die Mutter, dass ihre Augen blitzten. «Was macht deine Jerrie denn im Urwald?»

Juni zögerte. «Ich glaube, nachdem uns klarwurde, dass wir keine Astronautinnen mehr werden würden, wollte sie sich auf andere Weise nützlich machen. Sie kümmert sich jetzt um Menschen, die in abgelegenen Dörfern leben. Beliefert sie mit Medikamenten, fliegt Siedlungen bei Notfällen an.»

«Und sie lebt dort ganz allein?», fragte Martha.

Juni nickte.

«Ich würde mich sehr freuen, sie kennenzulernen. Ich weiß, wie viel sie dir bedeutet.»

«Aber erst einmal fliegen wir nach Deutschland», sagte Juni.

Die Mutter nickte. «Das würde ich mir sehr wünschen. Das wäre sehr, sehr schön.»

Sie hat sich nie unterkriegen lassen, dachte Juni und sah ihre Mutter an. Silberne Strähnen zogen sich durch ihr Blondhaar. Sie war jetzt 47 Jahre alt, sie hatte das Schlimmste überstanden, den Verlust der Eltern, die Flucht, die Zeit im Widerstand und die immerwährende Sorge um ihre Tochter. Eine Welle der Zärtlichkeit ergriff Juni. Sie wollte, dass die Mutter jetzt beginnen konnte, ihr Leben zu genießen. Sie sollte malen und reisen, und niemand sollte sie mehr schlecht behandeln, dafür würde sie schon sorgen. Impulsiv griff sie nach einer der Blüten in der Vase und steckte sie der Mutter ins Haar.

«Ich möchte die Zeichnungen sehen, die du gemacht hast», sagte sie. «Ich möchte wissen, was du erlebt hast, woher du kommst, woher *ich* komme.» Sie holte tief Luft. «Ich rufe Ben an, dass ich heute nicht mehr arbeiten werde. Lass uns beide reden. Ich habe alle Zeit der Welt.»

Die Mutter tastete nach der Blume. Wieder lächelte sie so strahlend, dass es Juni warm ums Herz wurde. Es tat so gut, ihre Mutter so glücklich zu sehen.

«Lass uns nach Hause gehen», sagte sie.

Obwohl es erst Februar war, wärmte die Sonne. Der Verkehr rauschte an ihnen vorbei. Irgendetwas musste in der Luft liegen, denn es strömten mehr Menschen als sonst durch die Straßen. Vielleicht spürten sie den Frühling. Die Orchidee im Haar der Mutter duftete so.

Onkel Henri sahen sie erst, als sie das Candy Voodoo Paradise fast erreicht hatten. Er stand mitten auf der Fahrbahn und rief etwas, das sie nicht verstand, so laut brausten die Autos vorbei.

Es ging so schnell. Ein Lieferwagen fuhr auf Onkel Henri zu, und jetzt erst erkannte Juni, dass er mit seinem Holzbein im Pflaster feststeckte. Er ruderte mit den Augen, und Juni begann zu sprinten. Einen Herzschlag später hatte sie ihn erreicht, sie versuchte, ihn in die Höhe zu heben, aber der Lieferwagen bremste gar nicht, und dann fühlte Juni sich an einem Arm gerissen, und da war Maman, Maman hatte sie gerettet, sodass der Lieferwagen sie und Onkel Henri nicht überrollte, und dann hörte sie die Schreie. Die Schreie waren so laut, lauter noch als der Lieferwagen und alle Autos, und sie sah die Orchidee, die auf der Straße lag und voller Blut war, und dann erst sah sie Maman.

Sie hörte überhaupt nicht auf zu bluten. Aus ihrem Kopf rann das Blut, dass Junis Hände und Arme und ihr Kleid ganz rot waren, und auch Mamans gepunktetes Kleid war ganz rot. Sie drückte ihre Hände auf die Wunde, und die Schreie gellten immer weiter, bis sie begriff, dass sie es selbst war, die so schrie. Die Mutter war bei Bewusstsein. «Es wird alles gut, Juni», sagte sie über die Schreie. «Alles wird gut.»

Der Krankenwagen kam, Juni konnte sich zu ihrer Mutter nach hinten setzen, und dann dröhnte ein Horn durch die Straßen.

«Wie geht es dem Mann mit dem Holzbein?», fragte die Mutter einen der Männer, die mit ihnen fuhren.

«Er ist gerettet», sagte er. «Dank ihnen beiden. Es geht ihm gut.»

Noch immer strömte das Blut aus dem Kopf der Mutter. Aber jetzt durfte Juni den Kopf nicht mehr festhalten. Die Männer drängten sie ein bisschen nach hinten, und dann wickelten sie einen Verband um den Kopf. Der Verband wurde sofort blutig. Der Stoff sog sich mit dem Blut voll, bis der Mann, der ihn angelegt hatte, den Kopf schüttelte. «So geht das nicht», hörte Juni, und: «Wir sind gleich da.»

So blass war Maman. Ihre Lippen waren weiß. Sie schloss die Augen. Auf der Trage wurden ihre Hände schlaff.

«Sie müssen etwas tun!», schrie Juni. «Verdammt, Sie müssen etwas tun!»

Die Männer rollten die Trage ins Krankenhaus. Juni lief neben ihnen her. «Sie müssen schneller machen!», schrie sie. «Schneller!»

«Sie stirbt», sagte jemand.

«Nein», weinte Juni. «Sie stirbt nicht!»

Maman würde sie niemals allein lassen, das hatte sie ihr versprochen. Ihr ganzes Leben lang hatte Juni mit diesem Versprechen gelebt.

Sie beugte sich über Mamans Hände, als ein Arzt den roten, nassen Verband abnahm, und sie weinte darauf, bis jemand sie hinauszerren wollte, aber das ließ sie nicht zu.

«Du musst dich beruhigen, Juni-Kind.» Die Mutter schlug die Augen auf, während Juni immer weiter weinte. «Die Ärzte kümmern sich um mich. Es wird schon gut werden. Alles wird gut.»

«Miss, Sie müssen jetzt rausgehen», sagte der Arzt. Er wirkte müde. «Ihre Mutter ist versorgt.»

«Sie soll hierbleiben.» Mamans Stimme klang seltsam bestimmt. So bestimmt wie früher, als Juni noch ein Kind gewesen war.

«Wenn Sie meinen.» Der Arzt wandte sich zum Gehen. «Aber wir müssen gleich ein paar Untersuchungen machen. Dazu bringen wir Sie in einen anderen Raum.» Er drehte sich zur Schwester. «Passen Sie auf, dass die Frau nicht einschläft.»

Noch immer sah Maman so blass aus. Aber sie lächelte und sah Juni an. «Irgendwann wirst du ein Baby bekommen. Ich fühle es.»

Juni schüttelte den Kopf, während ihr die Tränen über die Wangen liefen.

Die Mutter griff nach ihrer Hand. Sie fühlte sich weich und schlaff an. Noch immer leuchteten die Farbsprenkel darauf. «Du wirst an seinem Köpfchen riechen und diesen wundervollen Duft einatmen. Und du wirst alles dafür tun, dass es dem Kindchen gut geht. Du wirst nur noch überlegen … was gibst du ihm zu essen? Wie kannst du es beschützen vor …» Sie machte eine schwache Handbewegung. «… vor all dem.»

Juni weinte.

«Du wirst traurig sein, wenn ich sterbe. Aber du darfst nicht ewig trauern. Du musst nach vorne blicken, versprichst du mir das? Tu das, was du liebst, Juni. Tu es gut.»

«Aber du wirst nicht sterben», weinte Juni. «Noch jedenfalls nicht. Du hast noch ganz viel Zeit, Maman. Erst einmal fliegen wir beide nach Deutschland! Das hast du mir versprochen, eben gerade, weißt du noch?»

Martha lächelte.

«Es tut mir so leid.» Juni nahm die Mutterhand und drückte einen Kuss drauf. «Ich war so wütend auf dich, Maman. Es tut mir so leid.»

«Nein, mir tut es leid.» Marthas Stimme war nur noch ein Flüstern. «Ich habe dich so lange belogen. Ich ...»

«Du wolltest mich beschützen, Maman», weinte Juni.

«Ich wollte dich beschützen», lächelte Martha. «Nimm mich in die Arme, meine Kleine. Halt mich ganz fest.»

Ihr Atem wurde ganz ruhig, während Juni sie so festhielt. Sie atmete langsam und leise.

Und dann hörte ihr Atem auf.

KAPITEL 35

Der Nebel wollte sich gar nicht mehr lichten, und Juni watete blind hindurch. Wie aus weiter Ferne nahm sie wahr, dass sich Tag und Nacht ablösten. Louis war da, wenn er von seinen Schichten heimkam. Sie spürte es an den Armen, die sich um sie legten, und an seinem Brandgeruch. Dann war Louis wieder fort, und es wurde wieder hell oder dunkel. Caresse brachte ihr Essen, das sie nicht anrührte. Ben kam, aber sie fanden keine Worte. In der Nacht wachte sie davon auf, dass ihr Kissen nass war. Wenn sie sich aufrichtete, liefen ihr die Tränen den Hals herab.

Sie blätterte durch das Skizzenbuch, das Maman von ihrem Leben gezeichnet hatte, alle Stationen. Sie sah ein Haus, vor dem Mädchen Seil sprangen. Eine rundliche Frau, die die Fäuste in die Hüften gestemmt hatte. Eine fremde Stadt, durch die ein Strom floss. Ein hoch aufragender Dom. Eine Frau mit zu Schnecken aufgesteckten Haaren trug ein Baby.

Eine Seite weiter fuhren das Baby und die Mutter mit der Schneckenfrisur in einer Kutsche. Das Baby lachte viel auf den Bildern, und auch das Kleinkind, und dann das große Mädchen, das in einer Waco flog. Louis war auch auf den Bildern, immer mit Zahnlücke, immer mit einer Zunge, die ein bisschen durch die Lücke ragte. Käse in allen Größen und Formen. Ein Gebirge, ein Meer, ein Schiff. Juni durchblätterte das Buch, sie roch daran, sog es ein, weil sie glaubte, ihre Mutter darin zu riechen, und tatsächlich, es war der Geruch von Farbe und Papier.

Draußen wurde es jetzt richtig Frühling, dann Sommer. Juni ging nur hinaus, um das Grab zu besuchen. Maman lag unter einer Lebenseiche. Juni sah viel fern. «Bonanza», «Lassie» und «Bezaubernde Jeannie» sah sie, am liebsten aber «Verliebt in eine Hexe». Sie wünschte sich, sie könnte ebenso zaubern wie Samantha. Nachts träumte sie manchmal davon.

In den Sendungen, die das wirkliche Leben zeigten, zauberten keine Frauen, nur Männer veränderten das Weltgeschehen. Die Programme waren jetzt voll mit der bevorstehenden Mondlandung, es gab Pressekonferenzen und Experten, die den Zuschauern Raketentechnik erklärten. Und dann kam die Pressekonferenz, auf der Wernher von Braun im Fernsehen befragt wurde.

Da saß er, der Entwickler der Raketentechnik, der Mann, den sie als Kind so bewundert hatte. Der Mann, mit dem Maman hatte sprechen wollen, an dem Tag, an dem sie gestorben war.

Wieder fiel ihr auf, dass sich seine Augen an nichts festhielten. Nach links und rechts blickten sie, als die Fragen der Journalisten kamen, wie bei einem Pingpong-Spiel. Auch seine Stimme war alles andere als kräftig, und man hörte, dass er in der Sprache nicht zu Hause war. Er sprach höher als die anderen Männer, so als quetschte er das Amerikanische nur mit Mühe heraus.

Ein deutscher Journalist – Ostdeutschland, erklärte der Übersetzer – stellte von Braun eine deutsche Frage, die Juni nicht verstand. Wieder sah sie nur von Brauns Blick, Ping-Pong, als gäbe es links oder rechts von dieser Frage einen Ausweg. Er übersetzte die Frage ins Amerikanische, antwortete auf Deutsch, übersetzte auch seine Antwort und nahm sich bei all dem so viel Zeit, dass der Ostdeutsche wohl die Lust an weiteren Fragen verlor.

Juni rührte sich nicht in ihrem Sessel, während es draußen

wieder dunkel wurde. Sie wusste nicht, ob sie Wernher von Braun schön oder hässlich finden sollte, ob sie ihn von ganzem Herzen hasste oder für seinen Willen und sein Können bewunderte. Es gab eine Bemerkung, die er gegen Ende der Konferenz machte und die sie aufhorchen ließ. Auf die Frage, wie wichtig er es fände, einen Mann auf den Mond zu entsenden, antwortete er: «Ich denke, es ist in der Wichtigkeit gleichbedeutend mit dem Moment in der Evolution, in dem das Leben vom Wasser aufs Land kroch.» Ein gewaltiger Applaus brandete auf, und sie sah einige der Männer aufstehen vor Begeisterung.

Sie schaltete den Fernseher aus und schloss die Augen. Nichts rührte sich draußen auf der Straße. Alle Menschen sahen fern.

Der Start von Apollo 11 rückte immer näher. Tag und Nacht wechselten einander ab. Bezaubernde Jeannie hüpfte in ein Flugobjekt, das ihr Meister, der Astronaut, flog, und schon gab es jede Menge Probleme. Auch auf der Ponderosa Ranch haderten die Männer mit der Unwägbarkeit der Frau. Das einzige weibliche Wesen, das Verwicklungen löste, statt welche zu schaffen, war Lassie. Auf die Collie-Hündin war Verlass.

Dann kam die Pressekonferenz mit den Astronauten. Sie saßen in einer Plastikbox, um sich so kurz vor ihrem Start vor Keimen zu schützen. Da war Neil Armstrong, der sie an Jerrie erinnerte, so ungern, wie er in der Öffentlichkeit sprach. Buzz Aldrin, ein Muskelpaket von einem Mann. Und Michael Collins, dem niemand so recht Fragen stellen wollte, da er ja als einziger der drei Männer nicht auf dem Mond landen, sondern in einem Kommandomodul um den Mond kreisen würde, weil er für die Sicherheit der Mission verantwortlich war. Neil Armstrong und Buzz Aldrin erklärten ihre Mission in technischen Begriffen, Armstrong mit langen, unmotivierten Pausen in Sätzen, die wie auswendig gelernt klangen, Buzz Aldrin kurz und knapp. Ganz anders Michael Collins. Collins war ein Mensch, dachte Juni, während sie das Glas Wasser vom Nierentischchen nahm, das ihr Louis hingestellt haben musste. Ein Mensch, mit dem man sich bei einem Highball unterhalten konnte, ein Mann, dessen Lächeln ansteckend war.

«Colonel Collins», wurde er dann doch gefragt, «für Menschen, die keine Astronauten sind, sieht es so aus, als hätten Sie den frustrierendsten Job bei der ganzen Mission, weil Sie selbst nicht auf dem Mond sein werden. Wie fühlen Sie sich dabei?»

Er antwortete schnell und mit einem Lächeln. «Ich könnte nicht glücklicher sein als auf dem Platz, auf dem ich sitze.»

«Ich würde gern hinzufügen», sagte Armstrong, «dass der Mann im Kommandomodul ...», wieder machte er eine lange Pause, und wieder musste Juni an Jerrie denken, «einen gigantischen Job macht. Er muss meine und Buzz' Arbeit versehen ...», eine lange Pause, «und zugleich seine eigene natürlich, zusätzlich muss er die Verbindung zum Boden halten.»

«Was würden Sie tun, wenn Sie feststellen müssten, dass Sie nicht mehr wegkommen vom Mond?», fragte einer der Journalisten. «Würden Sie beten? Würden Sie Ihren Familien letzte Botschaften zukommen lassen? Oder würden Sie versuchen, in Ihren letzten Augenblicken so viele Informationen über den Mond zu sammeln wie möglich?»

Buzz Aldrin hatte den Gesichtsausdruck eines Mannes, der eine Wurzelbehandlung durchstand. «Ich würde meine letzte Lebenszeit darauf verwenden, die Maschine wieder zum Laufen zu bringen», antwortete er, was das Publikum wieder zum Lachen brachte, obwohl es vermutlich nicht als Scherz gedacht war.

Da waren sie wieder, die Gegensätze, dachte Juni. Hier saßen drei Männer, die so selbstlos waren, dass sie für ihre Mission auch sterben würden. Und gleichzeitig waren sie Helden mit Egos wie Hollywoodstars. Sie liebten Amerika, sie waren patriotisch. Und gleichzeitig waren sie «die Mondmänner». Sie waren Personen des öffentlichen Interesses, Menschen, die keine Privatsphäre mehr hatten, die auf der ganzen Welt bewundert und beneidet wurden. Und gleichzeitig hatten sie einen Beruf gewählt, der sie dazu brachte, die meiste Zeit allein in einem unendlichen Himmel zu sein. Sie waren männliche Männer, und gleichzeitig wurden sie ständig vollgestopft mit Mitteln, die ihre körperlichen Reaktionen testen sollten, sie bekamen Einläufe, sie wurden angeschlossen an Maschinen, zum Objekt degradiert. Genau wie sie und Jerrie und Sarah und Geraldine und Janey und Marion und Janet und die anderen Pilotinnen damals in Albuquerque. Als sie noch geglaubt hatten, es gäbe Möglichkeiten für sie. Sie alle, die sie in die Unendlichkeit fliegen wollten, lebten zwischen Gegensätzen. Der eine Pol war die Technik, der andere der Traum.

Juni stand auf, schaltete den Fernseher aus und wanderte durch das Wohnzimmer. Louis war mit seiner Feuerwehreinheit nach Cape Kennedy gefahren, weil so viele Menschen dort erwartet wurden. Ganz still war es im Haus. Sie öffnete den Schrank, in dem sie ihre Schallplatten einsortiert hatten, und nahm die Platte heraus, die Louis ihr vor neun Jahren geschenkt hatte, bevor sie nach Albuquerque gefahren war. Vorsichtig setzte sie die Nadel auf, ein Kratzen erklang, Cello und Violine füllten den Raum. «Life is like a song», sang Etta James.

Sie bestand selbst aus zwei Polen. Sie hatte doch eine gute Tochter sein wollen, eine gute Gefährtin für Louis, eine Frau, die so gern Mutter geworden wäre. Und gleichzeitig wollte sie so gern leben, wie es wohl nur Männer durften: die Schallmauer durchbrechen, höher fliegen, immer höher, bis die Erde unter ihr schwand, ihr Planet, auf dem das Schöne mit dem Schrecklichen nebeneinanderlebte, so als ob es nichts als Gegensätze gäbe.

Sie musste die Bilder ihrer Mutter nicht ansehen, um zu wissen, dass auch sie voll Licht und Schatten waren.

Das Skizzenbuch lag auf dem Nierentischchen neben dem Sofa, und sie schlug die Seite mit ihrem Lieblingsbild auf. Es war ein Aquarell, das sie und Louis als Kinder in einer Gebirgsnacht zeigte. Sie saßen nebeneinander, die Knie angezogen, und blickten in den Himmel. Der Vollmond leuchtete auf sie herunter, sodass das Bild nur aus Hell und Dunkel bestand. Das war das Bild, das sie im Wassertank vor sich gesehen hatte. Und wieder hörte sie Mamans Stimme dazu.

«Der Mond ist aufgegangen ...»

Es war, als ob sie es jetzt erst begriffe. Natürlich, es war so einfach, nichts konnte sie daran hindern.

Sie musste es einfach nur tun.

Mondumlaufbahn, 20. Juli 1969,
96 Stunden und 25 Minuten nach dem Start

Michael Collins versuchte, die *Eagle* im Auge zu behalten. Sollten Neil Armstrong und Buzz Aldrin ihre Mission abbrechen müssen, so musste er wissen, wo er sie am besten wiederfinden würde. Er flog nun wesentlich höher als die *Eagle*, und darum konnte er auch als Erster Kontakt zu Houston aufnehmen.

«*Columbia*, Houston. Kannst du uns verstehen?»

«Houston, *Columbia* hier. Ich verstehe euch klar und deutlich.»

«Roger, Mike. Wie lief's?»

«Alles gut. Keine Probleme.» Jetzt war er vollkommen wach. Alles lief nach Plan.

Die *Eagle* war nur noch ein winziger Punkt unter ihm, kaum zu unterscheiden von den Kratern auf dem Mond. Schließlich verlor er sie ganz aus den Augen. In der Unendlichkeit glitzerten die Sterne. Die *Columbia* flog weiter auf der Umlaufbahn.

Es war nicht so, dass er sich verlassen fühlte. Er war ein Teil des Teams und als Kommandant der Mission derjenige, der verantwortlich dafür war, dass die Landung gelang. Aber dann überfiel ihn doch die Einsamkeit, als er hinter dem Mond verschwand und der Funkkontakt zur Erde und zu Neil und Buzz abbrach. Es gab hier keine Stimmen mehr, kein Zeichen von menschlichem Leben. Da war nichts als das dunkle All.

Es war keine Angst, die ihn erfüllte. Aber er war achtsam, all seine Sinne so lebendig, sein Körper zum Zerreißen gespannt. Sein Herz klopfte, und er wollte jubeln. Das war er, der Moment seines Lebens. Nichts, was danach kommen würde, wäre mit diesem Moment vergleichbar. Nichts würde je wieder so sein.

Sonnenlicht flutete die Fenster, als er auf der anderen Seite wieder hervorflog. Jetzt konnte er auch wieder die zerklüftete Mondoberfläche unter sich erkennen. Die Uhr sagte ihm, dass die Erde gleich wieder aufgehen würde, und tatsächlich, da schimmerte es, das tröstliche, blaue Licht im All.

Er überflog das Mare Tranquillitatis in einer Höhe von gut 100 Kilometern. Doch da war nichts, kein Lunarmodul, keine Eagle, nur Krater. Große, kleine, spitze und runde Krater. Totes Gestein. Er richtete den Sextanten hierhin und dorthin, aber an der Stelle, an der die *Eagle* in den Sinkflug gehen sollte, konnte er sie nicht sehen.

Schon hatte er das Gebiet hinter sich gelassen und flog weiter auf seinem Kurs um den Mond. Beim nächsten Überflug würde er mehr Glück haben, hoffte er.

Er versuchte, Funkkontakt zur *Eagle* aufzunehmen, aber sein Flug trug ihn schneller, als er wollte, auf die Mondrückseite, und er tauchte erneut in die Stille und Finsternis ein.

KAPITEL 36

Der Pianist spielte «How high the moon», und vielleicht war es das, was Juni die Tränen in die Augen trieb. Wenn sie aus dem Flugzeugfenster blickte, konnte sie den nachtdunklen Atlantik unter sich sehen.

«Somewhere there's heaven / How high the moon», sang der Klavierspieler, und einen winzigen Augenblick lang hatte sie das Gefühl, dass es nach Ölfarbe roch. Sie meinte eine Berührung zu spüren, einen Lufthauch eher, und sie fühlte sich getröstet, weil sie wusste, dass sie das Richtige tat. Aber dann verflog der Zauber wieder, und sie hörte das Gläserklirren, Gesprächsfetzen, deutsche Worte, die sie nicht verstand. Sie fühlte sich schwach, aber beim Anblick des Essens, das die Stewardess ihr serviert hatte, war ihr schlecht geworden. Sie hatte geglaubt, dass ein Drink in der Pianobar auf dem Oberdeck der Boeing ihre Nerven beruhigen konnte, aber da stand sie nun mit einem Martini on the Rocks und bekam auch davon keinen Schluck herunter. Ihr Magen schien aus lauter Knoten zu bestehen.

«Und – drücken Sie unseren Jungs auch die Daumen?» Ein Mann im dunklen Smoking stellte sich neben sie. Er öffnete ein silbernes Etui und bot ihr eine Zigarette an.

Sie brauchte einen Moment, um zu begreifen, dass er die Astronauten meinte.

«Ist bestimmt nicht einfach, so einsam im Weltall unterwegs zu sein.» Er rückte so dicht an sie heran, als wäre Einsamkeit ein

Zustand, den es auch in einer Boeing unter allen Umständen zu vermeiden galt.

Ein orangefarbener Streifen schimmerte am Himmel, dort, wo Europa sein musste. «Verzeihen Sie», sagte Juni und rückte von ihm ab.

Der Morgen dämmerte in sanften Farben. Eine Stewardess sammelte die Gläser in der Pianobar ein. «Sie sind jetzt in der Mondumlaufbahn», sagte sie leise zu ihrer Kollegin. «Ich hoffe, dass wir nachher rechtzeitig im Hotel sind, damit wir die Landung sehen können.» Sie leerte einen Stapel Aschenbecher in einen Mülleimer aus. «Es ist unfassbar, oder, Debbie? Davon können wir noch unseren Kindern erzählen! Wir werden die Mondlandung erlebt haben! Wenn nur alles gut geht nachher ...»

«Es heißt, Nixon habe die Trauerrede schon vorbereitet.»

«Du meinst, falls die Astronauten bei ihrer Mission sterben?» Die Stewardess stapelte die Aschenbecher zu einem gläsernen Turm. «Mach keinen Scheiß, Debbie, so was will ich nicht hören.»

Die Boeing flog dem Morgen entgegen, in eine andere Zeit.

* * *

Mütter in kurzen Röcken schoben Kinderwagen durch die Straßen. Juni hatte das Gefühl, dass Köln nur aus Schwangeren und Familien mit kleinen Kindern bestand. Wieder fühlte sie das altbekannte Ziehen, die Trauer um etwas, das sie nie haben würde. Sie wusste nicht, ob es an der Müdigkeit nach dem langen Flug lag, aber ihr war, als ob ein Gewicht sie niederdrückte. Aber sie wollte sich auf der Stelle auf den Weg machen – bevor der Infekt, oder was auch immer es war, sie in ein Hotelzimmer zwang.

Sie hatte nur eine Handtasche mitgebracht, nichts weiter. In einem Notizheft hatte sie die Adressen aus Mamans Skizzenbuch kopiert. Trotz des flauen Gefühls begann sie, in einem lockeren Rhythmus zu laufen. Sie trug Blue Jeans und ihre Turnschuhe. Kaum war sie in ihrem Laufrhythmus, fühlte sie sich wieder leicht. Menschen winkten ihr zu, während sie rannte. Einige riefen ihr freundlich klingende Worte hinterher. Juni lächelte und winkte zurück. Sie nahm alles in sich auf: die vielen Frauen mit ihren Kinderwagen, komische kleine Zwerge in den Gärten, Volkswagen Käfer, die an ihr vorbeiknatterten, viel Beton. In der Ferne ragte der Dom auf, den Maman so geliebt hatte. Ganz ruhig ging ihr Atem, während sie lief.

Sie zuckte zusammen, als eine Frau vor ihr auftauchte, die ein gepunktetes Kleid trug, eine Frau mit kinnlangen blonden Haaren, genau wie Maman. Sie blickte ihr ins Gesicht, als sie an ihr vorbeilief, und jetzt erst spürte sie ihr Herz klopfen. Die Frau war nicht Maman, natürlich nicht, und sie trug ein Kofferradio, aus dem eine deutsche Stimme knarrte. Minuten später waren die Straßen leer.

Ihr Vater wohnte in einer Gegend, in dem die Häuser etwas heruntergekommen wirkten. Niemand öffnete auf ihr Klingeln, also fragte sie in der italienischen Eisstube neben dem Wohnhaus. Es dauerte eine Weile, bis jemand kam, um sie zu bedienen. Drinnen war der Fernseher eingeschaltet. Der Italiener verstand sie erst, als sie Französisch sprach.

«Ah sì, Paul!» Der Mann deutete auf den Fernseher. «Paul ist da!»

«Im Fernsehen?», fragte Juni ungläubig.

«Er *macht* das Fernsehen!», rief der Italiener. «Lavora Paolo bei Fernsehen! Arbeitet er!» Er riss ein Stück Papier von seinem Bestellblock und kritzelte eine Adresse darauf.

Das WDR-Studio, in dem die Fernsehübertragung stattfand,

lag nur wenige Straßen weiter. Der Pförtner wollte Juni nicht glauben, dass sie die Tochter von Paul Hartmann war, weil sie doch Amerikanisch sprach. In seiner Pförtnerloge lief der Fernseher, und er wollte sie wieder wegschicken, aber weil er das Drängende in ihrer Stimme hörte, zeigte er ihr mit seinen Fingern eine Zahl.

«Acht?», fragte Juni, ohne zu wissen, was der Mann meinte.

«Um acht macht Paul Pause», kratzte der Pförtner seine Englischkenntnisse zusammen. «Dann geht er zum Rauchen raus.»

Weiter lief Juni. Weiter zur zweiten Adresse. Durch ein Köln, das mittlerweile wie ausgestorben war.

Ein junges Mädchen im Minirock mit dramatischem Lidstrich öffnete ihr die Tür, nachdem sie mehrfach geklingelt hatte. Als Juni die Worte «Frau Bolze» sagte, rief das Mädchen über das Geräusch eines Fernsehers: «Oma! Besuch für dich!»

Eine Frau blinzelte ihr aus einem Ohrensessel entgegen. Sie trug eine geblümte Kittelschürze und hatte die grauen Haare zu adretten Löckchen gedreht. Sie sah genauso aus wie die Frau im Zeichenbuch der Mutter, nur älter. Es war das erste Mal, dass Juni den Namen sagte, den Maman ihr bei der Geburt gegeben hatte. «Martha Richter», sagte sie.

Minutenlang blickte die alte Frau sie an, ohne sich zu regen. Dann schlug sie die Hände über dem Kopf zusammen und brach in einen nicht mehr enden wollenden Wortschwall aus.

«Sie freut sich», sagte das Mädchen auf Englisch und lachte. «Jelt, Oma, dat do dich freust?»

Frau Bolze reichte Juni die Hände. Pergamenten und zerbrechlich fühlten die sich an. «Martha Richter», wiederholte sie, während sie ihr die Hände jetzt mit erstaunlicher Kraft drückte. Sie hatte genau den gleichen Tonfall wie Maman.

«Sie will wissen, was Ihre Mutter macht», übersetzte das Mädchen und lauschte weiter. «Oh, stimmt das?», lachte sie. «Oma hat Sie auf die Welt geholt?»

Juni nickte. «Sagen Sie, dass meine Mutter tot ist.»

Das Mädchen übersetzte, und Frau Bolze begann zu weinen. Lange sahen sie sich so an. Und dann legte sich das Gesicht der alten Frau in tausend Glücksfalten, und sie deutete auf Junis Bauch.

«Sie freut sich, dass Sie jetzt selbst ein Kind erwarten», sagte das Mädchen.

Juni schüttelte den Kopf und sagte, dass Frau Bolze sich irre, aber in diesem Moment geschah etwas im Fernsehen, und Frau Bolze und das Mädchen drehten sich um.

«Ihr Englisch ist sehr gut», sagte Juni zum Abschied an das Mädchen gewandt.

Das Mädchen ließ eine Kaugummiblase platzen. «Ich hör die Beatles und lern die Songtexte. Machen alle in meinem Alter so.»

«Es hat mich sehr gefreut», sagte Juni und reichte ihr die Hand. Frau Bolze winkte sie zu sich, dann nahm sie sie in die Arme. Ihr Busen fühlte sich weich und groß an. «Danke», flüsterte Juni. «Danke, dass Sie meiner Mutter geholfen haben damals. Danke, dass ich auf die Welt gekommen bin.»

Weiter lief sie. Das Treppenhaus hinunter, in dem es nach Kohl und Bohnerwachs roch, und an der Eisdiele des Italieners vorbei. Das flaue Gefühl in ihrem Magen nahm zu, aber sie beschloss, nicht darauf zu achten. Und dann war sie angekommen.

Sie erkannte ihn schon von weitem. Er hatte lockige Haare, genau wie sie, nur dass sie schon grau waren, das konnte sie in der Dämmerung erkennen. Er blickte ihr neugierig entgegen. Seine Zigarettenspitze glühte. Sie war der einzige Mensch weit und breit.

«Paul?», fragte sie, als sie bei ihm angekommen war.

«Ich glaube nicht, dass wir uns kennen.»

«Ich bin deine Tochter.»

Die Zigarette zischte leise, als er sie fallen ließ. Er starrte sie ungläubig an. «Martha?»

«Maman hat mich Juni genannt.»

Er schloss sie in die Arme, und es war, als wollte er sie nie wieder loslassen. Sie atmete ein herbes Männerparfüm und kalten Rauch. «Woher weißt du ...?», fragte er endlich. Sein Englisch hatte einen britischen Einschlag, und seine Stimme klang sehr schön.

«Die Italiener in der Eisdiele haben es mir gesagt.»

«Ich muss wieder reingehen», sagte er. «Meine Pause ist zu Ende. Komm, Mädchen. Komm mit rein.»

Pauls Arbeitsplatz war ein Raum mit vielen Knöpfen und Reglern. Monitore zeigten ein riesiges Fernstudio aus verschiedenen Blickwinkeln. Vor den Geräten saßen Männer, die sich kaum bewegten, so konzentriert waren sie.

«Wir regeln hier den Studioton», erklärte Paul leise. «Jeder hat ein eigenes Mikro, der Moderator, seine Experten und hier – du siehst ihn vor dem Modell der Raumfähre – der Reporter. Er erklärt, was die Astronauten gerade machen. Hin und wieder schalten wir auch nach Houston. Der Ton rauscht ziemlich, aber es geht.»

Einer der Männer rief etwas herüber, und Paul grinste. «Willst du wissen, wie die mich hier nennen? Paul-der-zu-viel-Quatscher! Kannst du dir das vorstellen? So ein Wort für deinen alten Herrn!» Paul rief etwas zurück und deutete auf sie, woraufhin die Männer ihr zuwinkten. «Ich habe ihnen gesagt, dass du meine Tochter bist.»

Juni starrte ihn an. Sie blickte auf die Geräte, auf die Männer und dann wieder zurück auf den Mann, den sie nie zuvor getroffen hatte und der mit ihr redete, als hätten sie sich gerade erst vergangene Woche gesehen. Das muss ich Louis erzählen, schoss es ihr durch den Kopf. Und Ben natürlich, und Onkel Henri und Caresse.

«Die Jungs in Houston halten die Verbindung zu Apollo 11 über drei Antennen, die auf das Raumschiff gerichtet sind», erklärte Paul weiter. «Je nachdem, wohin sich die Erde dreht, ändert sich auch die Signalrichtung. Eine Antenne steht in Honeysuckle Creek im östlichen Australien, eine steht in der Nähe von Madrid in Spanien und eine bei euch in der Nähe, am Goldstone Lake in der Mojave Wüste bei Las Vegas.»

Juni wollte einwenden, dass Las Vegas ganz schön weit weg war von New Orleans, aber ihr Bauch zuckte wieder so komisch, und außerdem schien es Paul nicht weiter zu bekümmern, was sie dachte, denn er fuhr unbeirrt fort. «Der Kommandant von Apollo 11 muss seine Satellitenschüssel einfach nur in Richtung Erde ausrichten. Mehr muss er nicht bedenken. Na ja, schätze, der hat den Kopf eh schon voll mit dem ganzen anderen Kram.»

«Achtung, bitte!», scholl es durch den Raum.

«Hier läuft der Countdown», übersetzte Paul leise. «In diesen Sekunden wird erwartet, dass die Raumfähre hinter der Rückseite des Mondes wieder hervortritt.»

«Maman ist tot», sagte Juni unvermittelt. Es brach so aus ihr heraus, sie wusste gar nicht, wie es kam, dass sie es so laut sagte. Die Männer im Raum drehten sich zu ihr um.

«Das tut mir leid, Kleines.» Paul drückte ihre Schulter. «Hab's gehört.» Er schob an einem Regler. «Warum hast du sie eigentlich nicht Mom oder Mutti genannt?»

«Na, weil wir doch ...» Französinnen sind, wollte sie sagen, aber sie biss sich auf die Lippen. Paul hörte auf etwas, das im Regieraum gerufen wurde, dann drehte er sich um. «Ist ganz schön aufregend, Kleines», sagte er. «Wir haben da eine 30-Stunden-Sendung am Hals. Die Frage ist ja nicht nur, ob die Mondlandung klappt, sondern auch die technische Übertragung und der ganze Firlefanz hier.»

Juni blieb ganz still sitzen. Sie wusste nicht, was sie sagen sollte. Es war so unwirklich. Unwirklicher noch, als mit dem Fahrrad bis zum Mond zu radeln, um zu beweisen, dass man es konnte. Unwirklicher, als radioaktives Wasser zu trinken und in einen Geigerzähler geschoben zu werden und dann zu den Besten zu zählen und am Ende zu erfahren, dass man es doch nicht tun durfte, das, was man liebte und so gut konnte.

«Bist du schon immer Toningenieur gewesen?», fragte sie. «Nach dem Krieg, meine ich?»

Pauls Blick war weiter auf seine Regler gerichtet. «Oh, ich hab 'ne ganze Menge auf die Beine gestellt, Kleines. Ich war Archäologe. Ich habe in Ägypten das Grab von Tutanchamun entdeckt.»

Juni dachte an die angesengten Archäologen-Bücher, die Louis gelesen hatte. «Hat das nicht so ein Engländer 1922 entdeckt?»

Paul nickte. «Gut in der Schule aufgepasst, Kleine. Ja, Howard Carter hat die Grundlagen für meine spätere Forschung gelegt.»

«Apollo befindet sich jetzt über dem Meer der Ruhe, wissenschaftlich Mare Tranquillitatis genannt», kam die Stimme des Moderators aus den Lautsprechern. Paul übersetzte ihr die Information. «Es sind genau 102 Stunden und 36 Minuten nach dem Start.»

Der Mann, der ihr Vater war, drückte ein paar Knöpfe, dann blickte er sie an. «Gleich geht es los», sagte er, und wieder dachte Juni, dass er eine schöne Stimme hatte. Vielleicht würde sie zu ihm zurückkehren, wenn das hier vorbei war. Vielleicht würde sie sich eines Tages mit ihm darüber unterhalten, was geschehen war, in jenem Juni 1940, in dem sie geboren wurde. Aber etwas Merkwürdiges war seit ihrem Besuch bei Frau Bolze passiert. Es war, als wäre sie eine lange Zeit durch Nebel geflogen. Aber um endgültig Klarheit zu gewinnen, musste sie jetzt etwas tun.

Mondlandung, 21. Juli 1969,
102 Stunden und 37 Minuten nach dem Start

«Roger, you are Go. Ihr könnt mit dem Sinkflug beginnen», kam die Stimme über die Kopfhörer im Raumschiff.

«Roger», antwortete Buzz Aldrin.

«Houston. Wir verlieren eure Daten.»

Ein langes Rauschen folgte. Dann war es wieder still. Buzz versuchte, ruhig weiterzuatmen. Keine Übung im Simulator hatte sie auf das hier vorbereitet. Entweder sie hatten Funkkontakt zur Bodenkontrolle, und dann führten sie die Befehle aus, die ihnen der Verbindungssprecher in Houston durchgab. Oder sie hatten keinen Funkkontakt und waren auf sich selbst gestellt. Doch jetzt riss die Verbindung ab, kehrte zurück, nur um erneut wieder abzureißen, zum Fluchen und Fäusteballen war das.

«Wie sieht es bei dir aus?», fragte Neil Armstrong von seinem Platz.

Buzz biss die Zähne zusammen. «Okay.»

Der Mond war aus ihren Fenstern verschwunden. Sterne blinkten im unendlichen Schwarz. Es war eine merkwürdige Position, die sie für die Landung einnehmen mussten, Füße voran, Kopf in die Höhe gereckt. Das war notwendig, um den Funkkontakt zur Erde aufrechterhalten zu können. Nur, dass es nicht funktionierte. Und Michael war auf der anderen Seite des Monds.

Das Schweigen dröhnte in ihren Ohren.

«Delta-H ist minus 2900», gab Buzz an Houston durch.

Es knisterte in der Leitung, und da waren sie wieder. «Roger.»

Und dann waren da noch mehr Geräusche, ungewohnte Geräusche. Zahlen blinkten vor ihnen auf.

«Programm-Alarmierung», stieß Neil hervor.

Die Stimme aus Houston klang beruhigend. «Sieht gut aus von unserer Seite. Over.»

«Es ist ein 1202.»

Keine Antwort mehr.

«1202», wiederholte Buzz.

Sie sanken weiter. Die Mondoberfläche tauchte in Buzz' Fenster auf.

Neil warf ihm einen Blick zu. «Was ist das? Lass uns die Landeradar-Daten ... Houston, wir benötigen Auskunft über die Programm-Alarmierung 1202.»

«Roger, wir verstehen euch. Kümmert euch nicht darum!»

Immer weiter sanken sie jetzt. Schon konnten sie Berge aufragen sehen, zwei bis drei Meter hohe Berge, genau dort, wo die Landung geplant war. Und wo sie, so wie es jetzt aussah, auf gar keinen Fall aufsetzen konnten – wenn sie nicht wollten, dass eines der Landebeine brach.

Es gab Möglichkeiten. Die gab es immer. Im Kopf ging Neil sie durch. Sie konnten versuchen, links von dem Ort zu landen, rechts davon, oder sie konnten darüberfliegen, in der Hoffnung darauf, dass das Gelände hinter den Bergen ebener war. Doch würde der Treibstoff reichen? Und würde *Columbia* sie finden, wenn sie nicht an der verabredeten Stelle aufkamen?

«Noch 600 Fuß», sagte Buzz.

Weiter ging der Sinkflug. Neil lenkte nach links.

«Noch 300 ... sieh mal unseren Schatten da!»

«40 Fuß.»

Houston knisterte ihnen ins Ohr. «Treibstoff noch für 30 Sekunden.»

Und dann spürte er es. Sie hatten aufgesetzt. Er stellte das Triebwerk aus.

«Houston, Tranquility Base here», sagte er ins Mikrophon. «The Eagle has landed.»

KAPITEL 37

Das Krankenhaus wirkte wie ausgestorben. Niemand antwortete auf ihr Rufen. Aus einem Raum am Ende des Flurs flimmerte ein blaues Licht.

«Hallo?», rief Juni. «Ist da jemand?»

Das blaue Licht verstärkte sich, je weiter sie den Flur hinabschritt. Ihre Turnschuhschritte quietschten nur leise. Von den Wänden hallte Fernsehton.

Eine Krankenschwester in weißem Kittel sprang auf, als Juni anklopfte. Sie sagte etwas, was Juni nicht verstand, aber es klang freudig. Juni lachte sie an, und die Schwester machte einen kleinen Hüftschwung und reckte eine Hand gen Himmel, dann blickte sie zu den Ärzten, die an einem langen Tisch saßen und rauchten. Niemand wandte den Blick vom Fernseher ab. Die Schwester mochte in Junis Alter sein oder jünger, sie trug ihren Lidstrich genau wie Frau Bolzes Enkelin und hatte sich den Schwesternrock kürzer genäht.

«Ich möchte einen Schwangerschaftstest machen», sagte Juni draußen auf dem Flur.

«Amerikanerin?» Die Schwester riss ihre schwarz bemalten Augen auf.

«Kölnerin», sagte Juni in ihrem besten deutschen Akzent. Sie deutete noch einmal auf ihren Bauch. «Schwangerschaftstest», wiederholte sie. Und dann passierte etwas Seltsames. Die Schwester musste die Hoffnung in ihren Augen gesehen haben, oder vielleicht war es auch ihre Begeisterung über das, was gerade im Himmel geschehen war, denn sie riss wieder die Hände in die Luft, und dann umarmte sie Juni und wirbelte sie herum. Es war ganz dunkel in dem Flur, nur das Fernsehblau beleuchtete die Wände, während sie tanzten und die Schwester mit ihrem deutschen Akzent «Good morning star shine» sang, «the earth says hello».

Dann wurde sie ernst und deutete auf das Zimmer, aus dem die Stimmen knisterten. «Es kann eine Weile dauern», sagte sie auf Englisch. «Aber dann kommt ein Arzt.»

* * *

Die Nacht hatte sich über den Amazonas gesenkt, aber die Sterne über ihr schenkten ihr Licht. Jerrie blickte nach oben. Sie sah die Milchstraße am Dschungelhimmel. Spiraluniversen quirlten in die Unendlichkeit. Überall fremde Galaxien. So hell strahlte der Himmel, dass Jerrie bis zum Fußende ihrer Hängematte sehen konnte. Sie hatte das Seil am Türgriff ihrer Aero Commander 500A befestigt. So schaukelte sie zwischen einem Baum und ihrem Flugzeug. Die Glieder wurden ihr schwer dabei.

Das Knistern hörte sie erst nach einer Weile. Sie sah sich um und bemerkte Augen, die aus dem Dickicht glühten. Die Augen zogen vorbei. Dann schrie ein Affe. Das Knistern wurde zu einer Stimme. Da erst bemerkte sie, dass es das Funkgerät in ihrem Cockpit war.

Mit einem Stock schlug Jerrie auf den Boden, um die Schlangen zu vertreiben, bevor sie aus der Hängematte sprang. Sie riss die Tür auf und schwang sich auf den Pilotensitz, drehte an den Knöpfen und setzte sich die Kopfhörer auf.

«Hallo, Jerrie, Vater Peterson hier.»

«Hallo, Vater. Ist etwas passiert?» Der Priester lebte in einer

Missionarssiedlung ein paar hundert Meilen flussaufwärts. Nur in Notfällen meldete er sich.

Das Knistern wurde wieder lauter, sodass die nächsten Worte des Priesters verrauschten. «Ich dachte, du würdest es wissen wollen.»

Jerrie spürte ihr Herz schlagen. Sie war achtunddreißig Jahre alt, und sie war immer noch muskulös und sehnig. Jederzeit bereit zum Sprung. Nur, dass niemand mehr einen Sprung von ihr verlangte. Sie musste den Priester nicht mehr hören, um zu wissen, was geschehen war.

«Die beiden Männer, Neil Armstrong und Buzz Aldrin. Sie sind soeben auf dem Mond gelandet.» Wieder Rauschen. Oder vielleicht brauste es auch nur so in Jerries Kopf. Der eigene Herzschlag hämmerte ihr im Ohr. «Jerrie? Ich kann dich nicht mehr verstehen.»

Jerrie hielt den Atem an. Es war so heiß im Cockpit, die Hitze hatte sich darin gestaut. Sie riss die Knöpfe ihrer Bluse auf. So heiß, das war doch unerträglich. Man konnte ja nicht einmal atmen, so heiß war es hier drin.

«Jerrie? Gott segne dich, mein Kind.»

Als sie wieder draußen stand, sog sie die Luft ein. Ein Blumenduft lag darin. Dann legte sie den Kopf in den Nacken. Der Mond war aufgegangen, eine strahlend weiße Sichel. Wie oft hatte sie den Mond schon betrachtet, wenn sie nachts geflogen war! Sie hatte den Mond aus jeder erdenklichen Höhe gesehen, aus fast allen Winkeln der Welt. Der Mond hatte in ihr Kinderzimmer in Oklahoma geschienen, als sie noch vom Fliegen geträumt hatte. Sie kannte den gelben, prallen Wüstenmond. Seit ihren Tests in Albuquerque hatte sie sich vorgestellt, wie es wäre, selbst einen Fuß auf das Gestirn zu setzen. Und jetzt hatten es die Männer getan.

Sie hatte immer noch das Gefühl, dass die Hitze ihr die Luft zum Atmen nahm, als sie sich wieder in ihre Hängematte legte. Sie stieß sich mit dem Fuß ab. Mond und Sterne schwangen über ihr. Sie schienen noch stärker zu leuchten, jetzt, da sie vor ihren Augen verschwammen. Jerrie wischte sich über die Augen.

So würde es jetzt immer sein, dachte sie.

* * *

Juni blickte in den Himmel. Zwei Männer gingen auf dem Mond spazieren, der eine schmale Sichel im dämmerblauen Himmel war. In Gedanken formulierte sie das Telegramm, das sie an Louis aufgeben wollte: Fliege morgen wieder zurück stop Kann es nicht erwarten, dich zu sehen stop Alles wird anders jetzt.

Noch immer war die Stadt so still, selbst hier an der Uferpromenade. Sie sah zu, wie die Sonne über dem Rhein aufging. Das Wasser glitzerte in hellen Morgenfarben. Sie legte sich eine Hand auf den Bauch, in dem sich das neue Leben regte. Dann stand sie auf.

NACHWORT

Meine erste Flugstunde war eine Offenbarung: Als ich die Cessna in den Himmel über der Elbe steuerte, hätte ich singen können vor Glück.

Ich hatte nicht ernsthaft den Wunsch, eine Cessna fliegen zu lernen, sondern wollte nur eine Ahnung davon bekommen, wie sich mein Großvater in einer einmotorigen Maschine gefühlt hatte, als er Anfang der 30er Jahre Pilot wurde. Fasziniert von dieser Zeit, nahm ich mir vor, sie so authentisch wie möglich zu schildern – genauso wie die Erlebnisse meines Großvaters als Zeppelin-Navigator. Und seinen Absturz mit der «Hindenburg».

Nachdem ich «Und unter uns die Welt» geschrieben hatte, ließ mich die Fliegerei nicht mehr los. Die vielen spannenden Flieger-Biographien weckten in mir eine Begeisterung für die Geschichten von fliegenden Frauen, von Pionierinnen wie Amelia Earhart, Beryl Markham oder Elly Beinhorn, die solo über Meere und Kontinente gesaust waren. Die 20er und 30er Jahre schienen voll von ihnen zu sein – von Teenagermädchen, die in New York unter Brücken hindurchflogen, die sich Flugrennen lieferten, die auf den Flügeln einer Waco Charleston tanzten und die als Kunstfliegerinnen Stunts vollführten, um Geld für ihren nächsten Flugschein zu verdienen. Frauen mit Garçonne-Haarschnitt, deren ölverschmierte Gesichter strahlten und die viel zu weite Overalls trugen.

Die sagenhaften Geschichten rissen 1945 ab. Zehntausende

Männer, viele von ihnen Kampfpiloten mit Tausenden Flugstunden, kehrten zurück und suchten Jobs in der zivilen Luftfahrt. Für Frauen schien in der Fliegerei und ganz generell auf dem Arbeitsmarkt kein Platz mehr zu sein – Tätigkeiten als Kellnerin oder Sekretärin ausgenommen. Fotos und Filme von damals zeigen Frauen mit Lockenwicklern und Küchenschürze vorm Herd. Eine ganze Generation von Frauen musste die Rolle spielen, die man ihnen zugedacht hatte: als Hüterin des trauten Heims, als Mutter, Geliebte, Ehefrau.

Eine ganze Generation? Nein. Eine Gruppe Frauen, die sich dem Zeitgeist der 50er und 60er Jahre widersetzten, zog es noch immer in die Cockpits. Unter ihnen die eineiigen Zwillinge Marion und Janet Dietrich, die achtfache Mutter Jane Hart und die Sportlerin und Anden-Pilotin Jerrie Cobb, die im Alleingang Militärflugzeuge aus den USA nach Peru überflog. Einige von ihnen kannten sich von gemeinsam ausgetragenen Freundschaftsrennen, die meisten jedoch begegneten sich nie.

21 Frauen besaßen ein derart herausragendes fliegerisches Können, dass sie in der Lovelace-Klinik in Albuquerque, New Mexico, auf ihre Fähigkeiten getestet wurden, ins Weltall zu fliegen. 13 von ihnen bestanden die Tests mit mindestens ebenso guten Ergebnissen wie die männlichen Astronauten der ersten Stunde. Diese Pilotinnen, die später als «Mercury 13» bekannt wurden, waren: Jerrie Cobb, Jane Hart, Marion Dietrich, Janet Dietrich, Myrtle Cagle, Wally Funk, Jean Hixson, Gene Nora Stumbough, Irene Leverton, Bernice Steadman, Sarah Gorelick (später Ratley), Geraldine Sloan (später Truhill) und Rhea Woltman.

Jede Einzelne träumte davon, als erste Amerikanerin auf dem Mond zu landen. Für keine von ihnen sollte sich dieser Traum auch nur annähernd erfüllen. Nach einer Anhörung vor einem Subkomitee der US-Raumfahrtbehörde 1962 entschied die

NASA, dass Frauen nicht in das Raumfahrtprogramm aufgenommen werden sollten. Die Raumfahrt in den USA blieb den Männern vorbehalten. Erst 1983, mehr als 20 Jahre nach Mercury 13, änderte sich dies.

Dabei hatte der Raumfahrtmediziner William Randolph Lovelace doch so überzeugend darlegen können, dass Frauen sich besonders gut für die Raumfahrt eigneten. Schließlich seien sie nicht nur kleiner, leichter und durch Gebärfähigkeit schmerzunempfindlicher, sondern durch das Hausfrauendasein auch an Einsamkeit und Isolation gewöhnt.

Je mehr ich mich mit den 13 Frauen beschäftigte, desto klarer wurde mir, dass die Geschichte der Beinahe-Astronautinnen und Astronauten nicht ohne die Rolle des deutschen Raketenentwicklers Wernher von Braun erzählt werden kann. Er ist eine der schillerndsten Figuren überhaupt in der Raumfahrt. Während des Dritten Reichs war er als Ingenieur und SS-Sturmbannführer verantwortlich für die Forschung und den Bau von Raketen in Mittelbau-Dora, einem Konzentrationslager, in dem 12 000 Zwangsarbeiter ums Leben kamen. Anstatt ihn als Kriegsverbrecher zu verurteilen, holten ihn amerikanische Geheimdienste 1945 in die USA. Dort sollte er seine Forschung den Amerikanern zur Verfügung stellen. Er entwickelte unter anderem die Saturn-Rakete, mit der die Amerikaner im Rahmen der Mission Apollo 11 am 20. Juli 1969 erstmals in der Geschichte der Menschheit auf dem Mond landeten.

Deutschland und die USA sind in der Geschichte der Fliegerei eng miteinander verbunden. Das gilt für die Zeppelinfliegerei ebenso wie für die Raumfahrt. Um diese Verstrickungen in Romanform zu fassen, habe ich die Figur der Juni erfunden. Juni verkörpert die Quintessenz der 13 Fliegerinnen, und sie bildet mit ihrer Lebensgeschichte eine Brücke zwischen Deutschland und den USA.

Angesiedelt habe ich ihre Geschichte in New Orleans – ehrlich gesagt, um mir selbst einen Gefallen zu erweisen, denn ich liebe diese Stadt wie keine andere. Zu meinen schönsten Kindheitserinnerungen zählt, wie mein Vater und ich spätabends durch das French Quarter spaziert sind. Ich sehe die Schiffslichter, die auf dem Mississippi glitzerten, heute noch vor mir, irgendwo spielte jemand Trompete, ich fühlte mich leicht und unbeschwert. Die Bilder und Töne von damals, die Geschichte der 13 Frauen und meine Begeisterung für die Fliegerei vermengten sich und wurden zu einer Idee.

Eine Reise nach Cape Canaveral und Albuquerque und ein Jahr Recherche später war die Idee zu einer Geschichte ausgereift. Ich musste sie nur noch herausfließen lassen.

«Space Girls» entstand.

* * *

Weil der Roman auf wahren Begebenheiten fußt, hätte ich die Geschichte ohne Quellen nicht schreiben können. Besonders hilfreich waren für mich folgende Werke:

– Rainer Eisfeld: *Mondsüchtig. Wernher von Braun und die Geburt der Raumfahrt aus dem Geist der Barbarei.*
– Michael J. Neufeld: *Von Braun. Dreamer of space, engineer of war.*
– Michael Collins: *Carrying the fire. An astronaut's journeys.*
– Jerrie Cobb und Jane Rieker: *Woman into space. The Jerrie Cobb Story.*

Im Apollo 11 Flight Journal (https://history.nasa.gov/afj/ap11fj/index.html) habe ich die Dialoge zwischen Michael Collins, Neil Armstrong, Buzz Aldrin und der Mannschaft in Houston während des Flugs zum Mond und der Mondlandung gefunden.

«Qualifications for astronauts: Hearings before the special subcommittee on the selection of astronauts of the committee on science and astronauts, 17. und 18. Juli 1962»: In dieser Mitschrift lässt sich nachlesen, wie Jerrie Cobb und Jane Hart einen letzten Versuch unternahmen, sich und die anderen elf Frauen in das amerikanische Raumfahrtprogramm einzubringen – und am Willen der Verantwortlichen scheiterten.

Weitere Titel

Lonablog.com

Space Girls

Und unter uns die Welt